AGAIN. SENTIR

MONA KASTEN

AGAIN. SENTIR

Traducción de Albert Vitó i Godina

Título original: *Feel Again*

© 2017 by LYX in Bastei Lübbe AG
Derechos negociados a través de Ute Körner Literary Agent. www.uklitag.com
© por la traducción, Albert Vitó i Godina, 2019
© Editorial Planeta, S. A., 2019
Avda. Diagonal, 662-664, 08034 Barcelona (España)

Primera edición: noviembre de 2019
ISBN: 978-84-08-21680-3
Depósito legal: B. 21-769-2019
Composición: Realización Planeta
Impresión y encuadernación: Black Print
Printed in Spain - Impreso en España

El papel utilizado para la impresión de este libro está calificado como **papel ecológico** y procede de bosques gestionados de manera **sostenible**.

No se permite la reproducción total o parcial de este libro, ni su incorporación a un sistema informático, ni su transmisión en cualquier forma o por cualquier medio, sea éste electrónico, mecánico, por fotocopia, por grabación u otros métodos, sin el permiso previo y por escrito del editor. La infracción de los derechos mencionados puede ser constitutiva de delito contra la propiedad intelectual (Art. 270 y siguientes del Código Penal).
Diríjase a CEDRO (Centro Español de Derechos Reprográficos) si necesita fotocopiar o escanear algún fragmento de esta obra. Puede contactar con CEDRO a través de la web www.conlicencia.com o por teléfono en el 91 702 19 70 / 93 272 04 47.

Para los que están un poco descarriados.
Para los que ven cada día como una nueva oportunidad.
Para los que no son lo que los demás dicen de ellos.

PLAYLIST

Weaker Girl de Banks
War Of Hearts de Ruelle
Lay It All On Me de Rudimental (feat. Ed Sheeran)
Into You de Ariana Grande
Let Me Love You de Ariana Grande (feat. Lil Wayne)
What a Feeling de One Direction
Never Enough de One Direction
Bloodsport de Raleigh Ritchie
No Pressure de Justin Bieber (feat. Big Sean)
Only Love de Ben Howard
Rivers in Your Mouth de Ben Howard
Remnants de Jack Garratt
In the Shadow of a Dream de James Morrison
To the Wonder de Aqualung (feat. Kina Grannis)
Everything Is Lost de Maggie Eckford
dRuNk de ZAYN
Show Me Love de Robin Schulz & J. U. D. G. E.
Close de Nick Jonas (feat. Tove Lo)
We Don't Talk Anymore de Charlie Puth (feat. Selena Gomez)
Where's My Love de SYML

1

«¿Qué demonios hago aquí?»

No era la primera vez que me lo preguntaba esa misma noche. De hecho, tampoco era ninguna novedad, siempre me pasaba lo mismo: a pesar de estar rodeada de gente en un lugar animado, me sentía completamente sola. No era una sensación nueva para mí, ni mucho menos. Más bien se trataba de mi estado natural. Sin embargo, en ese local lleno de parejitas enamoradas, mi propia normalidad me pareció especialmente insoportable.

Dicho de otro modo: tuve que controlarme para no acabar vomitando encima de la mesa.

El hecho de que tiempo atrás me hubiera liado con dos de los tíos que formaban parte de nuestro grupo no mejoraba precisamente las cosas. Sobre todo si tenemos en cuenta que las dos historias habían terminado de un modo humillante para mí: Ethan me había dejado sin el más mínimo tapujo por Monica, «el amor de su vida», y Kaden no había vuelto a mirarme desde el instante en que Allie cruzó la puerta de su piso por primera vez. Y de eso hacía ya un año.

Era como si hubiera algo en mí que animara a los tíos a dejarme a la primera de cambio para buscar una pareja estable. En cualquier caso, me traía sin cuidado. Tampoco estaba interesada en una relación seria.

Aparté la mirada de las parejitas acarameladas y me fijé en la pista de baile, donde descubrí a la pelirroja pequeñaja que explicaba mi presencia allí: Dawn. Habíamos salido para celebrar que una editorial había aceptado publicar uno de sus libros. A esas alturas, ya no era sólo mi compañera de habitación, sino que se había convertido también en una amiga, la única que tenía, en realidad. Porque, a pesar de mi tendencia a demostrar poco lo que sentía, lo cierto era que la amistad de Dawn era realmente importante para mí.

Oí un besuqueo húmedo a mi derecha y tuve que esforzarme para no volverme con cara de asco. Por muy bien que me cayera mi compañera de habitación, ver y oír cómo Kaden y Allie se pegaban el lote delante de todo el mundo me pareció demasiado. Necesitaba con urgencia otra copa para sobrevivir a aquella velada.

—Voy a la barra. ¿Quieres tomar algo más? —le pregunté al chico que tenía sentado a mi lado. Por desgracia, había olvidado su nombre, y eso que Dawn debía de habérmelo presentado ya un centenar de veces. Empezaba por la letra «I», eso sí. Ian, Idris, Illias... Siempre me había costado mucho recordar los nombres de la gente.

Por si eso fuera poco, acostumbraba a rebautizar a la gente nada más conocerla. El apodo de ese chico era *el Friqui*. El pobre parecía un pulpo en un garaje. Por un lado, porque llevaba una camisa vaquera con pajarita. En serio, es que llevaba pajarita: blanca y con lunares azules. Me la quedé observando por enésima vez esa noche antes de dejar que mi mirada vagara por el resto de su cuerpo para evaluar su aspecto general. Tenía el pelo rizado, de un color indefinido entre el castaño claro y el rubio oscuro, y lo llevaba siempre repeinado con gomina o alguna clase de fijador para evitar que los mechones le cayeran sobre la frente. Para rematar ese aspecto tan emperifollado, llevaba unas gafas semirredondas con la montura de pasta marrón.

Me pareció demasiado pulcro para encajar en el Hillhouse. Tuve que reprimir las ganas que me entraron de revolverle un poco el pelo.

El empollón respondió a mi mirada crítica. Sus ojos también eran de un color indeterminado, en este caso, entre el pardo y el verde, mientras que las pestañas que los bordeaban eran oscuras.

—¿Y bien? —insistí.

—¿Qué? —preguntó, y se sonrojó ligeramente.

«Qué monada.»

—Que si te apetece algo para beber —repetí articulando despacio las palabras.

El chico tragó saliva. Casi parecía que me tuviera miedo. Aunque lo cierto es que no me extrañó. Hasta el último detalle de mi aspecto podía interpretarse como una señal de peligro: desde el *eyeliner* negro aplicado con demasiada generosidad, pasando por los recortes en forma de enorme calavera de mi camiseta, hasta las botas, aptas para derribar puertas blindadas. No podía reprocharle en absoluto que intentara mantener una distancia prudencial conmigo.

Sin embargo, él y yo éramos los únicos que no teníamos la lengua metida en la boca de otra persona, por lo que no nos quedaba más remedio que llevarnos bien. Al menos, esa noche.

—Gracias, todavía me queda algo —respondió con cierto retraso mientras levantaba una copa decorada con una sombrillita de cóctel de color rojo.

—¿Estás seguro de que eso es tuyo?

Su mirada recayó en la copa que tenía en la mano y de inmediato reaccionó con un sobresalto. Las mejillas se le sonrojaron todavía más, de manera que casi alcanzaron el tono de rojo de la sombrilla.

—Mierda.

Me puse de pie y asentí en dirección a la barra.

—¿Vienes? ¿O prefieres quedarte a mirar cómo se lo montan éstos? Y que conste que no tengo ningún problema con los mirones, pero el alcohol todavía no me ha subido lo suficiente y hoy lo necesito más que nunca.

—Ja, ja, qué risa, Sawyer —intervino Monica, aunque una mirada bastó para que cerrara el pico de inmediato.

Si algo era capaz de dominar a voluntad era esa mirada asesina con la que tanto me gustaba obsequiar a los que disfrutaban hablando de mí a mis espaldas. O a las pocas chicas que me habían quitado a un tío mínimamente interesante.

Realmente necesitaba con urgencia tomarme una copa. O tres. Por suerte, el Friqui también se levantó. Le cogí la mano sin dignarme siquiera mirar de nuevo a Monica ni a ninguno de los demás. Tenía los dedos muy fríos, pero no quería correr el riesgo de perderlo de vista por la pista de baile, porque estaba segura de que le daría miedo abrirse paso a codazos.

Cuando por fin llegamos a la barra, le dediqué una sonrisa a Chase, el camarero del Hillhouse. La última vez que nos habíamos visto habíamos acabado desnudos en su piso.

—Cuánto tiempo sin verte, nena —me saludó dedicándome una sonrisa de medio lado—. ¿Qué será? —preguntó apoyando las manos a ambos lados de mis brazos e inclinándose hacia mí.

Era justo mi tipo: aura sombría, tatuajes, pelo oscuro y revuelto y rostro anguloso bordeado por una barba de tres días. Todavía recordaba a la perfección las cosquillas que me había hecho esa barba en la cara interna de los muslos. Era una verdadera lástima que al final hubiera encontrado novia.

—A mí me apetece un bourbon. Y para mi amigo... —empecé a decir mirando al Friqui.

—Una cerveza —se apresuró a responder sin mirarnos a los ojos ni a Chase ni a mí. El rubor ya se le había extendido más allá de las mejillas, hacia el cuello de la camisa.

—Una cerveza —repetí.

Durante unos instantes, Chase se dedicó a mirarnos alternativamente, primero a mí, luego a él y vuelta a empezar. Enarcó una ceja y me pareció que estaba a punto de decir algo, pero al final se limitó a asentir. Poco después nos dejó las bebidas sobre la barra y nos informó de que corrían a cuenta de la casa.

—Guay. Gracias.

Cogí mi vaso y le dediqué una mirada compungida al Friqui.

—Soy muy mala con los nombres —avisé—. ¿Cómo has dicho que te llamas?

Por primera vez en toda la noche, pude ver el atisbo de una sonrisa en sus labios.

—Grant. Isaac Grant.

¿Pues no va el tío y se me presenta con apellido y todo? Como si aquello fuera una entrevista de trabajo. O como si fuera James Bond.

—Dixon. Sawyer Dixon —contraataqué levantando mi vaso—. Por esta noche, a ver si al final lo pasamos bien y todo, Grant, Isaac Grant.

Negando con la cabeza, brindó conmigo y tomó un sorbo.

—Bueno, Grant, Isaac Grant, ¿qué haces tú aquí? —pregunté apoyándome de espaldas a la barra para poder ver bien la pista de baile. Desde donde estábamos apenas podía distinguir a nuestro grupo, pero de vez en cuando divisaba destellos del pelo rojizo de Dawn bajo las luces de colores.

—Lo mismo que tú, supongo.

Tomé un sorbo de bourbon.

—¿Eres muy amigo de Dawn?

Se limitó a levantar un hombro, como si no supiera exactamente qué tenía que responder.

—En cualquier caso, no eres muy amigo de las conversaciones banales, ¿verdad? —pregunté.

Una vez más, el atisbo de una sonrisa. Qué lástima. Podría haber sido un tío muy atractivo de no haber llevado un palo metido en el culo.

—Y tú eres muy directa —replicó en voz tan baja que casi se la tragó la música que retumbaba en la sala.

—Puede ser una maldición o una bendición. Todo depende de cómo lo mires, Grant, Isaac Grant.

—¿Piensas llamarme así cada vez? —preguntó tras soltar un sonoro suspiro.

Me volví hacia él apoyándome de lado sobre la barra.

—¿Qué esperabas, si te presentas a la gente de ese modo? De hecho, ha sido una decepción que no me dijeras cuál es tu segundo nombre, también.

En sus ojos apareció un brillo de diversión. En la penumbra del bar todavía costaba más distinguir cuál era el color exacto de sus ojos. Me incliné un poco más hacia delante y constaté que su aroma corporal estaba a la altura de su aspecto: impecable, limpio y pulcro. No me cupo la menor duda de que usaba un *aftershave* de los caros. Y me sorprendió lo mucho que me gustó.

—¿Me lo dirás? —susurré.

Abrió más los ojos. Me lo estaba pasando en grande, desconcertándolo de ese modo.

—Sólo si me prometes que no te reirás —repuso.

Levanté dos dedos cruzados.

—Jamás.

Isaac respiró hondo.

—Theodore —dijo.

Asentí en señal de reconocimiento.

—Isaac Theodore Grant. Me gusta. Suena distinguido.

—¿Tú crees? —preguntó enarcando una ceja.

Asentí y tomé otro sorbo de mi whisky.

Isaac exhaló una carcajada.

—Seguro que cuando se lo cuente a mi abuelo se alegrará un montón —comentó—. Me lo pusieron en su honor.

Me gustó comprobar que se estaba relajando un poco. Nos habíamos conocido después de que Dawn hubiera sufrido un desmayo tras una presentación oral en clase... Bueno, y porque se había tomado unos tranquilizantes que le había dado yo. En esa situación, había tenido la impresión de que Isaac había estado a punto de vomitar de los nervios.

—¿Tú no tienes ningún segundo nombre? —preguntó al cabo de un rato.

Me sobresalté al oír la pregunta, y de un modo instintivo envolví entre mis dedos el medallón que llevaba colgado bajo el cuello de la camiseta, en contacto con la piel. Lo presioné contra la palma de mi mano y tardé unos instantes en procesar aquella pregunta aparentemente tan banal.

—¡Isaac Theodore! —exclamé con cierto retraso y una amplia sonrisa en los labios—. Me parece increíble que te atrevas a preguntarle algo semejante a una chica a la que acabas de conocer. Lo siento, pero deberás tener paciencia si quieres saberlo.

La mirada de Isaac se desvió hacia la mano que yo mantenía todavía sobre el pecho. Arrugó la frente.

—Si te he secuestrado de este modo es por un buen motivo —me apresuré a aclarar para cambiar de tema.

—¿A saber? —repuso.

¿Quién demonios soltaría una frase como ésa con una botella de cerveza entre las manos?

—Somos los únicos de esta fiesta que no tenemos el cerebro enturbiado por el amor. Lo que significa que debemos ser fuertes y mantenernos firmes, Isaac Theodore. Pase lo que pase.

—De acuerdo —respondió y, cuando sonrió, alrededor de sus ojos aparecieron unas arrugas de expresión diminutas.

Tendí mi vaso hacia él de nuevo y, cuando brindó con la botella, tuve la esperanza de que la noche no acabara siendo tan desastrosa como había esperado.

Una hora y media y tres copas más tarde, Isaac y yo todavía no habíamos avanzado mucho con la conversación banal de cortesía. Más que nada, porque una característica que teníamos en común era que a los dos nos encantaba observar a la gente, sobre todo mientras llevaban a cabo esos curiosos rituales de apareamiento en la pista de baile.

—Yo no podría moverme de ese modo en la vida —murmuró ladeando la cabeza. Seguí la dirección de su mirada y descubrí a un tipo meneando las caderas de un modo bastante extremado.

—Yo podría enseñarte.

Se me quedó mirando con las cejas arqueadas.

—¿No me has dicho antes que tú no bailabas?

—No bailo esta música de mierda. Pero sé bailar. Y si quieres te enseño cuál es el secreto —le aseguré con una sonrisa.

Las mejillas se le sonrojaron una vez más. A esas alturas ya había contado cinco ocasiones en las que había conseguido que se pusiera colorado. Me había propuesto llegar a las diez a cualquier precio.

—Tengo la sensación —empezó a decir, asintiendo en dirección a la gente de la pista de baile— de que no todos bailan por diversión, sino porque en realidad...

Se quedó callado de repente y apretó los labios con fuerza.

—¿Porque quieren tirarse a alguien? —intenté ayudarlo—. Estoy de acuerdo, el Hillhouse no es más que un punto de encuentro para estudiantes cachondos. Quien no encuentre rollo aquí, no tiene nada que hacer.

Él ya se había llevado la botella a los labios y al oír mis palabras se atragantó de forma tan súbita e intensa que la cerveza le salió por la nariz, por lo que tuve que apresurarme a tenderle servilletas para mitigar el desastre.

Me pareció tan divertido que no pude evitar reírme en voz alta, lo que llamó la atención de dos chicas que estaban sentadas junto a nosotros en la barra, que se nos quedaron mirando. Cuando les devolví la mirada corregida, aumentada y con una ceja enarcada, bajaron la cabeza de nuevo y empezaron a cuchichear. Poco después se echaron a reír de forma muy discreta.

Puse los ojos en blanco y me volví hacia Isaac, que no apartaba la vista de su botella de cerveza con cierta resignación.

—¿Qué te ocurre? —pregunté.

Él desvió la mirada antes de responder.

—Nada.

—¿Es por esas de ahí? No te preocupes. Estoy acostumbrada —aclaré enseguida. Lo último que quería era despertar compasión en los demás, y mucho menos en alguien como Isaac.

Se me quedó mirando sorprendido, luego miró a las chicas y se fijó de nuevo en mí antes de que una expresión de comprensión apareciera en su rostro.

—No se ríen de ti, Sawyer.

—¿Qué? —pregunté desconcertada.

Terminó de beberse la cerveza y dejó la botella vacía sobre la barra de madera oscura, en la que mantuvo los ojos clavados unos instantes.

—Coincido en un seminario con ellas. Digamos que son..., bueno, no es que sean muy simpáticas.

—¿Qué quieres decir con «no muy simpáticas»? —insistí. De pronto, no me gustó nada verlo tan avergonzado.

—No tiene ni pies ni cabeza —murmuró en tono evasivo—. Olvídalo, no le des más vueltas.

—Cuéntame de una vez a qué te refieres con «no muy simpáticas», Isaac Theodore —le ordené, esta vez con más énfasis.

—De acuerdo, de acuerdo —exclamó levantando las manos en señal de rendición al tiempo que echaba un último vistazo fugaz a las dos chicas—. No es nada del otro mundo. Desde que empezó el nuevo semestre, hace tres semanas, digamos que la han tomado conmigo.

—¿Qué significa eso?

Se puso colorado, pero esta vez no pude alegrarme de ello.

—Bueno, que se ríen de mi manera de vestir... y cosas así.

—Cosas. Así —repetí despacio.

Isaac se frotó la nuca avergonzado.

—Se burlan de mí diciendo que... que todavía soy virgen.

—¿Y lo eres? —pregunté.

Él me miró fijamente a los ojos y negó con la cabeza.

—Pues díselo.

—No servirá de nada. Creen lo que quieren creer. La semana pasada las oí haciendo apuestas sobre quién...

—¿Quién...?

Se aclaró la garganta.

—Quién sería la primera que...

—¿Quién se te tirará primero? —pregunté irritada.

Asintió levemente.

—¿Cómo lo sabes?

—Se sientan justo detrás de mí. Lo difícil sería no oírlas.

La rabia empezó a arder dentro de mí y necesité que transcurrieran unos momentos antes de recuperar el habla.

—Hacía tiempo que no oía nada de tan mal gusto, y eso que me harto de oír comentarios de mal gusto, te lo aseguro. Aunque tuvieran razón y acertaran, ese tipo de cosas no son asunto suyo. ¿Cómo se les ocurre ir soltando esa clase de mierdas como si nada?

Los labios de Isaac se abrieron ligeramente y, por la manera en que me miró, pareció como si no me hubiera visto realmente hasta ese instante.

—¿Les has dicho lo asquerosas y repugnantes que te parecen para que paren de una vez? —pregunté.

—Me da igual lo que piensen —respondió negando con la cabeza.

—Pues a mí no —exclamé dirigiéndoles una de mis miradas asesinas. Por desgracia, no tuvo el efecto deseado. Más bien todo lo contrario, porque empezaron a reírse como locas.

Enderecé la espalda y me aparté de la barra para acercarme a ellas, cuando Isaac me agarró por el codo y me obligó a retroceder. Era bastante más alto que yo, y tuve que echar la cabeza hacia atrás para poder mirarlo a los ojos.

—De verdad, no importa. Es más, me trae sin cuidado.

Me dedicó una sonrisa para aplacar los ánimos y de repente noté una sensación extraña en el estómago.

—Pues a mí no —objeté.

Isaac ladeó la cabeza y me miró con insistencia.

—¿Por qué?

Desvié los ojos de Isaac y miré hacia atrás, fijándome de nuevo en las chicas que seguían riéndose a costa de él.

«Al diablo con ellas», pensé.

Muy despacio, me volví hacia Isaac y le puse una mano plana sobre el pecho. Noté cómo de inmediato se quedaba sin aliento.

—Pues porque yo creo que estás muy bien, Grant, Isaac Theodore Grant.

Y, dicho esto, me puse de puntillas y lo besé.

2

Cuando mi boca entró en contacto con la suya, Isaac soltó un gruñido apagado que me encargué de atrapar entre mis labios.

Presioné mi cuerpo contra el suyo con decisión hasta dejarlo acorralado contra la barra, le pasé la mano por la nuca y la hundí en su pelo para atraerlo todavía más hacia mí.

«Vamos, Isaac. Juguemos un poco», pensé.

Le lamí el labio inferior y soltó un jadeo de sorpresa. Sus manos se deslizaron hacia mis caderas y, por fin, respondió a mi beso. Nuestras lenguas se encontraron fugazmente, casi con timidez, y luego me aparté un poco de él.

El color que habían adoptado sus mejillas me pareció claramente más satisfactorio que unos segundos antes, cuando lo había visto tan avergonzado. Me miró con los párpados entornados y los ojos ensombrecidos. De repente, me atrajo hacia sí de nuevo y presionó los labios contra los míos con fuerza.

«Guau.»

A continuación me puso una mano en la nuca y la otra en la espalda, con los dedos extendidos. El beso se volvió más profundo, y su lengua exploró mi boca con avidez. Desprendía una energía enorme, y por unos instantes me quitó el aliento hasta tal punto que me fallaron las rodillas.

Me fallaron las putas rodillas.

Nunca me había sucedido algo semejante.

Mis manos se aferraron a su camisa vaquera para atraerlo más hacia mí. Ya no había ni un solo milímetro de separación entre nuestros cuerpos. Le atrapé la lengua entre los labios y noté cómo el pecho le vibraba bajo las palmas de las manos. El calor que hasta entonces había sentido en el estómago se extendió también hacia regiones más bajas cuando Isaac me atrapó el labio inferior con los dientes y me lo mordisqueó.

Joder y mil veces joder. Pero ¿quién habría dicho que ese chaval supiera besar tan bien?

En esta ocasión fue él quien se apartó. Apoyó su frente en la mía y respiró como si tuviera que recobrar el aliento.

—¿Dónde has aprendido a besar así, Isaac Theodore? —murmuré con las manos todavía sobre su pecho.

Abrió la boca para responder cuando oí una voz justo detrás de mí:

—¿Qué se supone que estáis haciendo?

Me volví y vi a Dawn a un metro de mí, escrutándonos con una expresión de absoluta perplejidad. Por un momento no supe qué contestar. A decir verdad, era una buena pregunta. ¿Qué estábamos haciendo, en realidad?

Entonces se me ocurrió soltar lo que me pareció que tenía más sentido.

—Estaba intentando mejorar su reputación.

Detrás de mí, noté cómo Isaac se tensaba al oír esas palabras.

Dawn tenía el pelo rojizo muy revuelto y sudado, y tuvo que apartarse unos mechones de la frente para seguir mirándonos con escepticismo.

—¿Volvéis con nosotros a la mesa?

Asentí y permití que se colgara de mi brazo. Cuando me volví de nuevo hacia Isaac, tras haber recorrido unos metros, lo encontré con la mirada clavada en el suelo.

Pero las chicas del otro extremo de la barra habían dejado de reírse.

El lunes por la mañana empezó como cada semana: con un *smoothie* grande para llevar y un paseo por el campus.

Woodshill me parecía genial. Aunque llevaba dos años estudiando allí y nada de lo que me rodeaba suponía ya ninguna novedad, me encantaba contemplar los majestuosos árboles, los edificios con fachadas de piedra y portales altísimos y las esculturas de personajes célebres como si fuera el primer día. Siempre encontraba algún detalle nuevo, algo que hasta el momento me había pasado desapercibido. Por ejemplo, nunca me había fijado en las formas que manchaban los ladrillos del muro que había junto al edificio del instituto astronómico.

Dejé el *smoothie* encima de un banco, saqué la cámara réflex de la mochila y me puse en cuclillas. A través de la lente, examiné con detenimiento las formas de cada una de las manchas. Seguramente la lluvia se había filtrado en el muro y la humedad allí atrapada se había extendido de manera que había acabado formando una mancha con forma de rostro. La luz que iluminaba el muro era perfecta. Contemplándola todavía a través de la lente, retrocedí un paso muy despacio y giré la ruedecilla para ajustar el ISO antes de enfocar la pared en modo manual. Presioné el disparador y el clic de mi cámara me mandó un cosquilleo de emoción directo al estómago y me puso la carne de gallina, como solía ocurrirme siempre que oía ese chasquido tan característico.

La fotografía lo era todo para mí. No había nada más en el mundo capaz de aproximarme tanto a la felicidad como tener la absoluta certeza de haber hecho una foto perfecta. Al cabo de unos segundos volví a guardar la cámara en la mochila y recogí el *smoothie* para acudir al aula en la que se impartía mi clase. «Visualización de la sociedad y sus ideologías» era uno de los seminarios obligatorios de la carrera que más me gustaba, tal vez porque no implicaba una cantidad excesiva de teoría, aunque también porque demostraba la capacidad de la fotografía de reflejar determinados aspectos de la sociedad y, por consiguiente, de adoptar un posicionamiento al respecto.

Ese semestre nos habían encargado un trabajo que fuera una crítica de la realidad social. Por desgracia, en el informe final que teníamos que escribir había también un análisis teórico. Habría preferido renunciar a esa parte, aunque tratándose de esa asignatura estaba dispuesta a hacerlo.

—Buenos días —dije. Obtuve apenas un murmullo vago como respuesta.

Me dirigí al sitio que solía ocupar en la primera fila, me dejé caer en la silla y saqué el portátil de la mochila. Había invertido en él todos mis ahorros y, junto a la cámara que Dawn había bautizado cariñosamente con el nombre de *Frank*, constituía la más valiosa de mis posesiones.

Por lo general, no gastaba mucho dinero. Casi siempre almorzaba en el comedor universitario, por lo que no necesitaba comprar mucha comida, y respecto a la ropa, me apañaba principalmente con prendas de segunda mano, cortándolas y cosiéndolas para adaptarlas a mi gusto y mi estilo. La camiseta de Van Halen que llevaba ese día, por ejemplo, la había conseguido por tres dólares en una tienda benéfica de Portland. Me quedaba demasiado grande, pero con un nudo en el lado derecho del dobladillo bastaba para que la gente viera que llevaba unos *shorts* vaqueros debajo.

—¿Estamos todos? De acuerdo, pues empecemos —anunció mi profesora, Robyn Howard, y el murmullo que reinaba en el aula se disipó paulatinamente. Abrió la presentación que había preparado y el proyector se encargó de mostrárnosla en la pantalla mientras ella iba soltando términos como «instalación», «esencia» y «modificación».

Robyn me caía muy bien, más que nada porque era joven, llevaba el pelo teñido de azul y, al contrario que la mayoría de los profesores, no se dedicaba a lanzarme miradas que cuestionaran mi presencia. Sin embargo, cuando se ponía a explicar teoría me perdía enseguida, porque yo odiaba la teoría.

Por eso decidí abrir el Photoshop y empezar a editar mi último proyecto: una serie de fotografías englobadas bajo el título «Al día siguiente». Me había pasado los últimos cinco meses acostándome con tíos y echando fotos del día después. Por supuesto, ellos no aparecían en las fotografías, eso habría sido de mal gusto y no encajaba en absoluto con mi estilo. En lugar de eso, me encargaba de inmortalizar las prendas de ropa que habían quedado tiradas por el suelo, tratando de que la composición de la imagen fuera algo especial. Había capturado los rayos de luz entrando a través de las cortinas después de pasar una eternidad agachada en el suelo, esperando la llegada del instante perfecto para pulsar el disparador. Las imágenes eran estéticas, elegantes y sexys, y permitían interpretaciones libres por parte de quien las observaba.

Aquello era justo lo que más me gustaba del arte: que las cosas no eran buenas o malas, no todo era blanco o negro. Todo podía valer, se permitía cualquier cosa.

Abrí el documento y contemplé la última fotografía que había hecho para la serie. Todavía no la había editado, pero aun así ya tenía muy claro que quedaría fantástica. La escena al completo estaba teñida de una luz rojiza, y lo que más me gustaba era el hecho de que el enfoque no estuviera fijado en una de las prendas, sino en el reloj. Intentaba descifrar la hora acercándome a la esfera con el *zoom* cuando de repente oí una respiración sibilante a mi espalda.

Me di la vuelta. Una chica rubia, que creo que se llamaba Ashley, me estaba mirando con unos ojos como platos.

—¿Qué pasa? —pregunté.

Apretó los labios hasta que se le convirtieron en poco más que una línea pálida y hundió la mirada en su portátil sin mediar palabra. Con la frente arrugada y sin entender nada, volví la mirada de nuevo hacia delante.

Pasé el resto de la clase editando aquella imagen y, cuando Robyn dio por terminada la parte teórica, se dedicó a pasar por las filas para comentar el desarrollo de nuestros trabajos. Al llegar a mí, se inclinó sobre mi portátil y se quedó mirando primero la fotografía del reloj y luego las demás que formaban la serie y que había retocado siguiendo los consejos que me había dado en la última clase.

—Precioso, Sawyer —me alabó—. Me gusta cómo has jugado con la luz en esta imagen.

—Si sólo hubiera jugado con la luz... —comentó la chica de detrás con un resoplido.

No comprendí qué problema tenía conmigo, y tuve que esforzarme para reprimir las ganas de preguntarle qué había querido decir, al menos mientras tuviéramos a la profesora tan cerca. Por suerte, Robyn también tuvo la delicadeza de ignorarla.

—¿Ya tienes alguna idea para tu proyecto final? —me preguntó.

—Todavía no lo tengo muy claro —respondí—. Esto me gusta, pero no lo suficiente. Me encantó hacer retratos el semestre anterior, pero no quiero limitarme a ese género. Y también tenía una serie de fotos del campus, pero creo que les falta algo de... —me detuve un instante para encontrar la palabra adecuada— fundamento.

Robyn me dedicó una cálida sonrisa.

—Eres una perfeccionista incorregible.

—Sólo cuando se trata de fotografías.

—No le des tantas vueltas. Tienes mucho talento, pero piensa que también tendrás que escribir el trabajo del proyecto final. Y tendrá que ser algo más extenso que los que me has entregado hasta ahora.

—De acuerdo. Intentaré hacerlo mejor.

La profesora asintió levemente antes de seguir atendiendo al resto de los alumnos.

Una vez terminada la clase, recogí mis cosas y, cuando estaba a punto de colgarme al hombro la mochila, la chica que tenía sentada detrás me dio un golpe contundente con el hombro al pasar por mi lado.

¿Qué problema tenía conmigo?

Me apresuré a seguirla y enseguida me di cuenta de que eso era lo que estaba esperando, porque se quedó plantada junto a la puerta del aula, donde la aguardaban dos amigas que de inmediato la abrazaron y empezaron a consolarla. Nada más verme, me recibieron con miradas de clara hostilidad.

—¿Qué te pasa? —pregunté—. ¿Te he hecho algo, Ashley?

Se volvió para mirarme de frente. Tenía la cara llena de manchas rojizas y sus ojos soltaban destellos de pura rabia.

—Me llamo Amanda, zorra —me soltó.

Realmente, eso de recordar nombres no era lo mío.

—Y yo me llamo Sawyer, y no zorra —repuse con calma—. ¿Qué problema tienes?

Dio un paso amenazador hacia mí.

—¿Te lo pasaste bien?

Realmente no tenía ni la más mínima idea de lo que me estaba diciendo.

—En general suelo pasármelo bien, sí. Pero creo que no se trata de eso, ¿verdad? —pregunté.

—¿Me tomas por tonta o qué? ¿Creías que no reconocería el

reloj? Es increíble que hayas abierto la imagen delante de mis narices. Realmente hay que tener una mente retorcida para hacer algo semejante —exclamó levantando la voz hasta ponerme de punta el vello de la nuca.

—Tranquilízate un poco —le pedí, cuidando de no gritar yo también—. Es que no sé a qué te refieres con todo esto.

—¡Que te has acostado con mi novio!

Toda la gente que llenaba el pasillo en esos momentos se quedó callada enseguida y empezaron a estirarse cuellos en nuestra dirección. Reconocí a un par de personas, y por encima de todos al chico con gafas que acababa de salir de otra aula cercana. Igual que los demás, se había detenido para observar la escena. Era Isaac.

Grant, Isaac Grant. El amigo de Dawn con el que me había besado el fin de semana anterior. Y el hecho de que me estuviera mirando con la misma expresión que el resto de la gente me sentó como una patada en el estómago. Intenté mantener la compostura para que no se me notara que me había afectado verlo ahí.

—No sabía que Cooper tuviera novia.

Amanda soltó una carcajada sin dejar de sollozar mientras sus amigas le acariciaban los hombros.

Menudo cabrón, ese Cooper. No había mencionado en ningún momento que tuviera novia. Ni durante la fiesta, ni cuando me había ofrecido pasar la noche en su casa, ni cuando nos habíamos acostado juntos.

«Joder.»

Llevada por el instinto, me acerqué a Amanda. Tuve la sensación de que media universidad se había congregado a nuestro alrededor para escuchar hasta la última de las palabras que intercambiáramos.

—No me dijo que estaba saliendo contigo —le aseguré en voz baja con la esperanza de que no pudiera oírlo nadie más.

Cuando levantó la mirada, la furia indescriptible que percibí en sus ojos fue la única advertencia de lo que estaba a punto de suceder. Al cabo de un segundo, levantó una mano y me pegó un bofetón tremendo.

El dolor súbito que me asaltó de repente me hizo ver las estrellas.

—¡Zorra asquerosa! —gritó al límite de su voz.

Sólo de manera borrosa me di cuenta de que todo el mundo guardaba silencio a nuestro alrededor y de que nadie intervino en ningún momento. Dentro de mi cabeza, en cambio, el estruendo era máximo. Las palabras de Amanda me habían catapultado de repente a épocas pasadas.

«¡Zorra! ¡Eres igual de zorra que tu madre!»

De pronto, la cabeza empezó a darme vueltas. Amanda levantó la mano de nuevo, pero, a pesar de la conmoción, reaccioné y la agarré por la muñeca justo a tiempo.

—¿Me pegas porque tu novio no es capaz de mantener el rabo dentro de los pantalones? —le solté hundiendo las uñas en su piel.

—Hija de...

La agarré con más fuerza todavía y acerqué mi cara a la de ella.

—Lo siento, pero no es culpa mía si tu novio es gilipollas —susurré de forma casi inaudible.

Entonces relajó la mano y se echó a llorar. A nuestro alrededor, poco a poco el ambiente recuperó la normalidad y la gente empezó a murmurar. Oí un insulto siseado. Luego otro.

Aquello era demasiado. Me dolía la mejilla, notaba un zumbido frenético en el cráneo y apenas podía respirar. De inmediato, solté el brazo de Amanda y di media vuelta. Salí corriendo a toda prisa, abriéndome paso entre la gente con la cabeza bien alta, aunque completamente incapaz de reconocer a nadie.

Cuando ya casi había llegado fuera, alguien me agarró por un brazo. Me di la vuelta, lista para defenderme, cuando...

—¿Todo bien? —me preguntó Isaac, examinándome con atención a través de las gafas de pasta.

—Tengo que salir de aquí —grazné.

Él reaccionó enseguida y me sostuvo la puerta abierta. Con las piernas temblorosas, lo seguí a través del campus hasta que por fin nos detuvimos frente a un banco del parque que quedaba algo escondido por la sombra de un gran árbol. Me alegré de poder sentarme e intenté respirar hondo. Me temblaba todo el cuerpo.

—Déjame ver —me dijo Isaac inclinándose sobre mí. Giré un poco la cara para mostrarle la mejilla y la mirada se le ensombreció de repente. Me recliné en el banco y cerré los ojos. Las manos me seguían temblando, pero las profundas bocanadas de aire fresco contribuyeron a tranquilizarme un poco.

—Toma, cómete esto —me ordenó al cabo de un rato.

Abrí los ojos y vi que me tendía una chocolatina frente a las narices. Titubeando, la acepté, le quité el envoltorio y mordí un pedazo. Al principio, mi estómago se rebeló, pero luego me di cuenta de lo bien que me estaba sentando el chocolate. Y, aunque en realidad no me gustaban especialmente los dulces, me la acabé zampando toda.

Luego me quedé con la mirada perdida en el infinito durante unos minutos. No había ninguna posibilidad de que Isaac no se hubiera dado cuenta de lo que me había dicho Amanda. Con una expresión de escepticismo, me volví hacia él.

—¿Por qué me has acompañado hasta aquí?

—¿Qué quieres decir? —preguntó arrugando la frente.

—Que por qué estás sentado aquí conmigo, sabiendo perfectamente lo que he hecho.

—Lo que ha sucedido ahí dentro no ha sido justo.

—Una zorra como yo no se merece otra cosa —comenté en tono cínico.

—¡Sawyer! —me reprendió Isaac indignado.

—¿Qué? Ya has oído lo que ha dicho Amanda.

—Da igual lo que hayas hecho. Pegar a alguien nunca me parecerá bien —replicó con aire sombrío.

Se me quedó mirando de nuevo a través de los cristales de aquellas gafas de empollón y no pude evitar preguntarme si esas lentes concentraron los rayos del sol y los desviaron hacia mí, porque de forma completamente inesperada me invadió una sensación de calidez incomprensible.

—No lo sabía —me justifiqué sin ni siquiera proponérmelo. Clavé la mirada en las puntas de mis zapatos y los cabellos me cayeron frente a la cara. Aquello estaba mejor. Tras una cortina que me separara de la mirada atenta de Isaac me sentí más segura—. Nunca mencionó que tuviera novia —proseguí—. De lo contrario, no habría..., quiero decir que yo nunca...

—Sawyer —me interrumpió él con suavidad—. Te creo.

Levanté la mirada y me recogí el pelo tras la oreja.

Isaac examinó mi rostro a conciencia. Luego su mirada recayó de nuevo en mi mejilla, donde sin duda alguna debía de llevar marcada la mano de Amanda.

—No somos lo que los demás dicen de nosotros, Sawyer. No te dejes engañar.

Me dedicó una sonrisa de ánimo y lentamente, muy lentamente, el dolor que sentía en la mejilla empezó a remitir.

3

Al me lanzó una mirada crítica con los brazos cruzados frente al pecho.

Era un tipo enorme, un verdadero mastodonte capaz de aplastar a dos tipos con una sola mano y sin pestañear. Cualquier otra persona seguramente se habría amedrentado en esos instantes, pero yo llevaba ya cuatro meses trabajando en el Steakhouse de Woodshill y lo conocía lo suficiente para saber que tras aquella fachada intimidante se escondía un auténtico pedazo de pan.

—Vamos, Al. ¿Qué te cuesta? —le pregunté obligándome a esbozar una sonrisa forzada, sabiendo el efecto que tendría.

—De acuerdo, pero como me hagas perder clientes, saldrás de aquí volando por la ventana —me amenazó señalando con el pulgar por encima de su hombro el ventanal que se abría frente al valle.

—Eres el mejor —concluí con una sonrisa que ya no tuve que forzar en absoluto.

Al se limitó a soltar un gruñido, empujó las puertas abatibles y se metió de nuevo en la cocina.

Por fin. Coloqué en el estante que había detrás de la barra los últimos vasos que me quedaban por guardar y me dirigí hacia la enorme mesa de mezclas.

Desde que Al había recuperado aquel trasto de sus tiempos de DJ, no había dejado de notar en los dedos un cosquilleo de impaciencia. Tenía unas ganas locas de probarlo. No obstante, en cuanto daba un paso en esa dirección, la voz atronadora de mi jefe retumbaba desde la cocina para amenazarme con echarme si me atrevía a tocar una sola clavija o ruedecilla de la mesa de mezclas. En mi opinión, era importante que en el Steakhouse sonara buena música y que la clientela no se aburriera con las mismas mezclas de siempre.

Mientras revolvía los discos apilados en el armario que había bajo la mesa de mezclas, pensé que en otros tiempos mi jefe incluso había tenido buen gusto. Curioseando esos álbumes me sentí un poco como si estuviera abriendo los regalos en Navidad. Desconcertada, saqué un disco de Bullet For My Valentine. De inmediato lo puse en el plato y subí el volumen de la mesa de mezclas. Poco después empezó a sonar un solo de guitarra que me provocó un agradable escalofrío.

—¡Sawyer, clientela! —sonó la voz de mi colega Willa.

Reprimí un suspiro, me alisé el delantal negro e intenté consolarme pensando que al menos durante ese turno podría disfrutar de una buena banda sonora. Cuando aparté la cortina y asomé la cabeza en dirección a la barra, en mis labios apareció una sonrisa involuntaria. Mi compañera de habitación estaba encaramada a un taburete, a punto de sacar su portátil de la Edad de Piedra. Siempre me sorprendía que una persona tan menuda como ella cargara con ese trasto tan enorme y pesado.

—Vaya, creí que querías ir a Portland con tu tortolito —solté a modo de saludo mientras sacaba una botella de Coca-Cola del frigorífico.

—Hola, Sawyer, yo también me alegro de verte —respondió Dawn con sequedad—. Y, sí, quería ir con él, pero luego he decidido que sería mejor hacerle una visita a mi compañera de habitación preferida —bromeó apoyando los codos encima de la barra y la barbilla sobre las manos.

—Eres un encanto —repliqué después de servirle un vaso de Coca-Cola helada—. Bueno, dime: ¿qué haces aquí, en lugar de estar con Cosgrove?

—Ha tenido que salir antes —explicó con un suspiro.

—¿Y por eso se ha marchado sin ti? —pregunté enarcando las cejas.

Dawn negó con la cabeza enseguida.

—Yo estaba en la clase de Nolan y ni siquiera he mirado el móvil. Digamos que ha sido una emergencia.

—Ah —me limité a decir sin insistir en el tema.

Dawn ya me había contado que la familia de su novio era bastante complicada y que de vez en cuando debía regresar a toda prisa. Al parecer, su hermana estaba enferma y en ocasiones Spencer tenía que ir a echar una mano.

—La música que ha elegido hoy Al es interesante —comentó mi compañera de cuarto al cabo de un rato.

—Es que me ha dejado al cargo de la mesa de mezclas.

A Dawn se le iluminó el rostro enseguida.

—¡Por fin! Llevabas semanas intentando convencerlo.

Por unos instantes me sorprendió que lo dijera. Luego me acordé de que era Dawn la que estaba sentada delante de mí. Daba igual lo reservada que me mostrara acerca de mi vida, era inevitable que de vez en cuando se te escapara algo cuando compartías habitación con otra persona. Dawn me conocía mejor de lo que en ocasiones me habría gustado.

Sin embargo, era un hecho recíproco. Porque yo también reconocí enseguida la mirada que ella me estaba lanzando en esos momentos.

—Adelante, pregunta —suspiré mientras recogía la bandeja de vasos que me tendía Willa. La acepté asintiendo levemente con la cabeza y empecé a lavarlos.

—¿Qué fue lo que ocurrió el fin de semana?

Me detuve de repente. Había creído que me preguntaría por el incidente de Amanda.

—¿A qué te refieres? —pregunté.

Dawn soltó un sonoro resoplido que me obligó a levantar los ojos del fregadero. Luego arqueó las cejas de un modo elocuente, como si la estuviera tomando por tonta.

—No tengo ni idea de lo que me estás diciendo.

Ella puso los ojos en blanco.

—Lo de Isaac... —aclaró con impaciencia.

Vaya, realmente había conseguido olvidar lo ocurrido.

—Ah, eso —constaté con indiferencia.

—Sí, eso —repitió Dawn—. ¿A qué vino ese morreo?

Suspiré. Por lo que conocía a mi amiga, sabía que no pararía hasta que se lo hubiera contado todo, por lo que decidí recurrir a una versión abreviada.

Cuando hube terminado, parecía bastante indignada.

—Y yo que creía que os... —empezó a decir encogiéndose de hombros.

La corté con un resoplido.

—¿Te pensabas que estatábamos intentando entrar en vuestro club elitista de parejitas? —pregunté. Se puso colorada como un tomate y yo me la quedé mirando impasible—. ¿Me tomas el pelo o qué?

—¿Qué pasa? ¡Se os veía tan adorables juntos! —replicó.

—Decidí echarle un cable porque me pareció un tío legal. Nada más.

—Y, claro, no te liarás con un tío legal —refunfuñó Dawn.

Su comentario me sentó como una patada en el estómago. Instintivamente me llevé las manos a las mejillas. En esta ocasión fui yo quien se sonrojó, y además tuve la impresión de que tendría que pasar un día entero para que dejaran de arderme y recuperaran su color habitual.

—Lo siento, no lo he dicho con mala intención —se apresuró a aclarar Dawn.

—No pasa nada.

—Isaac no suele hacer ese tipo de cosas. Es muy tímido, ni siquiera sé si... —empezó a decir, aunque dejó la frase inacabada y se limitó a encogerse de hombros.

—¿Si qué? —pregunté.

Dawn se puso colorada de nuevo.

—Bueno, que no sé si ha tenido novia alguna vez. O si..., bueno, ya sabes —añadió haciendo un gesto vago con la mano que podría haber significado cualquier cosa.

Eso era algo que no comprendería jamás: Dawn escribía novelas eróticas. Novelas eróticas sobrecargadas de largas escenas sexuales, explícitas y llenas de detalles capaces de sacarme los colores incluso a mí. Y, sin embargo, en la vida real era incapaz de hablar de sexo sin morirse de vergüenza.

Apoyé los brazos en la barra antes de responder.

—Isaac no es virgen, si te referías a eso.

Dawn reaccionó con una exclamación aspirada.

—¿Cómo lo sabes?

Me acordé de la avidez de su beso y del tacto de sus manos sobre mi cuerpo. Al principio había reaccionado con timidez, pero luego había dejado a un lado cualquier tipo de reserva y su beso había adquirido una voracidad casi desesperada. Incluso si no me lo hubiera contado él mismo, por la manera de tocarme y de besarme podría haber llegado yo sola a la conclusión de que sabía exactamente lo que estaba haciendo.

—Simplemente lo sé —me limité a responder encogiéndome de hombros—. Tengo una especie de séptimo sentido para ese tipo de cosas.

—Querrás decir un sexto sentido, ¿no?

Mis labios esbozaron una sonrisa lasciva.

—Créeme, Dawn, no quieres saber en qué consiste mi sexto sentido.

Con un movimiento nervioso, ella cogió su vaso de Coca-Cola y tomó un buen trago para no tener que responder nada.

La siguiente clase de «Visualización de la sociedad» fue un verdadero infierno. Las chicas que se sentaron detrás de mí estuvieron poniéndome verde con tanto descaro que me resultó imposible no oírlas. Al principio me planteé la posibilidad de sentarme en la última fila, pero no tardé en desestimar esa idea. No tenía ninguna intención de esconderme.

No obstante, era injusto. Cooper, el tío que había engañado a su novia, se había presentado en la universidad exhibiendo un ojo morado, pero yo era la única que recibía muestras de odio e insultos que iban de zorra para arriba. ¿Cómo era posible? La sociedad estaba bien jodida si las mujeres teníamos que ser siempre las que nos lleváramos la peor parte. Menuda mierda.

La clase se me hizo más larga que de costumbre. Probablemente porque por primera vez estuve atendiendo a la parte teórica en lugar de dedicar ese tiempo a editar mis fotos. En cuanto Robyn terminó su presentación, saqué mi portátil y lo encendí. Noté las miradas de Amanda y sus amigas clavadas en mi espalda. Empezaron a criticarme levantando todavía más la voz.

Puse los ojos en blanco.

En realidad me había propuesto continuar trabajando en mi serie «Al día siguiente», pero sabía muy bien que no sería capaz de concentrarme en aquellas circunstancias, por lo que decidí abrir la carpeta de las fotografías que había estado haciendo por el campus durante los últimos meses.

Cuando Robyn llegó hasta mí durante la ronda de consultas, se quedó de piedra.

—¿Has empezado un proyecto nuevo? —preguntó.

Negué con la cabeza.

—Es la serie de fotos del campus de la que te hablé.

Se inclinó sobre mi mesa y giré el portátil un poco para que pudiera verlas mejor. Asintió en señal de reconocimiento unas cuantas veces mientras iba pasando ella misma las imágenes, pero en otras ocasiones no me resultó nada sencillo interpretar qué le parecían.

—¿Y qué pasa con las otras fotografías que me enseñaste? —preguntó.

Lancé un vistazo fugaz por encima del hombro en dirección a Amanda. Ésta se dio cuenta y me fulminó con la mirada. Me volví hacia Robyn de nuevo y negué con la cabeza.

—He decidido dejarlas, de momento.

—Pues es una verdadera lástima. Me habría gustado exponerlas en el pasillo.

Al oírlo, me quedé sin aliento. En el pasillo sólo se exponían los mejores trabajos, y en la mayoría de los casos sólo lo conseguían los estudiantes de último año. El hecho de que el año anterior hubieran decidido exponer los retratos que le había hecho a Dawn ya había constituido un gran éxito para mí. Y no sólo eso, sino que a raíz de la exposición había recibido un montón de pequeños encargos que me habían permitido ganar más dinero que cualquier otro trabajo que hubiera podido encontrar como estudiante. El hecho de que Robyn me estuviera ofreciendo exponer de nuevo me pareció todo un honor y una oportunidad tremenda. Quería mostrar mis fotografías impresas en gran formato por los pasillos de la universidad a cualquier precio. Aun así, el bofetón de Amanda y lo que ella y sus amigas habían dicho sobre mí seguían patentes en mi recuerdo.

Si aquellas fotografías llegaban a exponerse, me pondrían todavía más en el punto de mira, a pesar de que la foto del reloj de

Cooper hubiera terminado en la papelera de reciclaje. Además, ¿quién me aseguraba que ninguna otra chica reconocería algún detalle de su novio en las fotografías?

—¿Puedo pensarlo? —le pregunté a Robyn en voz baja.

La profesora me lanzó una mirada severa.

—Hay alumnos que se dejarían cortar una mano por una oportunidad como ésa. No es justo que los hagas esperar si no estás completamente segura de tu trabajo.

Tragué saliva con dificultad. Tenía toda la razón. No podía perder aquella oportunidad. Al fin y al cabo, no era culpa mía que tanto Amanda como sus amigas fueran gilipollas. Por mucha lástima que me diera, tampoco le había hecho daño a propósito. Y no estaba dispuesta a perder una oportunidad como aquélla. Por nadie.

—Claro, tienes razón. Sin duda estaré encantada de exponer las fotografías —admití mirando a Robyn fijamente a los ojos.

Ésta se echó hacia atrás y se cruzó de brazos. Aunque era la profesora más joven que tenía con diferencia, lo cierto es que tenía bastante autoridad.

—De acuerdo. Pues mándame las imágenes antes de mañana por la noche y dime cuáles son tus tres favoritas. Yo les echaré un vistazo y las enviaré a imprimir.

Asentí y empecé a escribir un mensaje de móvil con los dedos temblorosos por la emoción. Poco después, Robyn anunció que haríamos una pausa y aproveché para salir del aula a toda prisa. En cuanto la profesora se hubo apartado de mi mesa, las chicas que tenía detrás de mí empezaron a hablar en voz alta una vez más, y oí con toda claridad la palabra «zorra», y algo como «Realmente no se avergüenza de nada». Un cosquilleo incómodo se extendió por mi cuerpo, por eso no veía el momento de respirar aire fresco y alejarme de tanta hostilidad. Lo único que quería era un poco de tranquilidad. Nunca me había importado lo que pensaran los demás acerca de mí. Y si algo no estaba dispuesta a hacer a esas alturas era intentar complacer a la gente.

Di un breve paseo por el campus y me detuve cerca de un vendedor de limonada ambulante. Enseguida reconocí al cliente al que estaba atendiendo. Por si no lo delataban lo suficiente los tirantes y las gafas, sus movimientos frenéticos me lo confirmaron. Igual que su balbuceo provocado por la timidez.

Por lo visto, no encontraba el monedero. Mientras el resto de los clientes empezaban a cambiar el peso de una pierna a otra para dejar constancia de su impaciencia, Isaac rebuscaba como un loco en los bolsillos de los pantalones. La joven que lo atendía tras el mostrador le dedicó una mirada de disculpa.

—¿De qué lo quieres tú? —preguntó la vendedora.

—De uva, por favor.

Asintió y se volvió para servirme un vaso de zumo.

Al parecer, Isaac ni siquiera reparó en mi presencia. Sus movimientos eran cada vez más nerviosos, y empezaron a aparecerle manchas rojizas en el cuello.

—Hace un momento, lo tenía. Lo siento —murmuró.

La camarera dejó mi vaso junto al de Isaac.

—No te preocupes. Si no lo encuentras, siempre puedes quedarte conmigo el resto del día y me ayudas lavando los vasos.

La chica le guiñó un ojo y él se puso más colorado todavía, si es que eso era posible. Se quedó con la boca ligeramente entreabierta, como si estuviera a punto de decir algo pero no acabara de decidir qué. Con el rostro petrificado, por fin encontró el monedero en el bolsillo trasero de los pantalones. Lo sacó y, al cabo de un instante, oí el tintineo de varias monedas sobre el pavimento.

Se le había caído de las manos. Abierto.

—Mierda —siseó a la vez que se agachaba para empezar a recuperar las monedas que rodaban por el suelo.

No podía seguir contemplando aquel desastre ni un segundo más. Me saqué un billete del bolsillo y pagué los dos zumos. Acto seguido, cogí los vasos del mostrador y, con el pie, le di unos golpecitos en la pierna a Isaac. Éste levantó la mirada y tuve que reprimirme para no echarme a reír al ver su cara de desconcierto absoluto.

—Oh, ah... Hola —balbuceó frotándose la nuca.

—Ven conmigo —le ordené señalando con la barbilla el edificio de la universidad.

Terminó de recoger el resto de las monedas a toda prisa antes de levantarse de nuevo con la cara colorada como un tomate. Le tendí su vaso y nos dirigimos hacia la entrada de la facultad sin mediar palabra.

—Gracias —murmuró al cabo de un rato.

—Me daba miedo que pudieras sufrir un infarto —repuse antes de dar un sorbo a mi vaso de zumo. Estaba un poco ácido, justo como a mí me gustaba—. Por eso he decidido intervenir.

Él se limitó a apretar los labios con la mirada clavada en su vaso.

Le di un codazo en el costado para que me mirara de nuevo.

—Era broma, Grant, Isaac Grant.

Sin embargo, aquello no bastó para conseguir que la expresión de amargura de su rostro desapareciera, y por extraño que parezca sentí la necesidad imperiosa de hacer algo al respecto. No es que lo conociera especialmente bien, y ni siquiera la noche de la fiesta de Dawn había conseguido que dejara de mostrarse reservado, pero tampoco me había relacionado jamás con alguien tan introvertido y cerrado como él. Ni tan callado. Empecé a pensar en lo que podía decirle para distraerlo un poco.

—Por cierto, ¿qué estudias? —le pregunté al cabo de un rato. La sorpresa quedó patente en su mirada, y diría que también un atisbo de gratitud.

Tardó unos segundos en contestar.

—De todo un poco. Acabo de empezar segundo y todavía no tengo ni la más remota idea de qué especialidad elegir.

—¿Cuántos años tienes? —pregunté.

—Veintiuno. Entré un poco más tarde en la universidad porque después de graduarme en el instituto tuve que trabajar una temporada para mis padres.

—¿Y a qué se dedican tus padres?

Poco a poco, el rubor de sus mejillas se fue disipando y, aunque seguía pareciendo tenso y todavía agarraba el vaso de zumo como si se hubiera propuesto aplastarlo, parecía un poco más tranquilo que al principio. Me alegré de habérmelo encontrado. Ese breve paseo por el campus con él fue de lo más oportuno para distraerme de lo que me esperaba cuando volviera a entrar en el aula.

—Son granjeros.

Me detuve en seco. Levanté la mirada hacia Isaac y examiné la pulcritud con la que llevaba peinado el pelo, la montura de pasta de sus gafas, los tirantes de color gris y los zapatos derby perfectamente lustrados. Nunca había visto a nadie con menos aspecto de granjero que Isaac.

—Vamos, no me tomes el pelo.

Un brillo apareció en sus ojos.

—Lo digo en serio.

Lo contemplé absolutamente desconcertada.

—Pero es que... vas tan limpio...

Transcurrieron unos segundos durante los cuales me limité a contemplarlo. Luego él echó la cabeza atrás y se rio en voz alta. Entretanto, ya habíamos llegado al pasillo en el que estaban nuestras aulas, y el eco de sus carcajadas resonó por todas partes.

Constaté que, cuando se reía, Isaac perdía cualquier rastro de tensión. De golpe se había convertido en la antítesis del chico que poco antes había estado recogiendo monedas por el suelo, colorado como un tomate maduro.

Habría disfrutado más de las vistas si Isaac no me hubiera tomado el pelo. Le metí un dedo por debajo del tirante derecho y lo aparté más de un palmo de su cuerpo antes de soltarlo de repente para que le propinara un buen latigazo en el pecho. Reaccionó con un aullido de dolor, y enseguida se frotó la zona del golpe.

—Ay —exclamó.

—Te lo has ganado.

Sonrió con satisfacción.

—Me saldrá un buen morado, pero habrá valido la pena. Tendrías que haber visto la cara que has puesto.

Solté un resoplido.

—Veo que no eres tan buen tío como yo creía. A partir de ahora no pienso creer ni una palabra de lo que digas si no veo fotos que lo demuestren.

Isaac consultó su reloj.

—Te las enseño la próxima vez. Ahora tengo que volver a entrar —anunció señalando con el pulgar un aula que quedaba prácticamente delante de la mía.

—De acuerdo —convine reprimiendo un suspiro en el último instante. Mi clase estaba a punto de volver a empezar en cuestión de minutos, y no me apetecía en absoluto seguir oyendo los insultos de Amanda y compañía.

—Gracias otra vez por el zumo, Sawyer.

Asentí con aire distraído antes de hacer girar el pomo de la puerta para entrar de nuevo en clase.

4

Esa misma tarde, nada más llegar a casa, abrí el portátil de inmediato para hacer la selección de las fotografías que tenía que enviarle a Robyn. Ya sin el barullo que reinaba en el aula ni las miradas asesinas que intentaban fulminarme, podría trabajar a gusto. Incluso volví a sentir aquel cosquilleo de emoción que me invadía cada vez que sabía que una fotografía era realmente buena. Muy pronto, todas aquellas fotos quedarían colgadas en el pasillo de la universidad, impresas a un tamaño diez veces mayor que la pantalla de mi portátil. Me daba igual lo que pudiera pensar sobre mí alguien como Amanda. Las fotos eran mucho más importantes.

Estaba a punto de ordenar las imágenes en varias carpetas desde el programa de edición cuando de repente apareció una ventana emergente con un mensaje que no me molesté en leer. Cerré la ventana y todas las imágenes desaparecieron de golpe.

Con la frente arrugada, cerré el programa y lo inicié de nuevo.

Nada.

Tragué saliva y busqué la carpeta en la que creía haber metido las fotografías que había elegido para Robyn, pero no la encontré. Mejor dicho, no encontré ninguna carpeta. En cambio, el portátil se estaba calentando cada vez más sobre mi regazo, hasta que la pantalla se apagó de improviso.

Abrí unos ojos como platos y presioné enseguida el botón para volver a encenderlo, pero no sucedió nada. Lo intenté otra vez. Y otra. Varias veces seguidas. Un sudor frío apareció en mi frente y en las palmas de mis manos.

Cuando el portátil por fin se encendió de nuevo, solté un suspiro de alivio que llamó la atención de Dawn. Ella también estaba trabajando, y como de costumbre llevaba puestos unos auriculares enormes que apenas le permitían oír ningún ruido. Si se volvió hacia mí en ese instante es que mi suspiro debió de ser realmente escandaloso.

—¿Todo bien? —preguntó tras quitarse los auriculares.

Sin embargo, apenas presté atención a la pregunta. Mi portátil se había encendido de nuevo y estaba esperando con los dedos cruzados que las carpetas y los programas volvieran a aparecer en el escritorio. Por desgracia, no fue así. No había nada. Nada de nada. El escritorio estaba completamente vacío.

—¡Mierda!

Dawn se me acercó y se sentó a mi lado.

—¿Qué ocurre? —me preguntó.

—He perdido las imágenes —exclamé señalando la pantalla—. Ya no tengo nada en el portátil.

—Joder —murmuró girando el portátil hacia ella para poder examinarlo. Hizo un par de clics y abrió unas cuantas carpetas, pero enseguida dejó de intentarlo—. ¿Qué has hecho?

—Creo que tenía demasiados programas abiertos al mismo tiempo y se ha desbordado. Ya me ha sucedido alguna vez, pero nunca había llegado a perder ningún documento —expliqué casi sin aliento.

Empezaba a costarme respirar. ¡Había perdido todas las fotografías!

—¿Habías hecho alguna copia de seguridad? —me preguntó.

Me limité a negar con la cabeza mientras intentaba calmarme y repasar mentalmente las alternativas que me quedaban.

—¿Y tenías un plazo de entrega marcado?

Asentí de un modo ausente.

—Mañana. Robyn quiere volver a exponer fotos mías en los pasillos.

Dawn me miró con los ojos muy abiertos. Era consciente de lo importante que era para mí una oportunidad como aquélla.

—Necesitas que te ayude alguien que sepa de estas cosas. Y rápido.

—Si lo llevo a una tienda me lo desmontarán por completo, y eso tardará una eternidad —murmuré mientras iba abriendo carpetas al azar y las volvía a cerrar. A decir verdad, no tenía ni idea de por qué seguía intentándolo, pero de algún modo sentía la necesidad de ocupar las manos haciendo algo para no volverme loca—. No dispongo de tanto tiempo. Robyn quiere mandar las imágenes a imprenta mañana mismo.

«Menuda mierda.» Me recliné en la cama de manera que quedé apoyada en la pared. Ya podía ir olvidándome de ello y dar la oportunidad por perdida.

—Eso dependerá de a quién acudas —opinó Dawn—. Isaac sabe bastante de ordenadores. Trabaja en un servicio técnico.

Me incorporé de nuevo enseguida.

—¿Grant? ¿Isaac Grant?

Dawn enarcó una ceja mientras asentía.

—El Isaac con quien te enrollaste el otro día, sí. Trabaja cinco días a la semana en una tienda de ordenadores llamada Wesley's, en Porter Road. Seguro que podría echarle un vistazo.

Cerré el portátil de inmediato y me puse en pie de forma tan precipitada que por unos instantes aparecieron puntitos negros frente a mis ojos. Luego me calcé las botas sin atarme siquiera los cordones y me puse la chaqueta de cuero. Me guardé el portátil dentro de la mochila y me la colgué al hombro antes de abrir la puerta. Cuando ya había puesto un pie fuera de la habitación, me detuve en seco.

—Gracias, Dawn —exclamé, y acto seguido me dirigí hacia la tienda en cuestión.

Wesley's era una tienda enorme que olía a cables y a cajas de cartón. Con una mano intenté pegar todavía más la mochila a mi hombro para seguir andando por las diferentes secciones, llenas de frigoríficos, hornos y lavadoras. Sin embargo, no encontré a Isaac por ninguna parte. Cuando llegué a la sección de televisores, vi que había un tipo sentado en una butaca de piel, viendo una película de acción en veinte pantallas a la vez.

—Disculpe...

Intenté llamar su atención, pero los tiroteos que emitían todos aquellos sistemas de sonido envolvente eran realmente ensordecedores. El tipo volvió la cabeza en mi dirección. Tenía el cuello tan largo que probablemente era capaz de girarlo trescientos sesenta grados. Llevaba una barba incipiente, y me pareció descubrir algún resto de comida en ella.

—¿Qué pasa? —me preguntó sin molestarse siquiera en bajar el volumen.

—Estoy buscando a Isaac Grant —respondí levantando la voz—. ¿Voy bien por aquí?

Entonces sí que bajó el volumen.

—¿Ya ha vuelto a esconderse ese chaval? —gruñó levantándose con pesadez de la butaca.

Me lo quedé mirando perpleja. Pasó por mi lado y se acercó a una mesa que quedaba en el límite de su área de ventas. Ahí tenía una pantalla, justo al lado de un micrófono. El tipo pulsó un botón verde y acercó tanto la boca al micro que la pesadez de su aliento pudo oírse en todo el establecimiento.

«Qué asco.»

—Grant, mueve el culo hasta la B12. Hay una clienta.

Cuando no había pasado ni un minuto, oí unos pasos apresurados cada vez más cerca. Me di media vuelta y vi que Isaac venía corriendo. Si me lo hubieran contado, me habría parecido imposible, pero en esa tienda, rodeado de tecnología, con sus gafas y su camiseta azul entallada con el logotipo del establecimiento, parecía todavía más friqui que de costumbre, aunque también muy competente.

Abrió mucho los ojos cuando se dio cuenta de que la clienta en cuestión era yo.

—¿Qué haces aquí? —preguntó casi sin aliento.

Encogí el hombro del que llevaba colgada la mochila.

—Tengo una emergencia con el portátil. Dawn me ha dicho que trabajabas aquí.

Isaac desvió la mirada hacia su jefe apenas un instante. Éste nos estaba observando con expresión despectiva.

—Vuelvo a meterme ahí detrás. La próxima vez, a ver si sales tú solito cuando haya clientela, ¿entendido? No tenemos instaladas las cámaras porque sí.

—Claro, Wesley —respondió Isaac en voz baja. Su rostro era una máscara impenetrable y parecía de lo más tenso. De repente pensé que tal vez no había sido buena idea dejarme caer por allí sin avisar.

Hasta que su jefe nos dio la espalda y regresó a sus pantallas, Isaac no se atrevió a mirarme a la cara y dedicarme una sonrisa insegura.

—¿Qué clase de emergencia? —me preguntó.

Me coloqué bien la correa de la mochila, que me había quedado torcida sobre el hombro.

—Mañana tengo una entrega importante, pero se me ha fundido el portátil. Se ha apagado de golpe y cuando lo he vuelto a encender tenía el disco duro vacío. Y necesito recuperar esas imágenes como sea.

Isaac asintió despacio.

—Será mejor que vengas conmigo a la parte de atrás.

Me condujo hacia la parte trasera de la tienda. A través de una pesada puerta metálica entramos en un almacén donde había montones de cajas de cartón apiladas en estanterías metálicas muy altas.

—Menudo gilipollas es tu jefe —le susurré en cuanto estuve segura de que no podría oírnos.

Durante unos instantes me pareció que Isaac buscaba la manera de responder a mi comentario de forma diplomática.

—Es... un tipo algo difícil —dijo al fin—. Pero no paga mal —añadió encogiéndose de hombros.

—¿Y qué te toca hacer aquí? —le pregunté.

—En realidad, de todo: atender a clientes, tareas en el taller y colocar los artículos en la tienda.

Enarqué las cejas.

—Pues la lista es bastante larga.

—No está mal —se limitó a comentar mientras me sostenía otra puerta para entrar en un despachito—. Es aquí.

Entré en una pequeña estancia que olía a moho y miré a mi alrededor. Había varias pantallas y cajas de ordenador en las estanterías, junto a cajas de las que sobresalían cables y teclados. En el suelo había algo que me pareció el interior de un ordenador, y por todas partes vi trozos de cable y herramientas. Tuve que entrar con cuidado para no pisar nada.

—Perdona, Wesley nunca pierde el tiempo ordenando, y a veces no llego a tiempo para hacerlo yo —se disculpó mientras intentábamos abrirnos paso hasta el escritorio. Una vez allí,

Isaac lo despejó un poco apilando varios teclados y dejándolos sobre un estante. Luego se colocó frente a un ordenador y lo encendió.

—Dawn me ha dicho que trabajas aquí todos los días —constaté a modo de pregunta indirecta mientras me sentaba en una silla junto a la suya, con la mochila que contenía mi portátil sobre el regazo.

—Entre semana, sí. Durante el fin de semana ayudo a mis padres, si Wesley no me necesita para un turno doble.

Y yo que creía que mis tres turnos semanales en el Steakhouse eran mucho trabajo.

—Siete días a la semana y, encima, las clases. Eso es una carga de trabajo importante.

—Es factible, y así no dependo de nadie para pagarme los estudios —explicó como si no fuera nada del otro mundo.

—¿Que te pagas tú solo los estudios? —pregunté sorprendida.

Isaac se me quedó mirando, esta vez con una expresión muy seria en los ojos.

—Tengo cuatro hermanos, y mis padres llevan una granja muy grande.

Me dio la impresión de que no le apetecía que yo siguiera preguntando, por lo que decidí reprimirme a pesar de lo mucho que me picaba la curiosidad. No conocía a nadie más capaz de pagarse los estudios sin la ayuda de nadie. A mí me ayudaba mi hermana, por ejemplo. Pero, al fin y al cabo, Isaac era muy distinto del resto de las personas que había conocido hasta el momento.

Debí de quedármelo mirando con demasiada intensidad, porque tras unos segundos vi cómo desviaba los ojos tímidamente con las mejillas sonrosadas y se dedicaba a enderezar el teclado de un modo absolutamente innecesario.

—¿Te parece si le echamos un vistazo a ese portátil? —preguntó de repente.

Asentí y abrí la trabilla de mi vieja mochila. Como casi todo lo que poseía, la había conseguido en una tienda de segunda mano, y poco a poco empezaba a notarse el historial que acumulaba. Con determinación, saqué el portátil y se lo dejé encima de la mesa.

Isaac lo levantó y le dio la vuelta para poder comprobar qué tipo de conexiones tenía. Luego tiró de un cajón del escritorio y sacó de él un cable gris con el que pudo conectar mi portátil a su ordenador de sobremesa. A continuación inició su equipo, pulsó una combinación de teclas aparentemente complicada y en su pantalla apareció un campo negro con cifras y letras de color verde fluorescente.

Intenté encontrar algún sentido a lo que estaba haciendo, pero lo cierto es que al cabo de poco rato lo di por imposible y me limité a observarlo con atención a él. Era evidente que se sentía como pez en el agua.

Estuvo pulsando teclas durante unos minutos con la frente muy arrugada. Aquella expresión de seriedad lo favorecía mucho. En general, y visto con objetividad, era bastante atractivo. No llevaba el pelo pegado al cráneo con gomina como de costumbre, sino revuelto y caótico a más no poder. Seguramente debía de haber sudado trabajando en el almacén. La camiseta que llevaba puesta, a pesar de ser muy cutre, también le quedaba bien. Normalmente llevaba las camisas tan abotonadas que ni siquiera me lo había imaginado con camiseta. Al verlo de ese modo, no pude evitar pensar que se haría un favor vistiéndose de esa forma más a menudo.

—¿El portátil se te ha calentado mucho? —me preguntó de repente.

Sorprendida, levanté la mirada de sus antebrazos y me apresuré a asentir.

—Sí, pero es que ya debe de tener unos tres años.

—Ya veo —murmuró—. ¿Y lo utilizas muy a menudo en la cama?

—La mayoría de las veces, sí.

Murmuró de nuevo. Era evidente que el trabajo no lo volvía más locuaz. Decidí callarme y dedicarme simplemente a observarlo.

—Ah, ya está, ya lo tengo —murmuró al cabo de un rato.

—¿¿Qué??

Isaac se sobresaltó al oír mi grito, pero escribió unos cuantos comandos más sin siquiera mirarme.

—La tabla de asignación de archivos estaba defectuosa, y por culpa de un defecto de hardware el disco duro se ha estropeado. He iniciado un programa de recuperación de archivos y he comprobado el disco duro con el verificador de disco. Todo debería quedar restaurado sin problemas. Sin embargo, es posible que tus ficheros hayan cambiado el nombre que tenían por una serie de números. Lo único que tendrás que hacer es ir cambiando los nombres de nuevo uno por uno.

—¿Eso significa que vuelvo a tener mis fotografías? —pregunté con incredulidad.

Isaac asintió.

—Sí. Sólo habrá cambiado la denominación de los ficheros. Pero, a partir de ahora, te recomiendo que hagas copias de seguridad en un disco duro externo de vez en cuando, para no volver a perder las imágenes de esta manera. Creo que tengo alguno por aquí que no utilizo, te lo puedo dar —me explicó mientras yo, absolutamente perpleja, iba alternando mi mirada entre él y mi portátil.

Isaac se levantó y apartó con una de sus largas piernas la chatarra esparcida por el suelo de la oficina. Estuvo rebuscando un rato en el interior de una caja que tenía en un estante y luego me tendió un bloque rectangular de color negro. Lo acepté sin dar crédito.

—¿Cuánto te debo? —pregunté mientras volvía a guardarme el portátil y el disco duro en la mochila.

—Tranquila, no me debes nada.

Arrugué la frente, desconcertada.

—En serio —me aseguró al ver mi reacción—. Todo esto son cosas que se malvenderán de todos modos.

Me lo quedé mirando, negando con la cabeza.

—Gracias, Isaac.

Él me sonrió con las mejillas coloradas y se subió las gafas con un dedo.

—Ha sido un placer.

5

—Oh, sí. Te gusta, ¿verdad?

Reprimí el impulso de poner los ojos en blanco. La verdad es que Topher Culkin era realmente bueno en la cama. Sabía cómo moverse y dónde poner las manos. Pero hablaba mucho. Demasiado.

—Te gusta, ¿eh? Oh, sí —murmuró de nuevo, esta vez con la boca pegada a mi oído. Literalmente pegada. La tenía tan cerca que noté la humedad de su aliento en el tímpano.

Buah, cómo me habría gustado amordazarlo en esos momentos. Si lo hubiera sabido de antemano, habría bebido más.

Levanté la pelvis con la esperanza de que volviera a tocar mi punto más sensible. Me penetró con fuerza y... ¡Bingo! Eché la cabeza hacia atrás y solté un sonoro gemido.

—Sí, nena —gimió Topher.

Metió una mano por debajo de mi pierna y me elevó la rodilla hasta su pecho.

—Sí, así —suspiré en cuanto noté que volvía a acertar el punto crítico.

Mi elogio tuvo una reacción positiva por su parte. Volvió a embestirme una y otra vez, hasta que mi cuerpo empezó a temblar. Clavé las uñas en su espalda y noté literalmente cómo toda la rabia, la frustración y la energía acumulada durante esa semana de mierda por fin encontraban una vía de escape. En ese instante dejé de pensar por completo y me pareció la mejor sensación del mundo.

—Vamos, nena, sé que te está gust...

Hundí todavía más las uñas en los hombros de Topher y por fin conseguí que se callara de una vez.

Apretó los dientes con tanta fuerza que le chirriaron, y los músculos de su vientre se tensaron por completo. Yo encorvé la espalda y gocé del tacto de su cuerpo sobre el mío, de su erección dentro de mí.

Topher soltó un gemido, me embistió de nuevo y una sacudida le recorrió el cuerpo entero. Me aferré a sus hombros mientras sentía cómo se estremecía en mi interior.

Sin aliento, se apartó de mí rodando hacia un lado y se dejó caer sobre la espalda. Durante unos minutos nos limitamos a escuchar el sonido entrecortado de nuestras respiraciones.

—Ha estado bien, nena. Muy bien.

Yo me limité a gruñir. Todavía ebria de placer, no hice nada para evitar que me envolviera con un brazo antes de que se quedara dormido.

A primera hora de la mañana, me escabullí del dormitorio de Topher y, de camino a la residencia, compré desayuno para mí y para Dawn. Me dolía la cabeza, pero sabía por experiencia que no era nada que no pudiera remediar un buen paseo, un *smoothie* grande y un *bagel* de queso.

Cuando por fin llegué a la residencia, ya me sentía bastante mejor. Habría preferido meterme directamente en la ducha, pero tenía que pasar por la habitación para recoger la toalla y la ropa limpia. Antes de entrar me detuve frente a la puerta y agucé el oído. Me había acostumbrado a hacerlo después de haber sorprendido a Dawn y a Spencer con las manos en la masa en alguna ocasión, una experiencia que no me apetecía repetir. El culo pálido de Spencer todavía se me aparecía en sueños. O, mejor dicho, en pesadillas.

A través de la hoja de madera, me llegó el sonido de dos voces. Una era masculina, y aunque no me pareció que hablara con un tono furtivo, decidí ser precavida y llamar a la puerta dos veces antes de abrirla.

Dawn estaba sentada frente a su escritorio, pero no la acompañaba Spencer, sino Isaac. Estaban concentrados en sus cuadernos de apuntes y levantaron la cabeza al mismo tiempo para mirarme en cuanto entré.

—¿Una noche muy larga? —preguntó Dawn.

Me encogí de hombros y le tendí la bolsa con el desayuno: una magdalena de chocolate enorme.

—Si llego a saber que estabas aquí también te habría traído algo.

Isaac no repuso nada, sino que se limitó a mirarme de arriba abajo, despacio, desde el pronunciado escote de mi vestido negro hasta las medias agujereadas y las botas, para luego volver a subir hasta mi pelo revuelto, que sin duda alguna debía de revelar lo que había estado haciendo la noche anterior.

La mandíbula de Isaac se tensó al instante. Habría dado cualquier cosa por saber qué estaba pensando.

—Ningún problema —respondió Dawn—. La compartiremos y... Ay, no. Lo siento, Isaac, pero me ha traído mi magdalena preferida. ¡Gracias, Sawyer!

—De nada —murmuré mientras me acercaba a mi cómoda.

—No, de verdad —insistió Dawn—. Me cuidas mucho.

—Déjalo.

Abrí el cajón inferior de la cómoda y saqué unos *shorts*, una camiseta y ropa interior limpia. Dawn empezó a menear la magdalena en el aire.

—¡Esta magdalena es la prueba fehaciente de que me quieres! —anunció con aire triunfal.

Solté un resoplido y, con la ropa limpia bajo el brazo, me dirigí hacia la puerta. La situación me pareció incómoda, y la mirada atenta de Isaac, fijándose alternativamente en mí, en Dawn, en la magdalena y vuelta a empezar, no contribuyó precisamente a mejorar las cosas.

—Voy a ducharme.

En cuanto hube cerrado la puerta a mi espalda, oí un último comentario de Dawn:

—Me quiere.

Dawn e Isaac estuvieron estudiando juntos hasta el anochecer. Intenté actuar como si no estuvieran, me puse los auriculares y empecé a clasificar los ficheros de imágenes de mi portátil. Después de pasar dos años estudiando fotografía, tenía más de mil, y desde que Isaac las había salvado de las profundidades abisales de mi disco duro, habían quedado completamente revueltas. Todos los ficheros se encontraban almacenados en una misma carpeta, con nombres larguísimos y absurdos, combinaciones de letras y números que el propio ordenador les había asignado. Eso significaba que tenía que abrir cada imagen para descubrir a qué serie pertenecía.

Mientras iba haciendo clic en las imágenes, me di cuenta de que todavía no sabía qué hacer para mi proyecto final. Robyn no se había emocionado especialmente al ver las fotografías del campus, mientras que la serie de imágenes «Al día siguiente» no me parecía una opción viable. Con la exposición, pensaba dar la serie por terminada. Además, mientras siguiera estudiando quería aprovechar al máximo las oportunidades que se me brindaran para experimentar, de manera que luego pudiera armar un buen porfolio de presentación.

Necesitaba inspirarme y empezaba a ser urgente. Tenía que

ser algo que encajara conmigo, que llevara mi rúbrica y, al mismo tiempo, que pudiera parecerle interesante a Robyn. Acababa de apostar por mí de nuevo ofreciéndome otra exposición, por lo que no quería decepcionarla.

Estuve buscando por la red y entré en mi página web preferida para ver si encontraba allí la inspiración que deseaba. Creé un *moodboard* en el que metí todo lo que medianamente me llamaba la atención, pero la chispa no acababa de saltar. En algún momento solté un gemido de frustración y hundí la frente en mi portátil.

—Yo estoy igual, Sawyer —me informó Dawn con un bostezo espectacular.

—A mí tampoco me iría mal hacer una pausa —añadió Isaac.

—¿Pedimos algo para comer? —preguntó mi compañera.

—Por mí, perfecto —convino Isaac. Me lanzó una mirada fugaz y luego la clavó de nuevo en sus apuntes.

—¿Tú qué dices, Sawyer? ¿Te apuntas? —me preguntó Dawn.

Asentí y estiré los brazos por encima de la cabeza.

Al cabo de poco rato ya estábamos sentados alrededor de mi mesita redonda, llena a rebosar de tanta comida asiática que parecía un pedido más propio de una familia numerosa. De vez en cuando estaba bien cambiar y prescindir del comedor universitario, aunque fuera un lujo que no podía permitirme muy a menudo.

—Bueno, ¿y qué te ha dicho Madison? —preguntó Dawn mientras pescaba un rollito de primavera de una de las bandejas de comida.

En ese mismo instante, a Isaac se le cayó el rollito sobre la mesa. Con las mejillas coloradas, lo recogió de nuevo y se lo metió todo entero en la boca.

—¿Tan mal fue?

La expresión de Dawn se volvió más compasiva.

—*Peod* —respondió él con la boca llena.

Yo clavé la mirada en mi plato mientras seguía comiendo fideos con el tenedor.

—¿Por qué peor? —insistió Dawn.

Isaac se removió con inquietud en su silla y, sin querer, golpeó la mesa con sus largas piernas, con tanto ímpetu que volcó una de las bandejas de comida. La puse derecha de nuevo y me lo quedé mirando. Era evidente que las preguntas de Dawn lo estaban incomodando.

Aun así, ella no dio su brazo a torcer. En ese sentido, tenía la determinación de un terrier. Cuando hincaba el diente en algo, no volvía a soltarlo hasta que conseguía oír lo que se había propuesto saber.

—¿Por qué me miras como si te hubiera molido a palos? —le preguntó Dawn abriendo unos ojos como platos—. ¿Te dijo que sí o que no?

Isaac negó con la cabeza. Todavía tenía el rollito en la boca y lo estaba masticando despacio. Era evidente que no le apetecía nada contestar. En lugar de eso, se quedó mirando la servilleta que tenía junto al plato y empezó a desgarrarla en pequeños trozos.

Dawn mantuvo la mirada clavada en él de todos modos, hasta que por fin él decidió ceder con un suspiro.

—Me ha dado calabazas —confesó, tan cabizbajo que parecía que se lo estuviera contando a su plato.

—¿Qué? ¿Por qué? —preguntó Dawn indignada.

Una vez más, Isaac se removió con incomodidad sobre su asiento, aunque en esta ocasión ni siquiera me molesté en levantar de nuevo la bandeja cuando volvió a tumbarla.

—Bueno, es que... simplemente no le interesaba.

Cogí el último rollito de primavera que quedaba y lo mojé en la salsa picante. Dawn se equivocaba, insistiendo en hablar sobre los intentos de Isaac para salir con alguien.

—Pero ¿por qué no? Eres un tío genial, y muy atractivo. Además...

Dawn se quedó callada al ver que Isaac se atragantaba nada más oír que lo describía como atractivo.

A mí no me extrañó lo más mínimo que Madison no sintiera interés por Isaac: yo también tendía a evitar a los tipos tan inseguros como él. Por muy legales que fueran.

—Pues yo estaba segura de que os entenderíais —murmuró Dawn apoyando la barbilla en una mano. En la otra tenía el tenedor, con el que se dedicó a remover los fideos, perdida en sus cavilaciones.

—No te lo tomes a mal, Dawn, pero preferiría que no volvieras a intentar buscarme pareja. Ya es la segunda vez que una chica me da calabazas con cara de lástima y se me han pasado las ganas de hacer el ridículo —concluyó Isaac antes de sustituir sus palillos por un tenedor de plástico.

—Es que eres demasiado bueno —me oí decir de repente.

Dawn e Isaac se me quedaron mirando perplejos. Interiormente, puse los ojos en blanco. ¿Quién me mandaba a mí abrir la boca?

—Es la verdad —dije encogiéndome de hombros—. Y las chicas con las que ha intentado emparejarte Dawn seguramente no están interesadas en los chicos buenos como tú.

—Pero si no tienes ni idea de quiénes son las chicas que le busqué —me reprochó mi amiga.

Arqueé una ceja antes de responder.

—Grace. Madison. Everly.

Isaac estuvo a punto de atragantarse.

Les lancé una mirada desafiante.

—¡Vamos, di algo! —gruñó Dawn.

—¡Pero si tiene razón! —exclamó Isaac.

—Tengo un séptimo sentido para esas cosas —avisé, metiéndome unos cuantos fideos más en la boca.

—¿No sería un sexto sentido y no séptimo? —se interesó Isaac.

—No preguntes —murmuró Dawn apoyando la barbilla en las manos—. A ver, según tú, ¿en qué me he equivocado?

—En nada —respondí después de engullir los fideos. A continuación señalé a Isaac con el tenedor—. Eres demasiado bueno.

—No le hagas caso. La mujer de tus sueños está en algún lugar ahí fuera, esperándote —intervino Dawn.

No obstante, Isaac la ignoró y giró su silla en mi dirección.

—¿Eso significa que debería ser más maleducado para conseguir una cita? —preguntó.

«Maleducado.» Una vez más, puse los ojos en blanco mentalmente. Sólo a Isaac se le ocurriría expresarlo de ese modo, únicamente para evitar la palabra «gilipollas».

Me encogí de hombros con indiferencia.

—Depende. ¿Qué estás buscando?

Se mordió el labio inferior antes de responder.

—A decir verdad, me da bastante igual. Una simple cita ya supondría un verdadero progreso —respondió con las mejillas coloradas, aunque sin apartar la mirada de mí.

—Entonces lo que deberías hacer es demostrar más confianza en ti mismo —le aconsejé—. Y tal vez cambiar un poco tu aspecto también.

—¿Qué le pasa a mi aspecto? —preguntó en un tono de interés genuino.

Me encogí de hombros una vez más.

—En realidad, nada. Si pretendes seguir comportándote de

un modo ultracorrecto y que te tomen por un empollón. Me refiero a que no llevas ni un pelo fuera de sitio. Sin duda habrá tías que se pondrán cachondas con eso, pero la mayoría de las chicas seguramente se sentirán más bien cohibidas.

—Ajá —se limitó a decir él, mirándose la camisa y jugueteando con la pajarita del cuello. Ese día la llevaba de color turquesa.

—En cuestión de un mes yo podría convertirte en un verdadero chico malo y tendrías a una chica colgando de cada brazo —le solté.

—¿En serio? —preguntó.

Asentí.

—Estoy bastante segura de que sí. Vamos, las condiciones básicas para conseguirlo las cumples, al menos.

Una sonrisa apareció en su rostro de inmediato.

Y entonces fue cuando sucedió.

Frente a mis ojos apareció una imagen. No, en realidad fueron dos. Una era de Isaac tal como era en esos momentos: con gafas, pajarita y un peinado meticuloso. La otra, en blanco y negro, mostrando a un Isaac completamente distinto: con el pelo revuelto, una actitud relajada y muy seguro de sí mismo y con una chica entre los brazos. O dos.

El antes y el después.

La transformación de Isaac Grant.

Sería un tema perfecto para mi trabajo de final de curso.

—¿Por qué os miráis así? —preguntó Dawn.

—Te propongo un trato —empecé a decir.

—Te escucho —respondió Isaac.

Me incliné hacia delante con los brazos apoyados en las rodillas y lo miré fijamente a los ojos.

—Yo te convierto en un chico malo y te ayudo a conseguir a la chica que tú quieras. A cambio, yo me quedo con todas las fotos que hagamos durante el proceso para mi proyecto de final de curso.

Dedicó unos segundos a estudiar mi rostro con mucha concentración, como si estuviera buscando alguna intención oculta.

—¿Lo dices en serio? —preguntó al fin.

—Isaac, tú no necesitas que nadie te cambie sólo para...

Con el rabillo del ojo vi que Dawn gesticulaba de forma extraña, pero de todos modos no pude apartar la mirada de los ojos pardos y verdes de Isaac.

—¿Y qué pasa si yo quiero cambiar? —preguntó él en voz baja.

La pregunta se la dirigió a Dawn, pero fui yo quien la respondió.

—Algo me dice que tenemos un trato.

Extendí la mano. En un abrir y cerrar de ojos, Isaac me la estrechó. Me acordé de que apenas una semana antes ya nos habíamos dado un apretón de manos y le había notado la piel fría y pegajosa por culpa de los nervios. En esta ocasión, en cambio, la tenía cálida y agradable, de manera que incluso se la acaricié un poco con el pulgar.

En los ojos de Isaac apareció un brillo especial.

«Nos vamos a divertir mucho, Isaac Theodore», pensé.

Dawn soltó un gemido torturado.

—¡Oh, Dios! ¡La que he liado!

6

—No me mires. Compórtate como si yo no estuviera aquí —le indiqué muy concentrada. Me acerqué un poco más a Isaac y me agaché frente a él. En realidad me habría ido bien tener ayuda para esas fotografías, alguien que pudiera ocuparse de la luz y controlar que no quedaran reflejos en los cristales de las gafas. Pero sabía que podía conseguirlo de todos modos sin ayuda.

Siempre y cuando Isaac mantuviera a raya su inquietud.

—Me pones nervioso —me acusó mirando directamente a la cámara.

—Tú mira la pantalla —insistí.

Soltó un suspiro, pero al menos me hizo caso.

El motivo de aquella sesión era mostrar cómo era Isaac antes de iniciar la transformación: tímido, retraído, torpe y tenso en todo momento. Sin embargo, las imágenes tenían que parecer naturales y cotidianas. Simples instantáneas de su vida diaria. No podían ser forzadas en absoluto.

Una vez más, pulsé el disparador de la cámara y él reaccionó con un sobresalto.

—De acuerdo, así no lo conseguiremos —murmuré. Bajé la cámara y rodeé el escritorio frente al que estaba sentado.

Esa tarde, Isaac había estado a punto de caerse de la silla del susto al verme aparecer en su lugar de trabajo cargada con la cámara de fotos. Su jefe estaba viendo otra película en la sección de televisores y ni siquiera se había dado cuenta de que había pasado por su lado en dirección al taller.

Lo de presentarme de improviso había sido a propósito. Sabía que si lo hubiera avisado se habría pasado horas pensando en ello y seguramente me lo habría encontrado todavía más tenso de lo que ya estaba. Aunque dudaba que eso fuera posible, la verdad.

Pero también cabía la posibilidad de que se hubiera asombrado al comprobar que me tomaba en serio el trato que habíamos hecho.

—Tendría que haberte avisado de que no soy nada fotogénico —murmuró.

—Eso no es cierto —objeté, y me incliné un poco hacia él para encender el ordenador—. ¿Hay algo que tengas que hacer con esto?

Isaac se encogió de hombros con torpeza.

Miré a mi alrededor. Luego me acerqué a la ventana e intenté correr las pesadas cortinas marrones un poco más, pero sólo conseguí levantar una nube de polvo.

—Hace un montón de tiempo que no limpio el taller, lo siento —se disculpó en cuanto empecé a toser. De inmediato se levantó y abrió las cortinas él mismo.

—¿También te encargas de limpiar para Wesley? —grazné.

Me tendió una botella de agua antes de responder.

—A veces —admitió.

Tomé un trago y dejé la botella de nuevo encima de la mesa.

—Te está explotando. Lo sabes, ¿no?

Isaac se encogió de hombros una vez más.

—¿Y qué? Mientras me pague...

—Estoy segura de que podrías encontrar otro empleo —le aseguré. Sin embargo, él se limitó a darse media vuelta y a sentarse de nuevo frente al escritorio.

—Podría digitalizar estos listados —propuso levantando una hoja de papel llena de cifras.

Decidí no resistirme a ese cambio de tema radical.

—Genial. Parecerá más realista si estás ocupado trabajando de verdad.

Retrocedí unos pasos y levanté la cámara frente a mi cara mientras él empezaba a teclear. Lo observé a través de la lente, me agaché un poco y pulsé el disparador.

El cosquilleo de emoción me puso la carne de gallina, una clara indicación de que había sido una buena foto.

—Muy bien —murmuré.

Enfoqué el rostro de Isaac mirando la pantalla con mucha concentración, intentando no distraerlo. Enseguida me di cuenta de que sería una buena idea proponerle que hiciera algo cada vez que tuviera que retratarlo.

Cuando di un paso a un lado para tratar de abarcar toda la estantería del fondo en el encuadre, me hice un lío con un cable que colgaba, perdí el equilibrio y acabé cayendo al suelo. En el último segundo conseguí levantar los brazos para evitar que la cámara se llevara un golpe.

—¡Joder, Sawyer! —exclamó Isaac saltando de la silla de un respingo y agachándose enseguida a mi lado. Me tocó el brazo con cuidado—. ¿Estás bien?

Asentí algo aturdida. Todavía tendida en el suelo, pulsé el triángulo verde de la parte posterior de la cámara para ver las últimas imágenes que había capturado. Me incorporé hasta que quedé sentada en el suelo y, con una sonrisa en los labios, miré a Isaac.

—Ha valido la pena.

Se quedó mirando la imagen y parpadeó varias veces.

—He quedado bien —constató con perplejidad.

—Pues ya verás cuando haya terminado contigo —repliqué

en un tono provocador con el que conseguí que se le sonrojaran las mejillas.

Aquello también tenía que capturarlo con la cámara algún día.

—Me estás mirando como si te hubiera amenazado con torturarte —dije justo antes de accionar el disparador.

Isaac apretó los labios con fuerza y, a juzgar por el movimiento de su laringe, tragó saliva con mucha dificultad.

—Es que la gente nos está mirando.

Aparté la cámara y eché un vistazo a mi alrededor. Casi nadie miraba en nuestra dirección.

—Necesitamos unas cuantas imágenes tuyas en el campus. Además, no es cierto: nadie se fija en nosotros.

Isaac suspiró y luego agitó las manos como si tratara de relajarlas.

—De acuerdo. Intentémoslo otra vez.

Levanté la cámara de nuevo.

—Inclínate un poco y apóyate en la pared —le indiqué. Me acerqué a él y le elevé un poco las manos para mejorar el ángulo en el que debía quedar el libro que tenía en la mano—. Y ahora no te muevas. Quédate así. Tiene que parecer natural.

Isaac enarcó las cejas con escepticismo.

—En mi vida he leído un libro apoyado en una pared de esta manera. A mí no me parece nada natural.

—No seas así. Las fotos están quedando muy bien.

Puesto que Isaac había posado en la tienda de Wesley con el uniforme de trabajo, lo había convencido para que posara de nuevo para mí con su estilo habitual. Le había pedido que se vistiera como de costumbre y apareció con camisa, corbata, jersey de cuello de pico, pantalones chinos de color azul marino y zapatos derby.

Me había costado reprimir las ganas de poner los ojos en blanco nada más verlo aparecer vestido de ese modo. Y me reafirmé en mi opinión: Isaac no parecía en absoluto un granjero. Ni siquiera parecía que fuera estudiante. Su aspecto era más bien de Isaac Theodore Grant III, lord de Yoquesequé. No veía el momento de comprobar qué guardaba en el ropero para empezar con la escabechina.

Contempló la explanada del campus una vez más. Por mucho que fuera ya el tercer lugar en el que intentábamos conseguir unas buenas fotos, seguía estando tenso, nervioso e inseguro. Aun así, la luz era preciosa y pensé que sería una verdadera lástima no aprovecharla, por lo que decidí no darle más indicaciones a Isaac y limitarme a echar fotos.

—Guau —murmuré al cabo de unos minutos, antes de pulsar una última vez el disparador—. No está nada mal.

—¿Hemos terminado? —preguntó él esperanzado.

—Dios, eres aún peor que Dawn.

Empecé a revisar las imágenes y la perfeccionista que llevaba dentro enseguida detectó mil detalles que podría haber resuelto mejor. Sin embargo, en conjunto, el resultado me pareció que no estaba nada mal. Era Isaac Grant tal como lo conocía la gente. Justo lo que me había propuesto retratar.

—Sigue en pie lo de esta noche, ¿verdad? —pregunté mientras guardaba con mucho cuidado la cámara en mi mochila.

—Sí.

—¿Quieres que lleve algo para comer? —pregunté.

Isaac negó con la cabeza.

—El tío de mi compañero de piso tiene un restaurante en la ciudad. Todos los días nos trae las sobras y suele haber suficiente para alimentar a veinte personas. O sea que mejor si vienes con hambre —me aconsejó antes de consultar su reloj—. Tengo que irme.

Dicho esto, se colgó la cartera de piel al hombro y levantó una mano con torpeza.

—Hasta luego —se despidió.

Lo saludé con la cabeza y regresé a mi habitación de la residencia. Todavía tenía deberes por hacer para la clase de «Procedimientos técnicos y procesos», y aunque no estaba nada motivada, tampoco podía postergarlo eternamente.

No obstante, nada más entrar en la residencia me vinieron ganas de dar media vuelta. Desde el pasillo pude oír una voz femenina saliendo de la habitación que compartía con Dawn. En la mayoría de los casos, eso significaba que Allie había venido a visitarla. Nuestra relación siempre había sido extraña, pero tampoco dejaba de ser normal, teniendo en cuenta nuestro pasado. A pesar de las ganas que me entraron de huir corriendo de allí, me sobrepuse y entré en el cuarto.

No levanté la mirada al entrar, e intenté no hacer ruido cuando cerré la puerta a mi espalda.

—¿Qué tal, hermanita?

Asombrada, me volví.

En mi cama, sentada junto a Dawn, estaba Riley, mi hermana.

Lo que hice a continuación era poco típico de mí: solté un chillido a pleno pulmón.

De un salto, me abalancé sobre mi hermana y me colgué de su cuello. Acabamos las dos tendidas en la cama, convertidas en un amasijo de brazos, piernas y pelo. De reojo percibí cómo Dawn se levantaba y regresaba a su mitad de la habitación riendo.

Todavía tardé un rato en soltar a Riley.

—Lila. Me gusta —aseguré mientras me buscaba puntas abiertas en la melena.

—Rubio claro —replicó ella imitando mi movimiento—. Qué aburrida eres.

—Me gusta mi pelo tal como es —repuse antes de sacarle la lengua.

—Te he echado de menos —admitió Riley abrazándome de nuevo.

—¿Qué demonios haces aquí? —pregunté.

Riley todavía vivía en Renton, una ciudad que quedaba a unas cuatro horas y media de Woodshill y que era donde habíamos crecido, aunque había sido un verdadero infierno para las dos. Nunca había entendido cómo había podido quedarse allí. A mí ya me costaba incluso regresar para pasar unos días con ella. Probablemente por ese motivo siempre hablábamos por teléfono pero apenas nos veíamos.

—El lunes no me dijiste que vendrías.

—Hay novedades y quería contárselas a mi hermana pequeña en persona, no por teléfono —explicó.

Me dedicó una sonrisa que me recordó lo mucho que se parecía a nuestro padre. Todo lo contrario que yo, que era la viva imagen de mi madre. Aparte de eso, por la manera de vestir, el amor por los tatuajes y los maquillajes ostentosos, Riley y yo siempre habíamos parecido hermanas gemelas. Al verla constaté que eso no había cambiado.

Estaba mirándola con tanta concentración que casi ni me di cuenta de los gestos que me estaba haciendo con la mano izquierda frente a la cara. Luego detecté un destello y reaccioné de inmediato.

Y me quedé de piedra.

Llevaba un anillo en el dedo, un anillo de platino con un diamante negro.

—Morgan me ha pedido que me case con él —me explicó con una amplia sonrisa.

Me quedé boquiabierta.

Y al mismo tiempo se me cayó el alma a los pies.

—¿Sawyer? Me voy a ver a Spence —me avisó Dawn desde el otro extremo de la habitación—. Muchas felicidades, Riley.

Yo no podía apartar la vista de la mano de mi hermana, por lo que me limité a asentir sin siquiera levantar la mirada.

—Muchas felicidades —balbuceé repitiendo las palabras de Dawn. Mi voz sonó algo ronca, seguramente por la opresión que sentía en el pecho.

Riley era todo cuanto tenía. Era la única persona del mundo que me conocía y me comprendía. La única que sabía por qué yo era como era. La única persona en la que podía confiar.

Sin ella, me quedaba completamente sola.

Me di cuenta de que el pánico empezaba a apoderarse de mí poco a poco. Tenía que cambiar de conversación cuanto antes.

Me aclaré la garganta.

—Por fin he encontrado un buen tema para el proyecto de final de curso —anuncié con una sonrisa forzada.

Riley arrugó la frente. Detecté la indignación en su mirada, pero seguí hablando de todos modos.

—Hay un tío, el típico empollón friqui que no se come un rosco. Pienso convertirlo en un donjuán y crear una serie de fotografías para documentar todo el proceso. Ah, y otra cosa: ¿te he contado ya que Robyn ha expuesto mi serie «Al día siguiente»?

Durante unos instantes, ella se me quedó mirando sin decir nada. Luego cerró los ojos un momento, tragó saliva y tomó aire.

—No, no me lo habías contado. Y me parece realmente genial —declaró con una sonrisa que al menos fue tan forzada como la mía.

—Las imágenes estarán colgadas en los pasillos de la facultad hasta la semana que viene —seguí contando en un intento desesperado de dejar atrás ese instante incómodo y rellenar el silencio.

Mi hermana estaba a punto de formar su propia familia. Una familia en la que no habría lugar para mí.

—Es estupendo.

—Sí —grazné. Me aclaré la garganta y empecé a juguetear con la esquina de mi almohada—. ¿Y cómo va todo por la clínica veterinaria?

—Bien, como siempre.

—Entonces todo bien, ¿no? —murmuré.

—Sí.

De un modo instintivo, mis dedos buscaron el medallón que llevaba colgado al cuello con una cadena. Cada vez que lo tocaba tenía la sensación de encontrarme como en casa. Me tranquilizaba. La mirada de Riley se desvió hacia mi mano y, al ver el medallón, tragó saliva.

—¿Qué dirían mamá y papá? —preguntó de un modo apenas audible, como si hubiera formulado la pregunta para sí misma.

No fui capaz de responder nada.

Riley regresó a casa al atardecer porque tenía turno de buena mañana en la clínica veterinaria. En toda la tarde no habíamos vuelto a mencionar el tema de su compromiso de matrimonio, y eso que era como tener un elefante en medio de la habitación y fingir que no lo veíamos.

Hubo un par de ocasiones en las que nos quedamos en silencio y me pareció que ella tenía ganas de comentar algo al respecto, pero tras una pequeña pausa se apresuró a llenar el vacío de la conversación con algún comentario irrelevante.

Cuando por fin se marchó, me quedé tendida en la cama, mirando fijamente al techo. Intentando no pensar en nada. Y, por encima de todo, intentando no sentir nada. Aun así, los pensamientos acudían a mi mente por sí solos, y en un abrir y cerrar de ojos me sentí tan abrumada que apenas podía respirar.

Por eso decidí coger la cámara de fotos y salir de la habitación. La naturaleza alrededor de Woodshill era una distracción fantástica para mí. Isaac me había mandado su dirección al móvil, y el trayecto hasta su casa era de no más de veinte minutos a pie, por lo que decidí concederme ese tiempo para relajar la mente y calmarme un poco.

Quería alegrarme por lo de Riley. De verdad. Para mí no había nada más importante en el mundo que el bienestar de mi hermana. Sin embargo, la idea de no tenerla más a mi lado y de que alguien me la arrebatara me dolía demasiado.

Riley y yo habíamos sufrido mucho durante la infancia y la adolescencia. Siempre había estado convencida de que superaríamos cualquier obstáculo que se interpusiera en nuestro camino si nos manteníamos unidas, porque nos entendíamos a las mil maravillas. No obstante, tenía la impresión de que de repente se había abierto un abismo entre nosotras, una distancia insalvable. Porque, de la noche a la mañana, su vida cambiaría hasta tal punto de que sería completamente distinta de la mía.

El punto en el que ella se hallaba no llegaría jamás para mí. Ese nivel de confianza en otra persona, ese amor por alguien a quien tendría siempre cerca, con el que lo compartiría todo, durante el resto de la vida, todo eso jamás llegaría para mí. De eso estaba más que segura.

Porque yo no me relacionaba con nadie. Lo único que permitía y comprendía era el sexo, pero nada más.

Nunca me había parecido raro ese comportamiento, porque era el que Riley también había mostrado hasta tres años atrás, cuando conoció a Morgan. En su momento ya me había contado lo mucho que le había costado abrirse ante él, como también me había expresado las dudas que tenía acerca de que su relación pudiera llegar a ser algo serio.

El hecho de que las cosas hubieran cambiado me había pasado desapercibido, aunque tal vez simplemente me había negado a verlo. El caso era que se había comprometido y estaba a punto de casarse y de formar su propia familia con Morgan, de manera que eso me convertía a mí en la hermana menor chiflada, la que nunca consigue nada y sólo trae disgustos.

Me entraron ganas de volver a mi bar preferido. El propietario sabía perfectamente que yo no tenía la edad legal para beber, pero me servía todo lo que le pedía sin ponerme pegas. Sin embargo, en cuanto doblé la esquina, apareció el bloque de viviendas en el que vivía Isaac y decidí reprimirme. Tenía un proyecto en el que trabajar, y seguro que me sentaría bien distraerme.

Pulsé el timbre junto al que aparecía escrito su nombre y otro más. Poco después, el portero automático respondió con el zumbido característico para abrirme la puerta y empecé a subir la escalera. En la primera planta se abrió la puerta del lado izquierdo y un chico bastante guapo, moreno y con barba asomó la cabeza por el rellano.

—Tú debes de ser Sawyer —dedujo, y acto seguido abrió de par en par y me tendió la mano—. Grant todavía no ha regresado, pero no tardará mucho. Yo soy Gian.

—Hola —lo saludé estrechándole la mano.

Al contrario que Isaac, Gian llevaba una camiseta y unos vaqueros que le conferían un aspecto de lo más normal a primera vista. Aun así, en cuanto pasé por su lado para entrar en el piso me quedó clarísimo al instante que al menos era igual de friqui que Isaac, si vivía allí con él. Aparte del felpudo de la entrada con el texto «Bienvenidos, *muggles*», en el pasillo había dos pósteres enmarcados de *The Legend of Zelda*. Presidiendo la sala de estar contigua había una estantería de madera llena de figuritas de acción en sus embalajes originales y, en un rincón, una reproducción a escala real de Darth Vader abrazado a una réplica de cartón piedra de Bilbo Bolsón.

Gian señaló hacia uno de esos pufs con forma de saco que tenían junto al sofá. Era de color turquesa y tenía forma de Pokémon regordete.

—Ponte cómoda, como si estuvieras en tu casa. ¿Te apetece beber algo?

—Sí, gracias.

Titubeando un poco, me senté y sólo con muchas dificultades conseguí reprimir un grito de sorpresa. Fue como caer en una nube de azúcar gigantesca. Genial.

—En realidad, Isaac ya debería haber vuelto hace dos horas y media —me explicó Gian después de tenderme una lata de Coca-Cola. A continuación se dejó caer en el gran sofá de color marrón, estiró las piernas y las cruzó encima de la mesita de café.

—Seguro que está haciendo horas extras para el cabrón de su jefe —supuse en voz alta.

Él asintió con vehemencia.

—¡Exacto! Hace semanas que le digo que tiene que buscarse otro curro.

Comparado con Isaac, charlar con Gian resultó sorprendentemente sencillo. No temía el contacto físico y hablaba sin problemas sobre cualquier tema trivial. Seguramente también tenía algo que ver el hecho de que no se sintiera intimidado por mí ni se hubiera propuesto acostarse conmigo, que eran las dos reacciones que solían tener los hombres cuando me conocían. Me explicó por qué había decidido estudiar en Woodshill (por su exnovia, Regina), cómo había conocido a Isaac (a través de su exnovia, Regina) y cómo Isaac y él habían terminado viviendo juntos en ese piso (por culpa de su exnovia, Regina). Al principio Gian había vivido en ese mismo piso con ella, pero luego Regina había puesto un mal fin a la relación. Por la frecuencia con la que Gian mencionaba a su exnovia, me di cuenta de que no había superado la ruptura ni mucho menos.

Al ver que ya había pasado una hora y que Isaac no había llegado, empezó a calentar una lasaña que había traído del restaurante de su tío y me tendió un plato. Además, me sirvió una gran copa de vino que acepté con gratitud.

Justo cuando nos sentábamos a comer, se abrió la puerta del piso. Oímos a Isaac por el pasillo antes de que entrara en la sala de estar. Aunque no hacía mucho tiempo que lo conocía, enseguida me di cuenta de que algo no iba bien. Ni siquiera nos miró. Pasó de largo y entró en su habitación, donde dio unos cuantos golpes y soltó unos cuantos tacos antes de cerrar la puerta de un modo contundente.

Gian y yo intercambiamos una mirada.

—¿Todo bien, colega? —gritó Gian.

Isaac no respondió.

Me las arreglé para salir de las inmensidades del saco en el que me había sentado, dejé la copa de vino encima de la mesita y crucé la sala de estar. Llamé con cautela a la puerta del dormitorio de Isaac. Al ver que no respondía, la abrí apenas un resquicio.

Estaba sentado en la cama con la cabeza gacha. Llevaba puesta la ropa de trabajo y tenía las gafas en una mano, mientras con la otra se presionaba el puente de la nariz.

—Wesley me ha despedido —me informó en voz baja.

—Joder —siseé entrando ya en la habitación. Estaba decorada de un modo minimalista, y la tenía tan limpia y pulcra como su propio aspecto habría permitido adivinar. Lo único que podía considerarse desordenado estaba frente a la cama, donde había unos bolígrafos, una carpeta y unas hojas que seguramente acababa de tirar del escritorio.

—Me ha echado. A partir de ya. Porque ha encontrado a alguien dispuesto a trabajar todavía más horas y por menos dinero.

—Menudo cabrón —gruñí.

Él se limitó a encogerse de hombros con resignación.

Levanté una mano para acariciarle un hombro, pero en el último segundo lo reconsideré y la bajé de nuevo. ¿Dónde estaba Dawn cuando más se la necesitaba? Ella siempre sabía encontrar las palabras adecuadas para ese tipo de situaciones. Yo, en cambio, no tenía ni la más remota idea de cómo podía ser una reacción apropiada.

En cualquier caso, lo que sí sabía era cómo me sentiría yo si Al me despidiera de la noche a la mañana. Como una mierda.

—¡Que le den a ese gilipollas, hombre! —exclamé con decisión.

Isaac volvió la cabeza hacia mí y en sus ojos detecté un destello fugaz. Sin embargo, la desesperación volvió a hacerse patente enseguida, tanto en su mirada como en su voz.

—¿Qué voy a hacer? —exclamó.

Le agarré el brazo y le dije lo primero y lo único que se me ocurrió en ese instante:

—Encontrar algo mejor. Y hasta entonces, llenarte la barriga con la lasaña y el vino de Gian, ¿de acuerdo?

Isaac no dijo nada durante un buen rato. Luego asintió despacio y se levantó.

7

Si algo se me daba mejor que bien era eludir los problemas, al menos durante una noche. La clave era el alcohol y, por suerte, en aquella casa había más que suficiente. Después de vaciar dos botellas de tinto, Gian sacó una botella de amaretto de las profundidades de su cuarto y también nos bebimos la mitad.

A esas alturas ya estaba bastante borracha. Seguramente eso explica que acabara revolviendo el armario de Isaac enfundada en una chaqueta de *tweed*.

El verdadero objetivo de la noche era elevar la manera de vestir de Isaac por encima del nivel friqui. Cuando él mismo me lo recordó, a Gian se le ocurrió la genial idea de que yo me probara la ropa y les hiciera una especie de pase de modelos. Si algo les parecía bien, lo dejaríamos en la pila de lo que se quedaría. Lo que no, sería ropa para donar.

No entiendo cómo pude acceder a una idea tan descabellada. Sobre todo porque en mi vida había visto un ropero más extraño que el de Isaac. Aparte de que tenía cinco millones de chaquetas de *tweed*, me topé también con una especie de hábito de color blanco y rojo, un arnés y unos puños de cuero y la réplica de una espada que parecía de verdad. También tenía un traje verde con... un gorro a juego. Dios.

Desconcertada, me quedé mirando aquella montaña de ropa y acabé decidiéndome por el gorro.

Salí de nuevo a la sala de estar, donde me esperaban los chicos tomando otra ronda de chupitos de amaretto. Gian dejó el vaso en la mesita como si se hubiera propuesto dejarlo ahí clavado para siempre. Cuando levantó la mirada y me vio, primero abrió mucho los ojos y luego empezó a partirse de risa.

—¡A eso lo llamo yo tener estilo propio! —exclamó.

Levanté los brazos desde el interior de aquella chaqueta que me sobraba por todas partes.

—Isaac, tenemos que hablar sobre toda esta ropa de señor mayor. Y con urgencia —anuncié.

Él soltó un gemido y hundió la cara entre las manos.

—Y sobre los disfraces —añadí con una expresión elocuente mientras señalaba el gorro que me había puesto en la cabeza.

Isaac entreabrió los dedos para poder verme y murmuró algo ininteligible.

—He encontrado una réplica de una espada en tu armario. Eso da un poco de miedo.

Bajó las manos despacio. Tenía la mirada vidriosa, lo que revelaba que el alcohol le había subido al menos tanto como a mí.

—Los disfraces no me los pongo para ir por la calle. Son para la Comic-Con. Sólo son disfraces.

Yo no tenía la menor idea de lo que me estaba contando.

—¿Que os disfrazáis?

—*Cosplay* —precisó Gian—. Elaboramos disfraces de nuestros personajes preferidos de juegos o películas —aclaró al ver en mi expresión de perplejidad que no comprendía nada de nada—. Como el de Link, de *Zelda* —agregó señalando el gorro con la barbilla.

Me lo quité de la cabeza y me lo quedé mirando.

—¿Quieres decir que lo has hecho tú mismo? —pregunté asombrada.

Isaac asintió.

—Sí.

Señalé hacia su habitación con el pulgar, por encima del hombro.

—¿Y el resto de los disfraces que hay ahí colgados también? —pregunté.

Él asintió de nuevo.

Gian soltó un resoplido y le dio unos puñetazos juguetones en el hombro.

—Finge haberlos hecho él solo, pero la verdad es que yo lo he ayudado. Antes de que se mudara aquí, todavía era virgen en el tema del *cosplay*.

Me los quedé mirando alternativamente durante unos instantes.

—Mira, aquí tengo fotos —anunció Gian, dispuesto a demostrarlo. Empezó a pasar el dedo por la pantalla de su móvil—. Esto fue el año pasado en San Diego.

—No creo que a Sawyer le interesen estas cosas —murmuró Isaac.

—Sí que me interesan —objeté. Me instalé en el hueco que quedaba entre ellos dos con las piernas replegadas en el sofá. Mi pie rozó por un instante el muslo de Isaac y de inmediato se apartó un poco de mí con una expresión claramente asustada. Tuve que reprimir un suspiro.

¡Teníamos tanto trabajo por delante!

Cuando Gian me plantó su móvil frente a las narices, lo cogí y examiné la fotografía con detenimiento.

En la imagen aparecían Isaac y Gian con una especie de hábitos de aspecto bastante siniestro. En las manos llevaban una especie de férulas metálicas de las que salían unas hojas puntiagudas que parecían muy afiladas.

Amplié la imagen, asombrada por la confianza que transmitía Isaac en ella. Estaba irreconocible porque llevaba media cara tapada por la capucha, pero para cruzar la puerta disfrazado de ese modo era necesario mucho aplomo. Mucho. O sea que lo tenía y simplemente lo guardaba escondido en algún rincón de su personalidad.

—Nos disfrazamos de Altaïr Ibn-La'Ahad y de Ezio Auditore da Firenze, de *Assassin's Creed* —aclaró en voz baja.

A pesar del alcohol que había bebido, me pareció que lo incomodaba mucho el hecho de que me hubiera enterado de cuál era su hobby.

—Vamos a ver, ¿me estás diciendo que te atreves a vestirte de ese modo para ir a una convención en la que posas como si fueras un asesino, pero que te desmayas en cuanto una mujer te dirige la palabra? —pregunté.

Isaac evitó mi mirada clavando los ojos en su vaso vacío.

—No se pueden comparar las dos situaciones. En esa clase de convenciones todo el mundo va disfrazado —intervino Gian en un claro intento de ayudar a su amigo.

Me quedé reflexionando unos instantes. Isaac era como el libro de los siete sellos para mí. Era retraído y no quería llamar la atención, pero al mismo tiempo se disfrazaba de asesino sanguinario y para salir a la calle se vestía como un abuelo.

—¿Y qué me dices de esto? —pregunté tirando de las mangas de la chaqueta de *tweed*. Hasta el momento no me había dado cuenta de que incluso llevaba coderas. Horrible—. Esto no es ningún disfraz, ¿no?

Isaac se encogió de hombros.

—Vamos, Grant, Isaac Grant. Cuéntame cómo surgió este estilo tan peculiar que usas —dije.

Se quedó pensando unos instantes antes de responder.

—Cuando era pequeño, nunca me dejaban elegir la ropa. Desde que comencé a ganar dinero empecé a cambiar mi vestuario.

Lo dijo como si no tuviera ninguna importancia para él. Sin embargo, noté con claridad que había algo más detrás de todo eso.

—Cuéntale lo del instituto, tío —reclamó Gian.

Isaac se tensó de inmediato.

—No hay nada que contar.

—Tengo la impresión de que no es cierto —comenté mirándolo con mucha curiosidad.

Él respondió a mi mirada y soltó un leve suspiro.

—Lo pasé muy mal en la escuela. Siempre se reían de mí y me tomaban el pelo por llevar ropa de segunda mano..., y encima tenía que compartirla con mi hermana. Después de la graduación, decidí vestirme de manera que fuera yo quien controlara sobre qué se reían. Una pajarita tal vez no sea la prenda más popular entre la gente de nuestra edad, pero como mínimo responde a una decisión consciente. Me siento bien con pajarita. Me hace sentir como un hombre, y no como un jovencito. Y cuando alguien se ríe de mí por eso...

Se quedó callado y apretó los labios con fuerza.

—No se estarán riendo de algo sobre lo que no tenga la capacidad de elegir —intervino Gian para terminar la frase.

Miré a los dos chicos alternativamente, y durante un buen rato reinó el silencio. Fue Isaac quien lo rompió, impostando una soltura claramente forzada.

—El instituto es una época horrorosa para la mayoría de la gente.

Me quedé de piedra cuando, en un abrir y cerrar de ojos, los recuerdos del pasado me asaltaron de repente. Eran recuerdos que evitaba rememorar en la medida de lo posible, pero en ese instante volví a oír el eco de aquella voz, diciéndome «Zorra, eres igual de zorra que tu madre».

Y también la de mi hermana: «Morgan me ha pedido que me case con él».

Había conseguido no pensar en Riley en toda la noche, no era cuestión de empezar a esas horas.

Me serví más amaretto y vacié el vaso de un trago.

—Vosotros dos sois muy amigos, ¿verdad?

—Supongo que sí. Cuando Isaac se mudó aquí, yo estaba hecho una mierda. Pero él me ayudó a salir del pozo. Es el mejor colega que tengo.

Isaac levantó la cabeza de golpe y se quedó mirando a Gian con cara de sorpresa, como si no pudiera creer lo que acababa de oír.

Gian se incorporó un poco en el sofá.

—Creo que si tenemos que seguir hablando de estas cosas voy a necesitar más alcohol. Isaac ya me ha contado el trato que hicisteis. ¿Cuál es la primera lección que piensas enseñarle?

El cambio de tema disparó mi cerebro de repente. Todavía no había previsto lo que haríamos después de la Operación Armario. Sin embargo, tampoco tuve que pensarlo mucho rato. El aspecto en el que mi ayuda era más urgente estaba clarísimo.

Me puse el gorro verde de nuevo y me lo ajusté. Isaac parecía a punto de sonreír, pero creo que al final decidió controlarse.

—Vamos, tontea un poco conmigo —sugerí.

El intento de sonrisa que había perpetrado poco antes desapareció de sus labios y, en cambio, abrió unos ojos como platos.

—¿Cómo dices?

—Que intentes ligar conmigo —repetí—. Los dos estamos borrachos, yo llevo puesto un gorro de color verde y una chaqueta de *tweed*. No es posible que llegues a superar mi nivel de ridículo —lo desafié meneando la punta del gorro hacia él.

Isaac abrió la boca y la volvió a cerrar enseguida. Yo dejé caer la cabeza hacia un lado y esperé unos instantes. Al ver su mirada cada vez más desesperada, solté un suspiro.

—Puedo enseñártelo con Gian, si lo prefieres.

—No —se opuso al instante.

—De acuerdo, pues adelante. Estamos en un local nocturno. Gian, tú serás el típico colega que actúa de gancho.

Me levanté del sofá y señalé el lugar que había estado ocupando hasta entonces. Me serví más amaretto y, con el vaso en la mano, me coloqué en el otro extremo de la habitación, junto a Darth Vader y Bilbo Bolsón.

—Yo estoy por aquí con mis amigas, junto a la barra. ¿Qué harías para llamar mi atención?

Isaac se me quedó mirando con una expresión petrificada en el rostro, sin apartarse del sofá.

—Contacto visual —le chivé—. Si quieres llamar la atención de una chica, lo primero que debes hacer es establecer contacto visual con ella. Pero sin mirarla fijamente, que conste. Eso da grima.

Al oírlo, desvió la vista enseguida.

—Y tampoco te quedes mirando el suelo todo el rato, hombre. Eso revela que estás nervioso. Siempre tienes que mirar hacia delante, mientras hablas con tu amigo. En cuanto la chica te vea, tienes que sonreírle. Si responde con otra sonrisa, ármate de valor y dile algo.

Isaac asintió de un modo tan concentrado que casi se me escapó una sonrisa.

—De acuerdo.

—Vamos, pues. Tontea conmigo.

Se notaba a la legua lo incómoda que resultaba la situación para él. Gian sirvió dos vasos de amaretto y le tendió uno a su amigo.

—¡Guau! ¿Has visto las tías de la barra? —exclamó en un tono exagerado.

Isaac puso los ojos en blanco, pero acto seguido miró en mi dirección. Luego me lanzó otra mirada, y la tercera vez se atrevió a dedicarme una tímida sonrisa.

Yo respondí con otra, pero al parecer debió de salirme demasiado descarada, porque se puso colorado como un tomate y dejó caer el vaso al suelo. Dios santo, qué desastre de tío.

—Mierda —exclamó, pescando enseguida una servilleta para limpiarse el amaretto de los pantalones.

Gian estuvo a punto de resbalar del sofá del ataque de risa que le dio.

—Dios, Grant. Eres un caso sin remedio —exclamó entre carcajadas.

—No es verdad —protesté encajándome de nuevo en el hueco que quedaba entre los dos—. Tendremos que seguir practicando la sonrisa sexy, pero tenemos toda la noche.

—Necesito más alcohol —declaró Isaac con resignación.

—No —repuse negando con la cabeza—. Tienes que poder hacerlo sobrio también.

Él soltó un resoplido.

—De acuerdo. Enséñame a sonreír de un modo que quede sexy.

Al cabo de un momento empezó a sonar una canción lenta con unos bajos muy poderosos. Miré hacia Gian y vi que estaba tecleando en su móvil con una expresión inocente en el rostro.

Me volví hacia Isaac y ladeé un poco la cabeza. Bajé la mirada y la levanté de nuevo hacia sus ojos sin subir del todo los párpados.

Y, poco a poco, le sonreí.

Mi estrategia tuvo el efecto deseado: su mirada se fijó en mi boca y tragó saliva.

—Ahora tú —le ordené.

Isaac se aclaró la garganta.

Ladeó la cabeza y... esbozó una amplia sonrisa. El resultado fue de lo más inquietante.

Detrás de mí, Gian se partía de risa.

—He dicho una sonrisa sexy, no de psicópata.

Isaac soltó un gemido de frustración.

—Esto es demasiado humillante —se quejó.

—No te lo tomes así —le pedí—. Inténtalo más despacio. Primero, una comisura, luego la otra. Como si con una simple sonrisa tuvieras que convencerme para que te diera mi número de teléfono.

—De acuerdo —dijo antes de aspirar una profunda bocanada de aire—. Muy bien —añadió agitando las manos para relajarlas y apoyándose de lado contra el sofá. Luego levantó la mirada hacia mis ojos y... sonrió. Poco a poco. Y de un modo bastante atractivo, además.

Noté un cosquilleo en el estómago.

—Bueno, con esa sonrisa hasta yo te daba mi número de teléfono —intervino Gian.

La sonrisa de Isaac se volvió más amplia al oír el elogio de su amigo.

—¿He aprobado esta lección?

Enarqué las cejas al ver su entusiasmo.

—El primer capítulo de la primera lección, sí. Pero ahora viene el segundo capítulo: ligar conversando.

—Esto es estupendo. ¿He mencionado ya que este proyecto vuestro me encanta? —preguntó Gian—. Es muy divertido.

—Genial. Pues podrías enseñarle a Isaac cómo hay que hablarle a una tía para ligártela —propuse gesticulando hacia él.

Gian se apresuró a levantar las manos en señal de indefensión.

—Creo que será mejor que sigas tú.

Me volví de nuevo hacia Isaac.

—Cuando le dirijas la palabra a una chica, empieza preguntándole cómo se llama. Puedes decir algo como «Hola, me llamo Isaac. ¿Y tú?», o algo parecido. Si luego ella te responde «Pues yo me llamo tal y cual», tienes que decir: «Tal y cual, qué nombre tan bonito». Así se derretirá enseguida y, *voilà*, reto superado.

Las comisuras de sus labios se elevaron ligeramente.

—Lo conseguiré.

—Pero ¿qué pasa si tiene un nombre horrible? —preguntó Gian—. Creo que yo no sería capaz de responderle eso sin partirme de risa. Imagínate que se llama Blanca Margarita de la Pradera, o algo por el estilo. Yo no sería capaz de reprimirme y cambiar la carcajada por un cumplido.

Isaac se rio al ver que yo ponía los ojos en blanco e ignoraba la pregunta de Gian.

—Punto siguiente: cómo empezar a conversar.

Isaac borró su sonrisa de inmediato para escucharme con atención.

—Depende de la situación: si la conoces en una cafetería, puedes comentar lo bueno que es el café que sirven. Si estáis en una fiesta, puedes hablar sobre la música, o sobre el resto de los invitados. En un aula, podrías entrarle con algún comentario sobre el profesor, o sobre la asignatura.

—Cuando lo explicas suena realmente sencillo. Pero lo que más me falla no es el tema —opinó Isaac.

Asentí para darle la razón.

—Ya lo sé. Es el valor. Pero tampoco es tan difícil, y ¿sabes lo mejor? Que enseguida te darás cuenta de si despiertas el interés de la chica o no. Lo más importante es que lo intentes y confíes en ti mismo.

Isaac asintió despacio.

—Y con el tiempo seguro que irás ganando cada vez más seguridad. Si comenzáis a hablar y te das cuenta de que la cosa va bien, puedes empezar a tocarla con mucha prudencia. Se trata de establecer contacto físico, no de meterle mano —aclaré mirando a Gian de reojo—. Tiene que ser un contacto muy ligero, casual, en el brazo, o en el hombro. Algo inofensivo, pero que deje claras tus intenciones.

—De acuerdo.

Parecía como si Isaac estuviera tomando apuntes mentalmente de todo lo que le contaba.

—Vamos a practicarlo ahora —anuncié.

—¿Me necesitáis, para eso? —preguntó Gian.

Negué con la cabeza.

—Bien —repuso aliviado—. Porque tengo que ir al váter, es urgente.

Decidí ignorar ese comentario cargado de información innecesaria.

—Vamos a ver —empecé a decir, volviéndome de nuevo hacia Isaac—. Estamos en una fiesta. Yo estoy sentada aquí, con la mirada perdida, y no tengo a nadie con quien charlar. Luego llegas tú y todo eso.

Isaac tragó saliva.

—Entendido.

Esperé unos segundos, pero no había manera de que se decidiera a tomar la iniciativa. Se limitó a mirarme fijamente.

—La sonrisa, Isaac —le recordé.

—¡Ah! ¿Ya vale?

Hundí la cara entre las manos con un gemido de frustración. Cuando levanté la cabeza de nuevo, parecía como si Isaac hubiera encontrado toda la motivación que necesitaba. Se aclaró la garganta y agitó las manos.

A continuación, se puso de pie y dio unos pasos por la sala de estar. Se volvió hacia mí de nuevo y me sonrió tal como yo le había enseñado a hacer. Se me acercó despacio.

Sorprendida por el giro radical de su actitud, me limité a mirarlo mientras tomaba asiento en el sofá, a mi lado.

—Hola, mi nombre es Isaac —se presentó. Levantó las comisuras de los labios un instante mientras extendía la mano hacia mí para saludarme—. ¿Cómo te llamas?

Acepté la mano que me tendía. Me dio un breve apretón y me acarició el dorso con el pulgar, del mismo modo que había hecho yo cuando habíamos sellado el trato. Maldito empollón aplicado.

—Me llamo Blanca Margarita de la Pradera, pero mis amigos me llaman simplemente Marga —murmuré.

El esfuerzo que tuvo que hacer para no partirse de risa fue más que evidente, pero consiguió conservar la compostura de todos modos.

—Marga. Qué nombre tan bonito —mintió manteniendo mi mano entre los dedos un segundo más de la cuenta antes de soltarla—. Esta fiesta es bastante aburrida, ¿no crees?

Me encogí de hombros.

—En realidad esperaba que hubiera mucha más gente.

—Yo también. Pero ¿sabes una cosa, Marga? —preguntó con una sonrisa e inclinándose un poco hacia mí. Me tocó el brazo ligeramente, apenas un roce—. Creo que ahora mismo la noche promete mucho más que hace unos minutos.

Eso... me dejó sin palabras.

Era el mismo tío que hacía un rato se había quedado callado y había estado a punto de caerse del sofá sólo porque lo había rozado con un pie. Era evidente que sólo había que hurgar un poco en su orgullo para que la cosa fluyera sola.

Me aclaré la garganta.

—Yo también lo creo.

La sonrisa de Isaac se volvió más amplia y su mirada se tornó penetrante, casi íntima, cuando me recorrió con los ojos.

El intenso cosquilleo que se extendió por todo mi cuerpo en ese momento me cogió completamente desprevenida. Me lo quedé mirando asombrada. Y él clavó la mirada en mis labios.

—¿Qué me he perdido?

La voz de Gian me provocó un sobresalto y reaccioné de un modo automático, apartándome a toda prisa de Isaac.

—Si lo haces así, el número de teléfono no será lo único que te darán, te lo aseguro —comenté intentando sonar despreocupada.

Isaac sonrió satisfecho de un modo absolutamente adorable, puesto que al mismo tiempo se puso colorado como un tomate maduro. Con ese Isaac me las arreglaba mucho mejor que con la versión seductora que acababa de conocer.

—Lo has hecho muy bien, de verdad. Podemos dar por terminada la primera lección y seguir purgando tu armario.

Pareció como si no supiera si alegrarse o echarse a llorar. Se hundió todavía más en los cojines mientras Gian tomaba asiento de nuevo en el sofá y le daba unas palmadas de reconocimiento en el hombro.

—Muy bien, tío. Dentro de un par de semanas serás un puto casanova.

Me levanté y de inmediato noté el alcohol que se había acumulado en mi torrente sanguíneo, hasta el punto de que tuve que apoyarme un poco en la pared para no perder el equilibrio. No me extrañaba que Isaac hubiera logrado desconcertarme de ese modo.

Entré de nuevo en su habitación y me quité la chaqueta, que fue a parar a la pila de ropa descartada. El gorro, en cambio, lo volví a dejar con el resto de los disfraces. Luego saqué la siguiente pieza del armario, me la puse encima de los vaqueros y de la camiseta y salí de la habitación en dirección a la sala de estar caminando como una modelo de pasarela. Me detuve frente a Isaac y Gian, di una vuelta sobre mí misma y me llevé un brazo a la cadera.

Gian soltó una carcajada espectacular.

Isaac, en cambio, se lamentó en voz alta con un gemido y hundió la cara entre las manos.

—Esto fuera, ¿verdad? —pregunté.

Él enderezó la espalda de nuevo.

—Pero ¿y si los vuelvo a necesitar? —exclamó.

—¡Son unos tirantes amarillos! ¡Estampados con dibujos de alces! —repliqué indignada—. Tienes veintiún años, no seis. Y no trabajas en una guardería, ni como payaso de circo. No hay ninguna explicación o argumento en este mundo que pueda justificar que no acaben en la pila de las prendas descartadas.

—Tiene razón —intervino Gian con cara de susto—. Es que no le quedan bien ni a ella. No te lo tomes a mal, Sawyer.

—Y yo que siempre he pensado que el amarillo me sentaba bien —bromeé sin poder reprimir del todo una sonrisa.

—Dios, Sawyer, tienes razón, son horribles. Quítatelos, por favor —murmuró Isaac.

Dejé caer la cabeza hacia un lado.

—Mmm..., no sé. Ahora que me fijo, me parecen bastante bonitos. Tanto que creo que me los quedaré yo y me los pondré cada vez que nos veamos.

Tambaleándose un poco, Isaac se puso de pie y me señaló con un dedo.

—No quiero verte con eso puesto. Fuera.

—Eso también se lo podrías decir a las chicas con las que intentes ligar —propuse con una risita traviesa, y retrocedí enseguida al ver que se abalanzaba sobre mí.

—¡Fuera los alces! —gritó Gian.

Retrocedí otro paso.

—Quítate los tirantes, Sawyer —me ordenó en tono amenazador.

—¿Y qué pasa si no me los quito? —pregunté con aire desafiante mientras fingía estar más interesada en la laca negra de mis uñas que en su reacción.

En el rostro de Isaac apareció una sonrisa diabólica.

—Te has olvidado de un detalle, Dixon —me advirtió en un tono de voz que no presagiaba nada bueno.

—¿Ah, sí? ¿De qué? —pregunté.

—De que tengo tres hermanos pequeños.

A partir de ese comentario, todo sucedió muy deprisa. Isaac saltó sobre mí y me tiró al suelo. Solté un gemido cuando caímos sobre la alfombra. Él quedó encima de mí y me sujetó por la cintura con las manos.

—Atención —me avisó, y acto seguido empezó a hacerme cosquillas.

Solté un chillido e intenté zafarme de él, pero se mostró implacable.

—¡Para! —grité desesperada.

En algún momento decidió soltarme. Nos quedamos los dos tendidos en el suelo, casi sin aliento.

—Quién habría pensado que alguien tan duro como Sawyer Dixon podría tener un punto débil —comentó con satisfacción, más para sí mismo que para mí.

Y entonces ocurrió.

Me reí.

El domingo me tocó trabajar en el Steakhouse. A la hora de la cena, el local se llenó tanto que, aunque no daba abasto detrás de la barra, incluso tuve que salir a servir alguna mesa. Willa se había puesto enferma de forma tan inesperada que Al no tuvo tiempo de reclutar a nadie más. En condiciones normales, yo sólo me ocupaba de la barra y de la preparación de los aperitivos y los entrantes, pero ese día tuve la sensación de estar en todas partes al mismo tiempo. Y ni siquiera así fue suficiente.

En algún momento, Al salió de su despacho soltando tacos.

—Menuda mierda, joder —exclamó. Se puso un delantal de los que teníamos colgados detrás de la barra—. Ayúdame un momento, por favor.

Se sujetó el delantal mientras yo se lo ataba a la espalda. Era tan corpulento que las cintas apenas alcanzaban a rodearle la cintura. Yo, en cambio, tenía que dar dos vueltas para que no me quedaran colgando casi hasta el suelo.

—¿Willa estará de baja toda la semana? —pregunté.

Mi jefe se limitó a responder con un gruñido.

—Esta semana todavía puedo doblar turno uno o dos días, si lo necesitas —propuse.

Al reaccionó con una carcajada.

—Me temo que uno o dos turnos dobles no bastarán, Dixon. Pero gracias por el ofrecimiento.

—¿Por qué? ¿Qué le ha ocurrido a Willa?

La relación que manteníamos Willa y yo era la típica que se tiene con una persona a la que soportas bien en el trabajo pero a quien luego, en la vida real, prefieres no ver ni en pintura. Cuando Al se planteó la posibilidad de contratarme, ella no desperdició la oportunidad de contarle que mi reputación en Woodshill dejaba bastante que desear y que tal vez sería mejor mantenerme alejada de los clientes masculinos, si no quería que su restaurante se viera envuelto en un escándalo al cabo de pocos días. A raíz de eso, me costaba un esfuerzo extra ser amable con ella.

—No volverá durante al menos seis meses —aclaró mi jefe justo en el instante en que sonó el timbre de la cocina. Los platos siguientes ya estaban preparados, por lo que fuimos enseguida hacia la parte trasera para recogerlos.

—¿Le ha ocurrido algo malo? —pregunté mientras cogía dos platos con una sola mano.

—Depende. Para algunos, tener un bebé supone el fin del mundo.

Me quedé de piedra.

—¿Que Willa está embarazada?

Al asintió y me tendió dos platos más.

—Y es un embarazo de riesgo. El médico le ha aconsejado reposo absoluto.

—Joder —murmuré.

Yo todavía no sabía ni siquiera qué cenaría ese día. Willa, en cambio, con sólo un año más que yo, ya estaba casada y, encima, ahora también estaba embarazada. Menuda locura.

—Sí. Pero primero centrémonos en sobrevivir como sea a esta noche. Luego ya veremos cómo nos las arreglamos. Vamos, sirve los platos, que se enfriarán —me ordenó con brusquedad mientras me echaba de la cocina a empujones.

Me dediqué a servir comidas, a despachar bebidas y a resistir a cualquier precio la avalancha de trabajo. Al intentó ayudarme, pero ya no estaba acostumbrado a servir mesas, por lo que la mayoría de las veces acababa poniéndose en medio, siendo más un estorbo que una ayuda. Para colmo, cambió el disco que yo había puesto por uno de sus CD de *lounge*, un tipo de música que, bajo mi punto de vista, no encajaba en absoluto con la atmósfera del local. En general, podríamos decir que terminó siendo una noche de mierda.

Por mucho que me costara soportar a Willa, tenía que admitir que trabajaba bien y que la eché de menos. Ni siquiera llegué a poder servirle una Coca-Cola a Dawn, por no hablar ya de dedicarle más de medio minuto seguido.

—Lo siento —me disculpé casi sin aliento cuando por fin encontré un minuto para respirar.

—Está lleno hasta los topes, no le des más vueltas. Además, tengo cosas que hacer —aclaró para tranquilizarme mientras señalaba su portátil con la barbilla.

—¿Pronto voy a tener más porno? —pregunté antes de pasarle el vaso de Coca-Cola por encima de la barra.

Dawn puso los ojos en blanco.

—Sólo porque haya escenas de sexo no significa que sea porno, Sawyer.

—He visto porno en el que no iban tan a saco como en tus libros —repliqué.

—Creo que prefiero no saber cuántas historias mías has leído.

—Hasta el momento, sólo seis. Pero desde que te hice los gráficos de las reseñas para el sitio web me entraron ganas de leer más.

Dawn sonrió.

—Te quedaron genial, por cierto —me elogió—. Gracias de nuevo.

—Ningún problema.

Se mordió el labio inferior y se me quedó mirando un buen rato con los ojos muy abiertos.

—Ya te estás poniendo colorada —la avisé—. Vamos, escúpelo —le ordené con un gesto de impaciencia.

—¡Cuéntame lo de tu hermana! —exclamó, a punto de estallar de curiosidad.

—¿Qué? —pregunté petrificada de repente.

Dawn se llevó las manos a las mejillas en un intento desesperado de refrescárselas de algún modo.

—Nunca me hablas de tu familia. Pero enseguida me di cuenta de que lleváis el mismo tatuaje —comentó señalando una pequeña golondrina que tenía en el brazo derecho.

Asentí despacio mientras acariciaba lentamente el primer tatuaje que me había hecho.

—Sí.

—Me pareció muy simpática, y estaba entusiasmada e impaciente por verte. Le vi el anillo enseguida, pero no quiso responder a ninguna de las preguntas que le hice porque quería contártelo a ti primero.

Las palabras de Dawn me sentaron como un tiro. No sólo porque contradijeran mi decisión de relegar el compromiso de matrimonio de Riley a un rincón de mi mente, sino porque cuando la oí contar lo emocionada que había visto a mi hermana cuando vino a verme...

Tragué saliva. Me había convertido justo en lo que la gente siempre decía de mí: en una persona sin corazón. Fría como el hielo.

La expresión de Dawn cambió en un abrir y cerrar de ojos y de repente se puso muy seria.

—No parece que te alegres mucho de ello. ¿Se ha comprometido con un gilipollas o qué pasa? —preguntó en voz baja. Si alguien sabía lo que era un marido gilipollas, ésa era Dawn.

—No, Morgan es muy buen tío —me apresuré a aclarar para tranquilizarla. Y lo dije con toda sinceridad, además. Puestos a casarse con alguien, Riley no podría haber elegido a nadie mejor que a Morgan. Era divertido y cariñoso, mi hermana confiaba tanto en él que siempre se lo contaba todo. Y, aun así, él había decidido quedarse con ella de todos modos.

—Entonces ¿qué ocurre? Algo no encaja, eso me ha quedado bien claro.

Apreté los labios con fuerza. No podía soltarle lo que me ardía en la punta de la lengua: que no quería por nada del mundo que Riley formara su propia familia y me dejara al margen. Pensé que Dawn no lo comprendería, y que me tomaría por una bestia celosa.

—Es sólo que creo que no es una buena idea eso de casarse tan de repente —argumenté a modo de excusa, encogiéndome de hombros.

Ella mordisqueó la pajita del refresco.

—Ya sabes que comparto esa opinión más que nadie en el mundo —dijo, y durante unos instantes pareció como si intentara encontrar las palabras más adecuadas—. Pero al fin y al cabo está bien que cada cual haga las cosas como cree que debe hacerlas.

Evité su mirada y empecé a limpiar la barra con una servilleta. Eso era justo lo que más me torturaba: que Riley y yo no sólo habíamos estado muy unidas, es que casi habíamos sido la misma persona. Siempre pensábamos lo mismo acerca de cualquier tema, siempre actuábamos igual y nos sentíamos igual. Eso era lo que nos había permitido salir adelante durante la infancia y la adolescencia.

Sin embargo, las cosas habían cambiado y yo ni siquiera me había dado cuenta.

—Pero hay algo que todavía me interesa más que eso —prosiguió Dawn.

Levanté la mirada de nuevo hacia ella.

—¿Ah, sí? ¿Qué? —pregunté.

Movió las cejas de un modo sugerente antes de hablar.

—Ayer fuiste a casa de Isaac y has vuelto bastante tarde.

—Sí —respondí asintiendo—. Conocí a su compañero de piso y le pegué un repaso a su armario.

—Ajá. Le pegaste un repaso —repitió, añadiendo una segunda lectura con el tono de voz.

Apoyé los codos en la barra y me acerqué mucho a ella.

—A su armario. Pero si quieres más detalles, te puedo contar que tuve que enseñarle a...

—¡Sawyer! —vociferó Al, señalándome con un dedo.

Chasqueé la lengua.

—Vale, lo siento.

Dawn se me quedó mirando con los ojos muy abiertos y luego levantó un dedo amenazador.

—¡Eres lo peor!

Sonreí, le rellené el vaso de Coca-Cola y me metí en la cocina para recoger el siguiente plato.

La noche transcurrió con el mismo nivel de estrés de principio a fin. Al se puso furioso por el hecho de que ni él ni yo tuviéramos seis brazos y se comportó de un modo inaguantable que, a su vez, me volvió a mí igual de furiosa y de inaguantable.

Para calmar los ánimos que tanto se habían encendido durante el transcurso del turno, cuando los últimos clientes salieron del restaurante mi jefe me dio permiso para poner la música que quisiera. Me decidí por un álbum viejo de los Smashing Pumpkins y mi estado de ánimo mejoró de inmediato. Más aún cuando Al abrió dos botellas de cerveza y me plantó una delante. Tomé un trago enseguida y me recosté de lado sobre la barra.

—¿Quieres que la semana que viene me quede unos cuantos turnos de más, Al? —le pregunté.

—Estaría bien, sí. Hasta que encuentre a alguien para sustituir a Willa, agradeceré cualquier ayuda. Y si en algún momento te enteras de que alguien necesita trabajo, avísame.

Negué con la cabeza enseguida.

—No es que yo conozca a much... —Me interrumpí y me maldije los huesos por no haber pensado en ello antes—. Claro —me corregí—. Precisamente conozco a alguien que necesita trabajo con urgencia.

—¿Tiene experiencia? —preguntó Al interesado.

—Me temo que tendrás que conformarte con que sea amable, responsable y comprometido.

Asintió brevemente.

—Pues dile que la semana que viene puede pasar durante uno de tus turnos para hacer una prueba. Veremos cómo se las arregla.

8

Al día siguiente, Isaac y yo fuimos juntos a mi tienda de ropa de segunda mano preferida, que estaba en las afueras de Woodshill. La acción radical que habíamos emprendido el fin de semana había dejado un gran vacío en su armario y teníamos que llenarlo con otras prendas. Es decir, con otras prendas que me gustaran a mí. A juzgar por la cara que puso Isaac, todavía no había superado el hecho de haberse desprendido de los tirantes amarillos.

No obstante, me di cuenta de lo impresionado que estaba cuando entramos en el Cure Closet. La tienda estaba alojada en un almacén viejo cuya reforma había mantenido su carácter industrial. Había un número incontable de percheros dispuestos alrededor de los palés de madera que formaban el área de ventas, mientras que entre éstos se erigían unas columnas de hormigón gigantescas, repletas de adhesivos de grupos de música. En las paredes había estanterías llenas de zapatos, bolsos y otros complementos, y del techo colgaba una suntuosa araña de cristal que en realidad no encajaba en absoluto con el ambiente del resto de la tienda, si bien el contraste aportaba un carácter único al espacio.

—No creo que encontremos nada adecuado para mí aquí dentro —murmuró Isaac.

—Lo dices porque no hay más de tres camisas bien dobladas en toda la tienda. Pero no te preocupes, has venido conmigo

—lo tranquilicé. Le di unas palmaditas en el hombro para reforzar el efecto de mis palabras y me acerqué al primer perchero.

—¿Tienes algún sistema? —preguntó él a mi espalda.

Puse los ojos en blanco.

—No.

—¿Eso significa que te pones a buscar así, sin más? ¿No deberíamos planificarlo un poco antes? Todo lo que necesito comprar, digo. Deberíamos haber elaborado una lista. No podemos empezar la casa por...

Me volví hacia él y levanté la mano para evitar que siguiera hablando.

—Salir de compras hoy será lo más divertido que haré en toda la semana con diferencia. Por favor, no lo estropees hablando de la posibilidad de planificar el orden en que haremos las cosas.

Isaac asintió con la boca cerrada.

—Bueno, vamos allá.

Me froté las manos y me puse manos a la obra. En la primera hilera de prendas empecé a hurgar entre las camisetas y los jerséis y fui cogiendo todo lo que me pareció que podía quedarle bien. Cuando el montón de ropa que acumulé sobre mi brazo se volvió demasiado pesado (al fin y al cabo, también llevaba mi cámara réflex colgada del cuello), se lo pasé a Isaac, que lo recibió con una sonrisa.

Luego pasamos a los pantalones, pero antes de elegir nada tuve que fijarme en la talla de sus caderas.

—Date media vuelta —le ordené describiendo un círculo en el aire con el dedo.

Accedió a mi petición y le examiné el trasero. Mmm..., no estaba nada mal, pero de todos modos me pareció una buena idea sustituir los chinos que llevaba puestos por unos vaqueros ajustados.

Deduje su talla a ojo y saqué dos pares de Levi's estrechos de un estante. A continuación, pasé con determinación a los percheros en los que estaban las chaquetas de cuero. Levanté la que me pareció más gastada a primera vista agarrándola por la percha y la examiné a conciencia.

—¿Una chaqueta de cuero? Por lo que más quieras, no —gimió Isaac.

—Creía que querías un cambio de imagen.

—Ya me parece suficiente cambio de imagen desprenderme de mis *blazers*. Parecerá que vaya disfrazado con algo así —protestó señalando la chaqueta con la cabeza.

La sostuve en alto frente a su pecho para imaginar cómo le quedaría.

—Sí, disfrazado de tío sexy. Ya lo verás.

Eso lo dejó sin habla.

Camino de los vestidores, le pregunté qué número de zapatos usaba y pesqué un par de botas y unas deportivas de los estantes. A esas alturas ya íbamos muy cargados y en el rostro de Isaac empezó a aparecer una expresión de pánico, por lo que me dediqué a formar combinaciones con las diferentes prendas antes de acomodarme en el sofá que estaba colocado frente a los probadores.

La cortina de terciopelo negro de la cabina del vestidor quedaba suspendida a medio metro del suelo, por lo que pude ver cómo se quitaba los pantalones, los doblaba con esmero y los dejaba con cuidado en el suelo, junto a sus zapatos.

Empezó a meter una pierna en los vaqueros y se detuvo de repente. Seguro que acababa de descubrir que estaban rajados a la altura de la rodilla. Me mordí el labio inferior para reprimir la carcajada que amenazaba con estallar en mi boca en cualquier instante.

Al final se terminó poniendo los pantalones del todo, para lo que tuvo que dar unos cuantos saltitos. Seguramente le iban muy ajustados a la altura de las caderas. Me moría de ganas de ver cómo le quedaban.

—Ponte las botas negras —le grité por encima de la música rock que sonaba en la tienda.

Isaac murmuró algo parecido a «¿Qué demonios hago yo aquí?». Al cabo de dos minutos exactos, me pareció que terminaba de vestirse del todo. Sin embargo, no salía del probador.

—Parezco un payaso, Sawyer —afirmó.

Solté un gemido de frustración.

—Sal de una vez y deja que sea yo quien lo juzgue.

Todavía titubeó unos momentos más antes de abrir la cortina. Lentamente, empecé a recorrer su cuerpo con la mirada: desde las botas oscuras, pasando por los vaqueros algo desgastados y el grueso cinturón con hebilla hasta llegar a la camiseta gris de Nirvana rematada con la cazadora de cuero marrón oscuro. Se había quitado las gafas y el pelo le había quedado algo revuelto con el trajín del cambio de ropa.

—Estás genial —constaté.

Los ojos se le abrieron un poco más antes de examinarse en el espejo. Luego me lanzó una mirada cargada de escepticismo, como si estuviera tratando de descubrir si lo había dicho en serio o si estaba intentando tomarle el pelo.

En lugar de aclararlo, levanté la cámara de fotos.

—Vuélvete —le ordené, y observé a través de la lente cómo accedía a mi petición.

«Si llego a saberlo...» Enfundado en los vaqueros, tenía un culo fenomenal. Pasé al modo manual y pulsé el disparador. En cuanto oyó el clic, Isaac se volvió hacia mí de nuevo.

—¿Me acabas de fotografiar el trasero? —preguntó con la mirada todavía más cargada de escepticismo que antes.

—Sí. Y es canela fina, te lo aseguro.

Él se quedó boquiabierto y enseguida se puso colorado.

Contemplándolo todavía a través de la lente de la cámara, me puse de pie.

Clic.

Él desvió la mirada y se señaló el roto de los vaqueros que le quedaba a la altura de la rodilla.

—Están defectuosos.

—Son así —repliqué.

Clic.

—¿Cómo quieres que pague veinte dólares por unos vaqueros rasgados? —preguntó indignado de verdad.

Solté la cámara para que me quedara colgando del cuello de nuevo.

—¿Me estás diciendo que sólo cuestan veinte dólares? Entonces te los tienes que quedar sí o sí.

Isaac se me quedó mirando sin poder creer lo que oía.

—Y lo dices en serio.

Asentí.

—Todo esto te lo quedas. Las botas y la chaqueta de cuero son piezas básicas. Se pueden combinar con todo.

No objetó nada, pero siguió mirándose la ropa con escepticismo. Di unas palmadas para hacerlo reaccionar.

—¡Siguiente combinación!

Negando con la cabeza, se dio media vuelta y corrió la cortina a su espalda.

Mientras se cambiaba de ropa de nuevo, comprobé las fotografías que acababa de hacer. Isaac aparecía en ellas completamente transformado. A nadie se le ocurriría llamarlo «friqui» si salía a la calle vestido de ese modo.

Me moría de ganas de hacerle fotos con la ropa nueva. Fotografías de verdad, con buena luz y con un entorno apropiado de fondo. Entretanto, pensaba ponerme la foto de su trasero como fondo de pantalla, aunque únicamente fuera para incordiar a Dawn. Con sólo pensar en la cara de indignación que pondría, en mis labios apareció una amplia sonrisa.

—Esto no puede ir en serio —exclamó Isaac de repente.

—¿Qué pasa? —pregunté.

—No puedes obligarme a que me pruebe esto.

Puse los ojos en blanco.

—Para ya de quejarte y ponte lo que te he dicho.

—Es una camiseta de tirantes, de las que se usan para hacer pesas. ¿Tú me has visto, Sawyer?

Transcurrió un minuto.

Luego otro.

Suspiré. Si no salía de allí por su propio pie, tendría que obligarlo. Me acerqué al probador en pocos pasos y abrí la cortina de repente.

—¡Eh! —exclamó volviéndose hacia mí.

Al verlo, me quedé boquiabierta.

Porque la cuestión no era que Isaac tampoco estuviera tan mal.

Es que estaba buenísimo.

Los vaqueros negros le quedaban bajos de cintura y ajustados en las caderas. Su pecho desnudo era liso y duro como una piedra, mientras que en el abdomen tenía los músculos especialmente marcados y bien definidos, formando una especie de «V» que desaparecía bajo la cintura de los vaqueros.

Por unos segundos, me quedé sin habla.

—Yo... —empecé a balbucear, aunque la voz me falló y solté un gallo. Negué con la cabeza, incapaz de creer lo que estaba viendo—. Joder, Isaac, ¿cómo es posible? ¿De dónde ha salido todo esto?

Me acerqué un paso más y le toqué ligeramente los abdominales. De algún modo, necesitaba comprobar que aquellos músculos no estaban pintados sobre la piel.

Y no lo estaban. De hecho, reaccionaron al notar el contacto de mi mano sobre su piel aterciopelada y cálida.

Isaac se aclaró la garganta. Tenía el cuerpo tenso como una

tabla y la mirada clavada en mi mano. Juraría que incluso contuvo el aliento.

—Ya te dije que me crie en una granja.

Levanté la cámara enseguida. Tras un par de intentos infructuosos, mis dedos por fin encontraron el disparador.

—Increíble —murmuré—. Llevas siempre tantas capas de ropa que no se podía intuir que...

Al ver que esbozaba una leve sonrisa, aproveché para hacerle otra fotografía.

—Que no llevo nada puesto, Sawyer —constató, alargando la mano para correr de nuevo la cortina.

Rápidamente, di un salto hacia delante para meterme en el probador con él.

Isaac se me quedó mirando petrificado.

—¿Qué haces? —graznó.

—Tranquilo, sólo miro —respondí—. Se acaban de abrir un montón de posibilidades inesperadas para mi proyecto.

Una vez más, recorrí su torso con los ojos. Ya había visto muchos cuerpos fibrados, pero la mayoría de ellos habían conseguido los músculos levantando pesas en un gimnasio y tomando batidos de proteínas, y a la hora de la verdad tampoco es que el resultado fuera muy estético. Isaac, en cambio, no sólo estaba bueno, sino que lo estaba de un modo auténtico, que resultaba más discreto y que no había visto hasta entonces en toda mi vida. Fue una sorpresa de lo más agradable.

Sin embargo, me pareció que él encajaba la situación con una incomodidad manifiesta. Desplazaba su peso de un pie a otro con nerviosismo, y el rubor que tenía en la cara se había extendido hasta su cuello en forma de manchas rojizas.

Puse los ojos en blanco.

—Tienes que aprender con urgencia a encajar los cumplidos.

Tragó saliva con dificultad.

—No es tan sencillo.

—¿Por qué no? Estoy segura de que no soy la primera que te lo dice.

Se frotó la cara con las manos.

—Sawyer...

—¿Realmente no has tenido nunca novia?

En lugar de mirarme, pescó un jersey de punto de color gris de la pila de ropa que había dejado sobre el taburete. Le hice unas cuantas fotos mientras se lo ponía.

—Sí, sí que he tenido novia. Pero digamos que de eso hace ya un tiempo.

—¿Cuánto? —le pregunté buscando sus ojos con la mirada por encima de su hombro, a través del espejo frente al que se estaba observando.

—Tres años. Y sólo duró un par de meses... No fue nada serio —explicó. A continuación se quedó callado unos instantes y luego se señaló el jersey de punto que acababa de ponerse—. ¿Qué te parece éste?

A cambiar de tema radicalmente no me ganaba nadie, por eso me di cuenta enseguida de sus intenciones. Sin embargo, le seguí la corriente, por mucha curiosidad que me despertara su pasado.

—A la saca. Siguiente.

Isaac titubeó unos instantes.

—No piensas salir del probador, ¿verdad?

—No —me limité a responder mientras levantaba las prendas de la pila y las dejaba en el suelo. En cuanto el taburete quedó libre, me encaramé a él todavía con la cámara en la mano y le hice un gesto para que siguiera con lo suyo.

—Mirona —murmuró mientras se quitaba el jersey por encima de la cabeza.

Me volví para poder fotografiar su imagen reflejada en el espejo desde arriba.

Clic.

—Friqui.

La siguiente camiseta era negra y de manga larga. Le quedaba ajustada en los hombros y realzaba su torso a la perfección.

—Fisgona.

Clic.

—Vuélvete un poco hacia un lado. Sí, así —le indiqué antes de pulsar el disparador de nuevo—. Cualquier otro tío se alegraría de que una chica lo siguiera por voluntad propia hasta los probadores —comenté apoyándome contra uno de los lados.

Pero el pie derecho me resbaló entonces del taburete y solté un chillido en cuanto me di cuenta de que perdía el equilibrio. Isaac reaccionó como un rayo envolviéndome la cintura con un brazo y girándose para evitar que me la pegara contra el suelo. Los dos juntos nos tambaleamos hacia el espejo y mi espalda fue la primera que lo golpeó, con tanta fuerza que me quedé sin aliento.

Él se quedó pegado a mí. Pude notar la dureza de su abdomen contra mi pecho cuando expulsó el aire de los pulmones, la presión de sus caderas contra las mías y también el bulto de sus pantalones, que de inmediato hizo reaccionar mi entrepierna. Sin proponérmelo, empujé mi pelvis contra la suya e Isaac aspiró aire entre los dientes.

La mirada ensombrecida que me dedicó fue indescifrable.

—Yo no soy cualquier otro tío —replicó con voz ronca. Noté con claridad la tensión de su cuerpo.

«Cualquier otro tío habría aprovechado la situación. Cualquier otro me habría empotrado contra el espejo y me habría hecho de todo. Sin dudarlo. Sin preguntar.»

Pero Isaac no hizo nada parecido. En lugar de eso, retrocedió un paso y me ayudó a subir de nuevo al taburete. Luego se quitó la camiseta y siguió probándose ropa como si nada hubiera ocurrido.

9

Era el primero de septiembre, lo que significaba que empezaba el que sin lugar a dudas era el peor mes del año para mí. Al cabo de tres días, coincidiendo con la fecha en la que murió mi padre, regresaría a Renton para visitar su tumba y la de mi madre con Riley.

Odiaba el mes de septiembre. Odiaba del primero al último segundo de ese mes.

Esa mañana me había levantado con una sensación extraña en el estómago y punzadas en la cabeza. Es decir, igual que cada primero de septiembre. Era como si mi cuerpo tuviera un reloj interno y la alarma saltara puntualmente a medianoche para pasar al modo «dolor y tristeza».

Dawn se dio cuenta enseguida de que algo no iba bien y me invitó a salir a cenar con ella y con Spencer. Sin embargo, lo último que necesitaba en esas circunstancias era la presencia de gente. Además, me tocaba trabajar en el Steakhouse.

Después de la clase que tenía por la tarde me dirigí directamente hacia el restaurante. El buen tiempo consiguió mejorar un poco mi estado de ánimo, más que nada porque me permitió hacer unas cuantas fotos de aquel paisaje tan precioso antes de empezar el turno. El valle estaba inmerso en una ligera neblina, y las cimas de las montañas desaparecían entre las nubes, que de vez en cuando abrían un claro para dejar pasar los últimos rayos de sol del día. Aquella escena tuvo un efecto apaciguador en mí, y la verdad es que lo agradecí mucho.

Sin embargo, nada más llegar al Steakhouse, me quedé de piedra cuando encontré a Isaac frente a la puerta. Me dedicó una sonrisa nada más verme.

—¿Qué haces tú aquí? —le pregunté con una brusquedad que lamenté de inmediato. Al fin y al cabo, Isaac no me había hecho nada malo, y no tenía la culpa de que yo estuviera de los nervios. Aunque normalmente yo era una verdadera maestra reprimiendo emociones y era capaz de convencerme un día tras otro de que no sentía nada y de que todo iba bien, ese día no lo conseguí. En lugar de eso, supe que en breve me sentiría abrumada. Me faltaba el aire. Lo que más odié fue no poder hacer nada para evitarlo.

Los sentimientos eran una mierda.

—Me dijiste que viniera el siguiente día que te tocara trabajar —respondió mientras subía los escalones de la entrada conmigo.

Iba vestido con la ropa nueva que habíamos comprado: los vaqueros desgastados y rasgados en la rodilla, una camiseta negra ajustada y unas deportivas cómodas. En combinación con aquella ropa, incluso las gafas se veían menos de empollón. Constaté lo guapo que estaba y, por algún motivo extraño, eso todavía empeoró más mi humor.

—Lo había olvidado —murmuré respirando hondo.

No me había preparado para eso. Lo de enseñar a alguien cómo tenía que trabajar prometía ser un verdadero infierno, y dudé de si tendría la paciencia necesaria. Por mucho que ese alguien fuera Isaac.

—¿Todo bien? —me preguntó deteniéndose frente a mí con las manos hundidas en los bolsillos de los vaqueros.

Qué ganas me entraron de dar media vuelta y salir corriendo

de allí. Ese día no me apetecía tener a nadie cerca, y mucho menos a alguien que me hiciera ese tipo de preguntas y me mirara como si me conociera a pesar de no saber absolutamente nada acerca de mí.

No obstante, había sido yo quien le había ofrecido el empleo, y al fin y al cabo ya había avisado a Al de que iría. O sea que no me quedaba más remedio que pasar por el aro, me gustara o no.

—Claro —respondí con lentitud, y acto seguido asentí en dirección a la entrada—. Vamos, te presentaré a Al.

Transcurrieron unos segundos durante los cuales Isaac se me quedó mirando fijamente, como si pudiera ver lo que escondía mi alma y reconocer así mi actitud impostada. Sin embargo, se limitó a asentir y a seguirme hacia el interior del restaurante sin mediar palabra.

Fuimos directamente hacia la parte trasera, donde estaba el despacho de Al. Mi jefe estaba sentado en la silla de escritorio y parecía, como siempre que se sentaba en cualquier silla, realmente gigantesco. Delante de él, sobre el escritorio, había varios archivadores llenos de papeles que daba la impresión de estar ordenando. Al vernos entrar, levantó la cabeza y alternó su mirada entre Isaac y yo varias veces.

—Hola, Al —lo saludé—. Éste es el chico que te dije que podría ocupar el puesto de Willa.

Él se levantó, y enseguida noté cómo Isaac se tensaba a mi lado. A esas alturas yo ya me había acostumbrado al aspecto intimidante y amenazador de Al, con las sienes rasuradas, aquellos brazos enormes y su estatura de mastodonte, pero aun así recordaba lo abrumador que había resultado verlo por primera vez.

Al escrutó a Isaac de pies a cabeza.

—¿O sea que éste es el joven amable, responsable y comprometido que me dijiste?

—Exacto.

Rodeó el escritorio para acercarse a nosotros y cruzó los brazos frente al pecho.

—¿Sabes servir mesas?

Me pareció ver a Isaac algo pálido cuando negó con la cabeza.

—Hasta hace poco estaba en un servicio técnico. Pero, además de trabajar dentro del taller, también me ocupaba a menudo de atender a los clientes, y...

—Te he preguntado si sabes servir mesas —lo interrumpió Al.

Isaac respiró hondo antes de intentarlo de nuevo.

—Todavía no. Pero estoy dispuesto a aprender.

—Es justo lo que quería oír —respondió Al, tendiéndole la mano—. Me llamo Albert Phelps, aunque todo el mundo me llama Al.

Isaac respondió enseguida al ofrecimiento con un apretón de manos. Me sorprendió bastante que no se estremeciera al comprobar el ímpetu con el que saludaba siempre Al, pero en lugar de eso se limitó a parpadear un par de veces con entusiasmo.

—Grant, Isaac Grant —se presentó.

Me costó bastante, pero conseguí reprimir las ganas de soltar un resoplido.

—Entre semana no suele haber mucha actividad, por lo que es posible que tengas que hacer algún turno solo. Sawyer se encarga de las bebidas de la barra, a ti te correspondería el servicio de la sala. Es decir, tomar nota de los pedidos y servirlos una vez preparados. Ella te enseñará cómo funciona todo —le explicó asintiendo en mi dirección, lo que en el idioma propio de Al significaba más o menos «y ahora largaos, que tengo que seguir trabajando».

Decidí que lo primero que le enseñaría sería el vestuario en el que estaban las taquillas. Nada más salir del despacho de Al, Isaac agitó la mano y expulsó una bocanada de aire siseante.

—Creo que me ha roto unos cuantos huesos —se quejó.

No me pareció necesario advertirlo de que Al no sólo podía romperle los dedos de la mano, sino también todos los demás del cuerpo, si se lo proponía. En lugar de eso, saqué dos delantales de mi taquilla y le enseñé a atárselo a la espalda.

Estaba a punto de pasar por su lado para entrar en la cocina cuando me retuvo agarrándome por un brazo.

—¿Qué pasa? —pregunté irritada.

—No te veo muy contenta —constató mientras examinaba mi rostro con detenimiento, como si estuviera buscando algo concreto, por mucho que me cueste imaginar qué era.

—Nunca me verás contenta, Isaac. Se llama «cara de tía borde» —repliqué sin emoción.

—A estas alturas ya conozco bastante bien tu cara —dijo—. Y normalmente tiene mejor aspecto.

Solté un resoplido.

—Y yo que creía haberte enseñado a elogiar a las chicas. Se ve que no soy tan buena maestra como pensaba.

Se quedó de piedra.

—Ya sabes a qué me refiero. Lo único que quería decir es que parece como si...

—¿Ajá? Dime, ¿como si qué? —pregunté acercándome a él con actitud desafiante, aunque por dentro sólo tuviera ganas de gritarle que me dejara en paz de una vez.

Isaac suspiró y acto seguido me agarró para acercarme a él.

—Parece como si necesitaras un abrazo —concluyó en voz baja.

Tardé unos instantes en comprender lo que estaba haciendo. Porque el muy capullo me dio un abrazo.

Contuve el aliento en cuanto noté que sus brazos se cerraban con más fuerza a mi alrededor. Me acarició el hombro con una mano y me puso la otra en la parte baja de la espalda. Fue casi un gesto de consuelo.

Cerré los puños con fuerza.

—Sawyer, estás tensa como una tabla. No servirá de nada que te abrace si no te relajas un poco.

Solté el aire de forma claramente audible.

—Tú estás para que te encierren.

Él apartó un brazo, pero sólo para agarrarme el mío y pasármelo por encima de la espalda. Luego hizo lo mismo con el otro y volvió a agarrarme con fuerza.

Noté los latidos de su corazón y su respiración sosegada.

Se limitó a abrazarme. Sin decir nada. Sin mover las manos de sitio como solían hacer los tíos con los que estaba acostumbrada a mantener contacto físico.

Isaac me abrazó, y en algún momento me di cuenta de que se apoderaba de mí una agradable calidez, más o menos al mismo tiempo que notaba cómo se relajaba mi mente. El dolor seguía presente, pero de improviso me pareció más soportable, como si ya no amenazara con aplastarme.

Cuando por fin me soltó, posó las manos sobre mis hombros y me apartó un poco para poder mirarme a los ojos.

—Mira tú por dónde, esa tía de cara borde ha desaparecido como por arte de magia.

—Se dice «cara de tía borde».

—Me da igual, llámalo como quieras. El caso es que tienes mejor aspecto.

—Tus cumplidos me conmueven, Friqui —repliqué para intentar recuperar la normalidad entre nosotros.

Isaac sonrió con expresión satisfecha.

—Es que eres una buena maestra. A mí, en cambio, gracias a varios años de experiencia como hermano mayor, se me da muy bien lo de abrazar.

—Será mejor que dejes ese tono de autosuficiencia y vengas conmigo para que pueda enseñarte a servir mesas.

Isaac se rio y entró en la cocina sin mediar ni una sola palabra más.

Yo me quedé unos instantes más allí quieta, siguiéndolo con la mirada.

En cuanto los latidos de mi corazón se hubieron sosegado de nuevo, respiré hondo y entré yo también.

Tres horas más tarde, Al y yo contemplábamos desde detrás de la barra cómo Isaac salía de la cocina a toda prisa cargado con cinco platos a la vez y procedía a servirlos en una mesa de doce comensales exhibiendo una sonrisa radiante. Y cada plato a la persona que lo había pedido, por supuesto. Antes de regresar, recogió la mesa siete y consiguió apilar los platos y los vasos de manera que no tuvo que hacer más viajes para despejar la mesa del todo. Desapareció tras las puertas batientes de la cocina, pero volvió a salir al cabo de un instante para recoger la bandeja de bebidas que yo había dejado preparada y servirla a la mesa nueve.

Con las cejas enarcadas, me volví hacia Al, que no había dejado de seguir a Isaac con la mirada. Creo que nunca lo había visto tan atónito.

Al cabo de un rato se volvió hacia mí, me agarró la cabeza entre aquellas zarpas gigantescas que tenía en lugar de manos y me plantó un beso en la frente.

—¡Argh! —exclamé dándole puñetazos en el estómago.

—Te debo una, Dixon. Este chico es una joya —comentó señalándome con el dedo—. Lo digo en serio. Voy a preparar su contrato enseguida.

—Claro —murmuré.

Yo tuve que trabajar dos días de prueba antes de que Al se

animara a contratarme. Debo admitir que sentí un poco de envidia.

¿Había algo que Isaac no fuera capaz de conseguir?

De no haber sido por mi proyecto de final de curso y porque a esas alturas ya lo consideraba un amigo, lo habría detestado.

Sin embargo, de algún modo también resultaba fascinante contemplar cómo entraba en modo trabajo y se convertía en una persona completamente distinta. Se concentraba al máximo y no había nada capaz de distraerlo. Era todo energía y determinación, de manera que desaparecía aquel carácter retraído e inseguro que tanto lo caracterizaba.

¿Cómo lograba mostrarse de golpe tan abierto y amable mientras charlaba con los clientes, sin siquiera ponerse colorado? Parecía como si tuviera un interruptor que sólo podía activar para trabajar.

Cuando el último comensal salió por fin del Steakhouse, me dispuse a cerrar la caja mientras Isaac ordenaba y limpiaba la sala. Cuando hubo terminado, se acercó a la barra con un trapo de cocina, pasándoselo de mano en mano con verdadera expectación.

—¿Y bien? ¿Qué tal lo he hecho?

—Al ya te está preparando el contrato, empollón.

Él empalideció de repente.

—¿De verdad?

Asentí.

Se me quedó mirando durante unos segundos con la boca abierta. Luego en sus labios apareció una sonrisa que se acabó extendiendo por todo su rostro.

—Me has salvado el pellejo, Sawyer. Gracias.

—No es nada —repuse—. Ven, todavía tengo que enseñarte dónde está la despensa del sótano y el montacargas.

Me siguió hasta la bodega, donde le expliqué cómo podía

utilizar el montacargas para subir las botellas y otros productos que guardábamos allí.

—De hecho, podríamos repostar las neveras con bebidas para mañana, ya que hemos bajado —propuse.

Isaac asintió y empezó a pasarme las botellas de las cajas. Yo las iba colocando en el montacargas y tomaba nota de las cajas que quedaban vacías. Estuvimos trabajando un buen rato en silencio, y de vez en cuando le lanzaba alguna mirada de reojo para ver su cara de concentración y comprobar lo eficiente y minucioso que era con ese tipo de tareas. Me quedó muy claro lo mucho que deseaba obtener ese empleo.

Yo estaba tan perdida en mis cavilaciones al respecto que, cuando cogí una botella que me tendió, le rocé la mano sin querer.

Su única reacción fue sonreír cuando yo le murmuré una disculpa. Me quedé fascinada al comprobar que no se sobresaltaba en absoluto ni se ponía colorado. En lugar de eso, procedió a tenderme otra botella. Y luego otra.

—¿Por qué era tan importante para ti conseguir este empleo? —le pregunté—. Quiero decir que comprendo que quieras ganar dinero, pero parece casi como si fuera una cuestión de vida o muerte.

Isaac estaba ocupado con una de las cajas de bebidas, por lo que me respondió sin volverse hacia mí.

—Mis padres tienen una granja y les van bastante bien las cosas, pero...

Se quedó callado de repente.

—No es necesario que me lo cuentes si no quieres —intervine, aunque lo cierto es que tenía la esperanza de que lo hiciera de todos modos. Cuantas más cosas me contara, menos pensaría yo en mis propios problemas.

—No te preocupes, no es ningún secreto —repuso mientras

apilaba unas cajas. Se aclaró la garganta y tomó aire para continuar—: Poco antes de graduarme en el instituto, mi padre se puso gravemente enfermo y tuvieron que operarlo. Durante esa época las cosas no marcharon precisamente bien. Las cosechas de maíz y de soja fueron terribles, mis padres acababan de invertir todos sus ahorros en comprar maquinaria agrícola nueva, y además teníamos dos graneros en ruinas que había que reformar urgentemente. Tuve que hacerme cargo de un montón de problemas, a pesar de que en realidad quería...

Se detuvo de nuevo.

—¿Qué querías en realidad? —insistí.

Isaac se me quedó mirando.

—Nunca tuve la más mínima intención de quedarme en la granja. Siempre había querido estudiar.

—Pero por culpa de la enfermedad de tu padre tuviste que quedarte.

La mirada se le ensombreció.

—Exacto.

—¿Durante cuánto tiempo?

—Más de un año.

—Eso es bastante.

—El problema no fue ése..., al menos, no exactamente. Yo tenía muy claro que tarde o temprano me marcharía y probaría otra cosa. Quería comprobar si había algo más a lo que pudiera dedicarme, por eso intenté matricularme en el mayor número de asignaturas posible. Sin embargo, parece ser que lo que se me da mejor es trabajar en la granja. Mis padres se sintieron muy orgullosos de mí al ver que podía encargarme de todo yo solo.

Metí otra botella en el montacargas.

—Pero tú, no tanto.

Dejó que la pregunta resonara un poco antes de responderla.

—No.

Era evidente que le costaba un horror hablar de ese tema. Decidí no insistir, sabiendo por experiencia lo odioso que resulta que la gente te siga preguntando en esas circunstancias.

—Cuando se lo dije a mi padre —empezó a decir de nuevo al cabo de un rato—, perdió los estribos. Estaba seguro de que me ocuparía de la granja, a pesar de que yo nunca había expresado ese deseo. Estuvo a punto de echarme de casa.

Isaac tuvo que tragar saliva antes de proseguir.

—Desde entonces apenas hemos vuelto a hablar.

—Pero si me has contado que regresas a casa cada fin de semana para ayudar en la granja.

Se encogió de hombros.

—Y lo hago. Voy a ver a mis hermanos, para pasar algo de tiempo con ellos. Y con mis abuelos, que viven en la misma casa que nosotros. Por mi cuenta, hago lo que puedo, pero casi nunca hablo con mis padres. Están furiosos conmigo.

Cerró la boca y apretó los dientes con fuerza. Cuando me tendió la última botella, evitó mi mirada.

—Eso que me cuentas es una verdadera mierda, Isaac —comenté.

Soltó una carcajada llena de tristeza.

—Yo también lo pienso. Pero es lo que hay. No pienso cambiar de opinión, por mucho cariño que le tenga a esa granja. Por eso intento no costarles ni un centavo a mis padres. Jamás quisieron que yo estudiara, pero... —Se encogió de hombros en un gesto de impotencia—. Tenía que salir de allí, comprobar las posibilidades que puede ofrecerme el mundo y descubrir lo que quiero hacer —añadió—. Hay tanto por aprender, tanto por descubrir..., y yo sólo conocía una parte minúscula de todo eso. Simplemente quería... más.

Me identifiqué enseguida con lo que me contaba. Me había

sentido igual cuando decidí marcharme de Renton por motivos muy distintos.

—O sea que quieres ganar dinero para no tener que depender de tus padres —murmuré.

Él asintió.

—Aunque no resulta sencillo cuando tienes cuatro hermanos. La mayor estudia en una universidad de élite increíblemente cara. Y luego están Ariel, Levi e Ivy. En casa nunca ha sobrado el dinero.

—¿Qué edad tienen tus hermanos? —pregunté.

—Eliza es un año mayor que yo, o sea que tiene veintidós. Ariel tiene ocho, Levi, seis, e Ivy cumplirá dos años en marzo.

—Oh, guau. Entonces hay mucha diferencia de edad entre tú y los pequeños.

Isaac esbozó una amplia sonrisa.

—Mamá y papá siempre quisieron tener familia numerosa, pero, después de tenerme a mí, mi madre sufrió un aborto y..., bueno, no se lo tomó nada bien, fue muy duro para ella. Tardó mucho tiempo en recuperar la confianza. Y, luego, de repente pasamos a ser siete en casa.

Intenté contar mentalmente la edad que debían de tener los padres de Isaac, si tantos años después todavía se habían atrevido a tener hijos de nuevo.

—Mi madre tenía veinte años cuando nací —aclaró como si hubiera podido leerme la mente—. Se casaron muy jóvenes.

—¿Y qué piensan tus padres sobre el hecho de que trabajes tanto?

Por algún motivo, no podía parar de bombardearlo con preguntas. Normalmente me parecía pesado que alguien contara tantas cosas acerca de su vida, pero en su caso era distinto. Me interesaba lo que me decía. Quería saber más.

—No les ha sentado nada bien que sea económicamente independiente. Creo que les duele no tener nada con lo que poder chantajearme. Pero mi abuelo dice que mi padre simplemente es demasiado orgulloso como para admitir lo mucho que le duele que me haya alejado de ellos. Aunque no lo hiciera con mala intención. Hace unos años, cuando todavía estaba en el instituto, estuvimos a punto de tener que vender la granja, de lo mal que nos iban las cosas.

Solté un taco en voz baja, pero Isaac reaccionó con una sonrisa.

—Por suerte, no fue necesario. Tuvimos que apretarnos mucho el cinturón, eso sí. No podíamos comprar ropa nueva, de manera que Eliza y yo teníamos que compartir la ropa. Supongo que no te costará imaginar lo popular que es en el instituto un adolescente que se ve obligado a heredar la ropa de su hermana mayor.

—Ya me has dicho que tu época en el instituto... no fue precisamente un camino de rosas.

Soltó un resoplido.

—Fue un infierno. Mis compañeros de clase eran... auténticos demonios.

—¿Sólo porque no podías llevar ropa nueva? —pregunté.

—Porque éramos pobres. Pobres de verdad. Y lo sabía todo el mundo. Bueno, es que se notaba a simple vista. No sólo en la ropa que llevábamos, sino también en la cartera, en la comida, las zapatillas de deporte y todas esas cosas. Para los adolescentes, eso ya es motivo suficiente para esconderle cosas asquerosas en la taquilla al chaval en cuestión, o para encerrarlo varias tardes seguidas en el lavabo de chicas.

En su frente aparecieron unas arrugas profundas, aunque en realidad parecía más consternado que furioso, como si no lograra explicarse por qué aquellos recuerdos conseguían afectarle tanto a pesar del tiempo que había transcurrido desde entonces.

El caso es que yo lo comprendí.

Por eso Isaac era como era. No eran las camisas, los zapatos limpios o el pelo repeinado, sino el hecho de controlar su aspecto como no había podido hacerlo antes, y de paso de controlar también la repercusión que eso pudiera tener en los demás.

Me pregunté si significaba algo que hubiera decidido abandonar esa capacidad de control y cederme a mí el mando.

—Admiro realmente que sigas regresando a la granja de tus padres. No sé si yo podría hacer algo semejante —comenté al cabo de un rato.

—Me da igual si mis decisiones les parecen bien o no. Mi familia es mi hogar. Y eso nunca cambiará.

Aquellas palabras consiguieron acelerarme el corazón, porque era justo lo que yo sentía respecto a Riley.

Isaac me quitó el lápiz y trazó la última marca que quedaba por hacer en la lista.

—¿Tú tienes hermanos o hermanas? —me preguntó como si acabara de leerme el pensamiento.

—Sí, una hermana.

—¿Y qué edad tiene?

—Veintitrés. Trabaja en una clínica veterinaria y... bueno, hace poco que se ha prometido.

Las palabras sonaron mal en mi boca porque apenas me molesté en articularlas.

—Eso es genial, ¿no? —repuso Isaac. Tanto el tono de voz como la mirada que me dirigió revelaron lo atento que permanecía a mis reacciones.

—Bueno..., sí —murmuré. No conseguí armarme del valor necesario para contarle la verdad: que la mera idea de que mi hermana pudiera iniciar una nueva vida con otra persona me provocaba un pánico atroz.

—Resulta extraño que la gente planifique su vida entera

cuando no saben lo que quieren realmente, ¿no crees? —preguntó mientras cerraba la puerta del montacargas—. Cuando veo las fotos de mis primeros meses de vida, me sorprende ver que mis padres eran todavía más jóvenes de lo que soy yo ahora. Es muy raro. Pero supongo que cada cual tiene su propio ritmo.

—No es eso en absoluto lo que me desmoraliza —me oí decir de repente. Las palabras salieron de mis labios por sí solas, sin que pudiera hacer nada para evitarlo. Tal vez se debió al hecho de que él acabara de contarme tantas cosas de sí mismo. Aunque también podía ser que me estuvieran carcomiendo por dentro y hubiera sentido la necesidad imperiosa de expulsarlas de una vez.

—Entonces ¿qué es? —preguntó con suavidad.

Evité su mirada antes de responder.

—Es sólo que... —empecé a decir, pero me detuve y me mordisqueé el labio inferior.

Isaac esperó con mucha paciencia a que llegara mi respuesta.

Tuve que respirar hondo un par de veces antes de explicarme.

—Riley y yo siempre hemos sido muy parecidas. Coincidíamos en todo, especialmente en temas como el matrimonio. Y ahora va y se compromete. Seguro que muy pronto se quedará embarazada —dije arrugando la nariz—. Y ya no tenemos nada en común. Aunque de momento sigue siendo la única persona que... que me comprende.

Me mordí el interior de las mejillas para evitar seguir hablando.

—O sea que tienes la sensación de que se aleja de ti, ¿es eso? —preguntó Isaac.

Me quedé con la mirada clavada en el suelo de piedra gris y hundí los dientes un poco más en el interior de mis mejillas. Al final, me encogí de hombros.

—Me suena de algo —comentó mientras se apoyaba en la pared.

Levanté la cabeza de nuevo para dirigirle una mirada interrogante.

—A Eliza y a mí nos ocurrió lo mismo. De niños éramos inseparables, también porque apenas había diferencia de edad. Sin embargo, en el instituto las cosas cambiaron por completo. Mientras yo estaba viviendo un verdadero infierno, ella era muy popular entre sus compañeros de clase. Por aquel entonces, las cosas podrían haber sido un poco más fáciles para mí si me hubiera integrado en su pandilla. Pero así funciona la vida en el instituto, cada cual lucha por sí mismo. Y luego, desde que se marchó a Harvard, cada vez hemos tenido menos contacto.

—¿Y cómo lo has sobrellevado? —pregunté en voz baja. Mi mayor temor era que algún día Riley y yo dejáramos de hablarnos.

—Al principio, la dejé en paz. Al fin y al cabo, las primeras semanas en la universidad son muy intensas y estresantes. Pero llegó un momento en el que decidí reclamarla, y desde entonces nuestra relación ha mejorado bastante. Sin embargo, sigue estando muy lejos y ya no es como antes.

No fue precisamente lo que más me habría gustado oír, pero las historias no siempre terminan como una querría, y nadie lo sabía mejor que yo.

—Menuda mierda.

—Bueno, tampoco es para tanto. Es duro cuando esperas cosas de los demás y esas expectativas no se cumplen. Pero la echo de menos como no te puedes ni imaginar.

—Al menos yo tengo a mi hermana en el estado de al lado, y no en el otro extremo del país. Cuatro mil quinientos kilómetros son muchos —constaté.

Isaac asintió.

Me puse a pensar en lo que acababa de contarme. Pocos días antes, podría haber resumido a Isaac con una sola palabra: friqui. Sin embargo, en esos momentos era mucho más que eso: era un hijo, un hermano. Alguien que había pasado una adolescencia realmente difícil. Alguien que era todo entrega y fuerza de voluntad, pero que aun así no olvidaba sus orígenes. Era alguien digno de admiración.

—Bueno, es lo que hay —soltó interrumpiendo mis cavilaciones—. ¿Y qué les parece a tus padres el hecho de que Riley se haya comprometido?

De repente fue como si me hubieran echado una jarra de agua fría por encima. El vello de la nuca se me erizó al instante y la presión que se instaló en mi pecho no me dejaba respirar.

Me levanté de golpe y pulsé el botón del montacargas para ponerlo en movimiento.

—Sawyer...

—Es tarde, tengo que volver a casa para terminar unas cosas para la uni —respondí con voz firme—. Además, no quiero que Al piense que estamos haciendo vete a saber qué aquí abajo, no sea que cambie de opinión respecto a tu contrato.

Sin mirar a Isaac de nuevo, subí la escalera del sótano.

Él me siguió en silencio, pero de todos modos noté su mirada pensativa clavada en mi espalda.

10

Cuando regresaba a Renton, nunca tenía la sensación de estar volviendo a casa. Todo lo contrario, cada vez que subía a ese tren, las dos horas de trayecto se convertían en las peores de todo el año. La cabeza me dolía bastante a causa del alcohol que había bebido antes de subir con la esperanza de, al menos, dormir un poco, y tenía el estómago revuelto porque no había sido capaz de tomar ni un bocado de buena mañana.

El tren por fin se detuvo y, al bajar al andén, tuve que luchar contra el impulso que sentí de dar media vuelta, subir de nuevo a otro tren y regresar a Woodshill cuanto antes. O a cualquier otro sitio, me daba igual. No obstante, me sobrepuse: Riley y yo habíamos superado ese día juntas un montón de veces, y estaba segura de que en esta ocasión también lo lograríamos.

Cuando por fin descubrí a mi hermana en el andén, de inmediato me sentí mucho mejor. Siempre había tenido ese efecto en mí, cuando nuestros padres todavía estaban vivos, y también más adelante, cuando mi tía Melissa tenía un mal día y terminaba escondiéndome en la buhardilla para llorar tranquila. Las cosas siempre mejoraban cuando aparecía Riley y me consolaba.

No pude evitar preguntarme cuánto tiempo más podría seguir ayudándome de ese modo. Podría o querría.

Morgan también vino a recibirme a la estación, y en esos

momentos envolvía los hombros de Riley con un brazo. Ellos todavía no me habían visto, por lo que pude observarlos con detenimiento. Parecían hechos el uno para el otro. Morgan también llevaba el cuerpo tatuado de arriba abajo, igual que mi hermana, aunque, debido a su tono de piel oscuro, sus tatuajes tenían un efecto muy distinto, mucho menos contrastado que en el caso de Riley y el mío. Parecía como si en todo su guardarropa no tuviera más que cuatro prendas: vaqueros, camiseta negra, chaqueta de cuero y botas de motorista. Nunca lo había visto con ningún otro tipo de ropa. A eso cabía añadir las dilataciones de los lóbulos de las orejas y los anillos oscuros que llevaba en varios dedos. Quien no lo conociera ni supiera que en realidad era dócil como un conejito seguramente quedaría intimidado por su aspecto.

Encajaba a la perfección con Riley y era evidente lo felices que eran juntos. ¿Cómo era posible que no pudiera alegrarme por ellos?

Me divisaron cuando ya nos separaban pocos metros. Riley se apartó de Morgan enseguida y me dio un abrazo al que yo respondí de inmediato.

—Hola, pesada —me susurró al oído.

—Hola, guarrona —repliqué con el mismo tono de voz.

Me pellizcó el hombro y reaccioné soltando un taco.

—Las hermanas Dixon reunidas de nuevo. Qué estampa más bonita —comentó Morgan a nuestro lado.

Él también me dio un abrazo, y lo terminó presionándome un hombro con suavidad.

—Me alegro de verte, Sawyer —dijo en un tono de clara sinceridad.

—Lo mismo digo, Morgan.

Noté la mirada apremiante de Riley y me di cuenta de que lo adecuado habría sido felicitarlo por el compromiso. Al fin y al cabo, era la primera vez que lo veía desde que le había propuesto matrimonio a mi hermana, pero aun así no fui capaz de seguir el protocolo.

Al cabo de un segundo, las comisuras de sus labios se elevaron de nuevo y me soltó el hombro.

—¿Vamos? —preguntó Riley en voz baja y envolviéndome con un brazo.

El trayecto en coche hasta el cementerio no duró ni media hora, y apenas abrimos la boca. Ni Riley ni yo éramos de ese tipo de personas dispuestas a entablar una conversación intrascendente a la primera de cambio. Además, las dos éramos conscientes de que no habría tenido ningún sentido charlar acerca de temas como la universidad o el trabajo, cuando en realidad íbamos a visitar la tumba de nuestros padres.

En el aparcamiento, Morgan abrió el maletero y sacó un ramo de flores silvestres de color blanco que habían comprado justo antes de recogerme en la estación.

Después de eso, nos dejó a solas, de manera que Riley y yo empezamos a caminar por el sendero del Greenwood Memorial Park. El lugar estaba bien cuidado, con parterres de césped verde y grandes árboles que rodeaban todo el recinto. Al parecer, el único motivo por el que lo mantenían tan pulcro era que Jimi Hendrix también estaba enterrado allí, y es que el Greenwood Memorial Park era más una atracción turística que un cementerio. Mis padres habían sido muy fans del guitarrista y seguramente se habrían alegrado de compartir cementerio con él, por lo que a Riley y a mí nos pareció el mejor lugar para que descansaran eternamente.

Cuando nos faltaban pocos metros para llegar a la tumba, me aferré con fuerza a la mano a mi hermana. Las dos juntas avanzamos los últimos pasos que nos separaban del lugar en el que reposaban nuestra madre y nuestro padre.

Contemplamos las lápidas en silencio. Eran simples y discretas: enormes losas de piedra natural con los cantos redondeados. Sólo llevaban sus nombres grabados, Erin y Lloyd Dixon, así como las fechas en las que nacieron y murieron. Yo tenía nueve años cuando sucedió, mientras que Riley acababa de cumplir los doce. Si hubiéramos sido un poco mayores y nos hubieran dejado elegir, habríamos pedido que añadieran también una estrofa de *The Sound of Silence*, de Simon & Garfunkel, la canción preferida de mis padres. Habríamos querido algo que revelara la personalidad de las personas que estaban allí enterradas, así como que alguien lamentaba su muerte.

Tal como estaban, parecían meras... piedras.

Tragué saliva con dificultad. Riley me soltó la mano y se inclinó para dejar el ramo de flores. Luego se incorporó de nuevo y me abrazó, pero no derramamos ni una sola lágrima. Hacía más de diez años que Riley y yo manteníamos una especie de competición tácita para ver cuál de las dos conseguía ocultar mejor sus sentimientos. Sin embargo, tal como nos agarrábamos, en todo momento sabíamos hasta qué punto la otra estaba hecha polvo.

Con la mano libre envolví el medallón que llevaba colgado del cuello, acariciando con el pulgar el borde decorado con arabescos. Una vez. Dos. Y cada vez con más fuerza, hasta que los afilados cantos me perforaron la piel. Riley se dio cuenta de ello y me abrazó todavía con más fuerza. El ritual no mejoraba con los años. Por mucho que pasara el tiempo, jamás resultaría sencillo plantarse frente a aquella tumba. El dolor era inmenso, y ese día lo sentía con más intensidad que nunca. Era un día insoportable y doloroso, una verdadera tortura.

—Creo que estarían orgullosos de nosotras —comentó ella en voz baja al cabo de un rato.

No supe qué responder a eso. No tenía ni idea de lo que dirían si pudieran verme. Bebía demasiado, me acostaba con demasiados hombres y apenas tenía amistades. Y encima detestaba el compromiso de matrimonio de mi hermana por miedo a quedar relegada.

Lo único que se me daba bien era la fotografía.

—Seguro —convine con un tono de voz apagado. La palabra me dejó un mal sabor en los labios, como una masa pegajosa que debería haber tragado en lugar de pronunciarla.

Me alegré cuando, un año más, por fin nos marchamos y dejamos atrás el cementerio. Morgan nos esperaba a la salida, y Riley fue corriendo hacia él para que la envolviera entre sus brazos. Durante unos segundos se limitó a abrazarla, sin más. Luego él le acarició la espalda y le susurró algo al oído que no acerté a comprender.

Al verlo, noté una fuerte punzada en el corazón y desvié la mirada.

Apenas pude ocultar el alivio que sentí cuando emprendimos el camino hacia el Hot War. Aquella pequeña sala llena de humo era nuestro local de referencia en Renton, y, desde que tenía trece años, todos los 4 de septiembre terminábamos allí metidas, bebiendo lo que hiciera falta con tal de sobrellevar el peso insoportable de esa fecha y el hecho de que nos hubieran arrebatado no sólo a los padres, sino también la infancia, de paso.

Riley, Morgan y yo entramos por el estrecho pasillo repleto de grafitis y ocupamos una de las mesas redondas de madera. Era primera hora de la tarde, por lo que no había nadie más que nosotros en todo el bar. Morgan se acercó a la barra y regresó a la mesa con tres botellas de cerveza y tres vasos de chupito llenos a rebosar. No brindamos, nos limitamos a vaciar los vasos de chupito de golpe. Luego, Morgan recogió los vasos e hizo otro viaje a la barra, de la que volvió con otra ronda. Me quedé mirando la botella de cerveza que tenía en la mano deseando que aquel día terminara de una vez por todas.

El alcohol contribuyó a disipar la tensión acumulada, y al cabo de un rato empezamos a charlar. Me encantaba que Riley me contara cosas acerca de su trabajo. Era enfermera de una clínica veterinaria, una ocupación que le iba al dedillo por la mágica relación que había demostrado tener siempre con animales de todo tipo. Le bastaba con acariciarlos o susurrarles unas palabras cariñosas para que se tranquilizaran de inmediato.

—Te lo aseguro, Sawyer. Tendrías que haberlo visto. Era diminuto, pero tenía las orejas tan grandes que le colgaban hasta el suelo. Cuando se despertó de la anestesia, no paraba de tropezar con sus propias orejas —me contó sonriendo. Ya empezaba a balbucear un poco cuando empezó a dar toquecitos a su móvil, insistiendo en enseñarme la fotografía que ilustraba lo que me estaba contando.

—Ahora dice que quiere un beagle como sea —me informó Morgan en voz baja antes de dar un sorbo a su cerveza.

Riley soltó un grito triunfal y me plantó el móvil frente a las narices.

Tuve que echarme hacia atrás para poder reconocer algo en la pantalla. Era la fotografía de un perro pisándose una oreja con una pata y a punto de caer de lado.

—Parece como si estuviera borracho —exclamé—. ¡Menudas orejotas!

—¡Y que lo digas! —respondió ella con entusiasmo—. Cariño, yo también quiero tener un perro con orejotas...

—Creo que tendrás que especificar un poco más para que pueda reconocer de qué raza me estás hablando —replicó él.

—Uno que tenga las orejas muy grandes —añadió ella.

—De acuerdo. Pero después de la boda.

—Vale.

Durante unos instantes, se miraron sonriendo. Luego, la mirada de Riley se volvió más reflexiva mientras hacía girar su vaso de chupito con un gesto distraído. A continuación aspiró una buena bocanada de aire y me miró a los ojos.

—Ya hemos empezado con los preparativos de la boda.

Incapaz de seguir ocultando lo que pensaba, me puse tensa y ella se dio cuenta, por supuesto. Desde su visita a la residencia de estudiantes, habíamos evitado el tema cada vez que habíamos hablado por teléfono. Y, aunque sabía que tarde o temprano tendría que afrontar la realidad y aceptar su decisión, de algún modo habría preferido no tener que hacerlo precisamente ese día.

No obstante, Riley y Morgan se me quedaron mirando con una expectación más que evidente y yo reaccioné forzando una expresión amable.

—Qué... qué bien.

Un destello apareció en los ojos de mi hermana. Desapareció al cabo de un instante, pero tuve tiempo de verlo de todos modos. La conocía lo suficiente para saber que esta vez no dejaría pasar la oportunidad de hablar de ello, y las palabras que pronunció a continuación me lo confirmaron.

—Incluso hemos reservado el lugar en el que nos casaremos —comentó.

Hice lo imposible con tal de mantener la sonrisa, pero fui incapaz de articular una sola palabra. Era como si tuviera un grumo grasiento atravesado en la garganta. Y en el estómago. Ese día ya era lo suficientemente malo por sí solo. ¿Por qué tenía que empeorarlo todavía más sacándome el tema de la maldita boda?

Dejé que mi mirada se perdiera más allá de ella, en la pared llena de grafitis que quedaba a su espalda. Debía de ser nueva, porque no me sonaba haberla visto antes. Había un dibujo de una sirena sentada en un arrecife. El pelo verde le caía por encima de los senos desnudos y le llegaba hasta la cintura, donde su cuerpo estaba unido a una reluciente cola de pez. La imagen estaba iluminada con tubos de neón de color azul y verde y resultaba de lo más vistosa. Por desgracia, no llevaba la cámara. Podría haber hecho una gran fotografía con eso.

—La fiesta será guay —comentó Riley, arrancándome de mis cavilaciones—. Hemos reservado un granero en el que ya se casaron unos amigos nuestros. Y hemos decidido prescindir del catering. Quien quiera podrá traer algo y añadirlo al bufet.

A medida que iba hablando, mi sonrisa se volvía más y más forzada. Dios, ¿qué demonios me pasaba? ¿Por qué no era capaz de comportarme como una persona normal y simplemente alegrarme? O al menos fingirlo.

—Mi amiga Harlow, de la clínica, y Janice, a quien conozco desde el instituto, serán las damas de honor.

Al oírlo, me quedé petrificada. Ni siquiera me atreví a mirar a Riley. Dios, había llegado el momento. Me preguntaría si querría estar junto a ella en el altar durante la ceremonia, si le sujetaría el ramo de flores y contemplaría cómo se despedía de mí para formar su propia familia. Tragué saliva con dificultad y reprimí el impulso de cerrar los ojos con fuerza.

—Ya hemos encontrado a una funcionaria del registro civil dispuesta a oficiar la boda en el granero. Y unos amigos nuestros que tienen un grupo se encargarán de la música. Será fantástico.

—Y puesto que la planificación de momento ha ido como la seda, nos gustaría casarnos en noviembre —añadió Morgan.

De repente, abrí unos ojos como platos.

—¿En noviembre? —grazné.

Los dos asintieron a la vez y en mi pecho empezó a crecer

una especie de globo que amenazaba con reventar en cualquier instante.

—Sabemos que es poco tiempo para planificar una boda, pero tampoco es que vaya a ser una ceremonia convencional, ni mucho menos. Lo único que queremos es pasar un buen día con nuestros amigos, relajados, sin presiones —explicó Morgan.

—Todos nos toman por locos —dijo Riley sonriendo.

—Bueno, la verdad es que un poco locos sí estamos —murmuró Morgan antes de inclinarse hacia ella y plantarle un beso en la frente. A continuación, se miraron durante un par de segundos y Riley se puso colorada como un tomate.

¿Qué estaba haciendo yo allí? Mi hermana ni siquiera quería que fuera su dama de honor. Tampoco es que me volviera loca la idea, pero lo habría hecho gustosa por ella. Por Riley sería capaz de hacer cualquier cosa. Sin embargo, era evidente que ella no lo deseaba.

Si el compromiso de mi hermana me daba tanto miedo era porque estaba convencida de que la perdería en el mismo instante en el que le diera el sí a Morgan. No obstante, durante esa conversación me di cuenta de que hacía ya tiempo que la había perdido.

Se había alejado tanto de mí que jamás lograría recuperarla.

Me había quedado sola.

Cogí mi vaso con dedos temblorosos y me terminé el whisky. Luego lo dejé en la mesa con un poco más de énfasis de lo que habría sido necesario y Riley arrugó la frente.

—De hecho, quería preguntarte si te gustaría hacer las fotografías para las invitaciones.

Solté un resoplido.

—Sí, ya. Por eso no te lo he pedido directamente, porque temía que no te pareciera buena idea. Tengo la impresión de que no te alegras mucho por nosotros, que digamos.

Me puse de pie de repente y me tambaleé un poco a causa del alcohol.

Riley y Morgan se me quedaron mirando.

—Perdón —murmuré alejándome un poco de la mesa—. Lo siento, pero no puedo hacerlo.

Dicho esto, apreté a correr hacia la salida del Hot War tan deprisa como pude. Hasta que hube empujado la pesada puerta de acero y el aire fresco de septiembre me dio en la cara, no me atreví a respirar de nuevo.

Me apoyé en la pared, junto a la entrada. Ya había anochecido, por lo que me quedé mirando el cielo sin estrellas mientras esperaba a que mi pulso recuperara su ritmo normal. Había hecho un gran esfuerzo para controlarme, pero ¿por qué Riley había tenido que insistir tanto con el tema?

Estaba tan perdida en mis cavilaciones que no me di cuenta de que tenía a un tío cerca hasta que me llegó a la nariz el humo del porro que se estaba fumando.

Volví la cabeza. Me estaba mirando fijamente, aunque no dijo nada. Lo examiné de pies a cabeza. Era atractivo, tenía el rostro afilado y el pelo rubio más o menos como Kurt Cobain. Sin apartar la mirada de mí, se llevó el porro a los labios de nuevo y le dio otra calada mientras yo observaba el humo que le salía de la boca.

Luego me pasó el porro. Cuando lo cogí, me di cuenta de que me temblaba la mano. Todavía estaba furiosa con Riley y Morgan, pero sobre todo conmigo misma. Tenía que tranquilizarme como fuera. Le di una calada al porro y enseguida noté cómo me subía a la cabeza. Cerré los ojos. Aquello era justo lo que necesitaba.

Casi nunca fumaba y cada vez me olvidaba de lo bien que me sentaba, de la capacidad que tenía la hierba para apartar de una forma lenta pero segura todos los problemas de mi cabeza, hasta que sólo quedaba un zumbido monótono. Tomé dos caladas más, bastante profundas. Cuando me disponía a devolverle el porro a Kurt Cobain, vi que ya tenía el siguiente en la mano e intentaba encenderlo protegiendo el mechero del viento con la mano. Cuando por fin lo consiguió, negó con la cabeza.

—Quédatelo. Tienes pinta de necesitarlo.

«Si él supiera...»

—Gracias.

Me apoyé contra el muro de nuevo y cerré los ojos.

En algún momento los amigos de Kurt salieron del local y se reunieron con él. Agucé el oído para escuchar la conversación de borrachos que mantuvieron mientras me terminaba el porro. Con cada calada, el pánico se desvanecía un poco más.

Sin embargo, lo que no se esfumó fueron la rabia y la indignación. Más que nada porque, por encima de todo, estaba furiosa conmigo misma. Estaba furiosa porque no era capaz de alegrarme por mucho que quisiera. Estaba furiosa porque de ningún modo quería que Riley me implicara en sus planes para la boda, pero de todos modos me habría gustado que me lo preguntara. Y estaba furiosa también porque sabía que nunca permitiría que nadie se me acercara tanto como Morgan a Riley. Me daba demasiado miedo que pudieran hacerme daño.

El hecho de saber que me había quedado completamente sola me dolió. Tenía que parar de pensar en mi hermana de una vez, y sobre todo tenía que parar de pensar en su maldita boda.

Como si alguien me hubiera leído el pensamiento, de repente me sonó el móvil. Me lo saqué del bolsillo de la chaqueta. Era ella.

Me quedé mirando su nombre unos segundos antes de rechazar la llamada. En la pantalla aparecieron dos mensajes que había recibido durante la tarde. Uno era de Dawn, deseándome que lo pasara muy bien en Renton y pidiéndome que saludara a Riley de su parte. Resoplé al leerlo y ni siquiera me planteé la posibilidad de contestarle. El segundo era de Isaac y contenía solamente una fotografía en la que se veía una copa de vino rota.

Probablemente fue por la hierba que había fumado, pero el caso es que la presión que había estado sintiendo en el pecho de repente se relajó un poco. Pulsé el botón de «Responder» y comprobé que me costaba bastante acertar las teclas correctas.

> Y yo que creía que tenías unas manos mágicas o algo así.

Su respuesta no se hizo esperar. Eché un vistazo a la hora: acababa de terminar el primer turno que había pasado solo con Al.

Y las tengo. Pero he chocado contra Al.

Me imaginé a Isaac, a quien Al no sólo le infundía respeto, sino también verdadero temor, disculpándose al menos mil veces: primero por haber roto una copa de vino y, segundo, por haber tocado a Al. Sin poder evitarlo, esbocé una sonrisa.

> ¿Te has fracturado algo?

Creo que tengo un chichón en la frente.

> ¿A ver?

Pasaron unos minutos hasta que mi móvil vibró de nuevo. Isaac se había hecho un selfi en el que aparecía señalándose la frente con expresión reflexiva. No llevaba puestas las gafas, y tenía el pelo húmedo y algo ensortijado sobre la frente. Además, iba sin camiseta. Sólo se le veían los hombros, pero eso bastó para recordarme los músculos de su vientre y su piel lisa y cálida. Con sólo imaginarlo, me subió la temperatura.

Yo no veo ningún chicharrón,
sólo un camarero guapo.

Bueno, yo tampoco veo
ningún chicharrón...

Puto *autocorrectjkjhhg*.

Mierda, los dedos no me respondían como de costumbre por culpa de la hierba y las teclas del móvil eran demasiado pequeñas.

Si no te conociera tanto, diría que
has bebido. ¿Algo que celebrar?

Hice una mueca. Las mejillas me ardían y me costaba mantener el equilibrio. Me apoyé contra la pared una vez más.

Me cago en mi puta vida, ojalá
pudiera estar en otro lugar.

Me daba igual lo que Isaac pensara de mí. Como también me daba igual que esas once palabras formaran la frase más sincera que había pronunciado en toda mi vida.

Isaac respondió con una fotografía de una niña pequeña. Desconcertada, me acerqué el móvil a los ojos para poder verla mejor.

«Joder...»

Tenía unos cuatro años y era realmente adorable, siempre que no te fijaras en su pelo, puesto que lo llevaba muy mal cortado. Estaba bastante claro que había cogido unas tijeras y se lo había cortado ella misma. En algunas partes, sus cabellos no tenían más de dos centímetros, mientras que en otras le llegaban hasta los hombros. Esbocé una sonrisa.

Apuesto lo que quieras a que has sonreído, escribió Isaac.

Es posible. ¿Quién es?

Cuando Ariel tenía cuatro años, me robó
las tijeras y estuvo jugando a ser peluquera.

Examiné la imagen de nuevo. En esta ocasión, mi sonrisa fue todavía más amplia. El peinado era realmente horrible.

Pobre Ariel.

¡Me castigaron A MÍ por eso!

Pobre Isaac.

Eso está mucho mejor.

¿Tú también has intentado cortarte
el pelo tú mismo alguna vez?

...

Vamos...

No. Pero sí intenté fijarme los rizos de la frente con pegamento, porque en el parvulario siempre se reían de mis caracolillos. Me llamaban *Ricitos* y, claro, tuve que hacer algo al respecto.

Jajajajaja.

Ríete lo que quieras. Destruí todas las pruebas fotográficas.

No me creo ni una palabra, Ricitos.

Me ofendes. Y mucho.

Ni una palabra.

¡No dejé ninguna!

Vamos...

Algún día, quizá...

No supe qué responder a eso. Hice girar el móvil en mi mano, notando lo mucho que se había calentado la carcasa.

—Eh, roquera. ¿Te vienes con nosotros? —me preguntó Kurt Cobain de repente, dándome un ligero codazo en un costado.

Me volví hacia él y hacia sus amigos, que parecían impacientes por marcharse.

—¿Adónde? —pregunté. Noté la lengua muy pesada, y me tambaleaba un poco.

Kurt sonrió y se pasó la mano por el pelo antes de responder. El gesto pareció de lo más ensayado.

—Continuaremos la fiesta en mi casa. Estás invitada.

Me lo quedé mirando un buen rato.

Luego asentí despacio, me guardé el móvil en el bolsillo de nuevo y me aparté de la pared.

11

Al día siguiente me desperté con la cabeza como un bombo. Las paredes daban vueltas a mi alrededor, y aunque todavía estaba tendida en la cama, tardé unos momentos en darme cuenta de que estaba en la habitación de invitados de Riley y no en Woodshill.

El colchón rebotó de improviso.

—¡Buenos días!

«Oh, Dios.» La cabeza estaba a punto de explotarme. Riley se me echó encima y se sentó sobre mis muslos. Y luego me atizó con una almohada.

—Joder —me quejé—. Mira que eres cabrona.

—Gracias, lo mismo digo —replicó pellizcándome en el hombro—. Morgan me ha contado que has vuelto a casa justo cuando él se marchaba a trabajar. ¿Es cierto eso?

—Es posible.

Me froté la cara y parpadeé varias veces. Mi hermana no iba maquillada, y las manchas grisáceas que tenía bajo los ojos evidenciaban que la noche anterior le había sentado más o menos igual que a mí. Me pareció odioso ser el motivo de la tristeza que empañaba su mirada azul.

Hundió el puño en mi estómago, lo que me obligó a encorvarme.

—Para de una vez —exclamé—. A no ser que quieras que vomite en tu habitación de invitados.

Su mano desapareció enseguida. Se apartó de mí y se dejó caer en la cama a mi lado. Durante un buen rato nos quedamos tendidas en silencio, con la mirada clavada en el techo.

—Ya sé que todo esto te parece muy repentino, Sawyer —dijo ella en algún momento.

Volví la cabeza hacia un lado y la miré. Sus cabellos lilas parecían un abanico abierto sobre la almohada de color verde.

—Y también sé que no te gustan los cambios. A mí me ocurre lo mismo, ya lo sabes —prosiguió—. Pero éste es el primer cambio que hago en mi vida que no me da miedo. No veo el momento de casarme con Morgan. Soy feliz con él. Y me gustaría que pudieras comprenderlo.

Suspiré. Por supuesto que lo comprendía. Pero sólo porque a Riley no le diera miedo ese cambio no significaba que yo fuera capaz de tomármelo del mismo modo.

Me aterrorizaba pensar cómo quedarían las cosas después de la boda. No quería perder a mi hermana. Pero por algún motivo tampoco era capaz de explicárselo. Y eso que en toda mi vida no le había ocultado ningún secreto. Siempre había podido contárselo todo y ella se había mostrado comprensiva en todo momento. Era la única persona con la que nunca había necesitado filtrar lo que sentía. Ni siquiera Dawn me conocía más allá de la versión que yo había decidido contarle.

Riley parecía muy triste. Tal vez se debía a todo el tiempo que yo llevaba intentando controlarme. Pero quizá había llegado el momento de dejar de ser yo misma delante de ella, así como de contarle lo que me pasaba por la cabeza realmente, sin filtros.

—Ayer no fue un día fácil. Para ninguna de las dos —empecé a decir en voz baja.

Ella asintió y volvió la cabeza hacia mí para poder mirarme a los ojos.

—No debería haber sacado el tema de los preparativos para la boda —intervino.

—Siento haber reaccionado de ese modo —murmuré—. Es que... no era yo.

—Yo tampoco. Simplemente quería charlar sobre algo positivo, algo que estuviera yendo sobre ruedas y que nos pusiera de buen humor. Pero no funcionó tal como yo había esperado.

Una vez más, nos quedamos calladas. Y entonces fue cuando tomé una decisión.

—Cuando Morgan salga de trabajar, pasaremos a buscarlo e iremos a vuestro lugar preferido. Allí podré haceros buenas fotos —propuse.

Riley se incorporó hasta quedar sentada. Una sonrisa perezosa apareció poco a poco para iluminarle la cara.

—¿De verdad? —preguntó.

Asentí.

—Os haré las fotos para la invitación con mucho gusto. Incluso he tenido alguna idea sobre cómo podrías vestirte.

Riley soltó un chillido y, sorprendida, se tapó la boca enseguida con una mano.

Tuvo que aclararse la garganta antes de hablar de nuevo.

—Gracias, Sawyer.

Me senté y le di un abrazo al que correspondió con un entusiasmo equivalente. Sin embargo, la sensación de estar a punto de perderla no desapareció.

Cuando bajé del tren, ya en Woodshill, respiré hondo de nuevo. Y, después de comprarme un *smoothie* grande y de acomodarme en mi habitación frente al portátil, tuve la sensación de haber recuperado cierta normalidad.

Terminé de escribir un trabajo que tenía que entregar la semana siguiente y luego consulté el correo. Tenía dos encargos de personas que habían visto mis fotografías en los pasillos de la universidad. Les respondí enseguida.

Llevaba bastante tiempo pensando en crear un sitio web propio para mostrar mis fotografías, una especie de porfolio. No obstante, no tenía ni idea de lo que había que hacer para trabajar como autónoma, y, puesto que todavía me quedaban dos años en la universidad, tampoco sabía si tenía algún sentido empezar a planteármelo tan pronto. Por eso me había propuesto consultárselo a Robyn cuando hubiera acabado el semestre. En cualquier caso, antes tenía que terminar el proyecto final. Abrí una carpeta que había creado bajo el nombre «Grant, Isaac Grant», en la que guardaba todas las fotografías que le había hecho hasta entonces a Isaac. Empecé a repasarlas con detenimiento, una tras otra.

Las primeras que aparecieron en pantalla fueron las que le había hecho en Wesley's. En algunas, había quedado tieso, poco natural, mirando a cámara directamente con una expresión de inseguridad. Creé otra carpeta, la llamé «No» y fui metiendo allí todas las imágenes de aquella sesión. Las que le había hecho sentado frente al ordenador me gustaron bastante más. Presentaba justamente el aspecto que me había propuesto mostrar: impecablemente pulcro, con el pelo engominado, las gafas en la punta de la nariz y una mirada de absoluta concentración. Metí tres de ellas en la carpeta «OK». Las fotografías que le había hecho en el campus también habían salido bien, sobre todo las últimas, las que le había hecho sin darle indicaciones y simplemente lo había dejado a su aire. Mi favorita era una en la que se lo veía con un libro abierto en la mano, apoyado en un muro, y con una mirada que expresaba algo como «Esto es la cosa más descabellada que me he prestado a hacer en mi vida y toda la culpa es tuya».

La imagen me arrancó una sonrisa, de manera que la guardé en la carpeta «Imprescindibles».

Aun así, las mejores fotografías fueron sin lugar a dudas las que le había hecho en los probadores del Cure Closet. Con la ropa nueva, Isaac estaba tan guapo y al mismo tiempo parecía tan escéptico que no dudé ni un instante de que podría aprovecharlas para documentar el proceso de transformación al que se estaba sometiendo. Reflejaban algo novedoso, aunque tampoco del todo. Era como si él mismo no pudiera creer el cambio que estaba experimentando.

Fui pasando las imágenes que hasta el momento había metido en la carpeta de «Imprescindibles». Eran objetivamente buenas. La luz era acertada, y permitían apreciar la metamorfosis de Isaac. No obstante, tampoco me parecieron brillantes.

Arrugué la frente mientras volvía a examinarlas. Faltaba algo, pero no tenía ni idea de lo que era. Volví a cerrar la carpeta y repasé el resto de las fotos que le había hecho en el Cure Closet.

Estaban bien, pero tampoco llegaban al punto de emocionarme. Hasta que me topé con la que le había hecho al trasero de Isaac. Se la había hecho más bien para divertirme, porque me pareció divertido sacar a Isaac de sus casillas. Sin embargo, cuando volví a ver la imagen descubrí que también se le veía la cara, reflejada en el espejo. En su momento ni siquiera me había dado cuenta.

Amplié ese fragmento de la fotografía un poco más. Isaac observaba a través del espejo cómo yo lo retrataba, y a juzgar por la sonrisa que esbozaban sus labios parecía como si posando me estuviera haciendo un favor a regañadientes.

No estaba segura de si el tema del proyecto era adecuado, pero lo que estaba clarísimo era que aquella instantánea era fabulosa. Se me erizó el vello de los brazos de inmediato.

Abrí la fotografía en Photoshop y empecé a procesarla. Estuve haciendo algunas pruebas jugando con la luz, modificando la saturación de los colores, y probé a convertirla en escala de grises. Oh, sí. En blanco y negro era perfecta.

Abrí el programa de correo electrónico, añadí la imagen como documento adjunto a un mensaje, escribí «Canela fina» como asunto y la dirección de Isaac en el campo del destinatario. Una vez enviada la fotografía, cogí el móvil y lo llamé por teléfono.

Tuve que esperar un rato antes de que por fin me contestara.

—¿Sí?

—Ricitos —dije con un tono de voz alegre.

Isaac reaccionó lamentándose con un gemido.

—No debería habértelo contado jamás.

—Es culpa tuya y de esas ganas de hablar que te entran a veces.

—Lo único que pretendía era animarte un poco —repuso.

De fondo oí un crujido que con toda seguridad salió de aquel curioso saco con forma de Pokémon que Gian y él tenían en la sala de estar del piso. Recordaba perfectamente el ruido que hacía.

—Ha funcionado —anuncié—. Como pequeña muestra de agradecimiento, te he mandado una de las fotografías. Abre el correo.

Soltó un gemido, y entonces sí que estuve segura de que lo había pillado sentado en el saco, porque levantarse de allí requería un verdadero esfuerzo. Poco después oí cómo pulsaba unas teclas y luego soltó una carcajada ronca.

—¿Y bien? —pregunté.

—Es una foto fantástica. Gracias, Sawyer.

Su elogio extendió en mí una oleada de calidez.

—En realidad la hice con la intención de ponérmela de fondo de pantalla para incordiar a Dawn, pero al final me ha parecido demasiado buena para eso.

—¿Porque mi culo es canela fina? —preguntó repitiendo la expresión que yo había utilizado.

Puse los ojos en blanco, pero de forma instintiva le eché otro vistazo a la foto. De repente, algo en lo que no me había fijado me llamó la atención y la amplié de nuevo. A Isaac se le ensortijaba el pelo en el cuello. Levanté una mano para taparlo y me pareció claro que estaría mucho mejor si, como mínimo por abajo, no lo llevara tan largo.

—Llevas el pelo demasiado largo.

—A eso lo llamo yo un cambio de tema radical.

—¿Me dejarías que te lo cortara un poco? —pregunté.

Mi propuesta lo dejó mudo. Literalmente. De pronto no se oía nada al otro lado de la línea. Me aparté el móvil de la oreja un poco y le eché un vistazo a la pantalla. La llamada todavía estaba en curso.

—¿Isaac? —pregunté.

—Sí, estoy aquí.

—¿Y bien? ¿Qué me dices?

Se aclaró la garganta antes de responder.

—Es que soy muy maniático en lo que respecta a mi pelo.

—Bomboncito —dije resoplando—, si sólo fuera respecto a tu pelo...

—Mis rizos son imprevisibles. No sé si conseguirás domarlos como te propones, bomboncita —respondió, y por su tono de voz deduje que estaba conteniendo una carcajada.

—No, no. Lo de los apelativos cariñosos no funciona de ese modo.

—Ah, no sabía que había una manera correcta y otra incorrecta de utilizarlos.

Negué con la cabeza.

—¡Hay reglas para todo, Isaac! No puedes limitarte a repetir la forma femenina del que te hayan dicho. Échale un poco de imaginación, hombre.

Soltó un gemido de frustración.

—¿Qué es esto? ¿La lección de cómo ligar número doscientos setenta y tres?

Chasqueé la lengua.

—Mira que llegas a ser descarado por teléfono, Grant, Isaac Grant —bromeé. Una vez más, se quedó mudo—. A esto podemos sacarle partido —añadí.

—¿De verdad? —preguntó.

—Sí, para la lección número doscientos setenta y cuatro: «Cómo ligar por teléfono».

—Oh, no.

—Oh, sí. Consejo número uno: elegir un buen lugar para hablar por teléfono. Cuando te llama un tío, no hay nada peor que estar oyendo a sus amigotes de fondo. O los ruiditos del saco en el que está sentado.

—Nada de amigotes y nada de sacos —repitió con aire divertido—. Apuntado.

Me recliné hacia atrás llevándome el portátil conmigo.

—Consejo número dos: olvida todas las reglas que circulan por ahí. Excepto las mías, por supuesto.

—¿A qué reglas te refieres? —preguntó.

—Bueno, a toda esa mierda de que hay que esperar tres días antes de llamar a una chica. Si ella te ha dado su número de teléfono, llámala o escríbele un mensaje enseguida. Demuéstrale con serenidad que piensas en ella. Todo ese juego del gato y el ratón sobra.

Me pareció oír el sonido del teclado.

—Ahora en serio: no lo estarás escribiendo, ¿verdad? —pregunté perpleja.

Isaac se aclaró la garganta.

—¿Me creerías si te dijera que no?

—No.

—Me lo imaginaba —murmuró, y de nuevo oí el sonido de las teclas.

—Consejo número tres: sonríe mientras hablas. Aunque parezca imposible a través del teléfono, eso se nota.

—Tengo la sensación de que será una lección muy larga —constató.

—Por ejemplo, ahora no sonreías. Apuesto a que más bien tenías una expresión de escepticismo.

El sonido de las teclas se detuvo de repente.

—¿En serio puedes oírlo?

—Sí. Y para ya de una vez de transcribir la conversación. Sólo eran un par de consejos con buena intención.

—¡Sí, y son geniales! —exclamó—. Los memorizaré.

Puse los ojos en blanco.

—Sólo tienes que aplicarlos un par de veces, luego la cosa fluirá sola.

—Tienes razón.

—¿En qué?

—He oído con claridad cómo ponías los ojos en blanco.

Sonaron las teclas de nuevo, y luego un leve crujido. Supuse que ya no estaba sentado a su escritorio, sino que había vuelto a acomodarse en el saco.

—¿Cómo era con tu exnovia? Seguro que alguna vez hablasteis por teléfono —conjeturé.

Tardó unos instantes en responder.

—Nos conocimos en la granja. En esa época yo no tenía ni móvil.

—¿Y chateabais?

—En realidad no, porque venía a casa a diario. Yo le daba clases de equitación.

—Entonces no nos queda nada más, Isaac.

—Tenemos que practicar.

Yo lo había dicho medio en broma, pero sorprendentemente no protesté.

—De acuerdo —convine. Me coloqué el portátil de nuevo sobre el regazo y me senté en la cama con las piernas cruzadas—. Pongamos que acabas de conseguir mi número de teléfono y es la primera vez que me llamas —planteé.

—De acuerdo.

Esperé unos segundos y, al ver que no se atrevía a empezar, me aclaré la garganta.

—¿Hola? —pregunté cambiando la voz.

—Esto..., hola. Soy Isaac.

Parecía que estuviera nervioso de verdad. Decidí ayudarlo un poco.

—¡Hola, Isaac! ¿Cómo estás?

—Bien.

Hizo una pausa de unos cuantos segundos, durante los cuales no pronunció ni una sola palabra.

—Sobre cualquier cosa, Isaac, pero di algo, por el amor de Dios —le ordené con mi tono de voz normal.

Oí un crujido de fondo y me lo imaginé sentado en el Pokémon y mirando fijamente al techo.

—Se me da muy mal eso de charlar.

—Eso no es cierto, ni mucho menos.

Refunfuñó.

—Sí que lo es. No sé relacionarme con gente a la que no conozco.

—Pues el día del Hillhouse te las arreglaste bastante bien. Y eso que apenas nos conocíamos.

—Contigo es distinto. Ni siquiera me diste la oportunidad de no hablar contigo.

Arrugué la frente.

Al parecer, Isaac se dio cuenta de que la frase no había sonado precisamente amable, porque se apresuró a precisarla.

—Dios, no quería decir eso. Lo que trato de decir es que me resultó más sencillo hablar contigo porque tomaste la iniciativa. Y, además, me dio la sensación de que realmente te interesaba lo que te contaba. Siempre tengo esa sensación cuando hablo contigo.

Durante unos instantes me quedé sin habla. Era lo más bonito que me habían dicho en mucho tiempo.

Isaac se aclaró la garganta.

—Da igual. Seguramente soy un caso sin remedio y ya está.

Quise replicar algo, pero se me adelantó y continuó hablando.

—¿Dónde has estado este fin de semana? Dawn me ha contado que tuvo dos días enteros para escribir con calma.

Su pregunta me cogió desprevenida por completo.

—Yo... —empecé a decir titubeando—. Fui a Renton, a ver a mi hermana.

—Ah. ¿Y estuvo bien?

Me sorprendieron las ganas que me entraron en esos momentos de contarle toda la verdad, que había sido horrible, y no sólo porque conmemorábamos la muerte de mi padre, sino también por la discusión que había tenido con Riley y por el miedo atroz que me provocaba lo que pudiera llegar a ocurrir después de la boda. Por culpa de mi incompetencia emocional, había conseguido alejar de mí incluso a la única persona que me quería de un modo incondicional. Y me odiaba por eso mismo.

Pero no le conté nada de nada.

En lugar de eso respondí en un tono marcadamente distendido.

—No estuvo mal, sí. Ella y su prometido están tan enamorados que dan asco.

—¿Tan enamorados como para besuquearse delante de ti? ¿Te sentiste como una sujetavelas? —preguntó Isaac.

—Peor. No paran de mirarse fijamente a los ojos, parece que los hayan hipnotizado o algo así.

—¿Y se hablan con motes pastelosos?

A pesar de todo, me vi obligada a sonreír. Realmente lo hacían.

—Nunca adivinarías cómo llama mi hermana a su prometido.

—Eso ha sonado como si me estuvieras planteando un reto.

—Bueno, tal vez sí.

De fondo se oyó el crujido del saco y, a continuación, el sonido del teclado de nuevo.

—Lo llama «conejito mío».

Las comisuras de mis labios se elevaron sin remedio.

—No.

—«Pastelito.»

—No.

—«Capullito de alhelí.»

Me reí. La carcajada salió de forma tan espontánea y abrupta que incluso yo misma me llevé un buen susto y me tapé la boca con la mano enseguida.

—Cielos, Isaac, ¿de dónde sacas esas tonterías?

—Ya te he dicho que acepto el reto. De momento me estoy leyendo un artículo llamado «Doscientos nombres adorables para tu novio» de una revista femenina online.

Negué con la cabeza.

—Empollón —le solté con una sonrisa que sin duda quedó patente en mi voz.

—Vaya, qué raro. Ése no está en la lista.

—Pásame el enlace enseguida —le ordené.

Poco después recibí un correo electrónico con el enlace a la página web que estaba leyendo Isaac. Los minutos siguientes los pasamos comentando los motes y sobrenombres más descabellados que encontramos, lo que me recordó más a Riley y a Morgan de lo que habría querido. Y, aunque todavía no habíamos terminado con la lección para ligar número doscientos setenta y cuatro, después de colgar me di cuenta de que me lo había pasado bastante bien.

12

Me encantó ver la cara que puso Isaac cuando, dos días después, abrió la puerta de su piso y me vio con las tijeras en la mano y una sonrisa de psicópata en los labios.

—Te lo pasas genial infundiéndome miedo, ¿verdad? —preguntó antes de apartarse para dejarme entrar.

Mientras pasaba por su lado, pegué un par de cortes al aire con las tijeras delante de su nariz.

—Un poco sí —respondí.

Cuando llegué a la sala de estar, miré a mi alrededor.

—¿Dónde está Gian? —pregunté.

—En su cuarto —contestó señalando hacia la puerta que quedaba frente a la de su dormitorio y junto a la del baño.

—¿De verdad piensa perdérselo?

Él no respondió. Se limitó a quedarse mirando la puerta cerrada de la habitación de Gian con aire compungido.

—¿Isaac? —insistí.

—Está con Regina —murmuró.

—¿Su ex? —pregunté—. Creía que habían cortado.

Gian me había contado lo de Regina mientras habíamos estado esperando a que llegara Isaac el día que lo echaron del trabajo, y en esa ocasión no me había dado la impresión de que tuviera la más mínima esperanza de recuperarla.

—Sí —dijo él, y se aclaró la garganta antes de añadir en voz baja—: Es un poco... rara.

—¿En qué sentido? —inquirí lanzando una mirada hacia el cuarto de baño. Acto seguido fui hacia el comedor en busca de una silla, pero antes de que pudiera coger alguna de las que había alrededor de la mesa, Isaac se me adelantó.

Llevó la silla hasta el cuarto de baño y la colocó frente al lavamanos antes de volverse hacia mí.

—Quería una relación abierta. Y al ver que él no estaba de acuerdo, decidió cortar.

—Al menos fue honesta con él —constaté mientras dejaba la mochila sobre la tapa del inodoro.

Isaac se me quedó mirando con una expresión de perplejidad.

—Pero estaban saliendo juntos.

—De acuerdo, pero me parece mejor eso que engañarlo.

—A mí me parece algo más serio, eso de mantener una relación —opinó con el ceño fruncido—. No puedes decir simplemente «Ay, ahora mismo las cosas no van tan bien y de repente me han entrado ganas de acostarme con otros tíos». Eso me parece... una verdadera mierda —concluyó, y por su tono me pareció realmente indignado. Al parecer, había metido el dedo en la llaga.

—De acuerdo.

Isaac suspiró y se dejó caer encima de la silla.

—Lo siento —se disculpó—. Es sólo que...

—¿Qué? —pregunté sentándome en el borde de la bañera.

—Que Gian es un buen tipo —afirmó con la mirada clavada en el alicatado de color blanco—. No merece que lo traten así. No obstante, Regina sólo tiene que pronunciar la palabra mágica para que él vuelva a caer entre sus garras, de eso estoy seguro. Y no sé si soportará que vuelva a dejarlo.

Durante un rato me dediqué a observar cómo se mordisqueaba el labio inferior.

—Eres un buen amigo. Mientras te tenga a su lado, saldrá adelante.

De repente, me vino a la cabeza otra idea.

—Y tampoco creo que Gian te eche de aquí si empieza a salir con Regina de nuevo.

Isaac levantó la mirada. No sabría decir lo que estaba pensando mientras negaba con la cabeza con una sonrisa en los labios.

—¿Cómo lo haces? —preguntó.

—¿Cómo hago qué?

—Me refiero a lo de acertar siempre con tus comentarios.

Solté un resoplido.

—No, de verdad —prosiguió—. Siempre dices justo lo que necesito para sentirme mejor. Eres mi Yoda personal.

—¿Ese bicho raro de color verde que sale en *Star Trek*? —pregunté desconcertada.

Él soltó una exclamación ahogada para demostrar su indignación.

—*Star Wars*, Sawyer.

—Ese Yoda es bajito, arrugado y habla muy raro. No se parece en nada a mí. Será mejor que busques otro ejemplo.

—Vale. ¿Gandalf?

Empecé a pegarle puñetazos en el brazo como respuesta.

—Ni hablar.

Se detuvo a reflexionar un momento, fingiendo pensar de un modo frenético.

—El profesor Xavier de los X-Men.

—Si te refieres al calvo que va en silla de ruedas, el siguiente puñetazo será en la cara.

Isaac esbozó una amplia sonrisa.

—Entonces mejor no digo nada más.

—Sí, mejor así. Al fin y al cabo, tengo unas tijeras en la mano y te aseguro que sé usarlas.

De repente, cualquier atisbo de sonrisa desapareció de su

rostro y pasó a observar con genuina preocupación cómo me levantaba del borde de la bañera.

Me incliné sobre él y le quité las gafas con cuidado. Las dejé sobre la repisa del lavabo y abrí el grifo.

—¿Por qué sólo me has comparado con figuras masculinas? —pregunté.

Él se encogió de hombros.

—Si tienes alguna sugerencia mejor al respecto, suéltala. Intentaré recordarla para la próxima vez.

Descubrí una botella de champú en el estante que había junto a la bañera y la cogí enseguida.

—Katherine Ann Watson.

—¿Quién es?

—La profesora de *La sonrisa de Mona Lisa*. No encaja para nada con la mentalidad conservadora que imperaba en los años cincuenta y anima a sus estudiantes a pensar por sí mismos.

Isaac asintió. Me siguió con la mirada mientras yo pescaba una toalla gris de otro estante.

—Muy bien. ¿Alguna otra propuesta?

Tomé aire antes de responder.

—Mary Poppins, Elizabeth Bennet, esa elfa con dotes de oráculo de *El señor de los anillos*. Aquella que en una escena aparece tan horrible, quiero decir. La profesora Minerva McGonagall, y en cierto modo también Hermione Granger, la tía May, la señorita Honey, Escarlata O'Hara, Minny Jackson...

—¡Vale, vale! —exclamó Isaac en voz alta. Se quedó con la boca abierta apenas unos instantes y luego sonrió—. Muy bien, nunca más te llamaré Yoda.

—Genial —sentencié señalando hacia el lavamanos—. Y ahora lávate el pelo, Ricitos.

Todavía con una sonrisa en los labios, Isaac se inclinó sobre el lavamanos. Cuando hubo terminado, le pasé la toalla. Se secó un poco el pelo y se sentó en la silla de nuevo.

—Adelante, que sea lo que Dios quiera —exclamó resignado.

—No pongas esa cara de circunstancias. Ya lo verás, te quedará mejor. Confía en mí.

—Sawyer —dijo mientras le colocaba la toalla sobre los hombros—. Si por algún motivo no confiara en ti, te aseguro que no habría permitido que entraras conmigo en un cuarto de baño armada con unas tijeras.

—No te arrepentirás —murmuré, y acto seguido me saqué del bolsillo trasero de los pantalones el peine que me había traído de casa—. ¿Puedes adelantar un poco la silla para que yo pueda colocarme detrás?

Deslizó la silla como le había pedido, me planté delante de su cabeza y empecé a pasarle los dedos por el pelo para tantear el terreno. Se le tensaron todos los músculos del cuerpo de inmediato, y cuando empecé a peinarle los rizos con cuidado, cerró los puños con fuerza.

Dios. No lo conseguiría si él no dejaba de ponerse tenso como si estuvieran a punto de ejecutarlo. Me puse a pensar algún tema con el que pudiera distraerlo.

—¿Quién es tu músico preferido? —le pregunté al fin.

Si se dio cuenta de lo que me proponía con esa pregunta, lo cierto es que no lo demostró.

—Qué pregunta más difícil.

—Cierto —repuse asintiendo—. Cierra los ojos.

Isaac titubeó un instante, pero enseguida accedió a mi petición mientras yo seguía peinándole el pelo.

—Entonces te lo preguntaré de otro modo: ¿qué artista ha tenido más influencia en tu vida?

—Arturo Benedetti Michelangeli —respondió como un rayo.

—Es la primera vez que oigo ese nombre —repliqué.

—Era pianista. Una verdadera leyenda. Si no era capaz de tocar una pieza a la perfección, la dejaba. Incluso anuló conciertos porque no estaba del todo satisfecho con su interpretación. Al contrario que la mayoría de los pianistas, no tenía un repertorio muy amplio. Pero, precisamente por eso, lo que sabía tocar lo tocaba mejor que nadie. Era...

Se quedó callado de repente y levantó la cabeza para mirarme. El caso es que yo ni siquiera me había dado cuenta, pero había dejado las manos quietas sobre su cabeza.

—¿Era? —pregunté para que prosiguiera.

Isaac desvió la mirada de nuevo.

—Era mi modelo cuando todavía tocaba —declaró con las mejillas sonrosadas de repente.

Le marqué una raya en el pelo y atrapé unos mechones entre los dedos.

—No tenía ni idea de que tocaras el piano.

Levantó un hombro con despreocupación.

—A los cinco años nuestra vecina empezó a darme lecciones. A cambio, le permitíamos montar a caballo tanto como quisiera. Luego seguí tocando hasta los dieciocho. Pero entonces lo dejé y he perdido la práctica.

Le corté el primer mechón. Fueron dos o tres centímetros, pero Isaac se estremeció de todos modos.

—Seguro que eso es lo que tú crees, pero sólo porque eres igual de perfeccionista que Arturo Bene... lo que sea.

Sus ojos seguían cada pelo que iba cayendo al suelo, pero no se quejó en ningún momento.

—Arturo Benedetti Michelangeli —se limitó a puntualizar—. Ahora me han entrado ganas de mostrarte uno de sus conciertos.

—Cuando haya terminado de cortarte el pelo. Como recompensa por portarte tan bien y estarte tan quietecito —le prometí moviendo las cejas con una expresión divertida.

Isaac se rio.

—De acuerdo.

—Sólo alguien como tú podía tener a un pianista muerto como músico preferido —comenté golpeándole el hombro con suavidad.

—O sea que soy un poco rarito.

—Pero no pasa nada. Sería muy pesado que todo el mundo respondiera «My Chemical Romance» a esa pregunta.

—My Chemical Romance también mola.

Sonreí y rodeé la silla para llegar hasta su nuca.

—Conozco muchas chicas a las que les gustan los tíos que saben tocar un instrumento.

Al parecer, Isaac no sabía qué responder a eso, porque se limitó a asentir con un sonido gutural.

—Mmm.

Realmente parecía que no hubiera conocido a muchas mujeres que le hubieran dicho o demostrado que se sentían atraídas por él. Sin proponérmelo, me pregunté qué debía de haber hecho su ex para dejarle la autoestima tan destrozada.

—¿Qué me dices de tu ex? Seguro que a ella le parecía sexy. O, como mínimo, romántico.

—Es posible —murmuró.

Era evidente que el tema le resultaba muy incómodo, y en circunstancias normales no habría insistido por esos derroteros. Sabía por experiencia propia lo pesada que podía llegar a ser la gente que se metía en el terreno personal sin darse cuenta de que tal vez estaban metiendo la pata. Sin embargo, en el caso de Isaac me daba la sensación de que la relación que había mantenido con aquella misteriosa ex había dejado una huella patente en él.

—¿Cómo empezasteis a salir juntos?

Aspiró aire de forma audible y lo exhaló mucho más despacio. También hundió la cabeza, lo que me vino de perlas para poder trabajar en los mechones del cogote.

—Le daba lecciones de equitación —dijo, aunque pareció que se lo estuviera contando al suelo y no a mí—. Era...

Le di tiempo para terminar la frase, esperando pacientemente.

—Era la mejor amiga de mi madre —añadió, y acto seguido se aclaró la garganta—. Todavía lo es, de hecho. Es la mejor amiga de mi madre.

«Oh.» Dejé caer las manos. Los pensamientos empezaron a apelotonarse en mi cabeza.

—¿Qué? Bueno, y...

Isaac intuyó enseguida lo que quería preguntarle.

—Treinta y pocos —murmuró.

—¿Y tú? —pregunté en voz baja.

Los hombros se le tensaron de repente.

—La edad suficiente para saber lo que estaba haciendo.

Ése era su punto débil. Su reacción me permitió deducir que no debía de haber hablado con mucha gente sobre el tema, si es que alguna vez había llegado a contarlo.

Se avergonzaba de ello. Se me cayó el alma a los pies.

Intenté actuar con naturalidad y continuar cortándole el pelo como si nada.

—Jamás me atrevería a juzgarte, Isaac —le aseguré—. Quiero que lo tengas muy claro.

Durante unos minutos, ninguno de los dos dijo nada más. Lo único que se oía era el ruido que hacían las tijeras mientras le cortaba el pelo.

—En esa época, ella fue la única persona que me hizo creer que valía para algo —explicó en algún momento, y lo dijo en voz tan baja que apenas acerté a comprenderlo—. En la escuela lo pasé fatal, fue una época terrible para mí, Sawyer. No tenía amigos y mis padres pasaban la mayor parte del tiempo trabajando en la granja. O elogiando a Eliza. Y luego... empecé a pasar más y más tiempo con Heather. Ella me miraba como si lo que yo pudiera decir fuera importante. Cuando diariamente te tratan como si no valieras para nada, llega un momento en el que empiezas a creértelo. Heather contribuyó a que esa sensación desapareciera.

Era lo más natural del mundo que en esa época Isaac hubiera ansiado la compañía de alguien dispuesto a escucharlo y a tomárselo en serio. Aunque ese alguien fuera una mujer cuya edad duplicaba la suya y que debía saber lo que estaba haciendo.

Tragué saliva con dificultad.

—¿La... la querías?

Se limitó a encogerse de hombros.

—Cuando fuimos de compras dijiste que no había sido nada serio. Por eso lo pregunto —puntualicé con un tono de voz suave.

—Teníamos fecha de caducidad, eso lo tuvimos muy claro desde el principio. Sabíamos que yo me marcharía, por eso decidimos ponerle fin antes de tiempo. El hecho de que al final acabara pasando más tiempo allí por culpa de la operación de mi padre no cambió los planes.

Con esas palabras no respondió a mi pregunta, pero decidí no insistir.

—¿Y desde que vives en Woodshill no ha habido nadie más? —pregunté. Había terminado de cortarle el pelo, pero no se lo dije. Aquella conversación todavía no había acabado.

Se encogió de hombros una vez más.

—Cuando me mudé aquí, lo último en lo que pensaba era en conocer a alguien. Echaba de menos a Heather y a mi familia. Todo eso ya era suficiente por sí solo.

Soltó una carcajada amarga, exenta de alegría.

—Eso, por no mencionar que nadie se ha interesado jamás por mí.

—Y si se hubiera dado el caso, con todo lo que estabas pasando, seguramente ni siquiera te diste cuenta.

Isaac no replicó nada a mi comentario. Nos quedamos callados un buen rato.

—¿Y ahora cómo te va? —pregunté al fin.

—Mejor. Tengo amigos, y aunque mis padres siguen enfadados conmigo, todavía tengo a mis hermanos y a mis abuelos. Además, me hace inmensamente feliz el hecho de poder estudiar. Tengo la sensación de estar experimentando cosas completamente nuevas. Al fin y al cabo, lo que me ocurrió en el instituto es algo que aquí no le interesa a nadie.

—Eso es cierto.

Me quedé callada unos instantes.

—Por cierto, ya he terminado —anuncié.

Isaac levantó la cabeza y empecé a quitarle los cabellos que se le habían quedado pegados en el cogote. A continuación, le quité la toalla de los hombros y la sacudí.

Quiso levantarse, pero le puse una mano en el hombro para evitarlo. Quería que siguiera sentado en la silla y él no se resistió.

Me acerqué a mi mochila y saqué un bote redondo de cera que había comprado en la droguería de camino hacia su piso. Un agradable aroma de hierbas me llegó a la nariz en cuanto hundí dos dedos en el contenido del bote. Me planté delante de él y empecé a dar forma a sus rizos. Solamente le había cortado un par de centímetros, pero le quedaba mucho mejor, y cuando hube terminado su peinado era la mezcla perfecta entre pulcro y revuelto.

—Bueno, ahora ya puedes mirarte —anuncié mientras me

lavaba las manos para quitarme los restos pegajosos de los dedos.

Isaac se plantó detrás de mí y se miró en el espejo por encima de mi cabeza. Volvió la cabeza hacia un lado, luego hacia el otro, inspeccionando el resultado con aire crítico. Yo ya me disponía a defender mi obra cuando vi que empezaba a aparecer una sonrisa en sus labios. Poco a poco. Justo como yo le había enseñado.

Se me secó la boca de repente.

«Me gusta», pensé, y la idea me cogió completamente desprevenida. Cuando nuestras miradas se encontraron en el espejo, tuve la sensación de llevarlo escrito en la frente.

Isaac me contempló con la mirada ensombrecida.

Su boca se entreabrió ligeramente y, durante un milisegundo, mi mirada se desvió hacia sus labios.

Ninguno de los dos dijo nada.

Con la luz del cuarto de baño, se le veían los ojos de un verde profundo, y su mirada era tan penetrante que creo que incluso contuve el aliento.

No podía moverme. Fue como si me estuviera reteniendo con los ojos. Me quedé petrificada, todavía con las manos bajo el chorro de agua. Sin apartar la mirada, Isaac se me acercó un poco más, alargó la mano y cerró el grifo. Pude notar su cuerpo en contacto con mi espalda. Las mejillas me ardían, y un cosquilleo de emoción se extendió por todo mi cuerpo.

Parpadeé.

«¿Qué demonios...?»

De repente, di un paso hacia un lado para alejarme de él.

—¿No me has dicho —pregunté levantando demasiado la voz con un entusiasmo fingido— que querías enseñarme un vídeo de ese pianista muerto que tanto te gusta?

Durante unos instantes, él se quedó quieto en el lugar que

poco antes había estado ocupando yo y pareció realmente desconcertado. Luego negó con la cabeza, su mirada se aclaró y volvió a sonrojarse.

—Sí —respondió con un carraspeo—. Cierto, sí.

Miró a su alrededor, en el cuarto de baño. Al principio pensé que intentaba eludir mi mirada, pero luego me di cuenta de que estaba buscando las gafas.

Yo las había dejado sobre la repisa del lavamanos. Las cogí y se las di. Cuando fue a cogerlas, nuestros dedos se rozaron y los dos retiramos las manos como si nos hubiéramos electrocutado, de manera que las gafas cayeron al suelo.

—Mierda —exclamé—. Lo siento.

—No pasa nada, ha sido culpa mía —respondió Isaac.

Me agaché y le recogí las gafas. Luego me levanté de puntillas y se las puse sobre la nariz.

Él me miró como si hubiera descubierto algo realmente nuevo en mí. Y como si no estuviera seguro de lo que tenía que hacer al respecto.

Evité su mirada.

—¿Michelangelo? —dije intentando recordar el nombre del músico mientras pasaba por su lado para ir hacia la sala de estar.

—Michelangeli —puntualizó.

Nos sentamos cada uno en un extremo del sofá. Isaac encendió entonces el televisor y envió desde su teléfono móvil la señal de YouTube.

Mientras buscaba el vídeo que quería, esperé a que mi pulso recuperara el ritmo habitual a la vez que intentaba ordenar mis pensamientos. No tenía ni idea de qué era lo que acababa de suceder en el baño, pero si algo sabía con seguridad era que no podía permitir que volviera a ocurrir.

Nadie conseguía provocarme un cosquilleo como ése, o encenderme las mejillas con sólo acercarse a mí. Ni siquiera Isaac, por muy guapo que estuviera con la ropa nueva y el peinado que acababa de hacerle.

Por suerte, el vídeo se cargó deprisa y empezó el concierto. De ese modo podría concentrarme en algo que no fuera el revoltijo de cavilaciones que poblaba mi cabeza.

Y enseguida me quedé fascinada. Nunca me había gustado la música clásica, pero lo que sí me encantaba era la gente que sentía verdadera pasión por la música. Y ese pianista iba sobrado de pasión. Acariciaba las teclas y al cabo de un instante las golpeaba con rabia. Sin proponérmelo, empecé a preguntarme si Isaac también parecería tan ensimismado y extático cuando tocaba el piano.

Me hundí un poco más en los cojines del sofá y doblé las piernas. No pude evitar desviar la mirada hacia él. Movía la cabeza levemente al son de la música y parecía por completo arrebatado. Y feliz.

Tenía que pensar en todo lo que me había contado. Me sentí muy ingenua por el hecho de haberme creído capaz de unir las piezas que formaban ese rompecabezas llamado Isaac Grant.

Ese día me di cuenta de la cantidad de piezas que me faltaban todavía.

13

—¿Estás segura de que es una buena idea? —susurró Isaac mientras observaba cómo me colaba por debajo de la valla de alambre rota con la frente arrugada por la preocupación.

—No hace falta que bajes la voz —respondí en voz alta—. Aquí no hay cerdos.

Me di media vuelta y levanté el alambre un poco más, para que él también pudiera entrar. Me lanzó una mirada cargada de escepticismo, pero dio un paso adelante de todos modos.

—Cuidado con la chaqueta —murmuré poniéndome de puntillas para sostener la valla más arriba todavía. Cuando Isaac hubo llegado al otro lado, la dejé caer de nuevo.

Miré a mi alrededor y asentí con satisfacción. Estábamos en las afueras de Woodshill, en la finca que rodeaba una gran fábrica abandonada y medio ruinosa.

Era el escenario exacto que había imaginado como telón de fondo para las fotografías del «después».

—Perfecto —sentencié.

—¿Perfecto? Gracias a ti es posible que esta noche acabe durmiendo en el cuartelillo —susurró, a lo que yo respondí poniendo los ojos en blanco.

—Tranquilízate de una vez. Aunque alguien nos pille aquí, lo único que estamos haciendo son fotografías para un proyecto de la universidad, nada más. Y ahora, ven conmigo —le ordené antes de echar a andar hacia el edificio.

—¿Lo haces a menudo, esto de cometer delitos? —preguntó mientras intentaba alcanzarme.

—Sí. Pero nunca he sido tan imbécil como para dejar que me pescaran —repliqué con una sonrisa.

—Maravilloso —murmuró Isaac—. Simplemente maravilloso.

Miré a mi alrededor y descubrí una puerta metálica sobre la que había un enorme rótulo de advertencia. A ambos lados había unos grandes ventanales con los cristales rotos. Tenía un aspecto amenazador, como si allí hubiera sucedido algo realmente terrible.

—No está mal —comenté.

Isaac siguió mi mirada, y me di cuenta de que pensaba lo mismo que yo.

Encendí la cámara. A través de la lente comprobé la luminosidad y encendí el foco.

—Ponte por allí —le indiqué.

Isaac se inclinó contra el marco de la puerta.

—Podrías levantar un brazo y luego...

Como si me hubiera leído el pensamiento, se colocó en la posición que estaba a punto de describirle. Apoyó un brazo en la parte superior del marco e inclinó el cuerpo hacia delante.

—¿Así? —preguntó.

Estaba fantástico. Los vaqueros negros le quedaban perfectos, muy ceñidos en las caderas, y llevaba la camiseta gris y la chaqueta de cuero como si nunca se hubiera vestido de otro modo. Además, había renunciado a la gomina, y el pelo ligeramente revuelto, en combinación con las gafas, le daba un aspecto más atrevido.

Pulsé el disparador unas cuantas veces y examiné las fotografías en la pantalla de la cámara.

—Mira hacia un lado. E intenta que sea una mirada sexy.

—No puedo parecer sexy como si nada, con sólo proponérmelo.

«Sí puedes, te lo aseguro», estuve a punto de responder, y me di cuenta de que se me encendieron las mejillas con sólo pensar en aquel instante que habíamos compartido en el cuarto de baño, después del corte de pelo.

Me esforcé en reprimir esas imágenes y en guardarlas en lo más hondo de mi mente.

—Isaac, en serio —dije bajando la cámara—. No es posible que después de varias semanas trabajando en esto todavía tengas tan poca autoestima. Puedo decirte a diario lo atractivo que llegas a ser si lo necesitas, pero tú mismo también tienes que creértelo un poco.

Tragó saliva con dificultad y me observó con la mirada ensombrecida antes de asentir.

—De acuerdo.

Se inclinó ligeramente hacia delante de nuevo, miró hacia un lado y la expresión que me mostró fue mucho mejor que la anterior. Obedecía a mis indicaciones pero añadía una nota propia, hasta el punto de parecer casi rebelde. Con la ropa que llevaba puesta y las gafas, transmitía una dureza que contrastaba a la perfección con las primeras fotografías que le había hecho.

Un par de disparos más tarde, Isaac se despojó de la chaqueta y se la colgó al hombro agarrándola con dos dedos. Levanté un pulgar para indicarle que me parecía bien. Tenía unos brazos realmente bonitos: bronceados, con los músculos bien definidos. Cada vez que en el Steakhouse me pasaba una bandeja llena, o cuando cargaba con varios platos a la vez, le destacaban especialmente y me los quedaba mirando más rato del que tal vez habría sido necesario.

No se podía negar que Isaac había cambiado. Sin embargo,

tenía la impresión de que la mayor parte de ese cambio se había limitado al aspecto exterior. En sus ojos todavía se divisaba demasiado a menudo la inseguridad, y sólo adoptaba la actitud que acababa de demostrar quitándose la chaqueta cuando sabía que era por el bien de las fotografías que le estaba haciendo. Eso me frustraba.

Nuestro trato no sólo consistía en mejorar su aspecto, sino también en conseguir que se sintiera mejor consigo mismo.

Sin embargo, después de todo lo que me había contado acerca de sus años escolares y de su familia, me había quedado claro que sería necesario algo más que unas semanas para vencer su timidez. Sabía que la clave se escondía en algún rincón de su interior. Después de todo, hacía tan sólo unos días que había podido comprobar cómo podía llegar a ser Isaac cuando se dejaba llevar por completo, mientras escuchábamos a ese pianista. Quería que se permitiera el lujo de ser él mismo más a menudo, que pudiera vivir más momentos de ese tipo.

Y eso también quise retratarlo en mis imágenes. Ese brillo en los ojos cuando realmente disfrutaba algo de forma plena, sin tapujos.

Porque tal como estaban las cosas estaba claro que no disfrutaba. Parecía forzado y tenso en todo momento. De repente, me sentí culpable de haberlo obligado a encontrarse en una situación en la que no se sentía a gusto en absoluto. Bajé la cámara y abrí la boca.

—¿Todo bien? —preguntó arrugando la frente.

—Es que...

—¡Eh!

Volví la cabeza de inmediato. A lo lejos apareció un vigilante con un perro, mirando fijamente en nuestra dirección.

—Mierda —exclamé en voz baja mientras enroscaba el objetivo de la cámara.

—¿Qué hacéis aquí? ¡Esto es una propiedad privada! —gritó el vigilante mientras se nos acercaba apresuradamente.

Miré a Isaac con los ojos desorbitados y articulé una palabra sin llegar a pronunciarla: «¡Corre!».

Él asintió y al cabo de un segundo huimos a toda prisa.

—¡Quietos! —nos ordenó el guardia a gritos, aunque nosotros no teníamos la más mínima intención de hacerle caso. Oí cómo el perro empezaba a ladrar y el vigilante seguía chillando a nuestra espalda.

Isaac llegó antes que yo a la valla y, tras deslizarse por debajo enseguida, la sostuvo en alto para que pudiera salir yo también.

—¡Vamos, Sawyer! —siseó.

El corazón me latía tan deprisa que temí que me saltara del pecho mientras me escabullía por debajo de la valla.

—¡Quietos!

Isaac me agarró por el brazo y empezó a tirar de mí. Caray, qué rápido era. Con una mano, me agarró la cámara mientras cruzábamos el aparcamiento hasta una zona boscosa que había al lado. En algún momento, los ladridos del chucho empezaron a oírse más y más lejos, pero ni siquiera eso consiguió que nos detuviéramos. Nos metimos por aquel frondoso paisaje de hojas y ramas para internarnos cada vez más en el bosque.

—No puedo más —jadeé inclinada hacia delante para apoyarme sobre las rodillas, intentando llenar los pulmones de aire como fuera.

Luego oí un ruido que no encajaba nada con la situación en la que nos encontrábamos.

Isaac se estaba riendo. A carcajada limpia.

Menudo chiflado.

Apoyé las manos en los costados de mi dolorido cuerpo, me aparté los mechones sudados que tenía frente a la cara y lo miré fijamente.

Tenía las manos cruzadas en la nuca y el rostro vuelto hacia el cielo. Y se reía.

Nunca lo había visto de ese modo.

Fue maravilloso.

Sin apartar la mirada de él, ajusté los controles de la cámara y la levanté. Me traía sin cuidado el fondo, o si la luz incidía especialmente sobre su torso o su nariz. Lo único que contaba era la autenticidad.

Al oír el clic del disparador, se volvió hacia mí y empezó a negar con la cabeza con una sonrisa en los labios.

—¿Qué estás haciendo conmigo? —me preguntó.

Estuve a punto de preguntarle lo mismo.

Esa noche, Isaac y yo compartimos el mismo turno en el Steakhouse. Hacia las siete y media llegó Dawn y, como de costumbre, se sentó en la barra. Se volvió hacia Isaac, que en esos momentos estaba recogiendo una de las mesas.

—Está guapo —opinó asintiendo.

—Ya lo sé —repliqué entre dientes.

Al congelador que teníamos bajo el fregadero se le había caído un tornillo y se había perdido entre los cubitos de hielo. Hacía más de veinte minutos que lo buscaba y tenía las manos entumecidas por el frío.

—Lo que quiero decir —prosiguió Dawn imperturbable— es que antes ya era guapo. Pero ahora tiene un aire más atrevido, con ese corte de pelo y tal.

—Ajá —convine. Sufría por la posibilidad de que en cualquier momento se me pudieran caer los dedos al suelo.

—A decir verdad, al principio no me gustó nada la idea para ese proyecto. Pero ahora...

Noté una sombra proyectada sobre mi cuerpo y supe de inmediato que Dawn se había inclinado por encima de la barra para mirarme desde arriba.

—Creo que lo estás ayudando muchísimo.

Me limité a soltar un gruñido como única respuesta.

—Para ya de refunfuñar y habla conmigo de una vez —se quejó—. De lo contrario, le contaré a todo el mundo que últimamente te he encontrado tapada con la manta de *patchwork* de mi abuela —me amenazó Dawn.

Levanté la cabeza y entorné los ojos para fulminarla con la mirada.

—Ni de coña.

Meneó las cejas con aire cómico.

—Ya te digo. Estabas tan acurrucadita que parecías un burrito mexicano. Incluso tengo una fotografía que lo demuestra.

Me puse tensa enseguida.

—Mientes.

La sonrisa de Dawn se volvió diabólica.

—Sabía que llegaría el momento en el que resultaría útil. Apenas tienes puntos débiles y necesitaba algo con lo que poder presionarte en caso necesario.

—Sawyer tiene cosquillas —reveló de repente la voz de Isaac por encima de mí. Acababa de entrar por las puertas batientes sin que yo me hubiera dado cuenta.

Dawn enderezó la espalda.

—¿De verdad?

—No —exclamé en el mismo instante en el que Isaac respondía que sí. La sonrisa de mi amiga se volvió todavía más amplia.

—Gracias, Isaac. Te debo una.

Él empezó a preparar los pedidos de bebidas que yo todavía no había podido hacer.

—¿Una foto de un burrito? —preguntó inclinándose por encima de mí para llenar tres vasos con hielo.

—Es que pesqué a Sawyer durmiendo envuelta en la colcha de mi abuela. Estaba tan mona que no pude evitar hacerle una foto. Ahora podré hacerle chantaje si se pone borde —declaró con orgullo.

—Pienso borrar esa foto, Dawn —le aseguré con un gruñido.

Y el tornillo, que no aparecía por ninguna parte. Solté un taco en voz baja.

—Pero no antes de que yo la haya visto... Oh, Dios, es realmente adorable —exclamó Isaac.

Levanté la cabeza de repente. Isaac estaba examinando con una amplia sonrisa la fotografía que Dawn le mostraba en el móvil. Di un salto e intenté quitarle el teléfono, pero tenía los dedos tan entumecidos que sólo acerté a golpear la barra como si mi mano fuera un pescado muerto.

—Enséñamela enseguida —ordené lanzándole una de mis miradas asesinas, que, por desgracia, no tuvo el más mínimo efecto.

Sostuvo el móvil a un metro de mí para que pudiera ver la foto.

Era verdad. La muy cabrona me había hecho una fotografía durmiendo. Envuelta en la colcha hortera que le había hecho su abuela, mucho más mullida y suave de lo que parecía.

—Ya sabes que es bastante inquietante, eso de fotografiar a la gente mientras duerme, ¿no? —pregunté mientras me frotaba las manos. Realmente no tenía sensibilidad en los dedos.

—... dijo la que me fotografió medio desnudo mientras me cambiaba en un probador —murmuró Isaac.

—¿Qué? —inquirió Dawn, levantando bastante la voz.

—Chivato —siseé.

Isaac se limitó a sonreír, llenó una bandeja con los vasos y se la llevó para servirlos a una de las mesas. Yo continué buscando el maldito tornillo. En algún lugar tenía que estar. Poco a poco, el hielo empezaba a derretirse, por no hablar ya de las paredes laterales del congelador, que se habían descongelado por completo porque la puerta no cerraba bien.

—¿Has fotografiado a Isaac desnudo? —preguntó Dawn al cabo de un rato.

—Si quieres ver las fotos, se lo chivaré a Spencer.

—Ah, no tendrá ningún problema con eso, créeme. A veces miramos juntos *fanvideos* de One Direction y nos enzarzamos en serias discusiones sobre cuál de ellos está más bueno.

—Mira que sois raros.

—Ya lo sé.

Levanté la mirada un instante y vi la sonrisa soñadora que tenía en los labios. Me sorprendía lo mucho que me alegraba verla tan feliz.

—Quiero ver las fotografías de Isaac como sea —afirmó implacable.

—Cuando haya terminado de editarlas. Antes, no.

—¿Las expondrán? ¿Como las que le hiciste con la ropa? Por cierto, son una pasada.

—Gracias, Dawn —dije agitando las manos y meneando los dedos para intentar recuperar el riego sanguíneo—. Pero en cualquier caso dependerá de si le gustan a mi profesora.

—Sea como sea, yo te doy el visto bueno —anunció Dawn con una sonrisa de ánimo antes de ponerse los auriculares para aislarse del mundo y empezar a golpear el teclado con gran concentración.

Isaac regresó poco después a la barra para dejar la bandeja vacía.

—Siento no haber podido ayudarte mucho hasta ahora —me disculpé—. Todavía no he conseguido encontrar ese maldito tornillo.

—Déjame a mí —replicó arrodillándose a mi lado—. Joder,

Sawyer, si tienes los dedos azulados —exclamó asustado cuando saqué las manos del congelador.

Se puso de pie y me agarró por debajo de los brazos para levantarme a mí también. Poniéndome una mano en la espalda, me guio hasta el grifo y verificó la temperatura antes de meterme las manos con cuidado bajo el chorro de agua.

—Actúas como si tuvieras que llamar a una ambulancia enseguida —comenté con una sonrisa.

Se quedó callado y empezó a masajearme los dedos con suavidad bajo el chorro de agua caliente. Poco a poco, fui recuperando la sensibilidad y empecé a sentir el dolor. Era como si tuviera mil alfileres clavados bajo las uñas. Quise apartar las manos, pero Isaac no me lo permitió.

Suspiré resignada y levanté la mirada hacia él. Llevaba los rizos tal como debían ser: rebeldes, pero no demasiado. Notar mis dedos entre los suyos me abrasó las mejillas. Contemplé su rostro, la concentración patente en sus ojos, su nariz, sus pómulos. Una pequeña parte del mentón le había quedado mal afeitada. Me habría encantado ponerme de puntillas para recorrérsela con la lengua.

En ese instante, volvió levemente la cabeza. Como si me hubiera leído el pensamiento, sus ojos se fijaron en mi boca y se detuvieron unos segundos ahí. Me observó con el mismo detenimiento con el que lo había estado observando yo a él, y pareció como si estuviera analizando mentalmente mi cara centímetro a centímetro.

Los movimientos circulares que iba aplicando a mis dedos se volvieron cada vez más lentos, pero su mirada, en cambio, la noté en todo el cuerpo. Sobre todo entre los muslos.

Al cabo de un segundo, Al apareció por las puertas batientes. Isaac y yo reaccionamos con un sobresalto y levantamos la cabeza con un respingo.

—¿Ya funciona bien el congelador? —preguntó.

Al vernos a los dos frente al fregadero, arrugó la frente.

—¿Todo bien?

Aparté las manos enseguida y cerré el grifo.

—Sí, Isaac estaba preocupado por el estado de salud de mis manos.

—Bien hecho. Entonces ¿qué? ¿Tengo que llamar a un técnico o hemos conseguido que funcione bien de una vez? —preguntó con impaciencia.

—Yo me encargo —dijo Isaac enseguida.

Asentí y me incliné de espaldas contra la encimera.

Al desapareció de nuevo por la puerta de la cocina. Noté la mirada de Isaac clavada en mí, pero fingí no darme cuenta. En lugar de eso, empecé a fregar los vasos sucios que él había recogido de las mesas.

14

Decir que Amanda y yo nos caíamos bien antes de la debacle de Cooper habría sido excesivo. Apenas habíamos intercambiado alguna palabra y la mayor parte del tiempo la habíamos dedicado a ignorarnos. Pero, desde que había visto la fotografía en mi portátil, todos los lunes se pasaba las tres horas que duraba la clase de Robyn intentando hacerme la vida imposible.

Siempre se sentaba con sus amigas en la fila que quedaba justo detrás de la mía, y comentaban todo lo que yo hacía en voz alta. Era tan descarado que tanto un chico que se sentaba a mi lado como también la propia Robyn me recomendaron que me cambiara de sitio.

Aun así, yo no estaba dispuesta a concederles esa satisfacción. Estaba muy por encima de esa actitud tan infantil.

Mientras Robyn explicaba un tema de teoría, abrí la subcarpeta «Imprescindibles» de la carpeta «Grant, Isaac Grant» y empecé a revisar las imágenes con calma. Estaba bastante nerviosa porque ese día pensaba mostrárselas por primera vez a Robyn y no tenía ni idea de cómo reaccionaría al cambio de tema del proyecto de final de curso. Estaba segura de que eran absolutamente correctas desde el punto de vista técnico, pero me preocupaba la posibilidad de que Robyn, igual que me ocurría a mí, no quedara satisfecha con la transformación que se percibía a partir de las fotografías.

—Mirad —susurró Amanda, asegurándose de que yo la oyera. Puse los ojos en blanco. Sus amigas susurraban del mismo modo escandaloso. Era demasiado descarado.

—Es ese tío raro que le pone tanto a Madison, ¿verdad?

—Ah, sí —exclamó Amanda riendo en voz baja—. El que lleva la palabra «virgen» grabada en la frente.

Me volví de repente y la fulminé con la mirada.

—Oh —reaccionó Amanda—. Dios mío, qué miedo...

Las tres chicas empezaron a reírse con las manos frente a la boca. Apreté los dientes y me volví de nuevo hacia delante para intentar concentrarme en mis fotografías.

El tiempo que Robyn tardó en llegar hasta mi mesa después de pasar por todas las filas se me hizo eterno. Precisamente ese día había empezado por detrás, pero al menos ya había pasado por la fila de Amanda y tanto ella como sus amigas ya habían salido del aula en la que se impartía el seminario.

—A ver qué me enseñas —comentó Robyn en tono amistoso. Acercó una silla a mi mesa y se sentó con las piernas abiertas y los brazos apoyados en el respaldo.

Abrí las imágenes de la serie en el orden que pensaba incorporarlas al proyecto. Luego le pasé el portátil para que pudiera volver a repasarlas al ritmo que más le conviniera. De vez en cuando arrugaba la frente o soltaba algún gruñido. Cuando hubo terminado, me devolvió el ordenador, juntó las manos frente a los labios y se me quedó mirando.

—No te gustan —constaté con voz apagada.

Robyn cogió aire y bajó las manos antes de responder.

—No es eso. Es sólo que... —empezó a decir y, en lugar de terminar la frase, hizo una mueca y se apoyó de nuevo en el respaldo para repasar las imágenes una vez más—. Son poco naturales. El modelo sabe que lo estás fotografiando, y eso se nota. No me trago que sea un tío duro sólo por el hecho de verlo en un ambiente bien elegido y vestido con una chaqueta de cuero —comentó señalando la imagen en cuestión—. Mira lo tieso que está, parece realmente forzado.

Bajé la mirada hacia mis manos.

—¿Tienes alguna otra propuesta? —preguntó cerrando el fichero.

Negué con la cabeza.

—No. Quería mostrar la transformación que ha experimentado y contraponer las imágenes de «antes» y «después» para que fuera más patente el contraste.

—Comprendo la propuesta. Pero a las imágenes les falta autenticidad. No siento nada aquí —explicó golpeándose con la mano plana en el pecho—. Y eso que suele ocurrirme a menudo, cuando veo fotos tuyas.

Me mordí el labio inferior. Cuanto más rato pasaba mirando las imágenes, más descabellado me parecía el proyecto. Robyn tenía razón. Isaac parecía realmente tenso. Todo se lo había impuesto yo: nada de lo que habíamos hecho había salido de él. Y se notaba. En esos momentos, conociéndolo mejor, las imágenes me parecieron más bien estúpidas.

—Tal vez estaría bien probar otra cosa. Y, si quieres saber mi opinión, yo probaría también con otro modelo. En ocasiones puede parecernos que tenemos una buena idea, pero cuando la llevamos a cabo resulta no serlo tanto como habíamos imaginado —explicó Robyn.

Solté un murmullo de desánimo como única respuesta.

—Lo conseguirás —me aseguró asintiendo con la cabeza para darme ánimos. Luego se puso de pie y me dejó sola de nuevo con el portátil y las fotografías.

Volví a repasar las imágenes, una tras otra, pero cada vez me sentía más desconcertada. Había trabajado mucho en ese proyecto, Isaac lo había dado todo, accediendo a cada una de mis peticiones, y ahora... ¿qué? ¿Tenía que decirle que daba por terminado el proyecto y que necesitaba a otro modelo? ¿Que podía volver a llevar tirantes y pajarita y que nuestro trato era cosa del pasado?

No, no podía buscar a otra persona.

Creía en el proyecto, porque había momentos en los que fotografiaba a Isaac y tenía la sensación de estar haciendo lo que debía.

Simplemente necesitaba más instantes como ésos.

Sin embargo, por encima de todo necesitaba su opinión.

Después de una breve parada en la residencia para recoger la cámara, fui a verlo a su piso.

La puerta de la finca estaba abierta, por lo que pude subir directamente por la escalera. Cuando me planté frente a la puerta del piso me quedé de piedra. Una música italiana sonaba a todo volumen y se oía desde el rellano, acompañada de un griterío tan escandaloso que por un momento me pregunté si no me habría equivocado de casa. Eché un vistazo al rótulo que había junto al timbre. No, era el piso de Isaac, sin duda. Pulsé el botón y, al ver que un minuto después nadie acudía a abrirme y la música sonaba más alta, decidí volver a llamar. Esta vez, golpeando la puerta con el puño.

Me abrió Isaac. Parecía que acabara de correr un maratón.

—¿Qué haces tú aquí? —preguntó casi sin aliento.

—Hola. Quería...

Unos aullidos ensordecedores me interrumpieron enseguida. Con la frente arrugada, lancé una mirada por detrás de él, hacia el pasillo. Había chaquetas y zapatos tirados por el suelo de cualquier manera, junto a prendas de ropa que, sin lugar a dudas, eran de mujer. Además, distinguí también una rosa seca, una bola de nieve y un corazón de peluche. La siguiente mirada fue para Isaac y tenía un marcado carácter interrogante.

—Regina ha vuelto a dejar a Gian —explicó apartándose para dejarme entrar—. He llegado a casa y me lo he encontrado borracho como una cuba después de haber esparcido por el piso todas las cosas que ella tenía aquí. Ha enloquecido por completo.

Ya en el pasillo, la música se oía tan alta que tuve que reprimir el impulso de taparme los oídos.

—¿Qué ha ocurrido? —pregunté levantando la voz para que se oyera por encima de la música.

—No lo sé. Ella debe de...

El resto de sus palabras se perdió por debajo de los aullidos que empezó a soltar Gian a todo pulmón, intentando cantar la canción de Eros Ramazzotti que sonaba por los altavoces.

En realidad, yo quería preguntarle a Isaac qué pensaba acerca de lo que me había dicho Robyn y sobre las fotografías que le había hecho. Pero aquello podía esperar. Decidí dar un paso hacia la puerta cerrada de la sala de estar, aunque no tenía nada claro si lo que me esperaba dentro sería agradable o si más bien debería temerlo.

—Si entras ahí, tienes que saber que te expones a un gran peligro —gritó Isaac a mi espalda.

Sin embargo, la advertencia llegó demasiado tarde, porque yo ya había abierto la puerta. Gian estaba de pie sobre la mesa, con el pecho al descubierto y la camisa envuelta alrededor de la cabeza a modo de turbante. En una mano sostenía una botella de vino medio vacía que estaba utilizando como micrófono. Busqué el equipo de música con la mirada con la intención de bajar el volumen cuando Isaac me agarró de un brazo.

—Cuando lo he intentado, me ha lanzado una botella vacía —me advirtió a gritos mientras señalaba un montoncito de cristales rotos que había frente al equipo de música y el televisor.

Enarqué las cejas. Isaac no había exagerado lo más mínimo

cuando me había dicho que su compañero de piso había enloquecido.

Mientras tanto, Gian seguía bailando y meciéndose al ritmo de la música desde lo alto de la mesa. Tenía los ojos cerrados y lo estaba dando todo con una balada italiana de la que no fui capaz de comprender ni una sola palabra. Me acerqué a él y pegué un par de tirones a la tela de sus vaqueros para llamarle la atención.

Gian me miró.

—¡*Bella...!* —exclamó, y enseguida me tendió la botella en señal de brindis.

—¡Hola, Gian! —grité por encima de la música.

—¡Ven a bailar conmigo! —me invitó echando la cabeza hacia atrás y llevándose la botella a los labios de nuevo.

No lo pensé dos veces y subí a la mesa enseguida.

—¡*Seee*! —exclamó a la vez que me pasaba la botella y retomaba el estribillo de la canción con entusiasmo.

Sostuve la botella de vino detrás de mí con la esperanza de que Isaac comprendería mi táctica. En efecto, al cabo de un momento se me acercó y se la pude pasar.

—¿Qué ha ocurrido? —le pregunté a Gian gritando.

Éste se limitó a responder levantando una mano y negando con la cabeza. Con el otro brazo me rodeó y empezó a bailar conmigo. Fue un milagro que no nos la pegáramos, aunque estuvimos a punto un par de veces.

Una vez terminada la canción, me aparté un poco de él y le agarré la cara con las manos para obligarlo a mirarme. Tenía los ojos inyectados en sangre.

—¿Cuánto has bebido ya? —le pregunté.

Él levantó la mano, juntando el índice y el pulgar, y me dedicó una sonrisa.

—*Solo un pochino.*

—Pero ¿por qué? ¿Qué ha ocurrido, Gian? —pregunté agarrándole la cara con fuerza para evitar que desviara la mirada. Tenía unas manchas rojizas en el cuello y en el pecho, y el rostro empapado de sudor. No es que tuviera muy buen aspecto, que digamos. Parecía más bien a punto de vomitar o de caer desplomado en cualquier instante.

—*Io non voglio parlare* —contestó—. Todavía no —añadió y, dicho esto, dejó caer la cabeza hacia delante, sobre mi hombro. Le acaricié la nuca e intercambié una mirada con Isaac. Parecía preocupado, sorprendido y divertido. Todo a la vez.

—Vamos, Gian —le dijo agarrándolo por un brazo—. Te ayudaré a bajar.

Él dio un traspié y por unos instantes temí que pudiera caer de la mesa directamente sobre los cristales rotos. Sin embargo, con la ayuda de Isaac consiguió llegar al suelo sano y salvo, tras lo que se dejó caer sobre el sofá.

—Sawyer —murmuró con los ojos cerrados y agitando la mano como si me tuviera a su lado.

Me senté junto a él y enseguida se recostó, de manera que su cabeza acabó apoyada en mi hombro y uno de sus brazos, sobre mi barriga.

Isaac aprovechó la oportunidad para apagar la música de una vez. Respiré aliviada. Por fin.

Gian no pareció darse cuenta.

—¿Qué ha pasado con Regina? —le pregunté.

Con el rabillo del ojo pude ver cómo Isaac entraba en la cocina y volvía a salir de inmediato armado con una escoba de mano con la que empezó a recoger los cristales rotos.

—Lo he intentado. De verdad que lo he intentado... —empezó a decir Gian, aunque se detuvo de repente y se estremeció.

Entonces recordé lo que Isaac me había contado sobre la relación que mantenían él y Regina.

—¿Se puede saber qué es lo que has intentado? —insistí.

—Me dijo que me quería, pero que todavía es muy joven y quiere probar otras cosas.

Tuve que esforzarme realmente para comprender lo que balbuceaba frente a mi hombro.

—Quería hacer un trío. Y yo no. O sea que hemos llegado a una solución de compromiso.

—¿Qué clase de solución?

—Ella quería... —Se quedó callado de repente.

—¿Qué quería? —insistí.

No respondió.

—Vamos, Gian.

Soltó un resoplido.

—Quería que la mirara mientras se lo montaba con otro.

Me lo quedé mirando.

—No me digas que lo has hecho.

—¡La quiero! ¿Acaso tenía alguna otra opción? —gimió.

—Sí, tenías la opción de mandarla a la mierda.

Aspiró aire bruscamente, como si se hubiera indignado.

—No lo entiendes.

—Que se vaya a la mierda Regina —exclamó Isaac de repente—. No te merece.

De inmediato, Gian se apartó de mí.

—Vete a la mierda tú, Isaac. Nunca la has visto con buenos ojos.

—Y tenía buenos motivos para ello, como se puede comprobar —se limitó a replicar él.

—Eso puedes decirlo porque no tienes ni idea de lo que se siente cuando estás enamorado.

Algo sombrío relució en los ojos de Isaac. Sin mediar palabra, dio media vuelta y se llevó el recogedor lleno de cristales rotos hacia la cocina. Poco después se oyó el ruido que hizo al tirarlos a la basura.

Gian tragó saliva con dificultad.

—Mierda. Soy gilipollas.

—Pues sí, bastante —convine.

—Gracias —refunfuñó.

—Pero ahora en serio: a tu ex le falta un tornillo. Déjate de mierdas y olvídala de una vez.

—Ojalá pudiera —murmuró en voz tan baja que tuve la sensación de que lo dijo más para sí mismo que para que yo lo oyera.

Al cabo de un rato, levantó la cabeza y me miró con los ojos entornados.

—Sawyer, tengo que confesarte algo.

—¿Qué? —pregunté.

—Es posible que me haya pasado con la bebida.

—No me digas —repliqué con una sonrisa.

—Que sí, en serio. Y lo de la botella que le he lanzado a Isaac... ha sido sin querer. Quería apagar la música, yo he hecho así para decirle que no —explicó imitando el movimiento con torpeza—, la botella se me ha resbalado de las manos y ha ido a parar contra la pared —prosiguió evocando el estallido con un gesto.

—Bueno, no ha pasado nada grave —dije en tono conciliador—. Isaac sigue vivo.

Hizo ademán de levantarse, pero se detuvo a medio movimiento y cayó de nuevo sobre el sofá.

—Joder. Ni siquiera puedo ir a dormir a mi cama.

Primero lo miré a él y, luego, a la puerta de su dormitorio.

—¿Todo eso ha sucedido ahí dentro?

Gian respondió con una mueca cargada de amargura.

—Puedes dormir en mi habitación.

Gian y yo nos dimos media vuelta al mismo tiempo para mirar a Isaac. Estaba de pie, con los brazos cruzados frente al marco de la puerta de la cocina, mirándonos.

—Gracias —murmuró Gian, evitando mirar a los ojos a su amigo.

Lo ayudé a levantarse. Cuando estuve segura de que no volvería a caer de lado y de que llegaría sano y salvo hasta la cama, lo solté. Entró tambaleándose en la habitación y cerró la puerta a su espalda.

Me volví y constaté que Isaac no se había movido del sitio. Me estaba mirando de un modo sombrío.

Las palabras de Gian debían de haberle dolido de verdad.

—Mañana tendrá la peor resaca de su vida.

Isaac no me miró, ni tampoco respondió nada.

Lo intenté de nuevo.

—Ya veo que no exagerabas en absoluto respecto a su ex. Realmente le falta un tornillo.

Entonces sí que asintió, aunque con una expresión extraña en el rostro, como ensimismada, como si tuviera la cabeza en algún lugar lejano. Parecía furioso, encerrado en sí mismo, y esa nueva faceta suya no me gustó en absoluto.

Chasqueé los dedos y levantó la cabeza con un respingo.

—¿Dónde estabas? —pregunté acercándome a él. En realidad me había propuesto sentarme en el sofá. O en una de las sillas del comedor. O en el saco con forma de Pokémon. Pero Isaac me atraía como un imán.

—Lo que ha dicho no es cierto —replicó al fin.

Esperé unos instantes para que aclarara aquella afirmación. Tenía los ojos ensombrecidos y una expresión realmente tormentosa.

—Sé perfectamente lo que se siente cuando estás enamorado —afirmó.

Decidí no preguntarle nada. En lugar de eso, me planté justo delante de él y posé las manos sobre sus brazos.

—Sabes perfectamente que no lo ha dicho en serio. Quiero

decir que... estaba fuera de sí. Ha tenido que ver cómo su novia se tiraba a otro tío. No hagas caso de lo que te haya dicho.

Isaac se limitó a soltar un gruñido.

—Vamos —lo animé dándole unos golpecitos en el brazo con suavidad para intentar que se soltara de una vez.

Al final, dejó escapar un suspiro, asintió y, acto seguido, pareció como si se le hubiera ocurrido algo.

—No querría que esto sonara descortés, pero ¿se puede saber qué haces tú aquí? —preguntó entonces.

Decidí que no era el mejor momento para plantearle las dudas que habían surgido respecto a las fotografías. Ya tenía bastante con todo lo de Gian, no valía la pena añadir más problemas a su lista.

—Se me ha olvidado. ¿Me marcho? ¿Tenías previsto hacer algo?

—No —dijo, y soltó la respuesta tan deprisa que casi se solapó con mi pregunta.

Se le sonrojaron las mejillas y tuvo que aclararse la garganta.

—¿Tienes hambre? Ayer Gian trajo otra vez sobras del restaurante.

Como si mi estómago hubiera entendido esas palabras, soltó un gruñido.

Isaac se rio.

—Eso sí que es responder alto y claro.

Lo seguí hasta la cocina.

—¿Podríamos volver a poner el CD de Gian? Así nos sentiremos como si estuviéramos en Italia.

Aunque lo dije en broma, Isaac reaccionó con una exclamación horrorizada, como si lo estuvieran estrangulando.

—No pienso volver a escuchar otra canción de Eros Ramazzotti en toda mi vida. De hecho, creo que voy a quemar todos los CD de Gian.

Interpreté el comentario como una invitación a cantar.

—«*Se bastasse una bella canzoneee...!*»

La mano de Isaac me tapó la boca enseguida.

—Oh, Dios. Para ya.

Le lamí los dedos con la lengua y, riendo, retiró la mano de inmediato.

—«*Blabla, nosequé di amoooree...!*»

—¿«*Blabla, nosequé di amore*»? Algo me dice que la letra no es así.

—«*Se bastasse una bella canzone...*» —empecé a cantar de nuevo.

—O sea que ése es el único verso que te sabes.

—Porque Gian no paraba de berreármela al oído. Pero si quieres puedo buscar el resto de la letra en Google, no te preocupes.

Isaac negó con la cabeza esbozando una sonrisa. Levantó la mano y me apartó un mechón de pelo que me había quedado frente a la cara.

Contuve el aliento cuando me acarició la mejilla levemente con los nudillos y mientras me sujetaba el mechón rebelde tras la oreja.

El contacto de sus dedos en el lóbulo me provocó una oleada de calor que se extendió al mismo tiempo por mi rostro y mi estómago, y éste, oportuno como siempre, volvió a soltar un gruñido.

En los labios de Isaac apareció una sonrisa.

—Hola, estómago de Sawyer —bromeó sin apartar los ojos de los míos—. ¿Qué te apetece? Tenemos pasta carbonara, *focaccia* y *caprese*. ¿Cómo dices? —preguntó sin darme tiempo a responder. Acto seguido, se agachó hasta que la cara le quedó frente a mi barriga y fingió aguzar el oído como si esperara una respuesta.

—Mira que eres tonto —exclamé golpeándole la cabeza con la mano plana.

—¡Chis! Que estoy escuchando lo que me dice tu estómago.

—Mi estómago dice que pares ya de una vez de hacer el tonto.

—Creo que no lo has entendido bien. A mí me acaba de susurrar que no tiene nada contra la pasta.

Isaac se levantó sonriendo y fue hacia el frigorífico. Me quedé mirando cómo revolvía varios recipientes de papel de aluminio para ir inspeccionando su contenido.

La parte de la oreja que me había tocado seguía palpitando con fuerza.

Y de repente tomé plena conciencia de algo.

De que no pensaba cancelar ese proyecto por nada del mundo.

15

Cuando el jueves por la tarde abrí la puerta y vi a Isaac, no pude evitar sonreír. Iba impecable, al menos desde mi punto de vista. Porque, sabiendo el tipo de ropa que a él le parecía estética, sólo pude acercarme a imaginar cómo debía de sentirse con aquellos vaqueros rasgados y el pelo enmarañado.

—Entra. Acabo enseguida —anuncié colocándome de nuevo frente al espejo.

—¿Dawn ya está con Spencer? —preguntó.

—Sí, se ha marchado hace una hora —murmuré mientras me recogía el pelo en una cola alta que enseguida aflojé un poco, para que no me quedara demasiado tirante.

—Te sienta muy bien —opinó Isaac de repente.

Intenté que no se notara la sorpresa que me provocó su comentario. Unas semanas antes, Isaac habría preferido dejarse matar antes que soltar un cumplido como ése en voz alta.

—Gracias. Tú también estás muy guapo.

Él no agradeció mi cumplido. Como de costumbre, prefirió cambiar de tema enseguida.

—Poco a poco incluso me estoy acostumbrando a las novedades. Tendrías que haber visto a Ariel cuando regresé a casa el fin de semana pasado.

—¿Qué dijo? —pregunté antes de empezar a pintarme la raya del ojo izquierdo.

Del maquillaje que me había puesto por la mañana ya no quedaba casi nada. Me había pasado el día entero en el estudio, había comido en el campus y había estado diseñando las invitaciones para la boda de Riley y Morgan. Era lo único que me había pedido, por lo que decidí concentrar toda mi energía en ello hasta que el resultado me dejara completamente satisfecha.

Desde la discusión que había mantenido con mi hermana en Renton, me esforzaba en fingir que me alegraba por ella y que me gustaba escucharla hablar acerca de los preparativos. Sin embargo, el hecho de que no me hubiera preguntado si quería ser su dama de honor seguía reconcomiéndome por dentro. Ni siquiera sabía con toda seguridad por qué, puesto que no podía imaginarme nada peor que tener que planificar hasta el último detalle de la boda.

—Al principio no me reconoció —explicó Isaac, arrancándome de mis cavilaciones—. Luego soltó un chillido y me dijo que no veía el momento de contarle a su mejor amiga que su hermano mayor ahora parecía una estrella del pop.

Miró a su alrededor, era evidente que buscaba algún lugar para sentarse en mi habitación, pero todo estaba repleto de ropa, fotos y otros trastos difícilmente clasificables, porque Dawn había estado haciendo manualidades o algo y yo me había dedicado a rehacer mi viejo porfolio.

Se quedó mirando mi cama con expresión interrogante.

—Sí, tranquilo, siéntate ahí —le indiqué entornando los ojos para comprobar que las rayas de los dos párpados hubieran quedado más o menos iguales.

Isaac apartó un montón de fotografías y se acomodó en el borde de la cama.

—¿Y cómo reaccionaron los demás? —pregunté.

—Levi no se dio cuenta de nada, mientras que Ivy se quedó bastante desconcertada. Ah, y mi abuelo me preguntó si tenía...

Se quedó callado a media frase.

Volví la mirada hacia él para ver qué le ocurría.

Isaac había cogido una de las fotografías de la pila y la estaba mirando fijamente.

Era un autorretrato que me había hecho medio desnuda. No llevaba nada en la parte de arriba, pero aparecía envolviéndome el cuerpo con los brazos, de manera que una mano me tapaba la barriga y con la otra me tocaba los labios ligeramente. Había entrelazado los brazos de tal modo que los pechos me quedaran cubiertos, pero aun así la imagen revelaba mucha piel desnuda. Y se me veían unos cuantos tatuajes, aunque en buena parte quedaban ocultos por la postura y no se leían las inscripciones que llevaba en el costado, aunque sí se distinguía algún que otro contorno.

—¿Eres tú? —preguntó Isaac con la voz algo ronca.

—Sí —respondí.

Él soltó de repente el aire que había estado conteniendo. Poco a poco, empecé a ponerme nerviosa, al ver que no decía nada y que su mirada no dejaba entrever lo que le pasaba por la cabeza. Tal vez le parecía una escena de lo más antiestética y no sabía cómo expresarlo para no herir mis sentimientos.

—No es muy nítida —murmuré para romper el silencio que se había impuesto—. Y la luz tampoco incide como yo la había imaginado, pero...

—Sawyer —me interrumpió. Paré de hablar y me limité a observar cómo acariciaba la fotografía con un dedo, pasándolo por encima de mis hombros y recorriendo los tatuajes antes de levantar la cabeza para mirarme de nuevo—. Es... es realmente preciosa.

La boca se me secó de repente, por lo que me humedecí los labios con la lengua.

—Gracias.

—¿Te importa si hecho un vistazo al porfolio?

—No, claro. Pero está casi vacío. Precisamente he empezado a rehacerlo.

Me volví de nuevo hacia el espejo y comprobé mi maquillaje una vez más. Acto seguido, volví a dejar el lápiz de ojos en mi bolsa de cosméticos y cerré la cremallera.

—Ésta debe de ser tu hermana —constató Isaac.

Me volví. Estaba contemplando una de las fotos que había hecho de Riley y Morgan para las invitaciones de la boda. Era la que más me había gustado de todas y me la había impreso también para mí, puesto que consideré que estaría bien incluirla en el porfolio.

—Sí. Y su prometido.

—Parecen modelos posando para la portada de una revista de tatuajes —opinó con una sonrisa—. La fotografía es reciente, ¿verdad?

—¿Cómo lo sabes? —pregunté.

Se encogió de hombros.

—Esas de ahí —dijo señalando la pila caótica que había sobre la cama— son de otro estilo y tienen en común un aire bastante soñador. Mientras que esta de aquí —prosiguió levantando el porfolio— parece que la haya hecho Sawyer Dixon.

Me lo quedé mirando sorprendida. Cuando había estado descartando las imágenes del porfolio para sustituirlas por otras nuevas, había pensado exactamente lo mismo. Se reconocían con claridad las que había hecho durante el último año, cuando había encontrado mi propio estilo. Sin embargo, me pareció fascinante que Isaac lo detectara, cuando no tenía nada que ver con el mundo de la fotografía o del arte en general.

Me senté junto a él.

—La hice cuando fui a Renton para ver a Riley —expliqué.

Isaac sonrió.

—Me gusta. ¿Los planes para la boda siguen adelante sin problemas?

Me tensé de repente. No me habría importado en absoluto que hubiera seguido hablando acerca de mis fotografías, pero no me apetecía nada charlar con él sobre el tema de la boda de Riley. Ya había cometido ese error en una ocasión, en la bodega del Steakhouse durante el día de prueba que estuvo trabajando en el restaurante. No quería volver a repetir ese episodio.

—Cada vez que te hablo del tema te cierras en banda —constató en voz baja.

Evité su mirada y me centré en la fotografía en la que Riley y Morgan aparecían mirándose a los ojos como los enamorados que eran.

—Entonces no saques el tema y ya está —repuse.

Isaac cerró el porfolio y lo dejó de nuevo encima de la cama. Acto seguido, cogió una pila de fotografías viejas y las juntó haciendo coincidir los bordes con esmero, hasta que quedaron todas enrasadas y no sobresalía ni un solo canto.

Y luego... luego levantó la mano hacia mi cara. Lo hizo al menos con la misma delicadeza con la que acababa de apilar las fotos. Me acarició la mejilla con las puntas de los dedos.

Sin embargo, yo no estaba dispuesta a permitir que me ajustaran según el criterio de nadie.

Se le endureció la mirada y, cuando fue a abrir la boca para decir algo, me adelanté.

—¿Vamos? —sugerí.

Isaac dejó caer la mano de nuevo y asintió.

16

Hasta entonces, cada vez que Dawn me había invitado a casa de Spencer me las había arreglado para esquivar el compromiso. Sin embargo, por lo que me había contado, sabía que su novio vivía en un buen barrio y que tenía la casa entera para él solo.

Lo que no había podido imaginar era que se trataba de una casa realmente enorme. Sus padres debían de ser asquerosamente ricos. Mientras yo contemplaba con cara de evidente perplejidad el jardín delantero de Spencer, Isaac no parecía realmente muy impresionado. Tal vez ya había estado allí alguna vez. O simplemente no se dejaba impresionar con la misma facilidad que yo.

Llamamos al timbre y no pasaron ni dos segundos hasta que Dawn nos abrió la puerta. Me recibió con una amplia sonrisa y luego desvió la mirada hacia él.

—¡Guau! —exclamó entusiasmada.

Isaac empezó a desplazar el peso de una pierna a otra, y las mejillas se le sonrojaron mientras Dawn lo examinaba de arriba abajo.

—Pero si ya nos habíamos visto —constató él.

—Sí, ya lo sé, pero en la universidad. Allí estoy pendiente de las clases, y no de... esto —dijo Dawn señalándolo con la mano abierta. Dio un paso adelante para acercarse más a él y poder así percibir su olor—. Eres como la versión chico malo del Isaac que yo conozco, pero por suerte sigues oliendo igual. Eso es bueno.

Isaac parecía estar deseando que la tierra se lo tragara allí mismo.

Yo arrugué la nariz.

—¿Todavía no te ha dicho nadie que es muy raro eso de ir olfateando a la gente? —pregunté.

—Déjame —replicó, y enseguida me agarró de la mano y tiró de mí para que entrara en la casa. Cerró la puerta y se quedó mirando a Isaac una vez más. O, mejor dicho, sus brazos, porque él ya se había quitado la chaqueta.

—Dawn, en serio: si sigues mirándolo de ese modo, tendré que contárselo a Spencer —la amenacé.

—¿Qué es lo que quieres contarme? —dijo el novio de Dawn enseguida, apareciendo como por arte de magia en el pasillo justo en ese instante. En cuanto Spencer vio a Isaac, soltó un silbido de reconocimiento—. Joder, Grant. ¡Casi no te había reconocido!

Isaac cada vez estaba más colorado.

—Esto..., gente, esto resulta cada vez más incómodo —constaté.

Spencer sonrió, envolvió la cintura de Dawn con un brazo y se la llevó de nuevo con el resto de los invitados.

Isaac y yo los seguimos a una distancia prudencial. Mientras él continuaba avergonzado y mirándose fijamente los zapatos, yo no paraba de observar a mi alrededor con mucha curiosidad.

El interior de la casa de Spencer estaba a la altura de su aspecto exterior: era como si allí viviera alguien que no se avergonzara de exhibir que tenía mucho dinero. Los muebles eran caros, y la decoración en general demostraba mucho gusto y estilo. Estaba bastante segura de que era obra de un diseñador de interiores. Ningún chico de nuestra edad era capaz de equipar una casa a ese nivel.

Mientras Spencer hablaba con dos tipos a los que yo no conocía, Dawn nos acompañó hasta la sala de estar. Había varios grupitos de gente charlando mientras una música pop sonaba de fondo por unos altavoces enormes. Pasamos por delante de una puerta abierta que permitía salir a la terraza y al jardín, donde unos estaban jugando a ping-pong, y a continuación entramos en la cocina, la más inmensa y moderna que he visto en mi vida.

—Esta cocina es más grande que mi dormitorio —murmuró Isaac detrás de mí.

—Esta cocina es más grande que la habitación que comparto con Dawn en la residencia —convine en voz baja.

—¡Estoy tan contenta de que hayáis venido! —exclamó Dawn, gesticulando con una botella de champán en la mano. Era evidente que no le importaba en absoluto que la espuma empezara a brotar por la embocadura y le estuviera mojando la mano. A juzgar por lo coloradas que tenía las mejillas, no era ni mucho menos la primera copa que se servía esa noche—. En serio, Sawyer nunca quiere venir. Si lo he conseguido ha sido gracias a ti, Isaac.

—Gracias por invitarnos —respondió él con cortesía.

—¿Y bien? —preguntó mi amiga tendiéndome una copa llena a rebosar y luego otra a Isaac—. ¿Cómo va vuestro proyecto?

Brindamos antes de responder.

—Va —me limité a decir—. Poco a poco, pero va.

—Creía que me dirías que ya has conseguido convertirlo en un verdadero *bad boy* —comentó Dawn mientras lanzaba una mirada elocuente a la ropa de Isaac.

—Yo también —dijo él, y se me quedó mirando con aire reflexivo.

Yo reaccioné enarcando las cejas.

—¿Ah, sí? Entonces ve y ponte a charlar con alguna chica.

Mi comentario lo sorprendió mientras tomaba un trago que se le atragantó de inmediato.

—¿Qué?

—Que después de todas las lecciones que te he dado, esto tendría que ser un juego de niños —repliqué.

—¿Lecciones? ¿Le has estado dando lecciones para enseñarle a ligar o algo así? —preguntó Dawn dando una palmada—. ¡Qué emocionante! Yo quiero ver cómo Isaac se liga a una chica.

—¿Cómo queréis que ligue, sabiendo que estaréis pendientes de cómo lo hago?

—Eso no es más que una excusa para rajarte —lo provoqué dándole un codazo en el costado.

El golpe le hizo derramar un poco de espumoso e Isaac me fulminó con la mirada. Sostuve su mirada con aire desafiante hasta que por fin suspiró y negó con la cabeza, resignado.

—De acuerdo.

—Lo dices como si fuera un castigo —constaté mientras regresábamos juntos a la sala de estar—. Te lo pasarás bien. Confía en mí.

Dawn y yo nos sentamos en dos sillas libres frente a la mesa del comedor.

Isaac se quedó de pie indeciso.

—Lo que querías decir es que vosotras os lo pasaréis bien, ¿no? —refunfuñó—. Yo, en cambio, seguro que quedaré en ridículo.

—¿Por qué tendría que ocurrir lo que dices? —repuse con un suspiro—. ¿Es que tengo que recordarte una vez más cuál es la lección más importante de todas, Grant, Isaac Grant?

—¿Cuál es la lección más importante de todas? —preguntó Dawn.

Me di cuenta de que Isaac, con toda claridad, tuvo que esforzarse para no poner los ojos en blanco mientras respondía a la pregunta.

—Sentirme seguro de mí mismo.

—Ah —dijo Dawn.

Me volví hacia ella antes de hablar.

—A ti y a Spencer casi se os saltan los ojos de las órbitas cuando lo habéis visto —expliqué encogiéndome de hombros—. Pero, por mucho que le digan lo bueno que está, no hay manera de que se lo crea.

—Vamos, Sawyer —exclamó Isaac con los ojos ensombrecidos.

Dawn no paraba de alternar la mirada entre él y yo. No supe interpretar del todo la expresión de su rostro, pero tuve la impresión de que su cabeza ya maquinaba algo.

—Yo sigo pensando que deberías probarlo con Everly —dijo al fin.

Isaac suspiró.

—No vuelvas a sacar la lista de tus amigas sin novio, por favor, Dawn.

—Se alegraría mucho de que hablaras con ella, de eso estoy segura. Sé que le ocurre algo, pero no quiere hablar de ello. Sin duda le sentaría bien distraerse un poco.

Seguimos la mirada de Dawn hasta el otro extremo de la sala, donde su hermanastra estaba sentada en el sofá. No era la primera vez que me fijaba en lo bonita que era. Tenía los rasgos delicados, la piel clara y el pelo negro y bastante corto.

En esos momentos, sin embargo, la chica en cuestión estaba mirando fijamente su móvil con una expresión catatónica. Parecía absolutamente ajena a lo que ocurría a su alrededor.

—Yo diría que le apetece más bien que la dejen en paz —comentó Isaac, pero se apresuró a levantar las manos en un gesto de rendición en cuanto vio la mirada que le lancé—. Vale, vale, ya voy.

Acto seguido, vació la copa de un trago, la dejó sobre la mesa y nos miró a Dawn y a mí alternativamente.

—Ahora mismo voy para allá y me pongo a charlar con esa chica sobre bistecs —anunció. Dicho esto, dio media vuelta y avanzó con determinación hacia el sofá en el que estaba sentada Everly.

—¿Bistecs? —preguntó Dawn desconcertada mientras lo seguía con la mirada.

—Una charla casual, sobre cualquier tema —le expliqué.

Se produjo una breve pausa.

—¿Sobre carne?

—Le dije que buscara cualquier tema sobre el que se sintiera cómodo hablando, algo que no le costara mucho. Y resulta que no le importa nada hablar de su trabajo.

Dawn asintió, y estuvimos observando cómo Isaac se sentaba en el respaldo del sofá y le dirigía la palabra a Everly.

—Tal vez habría sido buena idea avisarlo de que Everly es vegetariana —comentó Dawn.

Me la quedé mirando sorprendida y al cabo de dos segundos estallamos las dos en carcajadas.

—¿Qué es tan divertido? —preguntó Spencer. Se nos había acercado y estaba apoyado en el respaldo de la silla de Dawn. Me pregunté si tal vez lo habíamos atraído con nuestras risotadas.

—Nada importante.

—Entonces podrías venir conmigo y bailar un poco —dijo inclinándose sobre su novia un poco más.

Dawn echó la cabeza atrás y le dedicó una sonrisa. Luego se volvió hacia mí y me miró con aire interrogante.

Yo me limité a gesticular con la mano.

—Ve, no te preocupes por mí. Oye, ¿os parece bien si hago alguna foto? —pregunté.

—Claro, no hay problema —respondió Spencer mientras empezaba a tirar ya de los brazos de Dawn para levantarla de la silla.

—Vuelvo enseguida, Sawyer —me informó mi amiga con una sonrisa.

Se colocaron en el centro de la sala, donde ya había unas cuantas personas moviéndose al ritmo de la música. O intentándolo, al menos.

Saqué a *Frank* de mi mochila y, en cuanto me colgué la cámara al cuello, de inmediato me sentí mejor. Destapé el objetivo e hice una foto de la pista de baile improvisada. Intenté conseguir un primer plano de Spencer y Dawn, pero se movían tan deprisa que la mayor parte de las imágenes salieron borrosas. Cuando Dawn se dio cuenta de que la enfocaba con la cámara, me sacó la lengua e hizo una mueca. Sonreí al mismo tiempo que pulsaba el disparador. Pensaba imprimir esa instantánea y colgársela en el cabecero de la cama.

Mirando a través de la lente, moví el objetivo de la manera más discreta posible hacia Isaac. Todavía estaba sentado en el respaldo del sofá, pero Everly se había vuelto hacia él y se reía de algo que había dicho. Pulsé el disparador enseguida. No sabía sobre qué charlaban, pero Isaac tenía las mejillas coloradas. Utilicé el *zoom* para ampliar más la imagen y centrarme en su rostro. Justo en ese momento, se inclinó hacia delante y tuve que alejar el encuadre de nuevo para poder ver lo que hacía.

El corazón me dio un vuelco.

Isaac le había apoyado una mano en el hombro y le estaba acariciando la piel con el pulgar. Everly lo recibió con una sonrisa y no demostró que le molestara.

Ojalá hubiera podido ver cómo me lo hacía a mí.

Mi dedo seguía sobre el disparador mientras los observaba, constatando con claridad cómo ella sólo estaba pendiente de los labios de Isaac, cómo se sonreían, y la sutileza con la que Everly extendió una mano cerca de él con la esperanza de que se la tocara en algún momento.

Era evidente que había sido una buena maestra. Y, sin embargo, ¿por qué me sentía como si las cosas se estuvieran torciendo?

No era capaz de pulsar el disparador. No quería hacer ninguna fotografía que dejara constancia de lo que Isaac estaba haciendo.

De inmediato, dejé caer la cámara, aunque eso sólo contribuyó a empeorar las cosas.

A través de la lente, la escena me había parecido casi una obra de teatro, como si nada fuera verdad, como si todo fuera impostado. No obstante, contemplándolo con mis propios ojos me di cuenta de que estaba sucediendo realmente, y justo frente a mis ojos, además.

Y era incapaz de apartar la mirada.

Entonces Everly dijo algo y fue Isaac quien se rio. No reconocí ni el más mínimo rastro de timidez en su reacción. Había desaparecido por completo la contención y el carácter dubitativo que tanto lo caracterizaba.

Apreté los dientes con fuerza y, por fin, miré hacia otro lado.

A continuación, apagué la cámara y volví a guardarla en la mochila. Sin volver a mirar a Isaac y a Everly, me metí en la cocina de nuevo, directa hacia el aparador en el que Spencer había dejado las botellas. Me las quedé mirando hasta que descubrí una de mi vodka preferido.

Me serví un buen trago en un vaso y me disponía a mezclarlo con zumo de naranja cuando alguien se me acercó tanto que nuestros cuerpos se tocaron desde el hombro a la cadera.

Durante una fracción de segundo, tuve la esperanza de que fuera Isaac.

Sin embargo, cuando me volví hacia él descubrí que era Cooper, y que me estaba mirando de reojo.

—Hola —me saludó.

Por un instante, no supe cómo reaccionar y me limité a mirarlo fijamente, perpleja. Luego dejé la botella de nuevo encima de la mesa, cogí mi vaso y me largué, pasando por su lado hacia la sala de estar sin dirigirle ni una sola palabra.

Cuando llegué a la puerta, me agarró de un brazo.

—Espera.

Me di la vuelta para mirarlo con las cejas enarcadas.

—¿Qué quieres?

Cooper parpadeó.

—Sólo quería decirte hola.

—Hola —respondí con sequedad, dispuesta a zafarme de su mano.

Al notarlo, me agarró con más fuerza.

—¿Se puede saber qué es lo que te pasa? —preguntó.

—¿Me tomas el pelo? Déjame en paz, Cooper. Seguro que tu novia te está echando de menos.

Parecía verdaderamente desconcertado, como si no tuviera ni la más mínima idea de cuál era mi problema.

Arrugué la frente. No era posible que no supiera el motivo por el que había decidido ignorarlo.

Justo en ese momento, a mi espalda sonó una voz gélida que me dejó petrificada.

—Aparta las manos de mi novio, Dixon.

¿De verdad podía ir peor esa noche? ¿Por qué demonios Spencer había tenido que invitar a esa gente?

Me volví hacia Amanda, que me estaba fulminando con los ojos llenos de rabia.

Cooper apartó la mano de mi brazo.

—Nena... —empezó a decir, dando un paso hacia ella.

Amanda ni siquiera lo miró. Sólo me miraba a mí.

—Debes de estar muy necesitada —me soltó con amargura, señalándome con la botella de cerveza que llevaba en la mano—. ¿Realmente eres incapaz de apartar las manos de los novios de las demás?

Oh, Dios. Un drama como ése era lo último que necesitaba en esos momentos.

—No tienes ni idea de lo que estás diciendo, Amanda —repliqué tan calmada como pude a pesar de todo.

Soltó una carcajada estridente.

—Todos sabemos a qué me refiero —afirmó levantando bastante la voz. Varias personas se volvieron de repente hacia nosotros—. La que es puta es puta.

Me estremecí.

«Eres igual de zorra que tu madre.»

Con el rabillo del ojo, vi que Isaac se había levantado del sofá. Apreté los dientes con fuerza y bajé la cabeza, clavando la mirada en mis pies. No quería que me viera de ese modo.

—Amanda —dijo Cooper en voz baja pero con determinación—. Déjalo.

—¡Me lo prometiste, Cooper! ¡Me aseguraste que había sido una sola vez! Que todos se lo montan alguna vez con Sawyer Dixon y que no significaba nada.

Alguien soltó una sonora carcajada.

Los oídos me zumbaban y empecé a verlo todo borroso. Cerré los puños con tanta fuerza que los nudillos me dolían y no podía respirar.

«Zorra. Eres igual de zorra que tu madre.»

Amanda tenía razón.

¿Qué estaba haciendo allí, de hecho? ¿De verdad había creído que podía comportarme con normalidad? ¿Acudir a una fiesta, pasar el rato con amigos y simplemente divertirme?

Ésa no era mi realidad.

Mi realidad era otra y, en ella, el tío con el que quería pasar la noche se había acercado a la chica más inocente de la sala y le había dirigido la palabra. Era ridículo creer que yo podía ser algo más que una chica fácil para una sola noche.

Tragué saliva con dificultad. Aquello me estaba doliendo más incluso que el bofetón que Amanda me había pegado aquel día.

—Vosotros dos, largaos enseguida —sonó una voz tranquila a mi lado.

Era Dawn.

—¿Y si no? —preguntó Amanda con tono desafiante—. Esta casa no es tuya.

—Pero mía sí —intervino Spencer—. Y, ahora que lo pienso, no recuerdo haberos invitado.

—Ah, ¿pero a ella sí? —replicó Amanda.

—Claro. Es mi novia —afirmó con contundencia—. Y no permitiré que la incordies, o sea que lárgate, por favor.

Yo me quedé con la mirada clavada en las puntas de mis zapatos mientras Cooper le susurraba unas palabras tranquilizadoras al oído a Amanda y luego se marchaban de allí. No fui capaz de moverme ni un centímetro de donde estaba.

Alguien me posó una mano en el hombro con suavidad. Sobresaltada, levanté la cabeza de repente. Dawn me miraba con los ojos muy abiertos.

—¿Estás bien? —susurró.

Todavía me faltaba el aire. Sabía que empezaba a ser urgente volver a respirar con normalidad, pero tenía la impresión de haber olvidado cómo se hacía.

—¿Quieres que volvamos a casa? —preguntó ella.

Sólo fui capaz de asentir.

Sin mediar ni una palabra con nadie, dejé que Dawn me acompañara afuera, donde nos esperaba el aire fresco de las noches de septiembre y por fin pude volver a respirar mientras nos alejábamos de la casa de Spencer y del barullo de la fiesta.

17

Dawn no me dejó sola en toda la noche.

Ya en nuestra habitación, me metió en su cama, cogió su portátil, se acomodó a mi lado y abrió Netflix.

Me decidí sin mucho entusiasmo por la nueva temporada de «Supernatural», aunque la verdad es que no presté mucha atención. Estaba mareada y tenía el estómago revuelto. No me apetecía ni comer el chocolate que Dawn guardaba en las profundidades de su mesilla de noche ni hablar con ella sobre lo que había sucedido. Por suerte, en algún momento Dawn dejó de intentar convencerme de ello.

Al amanecer, por fin se quedó dormida a mi lado. Cerré el portátil e intenté escabullirme de su cama con el máximo sigilo posible. Me puse la chaqueta, pesqué mi mochila y cerré la puerta a mi espalda sin hacer ruido.

Necesitaba aire fresco con urgencia. Y calma, calma y tiempo para ordenar mis pensamientos y reencontrarme conmigo misma.

Era tan temprano que en las calles apenas había actividad.

El sol todavía no había salido del todo, y parecía como si el cielo no consiguiera decidir si quería ser de color rosa o azul marino. Saqué la cámara y eché la cabeza atrás para capturar aquellos colores en una fotografía.

Estuve haciendo fotos durante todo el trayecto desde la residencia de estudiantes hasta mi lugar preferido en Woodshill, el pequeño lago que había en el valle que quedaba frente al Steakhouse. Tenía la carne de gallina y los dedos tan fríos que me costaba manejar la cámara con soltura, pero me alegré de estar ocupada haciendo algo. Creí que sería mejor concentrarme en la belleza que reinaba allí fuera y no en lo que sucedía en mi interior.

Me detuve en un banco del parque que permitía ver el Steakhouse más allá del lago. Doblé las piernas para acercarlas al cuerpo y me las envolví con los brazos. Luego eché la cabeza atrás y respiré hondo. El aire fresco me sentó de maravilla. Sentía la necesidad de absorber de nuevo todas las cosas buenas que la presión me había obligado a expulsar mientras Amanda me soltaba sus reproches.

«La que es puta es puta.»

Las palabras de Amanda seguían resonando en bucle dentro de mi cabeza.

Una y otra vez, oía las burlas que había pronunciado con tanta amargura y su voz se mezclaba con otra, una voz procedente del pasado que llevaba años intentando olvidar.

«Igual que tu madre.»

Tragué saliva con dificultad y agarré el medallón de mi madre con la esperanza de que eso me ayudara a sentirme mejor.

No sabía si ella también pensaría de mí que soy una zorra. Había muerto mucho tiempo antes de que yo hubiera empezado a pensar en los chicos, mucho antes de que hubiéramos podido mantener una conversación al respecto. No sabía gran cosa sobre ella, pero... de todos modos tenía la sensación de conocerla. A partir de los pocos momentos que recordaba haber compartido con ella, de las fotos que Riley solía esconder bajo su cama para que nadie nos las quitara y de lo que nos había contado acerca de ella su mejor amiga, Gloria, que vivía en Renton y al principio nos había alojado a menudo a Riley y a mí cuando la presencia de Melissa nos resultaba insoportable. Gracias a ella sabíamos que a mi madre y a mi padre nunca les había importado lo más mínimo lo que la gente dijera sobre ellos, y que habían elegido vivir a su manera a pesar de las burlas que eso despertaba continuamente en los demás.

Los cuatro habíamos vivido en una casa minúscula, sin televisor, sin ordenador. Pero recuerdo perfectamente lo agradable que era y lo mucho que nos gustaba a Riley y a mí acurrucarnos en el sofá con mamá para escuchar un disco o un CD. Para el resto de las personas de nuestra edad habría sido importante llevar cierta ropa o tener móvil. Riley y yo, en cambio, les suplicábamos que nos llevaran a tiendas de discos, a conciertos o a las fiestas que se montaban después.

Nos traía sin cuidado que nuestros compañeros de la escuela no quisieran saber nada de nosotras sólo porque nuestra madre llevara camisetas de grupos de música como si fueran vestidos y porque nuestro padre montara en moto. La lección más importante que nos enseñaron nuestros padres era que debíamos hacer siempre lo que nos pareciera correcto, sin hacer caso de lo que la gente dijera al respecto. Y así era como Riley y yo habíamos intentado vivir desde pequeñas. Y siempre nos había parecido suficiente.

Por supuesto, sabía que tenía un problema con las relaciones que implicaban cierto nivel de compromiso. No tenía amigas, aparte de Dawn, y ella lo era porque no me había quedado más remedio. Dejaba que los hombres se me acercaran, pero sólo para el sexo. La mera idea de abrirle mi corazón a alguien y contarle mi pasado me provocaba una oleada de pánico.

No necesitaba a nadie.

Al menos, eso creía.

Me puse a pensar en la noche anterior y me di cuenta de que

algo había cambiado. No sabía qué era con exactitud, pero por dentro me sentía distinta. Antes de que Cooper y Amanda hubieran aparecido, me lo había estado pasando bien, con Dawn y con Isaac. Y cuando pensé en lo que había vivido las últimas semanas, me vi obligada a admitir que no era la primera vez que sucedía algo semejante.

Me pregunté qué pasaría si... si fuera distinta. Si no me cerrara en banda y dejara que la gente de mi alrededor se me acercara y participaran en mi vida. La noche anterior, Dawn se había preocupado por mí de un modo conmovedor. Spencer me había defendido delante de todos sus amigos, mientras que Isaac...

Isaac me provocaba algo que merecía claramente más atención por mi parte que la que estaba dedicando a las palabras de Amanda.

¿Podía conseguir lo mismo que Riley había conseguido con Morgan? Ella había sido todavía más fiestera que yo, porque al fin y al cabo no tenía ninguna hermana mayor que se preocupara por ella. Desde que había cumplido los trece se había quedado completamente sola.

Y aun así había logrado ser feliz. Tenía a un hombre que la amaba, amigos en los que podía confiar y un trabajo que se le daba bien y con el que se sentía realizada. Había conseguido un buen lugar para vivir. Si ella había podido cambiar el rumbo de su vida..., quizá yo también sería capaz de lograrlo algún día.

Contemplé la superficie del lago, lisa como un espejo, y tomé una decisión. Con cuidado, me descolgué la cámara del cuello y la dejé encima del banco. Luego me quité la chaqueta, la camiseta y los vaqueros y lo dejé todo allí apilado. En ropa interior, eché a correr hacia el lago.

Di un primer paso en el agua. Aspiré una bocanada de aire sibilante, pero enseguida di otro paso. Joder, qué fría estaba. Un tercer paso. Fría de cojones.

Seguí andando. Bajo los pies notaba la arena, las piedras y las plantas, todo muy resbaladizo, y el frío me subía por las piernas para instalarse en todos los recodos de mi cuerpo. Por un lado me desveló, pero al mismo tiempo me entumeció hasta insensibilizarme. Y eso era bueno.

Seguí andando hasta que el agua me llegó a la cintura y entonces me dejé caer de espaldas.

Al atardecer decidí regresar a la residencia de estudiantes. Había disfrutado mucho en el lago, donde había estado paseando y haciendo fotos.

A mediodía me había comprado un *smoothie* y algo para comer, y luego había continuado paseando, siguiendo algunos de los senderos marcados por el monte. No me importó en absoluto perderme las clases del viernes.

Sólo me había llevado la cámara, y disfruté del hecho de verme envuelta por tanta belleza y de que no hubiera nada capaz de importunarme.

Haciendo fotos sin parar, perdí la noción del tiempo. Cuando regresé a la residencia de estudiantes ya se había puesto el sol y estaba cansada, pero también sentía una calma extraña en mi interior que todavía no había conocido hasta entonces, al menos, que yo recordara.

Llegué con las botas manchadas de barro, por lo que intenté quitármelas con una mano mientras con la otra abría la puerta de la habitación.

Tres pares de ojos se volvieron hacia mí.

Me detuve en seco, todavía medio agachada, y me los quedé mirando.

—¿Estás chiflada o qué te pasa? —masculló Dawn apretando los dientes.

Me incorporé y dejé que mi mirada alternara entre ella, Spencer e Isaac.

—Esto... ¿Me he perdido algo?

Isaac me miró como si fuera una aparición y se me acercó despacio, como si no terminara de creerse mi presencia. Al instante, me abrazó con fuerza. Murmuró algo contra mi pelo, pero no acerté a comprenderlo.

—¿Podríais contarme qué está sucediendo aquí? —pregunté con la cara presionada contra el pecho de Isaac mientras le acariciaba la espalda con torpeza.

Me puso las manos en los hombros y se apartó un poco de mí para dirigirme una mirada de estupefacción.

—¿Tú qué crees? Te has largado de repente. ¡Sin contarle a nadie adónde ibas!

Miré a Dawn y me di cuenta de que tenía la cara enrojecida, igual que los ojos. Junto a ella, Spencer respondió a mi mirada con la mandíbula tensa y negando con la cabeza.

—He estado en... en el lago —expliqué algo intimidada.

Dawn soltó una carcajada exenta de alegría.

—En el lago —repitió.

—Me he marchado de buena mañana, porque quería fotografiar la salida del sol.

Negando con la cabeza, ella se me acercó y también me dio un abrazo. Me estrechó tan fuerte entre sus brazos que me vació los pulmones de repente.

—Me he llevado un susto de muerte cuando me he levantado y he visto que no estabas. Anoche... —empezó a decir, pero se detuvo a media frase, negó con la cabeza, y enseguida levantó un dedo amenazador—. No vuelvas a hacerlo nunca más. Nunca más. ¿Me has entendido?

—Enseguida aviso a Kaden —anunció Spencer antes de salir por la puerta.

—Y yo a Gian —añadió Isaac, siguiéndolo.

—Pero ¿por qué? —pregunté, a pesar de que los dos ya habían salido de la habitación.

—Porque te están buscando —respondió Dawn con un tono mordaz.

Al oírlo, me quedé boquiabierta.

—Esta mañana ya no estabas aquí. Normalmente, siempre nos avisamos, cuando nos marchamos a algún sitio o cuando volvemos, o nos escribimos un mensaje al menos. Ésa era la regla que establecimos. ¡La propusiste tú, por Spencer! Pero tenías el móvil encima del escritorio. Entonces he llamado a Isaac enseguida, y cuando me ha dicho que no te había visto, me ha entrado el pánico y he llamado a los demás. Incluso tu jefe ha ido expresamente al Steakhouse para ver si estabas allí.

—Pero ¿por qué? —repetí completamente atónita.

—¿Por qué siempre preguntas lo mismo? ¡Porque te quiero, so imbécil! ¡Después de lo que ocurrió anoche no puedes largarte sin decir ni una palabra a nadie y encima pretender que no pierda los estribos!

Abrí la boca para responder, pero no fui capaz de pronunciar ni una sola palabra. Simplemente no podía. Desvié los ojos hacia el suelo y noté cómo empezaban a picarme, por lo que parpadeé con ganas. El labio inferior empezó a temblarme.

Dawn dio un paso hacia mí y me tocó la mano. Fue un contacto breve, como si quisiera demostrarme que estaba conmigo, pero sin la más mínima intención de presionarme.

—Aquella vez que yo me marché a Portland, tú también te pusiste furiosa conmigo porque te preocupaste por mí.

Asentí levemente.

—¿Lo ves? Entonces me parece que tampoco es tan difícil comprender que todos nos hayamos preocupado por ti.

Era eso. Dawn no tenía ni idea de lo duro que resultaba para mí. Cuando era adolescente y le contaba a mi tía adónde iba y cuándo regresaría, siempre recibía la misma respuesta: «Me da igual». Incluso en Woodshill, todavía nadie se había interesado por lo que yo pudiera hacer o por si me encontraba bien.

No se me había pasado por la cabeza la posibilidad de que Dawn pudiera preocuparse tanto sólo porque yo hubiera desaparecido un día entero.

—Ayer estabas tan abatida que..., de verdad, he llegado a pensar que...

—Me he llevado a *Frank* —expliqué con un hilo de voz, levantando la mochila.

Dawn soltó un ruido que pretendía ser una carcajada, pero sonó muy distinto.

Al cabo de un momento, llamaron a la puerta.

—Puedes entrar, Isaac —gritó ella.

Isaac abrió la puerta y se la quedó mirando con cara de sorpresa.

—¿Cómo has sabido que era yo? —preguntó.

—Porque Spencer no suele llamar a la puerta antes de entrar —respondió sonrojada de repente.

Las comisuras de mis labios se tensaron hacia arriba.

—Vaya, vaya —solté con la esperanza de relajar un poco los ánimos.

Dawn puso los ojos en blanco, pero respondió con una sonrisa de todos modos.

—Gian llegará enseguida cargado de comida —anunció Isaac levantando el móvil—. Se alegra de que estés bien.

Dawn nos miró a él y a mí alternativamente.

—Voy a ver si encuentro a Spencer —dijo levantando la voz antes de salir apresuradamente.

Isaac se quedó plantado en medio de la habitación, parecía como si no supiera qué hacer con las manos. Primero se las metió en los bolsillos traseros de los vaqueros, luego en los delanteros, a continuación se cruzó de brazos y, al cabo de un segundo, los dejó caer a los lados de nuevo. A esas alturas, esa imagen ya me resultaba de lo más familiar. Me habría gustado decirle que no fuera tan tímido y que simplemente soltara lo que al parecer tanto le ardía en la punta de la lengua.

Sin embargo, en lugar de eso me limité a mirarlo y esperar.

—Menudo susto me has dado —comentó al fin.

Me dejé caer sobre mi cama.

—He estado haciendo fotos —expliqué, puesto que no sabía qué responder a su comentario—. Todo estaba precioso, y el lago es mi lugar preferido, sobre todo cuando...

—¿Piensas ignorar lo que acabo de decir? —me interrumpió dando un paso en mi dirección. Acercó la silla de mi escritorio a la cama y se sentó justo delante de mí—. Estaba preocupado por ti.

¿Qué se suponía que tenía que responder? ¿«Vale»? ¿«Guay»? ¿«Gracias»?

—¿Te trae sin cuidado que nos hayamos pasado el día entero buscándote? —insistió.

Levanté la mirada de inmediato y negué con la cabeza. Los ojos de Isaac recorrieron mi rostro.

—No estoy acostumbrada a esto —susurré al cabo de un rato.

—¿A qué?

Me fijé en las rodillas de Isaac. Su piel blanca asomaba a través de las rasgaduras de los vaqueros, y me entraron ganas de poner la mano encima y tocarla. Simplemente tocarla.

—¿A qué no estás acostumbrada? —insistió.

Me encogí de hombros.

—A que alguien se preocupe por mí.

Él exhaló de forma audible. Y luego aspiró una bocanada de

aire. Era evidente que estaba a punto de decir algo para lo que necesitaba armarse de valor.

—Dawn se ha preocupado una barbaridad. Y Spencer también. Gian ha salido desbocado en cuanto le he dicho que no te encontrábamos. Y yo..., joder, Sawyer, me daba mucho miedo que te hubiera ocurrido algo malo.

Sus palabras me obligaron a levantar la cabeza, pero me resultó imposible interpretar la expresión de su rostro. Tenía la mirada ensombrecida, pero dulce al mismo tiempo. Estaba bastante segura de que en esos instantes ni siquiera él mismo sabía si tenía más ganas de abrazarme o de sacudirme.

—Por favor, no te enfades conmigo —supliqué.

Isaac soltó un suspiro de frustración.

—No estoy enfadado. Joder, Sawyer, no lo estoy.

—Pues lo pareces.

A continuación, se quedó callado. Durante todo el día había estado disfrutando del silencio, del hecho de no tener que oír a nadie. En esos instantes, sin embargo, ese mismo silencio me resultaba casi insoportable.

En algún momento, Isaac clavó la mirada en sus manos.

—Si lo parezco es porque...

—¿Por qué? —pregunté en voz baja.

—Porque me parece que realmente te crees lo que Amanda dijo de ti anoche. Y no quiero que lo creas.

Tragué saliva con dificultad.

—¿Por qué no?

Él negó con la cabeza antes de explicarse.

—Porque todo lo que he recibido de ti han sido cosas buenas, y no precisamente pocas. Y quiero que lo que tú recibas sea también todo bueno. Es lo que te mereces.

Esas palabras recompusieron de nuevo lo que la noche anterior se había roto en mi interior. Pieza a pieza.

Isaac me había dicho que siempre soltaba las palabras más adecuadas en cada momento, que era su Yoda personal. Me di cuenta de que hasta entonces no había comprendido lo que había querido decir.

—Siento haberos preocupado tanto —susurré al cabo de un rato.

—La próxima vez sólo tienes que contarle a alguien que necesitas tiempo para estar sola. Así Dawn no perderá los nervios. Y yo tampoco.

Me mordí el labio inferior.

—No sabía que saldría corriendo a colgar carteles con mi cara y que mandaría a un regimiento entero para buscarme.

—Estamos hablando de Dawn —dijo él sonriendo—. ¿Al menos te ha sentado bien? Lo de pasar el día fuera, quiero decir.

Me encogí de hombros.

—Un poco sí. Aquí dentro se me habría caído el techo encima.

—Sé lo que quieres decir. Cada vez que se me tuercen las cosas necesito volver a la granja. Trabajando en el campo, siempre se me acaba aclarando la cabeza. A veces incluso salgo a cabalgar. Ah, o juego unas rondas de póquer con mi abuelo.

—Mira por dónde, yo no tenía el caballo a punto —respondí con sequedad. Como tampoco tenía un abuelo, ni una casa paterna en la que poder retirarme del mundo, pero todo eso me lo quedé para mí.

—Bueno, no pasa nada, te dejaré el mío con mucho gusto.

Arrugué la frente.

—¿Qué? ¿Tu caballo?

Asintió.

—Y también a mi abuelo, si lo necesitas. Y un buen trozo de terreno, para que puedas disfrutar de lo lindo.

Me lo quedé mirando boquiabierta. ¿De qué diablos me estaba hablando?

—Se suponía que era una invitación indirecta —prosiguió apoyándose en la silla hacia delante para acercarse más a mí—. Mañana es el cumpleaños de mi abuelo. Volveré a casa y me gustaría mucho que me acompañaras.

—¿Quieres que te acompañe? ¿Que vaya contigo a casa de tus padres? —pregunté con incredulidad.

La sonrisa de Isaac revelaba timidez, pero también un entusiasmo contenido. Por unos instantes estuve a punto de perderme en sus ojos entre verdes y marrones.

—Considéralo una excursión por carretera. Para salir un poco de aquí. Por supuesto, sólo si no tenías previsto hacer nada más.

Parpadeé e intenté descubrir si me estaba tomando el pelo.

—Nunca he estado en una granja —grazné.

Isaac no paraba de sonreír.

—Te molará, créeme.

Por segunda vez esa misma noche, me quedé sin palabras. Él empezó a contarme cosas sobre la granja de sus padres mientras yo me miraba las manos fijamente, raspándome el esmalte de las uñas e intentando procesar todo lo que había sucedido.

Y así estuvimos sentados, hasta que Dawn y Spencer regresaron acompañados por Gian y un cargamento de comida del restaurante italiano.

18

El sendero de acceso a la granja de la familia de Isaac era más largo que cualquiera de las calles principales de Woodshill. Al menos, eso me pareció a mí. Aunque también podía ser debido a los nervios.

Estuvimos conduciendo una media hora hasta que llegamos a un sendero de cascotes que se abría entre dos gigantescos campos de maíz. El coche de Isaac era viejo y destartalado, no tenía ni aire acondicionado ni un equipo de música en condiciones, pero no me importó en absoluto. Saqué el brazo por la ventanilla y lo dejé colgando para disfrutar del viento en contacto con mis dedos.

Sin embargo, no conseguí evitar aquella sensación extraña que se había apoderado de mi estómago. Al contrario, cada vez se volvía más y más intensa, a medida que nos acercábamos a la granja. Estaba a punto de conocer a la familia de Isaac y no tenía ni idea de lo que eso implicaba. Con la excepción del padre de Dawn, que de vez en cuando pasaba por la residencia, nunca había conocido a la familia de nadie. ¿Cómo se suponía que tenía que comportarme? ¿Qué se esperaba que dijera? ¿Y qué era mejor no decir? ¿Llevaba la ropa adecuada?

Me miré las piernas. La camisa negra que llevaba puesta sólo era unos pocos centímetros más corta de lo que habría sido adecuado, de eso sí estaba segura. Y las medias por encima de la rodilla, en combinación con las botas, no es que aportaran mucha elegancia al conjunto, que digamos. Me habría gustado pedirle a Isaac que diera media vuelta, pero justo en ese instante acabábamos de pasar por delante de un rótulo verde que nos indicó que habíamos entrado en la Granja de los Grant.

Dios. No tenía ni la más remota idea sobre agricultura. Debería haberme informado un poco antes, leerme algún libro de la biblioteca sobre el tema o, al menos, buscar las cosas más básicas en internet.

De repente, me volví hacia él.

—No tengo ni idea de agricultura.

Me lanzó una mirada de reojo.

—¿Y qué?

—¿Qué ocurrirá si tus padres deciden ponerse a hablar sobre, yo qué sé, la cosecha del maíz y me preguntan qué opino?

—Pues sólo tienes que responder: «El objetivo de la agricultura no es la producción de maíz, sino la optimización y la civilización del ser humano, por lo que valoro mucho vuestra profesión y el trabajo que hacéis».

—Primero —empecé a decir con las cejas enarcadas—, no me tomes el pelo. Y segundo..., yo jamás soltaría una frase tan ampulosa.

Las comisuras de sus labios revelaron el atisbo de una sonrisa reprimida.

—Lástima. Habría sido muy divertido.

—Sí, divertidísimo —refunfuñé volviendo la mirada de nuevo hacia fuera.

¿Y si no les caía bien? No era precisamente una de esas mujeres que pueden presentarse con orgullo. Todavía recordaba con demasiada claridad la época de la escuela, en la que las madres de mis compañeros de clase me consideraban una mala influencia para sus hijos y les prohibían que se relacionaran conmigo.

Noté cómo una presión insoportable se iba instalando en mi pecho.

¿Qué pasaría si a la familia de Isaac les parecía tan horrible que decidían mantenerme alejada de sus hijos? ¿Y si...?

—Por la cara que pones, cualquiera diría que te estoy llevando al matadero —soltó él interrumpiendo mis pensamientos.

Estaba a punto de responderle cuando, de pronto, los campos que se extendían a ambos lados del camino se terminaron y apareció una granja frente a nosotros.

Guau.

Todo era realmente... enorme.

Delante de la casa, que quedaba atravesada en una parcela de terreno, había una explanada con el pavimento de granito y un parterre con césped en el que crecía una variedad increíble de plantas y árboles que, a pesar de que estábamos en pleno otoño, habían conservado un vistoso color verde y sólo revelaban algún punto rojizo, amarillento o parduzco.

Pero no sólo la explanada era gigantesca, sino también la casa que se extendía detrás. Y me pareció más grande todavía a medida que nos acercábamos a ella. Contemplé la fachada de color claro y tuve que levantar una mano a modo de visera para protegerme los ojos del sol.

Era una casa de dos plantas. Un par de escalones permitían acceder a la veranda, sobre la que se abría una puerta de color verde oscuro con lamparitas suspendidas a ambos lados. La casa entera estaba rodeada por un patio de grava en el que crecían un montón de arbustos.

En la parte trasera había un granero de color rojo oscuro en forma de «L», unos metros más allá había otro, y detrás de todo divisé un establo. Justo enfrente de la casa, entre los árboles, había un columpio y un trepador bajo los que se acumulaban juguetes de todo tipo, tirados de cualquier manera por el suelo.

Además de todo eso, también había una caseta de perro. Una puta caseta de perro. Como las de las casas horteras que aparecen en los anuncios de la tele.

Ni siquiera me di cuenta de que Isaac había parado el motor del coche hasta que abrió la puerta. Me desabroché el cinturón a toda prisa y me apeé. El aire estaba impregnado de un olor extraño: rural, y todavía más fresco que el de Woodshill.

Isaac estaba a punto de sacar del maletero el regalo que llevábamos para su abuelo cuando de repente se oyeron unos sonoros ladridos. Me volví hacia la caseta del perro y me quedé de piedra.

Un labrador negro gigantesco salió de ella y, nada más vernos, soltó otro ladrido y echó a correr. Dejé escapar un chillido, di un paso atrás y me refugié entre Isaac y el coche.

Él se agachó riendo y saludó al perro acariciándole la cabeza y el hocico.

—*Vader*, ésta es Sawyer. Trátala con cariño —dijo sin cambiar el tono, como si estuviera hablando con una persona.

A continuación se volvió y me miró por encima del hombro.

—Sawyer, éste es *Vader*. Trátalo con cariño.

Negando con la cabeza, me agaché junto a él para extender una mano hacia *Vader*. El perro me olisqueó con escepticismo. Al cabo de un momento, se me acercó y saltó encima de mí. Aterricé de espaldas en el suelo, intentando evitar con los brazos extendidos que me lavara la cara con la lengua, pero cualquier intento fue vano ante el tremendo entusiasmo que demostró el perro.

Isaac soltó una carcajada.

—Te estás pasando de cariñoso, *Vader*. Vamos, apártate.

Dicho esto, chasqueó los dedos y *Vader* dejó de insistir de inmediato. Isaac me tendió una mano, me ayudó a levantarme y me quitó unas briznas de hierba que se me habían quedado pegadas en el pelo mientras yo intentaba limpiarme la saliva que el perro me había dejado en las mejillas.

—Bueno, parece ser que le has caído bien, ¿no crees?

—Si llenarme la cara de babas es su manera de expresar que le caigo bien, entonces sí.

—Sin duda.

De acuerdo. Primera presentación superada, y con éxito, además. Sólo faltaba el resto de la familia, aunque estaba segura de que sería muy distinto.

—Ven —me indicó Isaac, y con la caja del regalo en la mano tomó la delantera hacia la puerta. Antes incluso de plantarnos delante de ella, alguien la abrió de par en par desde dentro.

Una niña diminuta salió corriendo al porche. Tenía el pelo rizado, de color castaño claro, y llevaba unas medias de rayas amarillas y blancas en combinación con un vestido verde. Antes incluso de que yo pudiera verla bien, se lanzó con un aullido de alegría a los brazos de Isaac. Éste la agarró con la mano libre y empezó a hacerla girar entre carcajadas.

Luego la abrazó de lado contra su cuerpo y me pasó la caja del regalo para poder terminar de envolverla también con el otro brazo.

—Ivy, ésta es Sawyer —anunció asintiendo en mi dirección.

La niña titubeó un poco antes de dirigir sus grandes ojos marrones hacia mí. Luego se volvió de nuevo y hundió la cara en el cuello de Isaac. Él se me quedó mirando y articuló la palabra «tímida» sin llegar a pronunciarla.

Sonreí. Al parecer, la timidez no era una particularidad exclusiva de Isaac, sino más bien un rasgo característico de los Grant.

Con Ivy en brazos, entró en la casa. La niña me lanzó una

mirada de escepticismo por encima del hombro de su hermano y yo le respondí con una mueca con la esperanza de que le pareciera divertida y no temible. Ivy soltó una risita ahogada frente al cuello de Isaac que se notó sobre todo en la manera en que le rebotaban los tirabuzones. Por dentro, solté un grito triunfal.

Cuando crucé el umbral de la puerta, me llegó enseguida un aroma cálido a madera que era casi una versión aumentada de ese olor con el que tanto identificaba a Isaac. De inmediato me sentí mejor.

El pasillo de entrada era amplio y largo. A la izquierda había un guardarropa de madera empotrado en la pared, con las puertas lacadas en blanco, del que colgaban un montón de chaquetas de todos los tamaños posibles. El suelo estaba formado por losas de piedra oscura, y encima de éstas había dos estrechos felpudos rectangulares. Isaac se dirigió directamente hacia la puerta que estaba al fondo del pasillo. Me apresuré a seguirlo, y enseguida empecé a oír un murmullo de voces y el tintineo de platos y cubiertos.

Por un momento sentí el impulso de dejar el regalo en el suelo para dar media vuelta y salir corriendo de allí.

Sin embargo, en lugar de eso, tomé una buena bocanada de aire, conté hasta tres y seguí a Isaac, que cruzó la sala de estar con determinación, todavía llevando en brazos a Ivy, y siguió hasta la puerta abierta que daba a la terraza y al jardín. Al pasar pude fijarme en aquella estancia bien iluminada, en sus paredes blancas, el suelo de toscas tablas de madera y las enormes vigas que cruzaban el techo de un lado a otro. Los muebles de la sala de estar y del comedor eran de color marrón oscuro, y la única pieza que destacaba era el piano que tenían en el lado derecho, porque era de madera clara.

Me habría encantado seguir curioseando con calma, pero Isaac ya había salido al jardín y no me quedó más remedio que acelerar el paso para no quedarme atrás.

Salí justo en el instante en que las personas que estaban fuera vieron a Isaac. Sonaron varios gritos de alegría y hubo mucho movimiento para salir a recibirlo.

No tenía ni idea de que Isaac tuviera unos reflejos tan buenos. Contemplé con fascinación cómo demostró ser capaz de atrapar a otra niña que salió a su encuentro sin soltar a la primera en ningún momento. La segunda, que supuse que se trataba de su hermana Ariel, era bastante mayor y consiguió desequilibrarlo hasta el punto de obligarlo a dar un par de pasos tambaleantes hacia atrás.

Mucha gente de golpe. Y eso sin tener en cuenta a las personas que estaban sentadas a la mesa, larga y muy bien provista, o las que estaban congregadas alrededor de la barbacoa.

Me quedé de piedra y por unos instantes me sentí superada. Miré a mi alrededor, buscando con los ojos la ayuda de Isaac. Quedó clarísimo que él no se sentía ni mucho menos como yo. Todo en él irradiaba alegría, júbilo. Y su risa..., no lo había visto jamás de ese modo. Hasta entonces.

Dejó a Ariel de nuevo en el suelo y ésta se me acercó sin dudarlo ni un instante. Por suerte, ya le había crecido el pelo de nuevo, y además lo tenía un poco más bonito de lo que me había parecido en la fotografía que Isaac me había mandado. Me dedicó una sonrisa a la que le faltaban los incisivos.

—Tú eres Sawyer —anunció ceceando la ese de mi nombre.

—Y tú, Ariel —respondí.

Su sonrisa se volvió todavía más amplia y me quedé fascinada contemplando sus encías, tanto que no me di cuenta de que me había agarrado la mano hasta que fue demasiado tarde y ya empezaba a tirar de mí para que me acercara a la mesa del jardín. Isaac, que a esas alturas ya llevaba a Ivy a caballito, procedió a abrazar una por una a la veintena de personas que había allí congregadas.

—¡Mirad! ¡Realmente ha traído a Sawyer! —exclamó Ariel con entusiasmo.

De repente se me vino encima una verdadera oleada de «Encantados de conocerte», «Hemos oído hablar mucho de ti», «Como si estuvieras en tu casa» y «Espero que hayas venido con hambre». Con eso no había contado. Ni con la cantidad de gente que llegaba a haber allí entre amigos, tías, tíos, primos, primas e incluso vecinos, ni con aquel recibimiento tan cálido y hospitalario. Isaac me presentó a todas las personas, una por una. Algunas me estrecharon la mano y otras me abrazaron directamente. Sólo me quedaba la esperanza de que no se me notara lo abrumada que me sentía. Por un lado no sabía qué responder a todas las palabras cariñosas que me dedicaban, pero es que además se me formó un nudo en la garganta que me impidió hablar durante un buen rato.

En algún momento, después de que casi todos los que estaban sentados alrededor de la mesa hubieran terminado de saludarme, Isaac me puso una mano en la espalda y me empujó ligeramente para acompañarme hasta un anciano robusto, de pelo blanco y barba gris que lucía una corona de cartón en la cabeza. Tenía el rostro surcado por profundas arrugas, si bien la mayoría parecían marcas de expresión. Sus cejas eran muy pobladas, y del mismo color gris que la barba, mientras que sus ojos eran de un color indeterminado, aunque su brillo me reveló de inmediato que ese hombre tenía que ser el abuelo de Isaac.

—Muchas felicidades en tu setenta cumpleaños, abuelo —le deseó Isaac mientras le daba un abrazo largo y sentido.

Cuanto más me fijaba en Theodore Grant, más claro veía el parecido entre Isaac y su abuelo. Y no sólo me refiero a lo mucho que se parecían las expresiones de sus rostros, sino también a la ropa que llevaba puesta. Iba vestido con una camisa de color verde menta, unos tirantes azules y una pajarita a juego, con lunares muy pequeños, una combinación que estaba absolutamente segura de haberle visto en alguna ocasión a Isaac.

A pesar de la pajarita y de la corona de cartón, aquel anciano infundía mucho respeto. Era un hombre que ya había visto muchas cosas y que no se dejaba impresionar con facilidad. Se sentaba con la espalda muy erguida, y de no haber sido por ese brillo de genuina felicidad que tenía en los ojos, seguramente me habría infundido temor.

Cuando Isaac por fin deshizo el abrazo, dio un paso a un lado, se volvió hacia mí y tragó saliva.

Yo estaba tan nerviosa que me notaba los latidos del corazón en el pecho y las manos frías como el hielo.

¿Por qué no había dado media vuelta y había regresado corriendo a esconderme dentro del coche? Sabía perfectamente que no se me daba nada bien eso de conocer a gente y dar una buena primera impresión. Sobre todo si se trataba de personas por las que deseaba ser aceptada y ante las que quería quedar bien. ¿Charlar sobre cualquier cosa en fiestas para ligarme a alguien? Ningún problema. ¿Dirigir cuatro palabras al abuelo de Isaac, sabiendo lo importante que era para él? Ni rastro de la serenidad que tanto me caracterizaba.

No me salía ni una sola palabra, por lo que me limité a tenderle el regalo que le habíamos traído sin decir nada.

—Abuelo, ésta es Sawyer. Ya te he hablado de ella —me presentó Isaac, a mi lado.

Su abuelo aceptó el regalo, lo dejó encima de la mesa y me dio la mano.

—Me alegro de conocerte —dijo, y por un instante añadió la otra mano al apretón para posarla encima de la mía.

—Yo también me alegro, señor Grant —grazné—. *Happy Birthday.*

Tenía el rostro tenso y los dedos agarrotados, seguro que la primera impresión que se llevó de mí fue fantástica. Al menos me esforcé para no parecer demasiado aliviada cuando me soltó de nuevo.

Él sacudió la mano en el aire.

—Llámame Theodore.

—¿Su segundo nombre no será Isaac, por casualidad?

Las palabras todavía no habían terminado de salir de mi boca cuando empecé a preguntarme qué demonios me ocurriría para soltar semejante chorrada. ¿Qué clase de pregunta era ésa?

A mi lado, Isaac intentó reprimir una carcajada. Sin demasiado éxito, por cierto. De inmediato deseé que se abriera una grieta en el suelo y se me tragara la tierra.

Sin embargo, no me pareció que Theodore considerara que la pregunta fuera extraña, aunque tal vez supo disimularlo. Negó con la cabeza antes de responder.

—No, mi segundo nombre es Malcolm —me informó con seriedad.

Forcé una sonrisa. Era la conversación más difícil e incómoda que había tenido en toda mi vida. Para colmo, en ese mismo instante me di cuenta de que media mesa estaba pendiente de nosotros.

Allí había mucha gente. Mucha gente a la que no conocía. Mucha gente que no me conocía, pero que en cambio conocían a Isaac de toda la vida. ¿Qué ocurriría si yo les parecía horrible y llegaban a la conclusión de que Isaac era demasiado bueno para mí?

Me llevé un sobresalto cuando una de las niñas soltó un chillido de repente y justo después otro.

Noté que alguien me agarraba de la mano. Al principio pensé que sería Isaac, pero luego vi que Theodore asentía en dirección a una silla libre que estaba al lado de la suya.

—Siéntate —me invitó.

Agradecida, obedecí a su petición y ocupé la silla vacía.

Isaac se inclinó por encima de mí, cubriendo mi cuerpo con su sombra.

—¿Te apetece beber algo? —me preguntó en voz baja.

Asentí.

—¿Quieres pastel? —añadió.

Asentí de nuevo, a pesar de estar completamente segura de que no sería capaz de tragar ni un solo bocado. Además, no quería que Isaac me dejara sola ni un instante. Al fin y al cabo, acababa de demostrar con creces que no estaba en condiciones de mantener una conversación normal y corriente.

—Voy a ver qué tenemos por ahí —anunció antes de dirigirse a su abuelo de nuevo—. ¿Eliza ya ha llegado? —preguntó.

Theodore negó con la cabeza, agarrándose la corona con una mano para que no se le cayera.

—Todavía no. Su vuelo salía con retraso, aunque nos ha asegurado que llegaría esta noche.

Isaac no parecía especialmente encantado, pero asintió de todos modos.

—De acuerdo.

—Ya puestos, podrías saludar también a los demás.

Al oír esas palabras, la mirada de Isaac se volvió más sombría. Abrió la boca para replicar algo, pero su abuelo lo interrumpió.

—Hazlo por mí, Isaac —le pidió.

Su nieto expulsó el aire que había estado aguantando de forma sonora. Me di cuenta con toda claridad de lo tenso que se había puesto de repente. Los músculos de la mandíbula le sobresalían cada vez que volvía la cabeza hacia un lado, y su mirada recayó sobre el grupo de hombres que estaban congregados alrededor de la barbacoa.

—Vuelvo enseguida —prometió.

Observé cómo cruzaba el parterre de césped y se situaba junto al grupo. Incluso desde lejos, el parecido que guardaba con uno de ellos resultaba innegable. Tenía que ser el padre de Isaac, porque no reaccionó cuando éste le dijo algo, ni tampoco se volvió hacia él. En lugar de eso, mantuvo la posición original y la mirada al frente con obstinación.

En algún momento, Isaac se encogió de hombros y siguió con lo suyo, aunque con una expresión furiosa instalada en el rostro. El padre de Isaac le dio la vuelta a otro bistec como si nada hubiera ocurrido.

—Mi nieto me ha hablado mucho sobre ti.

Me volví hacia Theodore y vi que seguía a Isaac con la mirada mientras éste se acercaba al opíparo bufet que había junto a la casa para llenar dos platos con pastel.

—¿De verdad? —pregunté intentando no parecer demasiado tensa, y a duras penas conseguí esbozar una sonrisa. Notaba la cara como si la tuviera conectada a un cable de alta tensión. Seguramente parecía una psicópata, pero en cualquier caso Theodore no demostró haberse dado cuenta.

—Isaac viene casi cada fin de semana y siempre conseguimos arrancarle todas las novedades, lo quiera o no. Si mal no recuerdo, últimamente pasáis mucho tiempo juntos, ¿no es así?

Me las arreglé para asentir y, al ver que seguía mirándome con paciencia, incluso conseguí responder algo mínimamente razonable.

—Isaac me está ayudando con mi proyecto final, y además trabajamos juntos en el Steakhouse. Somos... amigos.

La palabra me dejó una sensación extraña en los labios, a pesar de creer realmente lo que acababa de contar.

—A él siempre le ha costado mucho hacer amigos. Por eso me alegro tanto de que en la universidad haya encontrado a alguien que lo haya acogido tan bien.

No supe qué responder a eso, por lo que me limité a juguetear con la cremallera de mi bolso.

—Además, me ha contado que lo ayudaste a encontrar un nuevo empleo —prosiguió.

Asentí poco a poco.

—Teníamos una plaza libre en el Steakhouse y él encajó a la perfección.

—Una feliz coincidencia. Sé que tiene muy buena mano con los ordenadores, pero ya le había dicho muchas veces que tenía que buscar otra cosa. Estoy realmente contento de que ya no tenga que seguir trabajando a las órdenes de ese tipo tan horrible. Por cierto, que en mi opinión Isaac no debería trabajar tanto.

—No le gustaría que lo mantuvieran —solté antes de poder reprimirme. Levanté la cabeza asustada, pero la mirada de Theodore seguía siendo amable, casi incluso afable. Irradiaba una calma tan apacible que al cabo de poco rato consiguió que me relajara un poco y me sintiera algo mejor.

—Parece ser que habláis de muchas cosas.

—A veces —respondí algo evasiva.

—Eso está bien —prosiguió Theodore—. Cuando se marchó, el año pasado, tuve la sensación de que las cosas no le irían muy bien.

Pensé que no era correcto comentar la clase de cosas que Isaac me había confiado con su abuelo, aunque sabía lo estrecha que era la relación que los unía.

—Pues yo lo veo feliz —comenté.

En el rostro de Theodore apareció una sonrisa radiante.

—Me alegro de que mi nieto te haya traído a mi casa, Sawyer.

Respondí a su sonrisa, y esta vez no tuve que forzarla ni me pareció tensa en absoluto.

—Yo también —convine.

A continuación, Theodore empezó a preguntarme cosas sobre mis fotografías y la conversación se desvió de un modo que agradecí, porque evitó temas delicados y me situó en un terreno en el que me sentía mucho más segura.

A lo largo de la tarde me fui soltando poco a poco. Entretanto, Isaac me había traído limonada y un pedazo de la mejor tarta de limón que he probado en mi vida. Debía de parecer tan encantada al probarla que él se divirtió contemplando cómo pescaba hasta la última migaja del plato, para después presentarme con orgullo a su abuela, que era quien la había preparado.

Poco después me dejó sola con los dos para ir a saludar a una pareja que acababa de salir al jardín por la puerta de la terraza. Me pareció bien, porque al fin y al cabo Mary era igual de cariñosa que su marido, y los dos intentaron que me sintiera bien recibida y cómoda en su presencia. De hecho, me transmitieron en todo momento la sensación de que se alegraban de tenerme allí con ellos.

La abuela de Isaac me sirvió otro trozo de tarta y me contó cómo había conocido a Theodore cincuenta y cinco años atrás. Mary se había criado en la ciudad, en el seno de una familia influyente y acomodada. Digamos que a su padre no lo emocionó especialmente que su única hija se hubiera enamorado de un granjero, pero el amor que sentía por Theodore era tan intenso que ni por un momento se planteó la posibilidad de separarse de él.

Estuve escuchando absorta cómo Theodore y Mary me contaban que ella tuvo que acostumbrarse al trabajo en la granja y lo duro que resultó en ocasiones, sobre todo cuando la familia amenazaba con disgregarse.

—Pero los Grant siempre se mantienen unidos, pase lo que pase —sentenció Theodore con énfasis, y se me puso la carne de gallina al ver que se agarraban de la mano y se miraban sonriendo, él todavía con la corona de cartón en la cabeza.

De repente se me hizo un nudo en la garganta y tuve que desviar la mirada.

A esas alturas ya eran más de treinta las personas congregadas en el jardín. Se sentaban con nosotros a la mesa o charlaban de pie en pequeños grupos junto a la barbacoa o cerca del bufet. Un poco más allá, los niños no paraban de jugar y de reír.

En esos instantes, la sensación que me invadió fue irreal, extraña. Había un montón de gente contenta, todos se caían bien y se preocupaban por los demás.

Durante el trayecto, Isaac me había contado que no sólo invitaban a la familia, sino que siempre acudían también trabajadores de la granja, los vecinos e incluso compañeros de clase de Ariel. Me había dicho que la casa siempre estaba llena de vida y que lo más normal era que constantemente hubiera ruido y actividad.

Theodore y Mary habían conseguido crear un verdadero hogar al que Isaac siempre podía regresar si necesitaba ayuda o si se sentía solo. En esos momentos comprendí lo que significaban realmente sus palabras.

El nudo que había surgido en mi garganta creció todavía más. Antes de conocer a Isaac, me resultaba más sencillo reprimir mis sentimientos. No sentir nada. Sin embargo, desde hacía un tiempo, era como si esa táctica ya no funcionara. Me levanté de repente.

—¿Les parece bien si hago unas cuantas fotografías de la fiesta? —pregunté al ver que Theodore y Mary se me quedaban mirando con cara de sorpresa.

Accedieron encantados, por lo que fui enseguida a buscar la mochila en la que guardaba a *Frank*.

Como siempre que tenía la cámara en la mano, de inmediato

me sentí mejor. Si podía contemplar lo que sucedía a través de la lente, tenía que concentrarme en el ángulo del enfoque, los brillos y el formato, en lugar de fijarme en los sentimientos que desencadenaba en mí la contemplación de la familia de Isaac.

Después de hacer una fotografía de Theodore y Mary mirándose como si fueran dos enamorados que acabaran de conocerse, eché un vistazo a mi alrededor, abarcando toda la finca. Al final me decidí por los hermanos de Isaac, que estaban jugando con otros niños y se desplazaban tan deprisa de un sitio a otro que la mayoría de las fotografías quedaron movidas.

Me estaba planteando si valía la pena utilizar otro objetivo cuando una de las niñas chocó contra mi pierna con bastante impulso. Perdí el equilibrio y caí al suelo con la mano que sostenía la cámara levantada en el aire. Por suerte, el césped era mullido y amortiguó un poco la caída.

Todos los niños se me quedaron mirando petrificados y con los ojos muy abiertos.

Luché por incorporarme hasta quedar sentada y me los quedé mirando yo también a ellos. No fue hasta que vi cómo le temblaba el labio inferior a la niña que había chocado conmigo cuando me di cuenta de lo mucho que temían mi reacción. Por eso intenté forzar la expresión más afable posible.

—No pasa nada —anuncié agitando la mano en su dirección—. Continuad con lo vuestro.

Salieron corriendo enseguida, probablemente pensando que sería mejor alejarse de mí lo más rápido posible.

Ariel fue la única que se me acercó.

—¿Puedo ver alguna foto? —preguntó señalando la cámara.

—Claro que sí —respondí. Me arrodillé a su lado para poder revisar las últimas fotografías juntas.

—No hay ninguna en la que salga Zac —dijo ella al cabo de un rato.

—¿Zac? —pregunté desconcertada. Ese día había conocido a un montón de gente. Eran Theodore, Peter, John, Chris, Paul y Jeff..., pero ¿Zac?

Ariel enarcó las cejas y, al ver que no cambiaba mi expresión interrogante, se rio.

—Bueno, Isaac.

—Ah... —respondí. El caso era que nunca se me habría ocurrido llamar «Zac» a Isaac.

—¿Y bien? —preguntó mirándome con mucha expectación—. Creía que le estabas haciendo fotos a él, y no a nosotros.

Clavé la mirada en mi cámara. Esa niña parecía tener un don especial para sacar temas delicados, era como si fuera una experta metiendo el dedo allí donde más dolía. Enseguida apareció la voz de Robyn dentro de mi cabeza, comentando que las fotografías que había hecho no eran lo suficientemente buenas. Que no parecían auténticas y que no le transmitían ninguna emoción. Todavía no le había contado a Isaac nada de todo eso, y gracias a su hermana fui consciente de que no podía seguir posponiéndolo.

—¿Sabes qué pasa? Que tengo medio disco duro del ordenador lleno de fotografías de tu hermano —respondí con cierto retraso.

—¡Ja! Veo que lo estás aprovechando, pues —exclamó la voz de Isaac a mi espalda.

Eché la cabeza atrás y lo miré desde abajo.

Una vez más, llevaba a Ivy en brazos, como si fuera lo más normal del mundo. De ese modo estaba muy mono, y en cierta manera resultaba incluso sexy.

Me aclaré la garganta.

—También hago copias de seguridad a diario.

—Me encanta oír eso —repuso Isaac con una sonrisa.

Ariel me dio unos puñetazos juguetones en el brazo.

—¡Enséñale la foto que me has hecho!

Era evidente que Ariel no había heredado el gen de timidez de los Grant. Con sólo pensarlo, no pude evitar sonreír. Busqué la fotografía, una de las pocas que no habían quedado borrosas, y se la mostré a Isaac. Él se inclinó sobre la pantalla y la protegió del sol con una mano a modo de visera. En la imagen, Ariel posaba como una modelo, lanzándole un beso al aire a la cámara.

—Muy bonita. Claramente más bonita que la foto que yo te enseñé de ella —comentó Isaac.

—Sí, ¿verdad? Creo que es... —empezó a decir Ariel, aunque se detuvo en seco, levantó la cabeza para mirar a su hermano con perplejidad y luego soltó un gruñido—: ¡¿No lo dirás en serio, Zac?!

—¿A qué te refieres? —preguntó él con una expresión de inocencia.

Ariel entornó los ojos.

—¿Le mandaste la foto?

—Es posible.

—¿Por qué tienes que estar siempre riéndote de mí? —gimió desesperada.

—Soy el peor hermano del mundo, ya lo sé. Lo siento.

—No lo sientes. Te da igual, cabrón.

—¡Cabrón! —exclamó Ivy como si quisiera demostrar su retentiva.

—Ariel —siseó Isaac mientras intentaba taparle los oídos a la pequeña, a pesar de que ya era demasiado tarde.

—Cabrón —repitió Ivy con alegría mientras balanceaba las piernas.

—¡Es culpa tuya! —lo acusó Ariel, señalando a Isaac con el dedo índice. Dicho esto, dio media vuelta y salió corriendo hacia su madre, que estaba sentada a la mesa.

Isaac soltó un suspiro.

—No le des más vueltas —le aconsejé para intentar animarlo—. Tarde o temprano Ivy habría terminado aprendiendo ese taco. Ahora será la primera niña de dos años que conoce esa palabrota.

Me levanté y me quité unas cuantas briznas de hierba de las piernas.

De repente, Isaac se echó a reír. Me lo quedé mirando estupefacta.

—¿Qué pasa?

—¿Qué te han hecho mis hermanos? —preguntó dando un paso hacia mí. Levantó una mano hasta mi pelo y me quitó algo que se me debía de haber quedado pegado—. Tienes hierba por todas partes. Y hojas secas. Pareces una de esas hadas que representan las estaciones, las de los cuadernos de Ariel. De hecho, sólo te falta un vestido de pétalos de flor.

Me sacudí el pelo y vi cómo caían unas cuantas hojas más. Ivy soltó un chillido, estiró una de sus diminutas manos hacia mí y, en cuanto pudo agarrarme un mechón, le pegó un buen tirón. Sólo en el último instante conseguí reprimir un «¡Joder!» y morderme el labio para evitar soltarlo.

—Le haces daño, Ivy. Tienes que ser más suave —le indicó Isaac con un tono de voz cálido mientras la obligaba a abrir los deditos de nuevo con ternura—. Mira, así —añadió antes de empezar a pasarme la mano por el pelo, todo un placer, después del tirón que me había pegado Ivy.

Isaac repitió el movimiento, aunque la segunda vez me peinó con los dedos, cuyas yemas se deslizaron suavemente por encima de mi cuero cabelludo.

Se me erizó la piel del cuerpo entero y fui incapaz de reprimir un suspiro que salió solo.

Isaac me miró con sorpresa, parpadeando, pero no dijo

nada. En lugar de eso, le agarró la manita a Ivy y la ayudó a repetir el mismo gesto sobre mi pelo.

—Así —balbuceó la niña.

—Exacto, así —susurró él.

Tragué saliva con dificultad, incapaz de hacer otra cosa que mirar fijamente a Isaac.

La manera que tenía de relacionarse con su familia era conmovedora y de lo más auténtica. Yo no sabía qué me estaba sucediendo, pero en ese preciso instante habría hecho cualquier cosa para que no parara de tocarme. Deseaba que siguiera acariciándome la cabeza, que me abrazara con fuerza y me hablara con aquel tono de voz tan tranquilizador.

Dios, ¿qué me estaba ocurriendo?

Me apresuré a retroceder un paso. Al ver que Ivy e Isaac se me quedaban mirando con cara de sorpresa, forcé una sonrisa y levanté la cámara de forma elocuente.

—Es que estáis adorables —aclaré casi sin aliento y de forma demasiado precipitada.

Isaac no pareció darse cuenta de nada, o al menos tuvo la delicadeza de no demostrarlo. Le susurró algo al oído a Ivy que la hizo reír. Los tirabuzones empezaron a rebotar de nuevo y pulsé el disparador. Pensaba hacerles fotos al menos hasta que hubiera desaparecido el cosquilleo que se había extendido por todo mi cuerpo.

19

No desapareció.

Tampoco cuando Isaac y su abuelo me acompañaron por toda la granja y me mostraron su tractor nuevo con un brillo de entusiasmo en la mirada. Tampoco cuando Isaac sacó un caballo del establo, me contó que se llamaba *Moonshine* y le hicimos dar una vuelta. Tampoco cuando regresamos a la fiesta y, agarrado a su abuela, empezó a bailar bajo los farolillos que iluminaban el césped.

Cuando aquella noche en Woodshill Isaac me había contado que no le gustaba bailar, había creído que simplemente se sentía cohibido y le había colgado una etiqueta, igual que hace todo el mundo conmigo. Sin embargo, en esos momentos, conociéndolo ya mejor y habiendo comprobado cómo se comportaba en su ambiente, lo veía con unos ojos completamente distintos. Era divertido, leal, cariñoso, se preocupaba de un modo conmovedor por sus hermanos, que a su vez estaban locos por él, y un par de palabras le bastaban para hacer aparecer una sonrisa en el rostro de cualquiera de los presentes, incluido el mío. Sabía que lo atormentaba el conflicto con sus padres, y si te fijabas bien te dabas cuenta de cómo, de vez en cuando, su mirada se volvía de forma automática hacia su padre o su madre y durante unos segundos perdía la sonrisa y en su rostro se reflejaba la tristeza que lo afligía.

En un abrir y cerrar de ojos, esa expresión apesadumbrada desaparecía de nuevo, pero yo ya la había visto y me fascinaba que Isaac fuera capaz de mantener aquella fachada de felicidad de un modo tan consecuente, mostrándose cariñoso y desenvuelto cuando estaba en presencia de sus hermanos y de sus abuelos, por muy herido que se sintiera.

Isaac Theodore Grant era mucho más de lo que yo había creído, y me propuse demostrarlo en las fotografías. Quería retratar esa sensación de despreocupación, de pertenencia y de amor que irradiaba cuando estaba en su casa, pero también el dolor y la tristeza de sus ojos.

No se trataba de su aspecto exterior o de si sabía lanzar una mirada seductora, sino de algo más profundo que se escondía en su interior y lo convertía en la persona que era. Que se pusiera pajarita o una chaqueta de cuero pasó a traerme sin cuidado. Había sido una percepción demasiado superficial. Me había equivocado por completo, y sentía rabia por no haberme dado cuenta mucho antes.

De repente, alguien me devolvió a la realidad tirando del dobladillo de mi camisa. Miré hacia abajo. Ivy se había plantado delante de mí y extendía los brazos con expresión suplicante.

Me la quedé mirando.

Y ella se me quedó mirando a mí.

Al ver que yo no reaccionaba, empezó a hacer pucheros, sacando el labio inferior como si estuviera a punto de echarse a llorar.

¿Acaso quería...? Oh, Dios, quería que la cogiera en brazos. Que la cogiera yo.

Miré a mi alrededor buscando ayuda, pero Isaac se estaba llevando a su abuela a la pista de baile y Theodore estaba conversando con una pareja joven a la que yo todavía no conocía.

Los labios de Ivy empezaron a temblar. Oh, Dios, se iba a echar a llorar en cualquier instante.

Tragué saliva con dificultad, luego me incliné hacia ella, la agarré por debajo de los brazos y la levanté en volandas. Me la senté de lado sobre la cadera, como le había visto hacer a Isaac, y albergué la esperanza de que la posición le resultara cómoda y no se hiciera daño.

Ivy enseguida me envolvió el cuello con sus bracitos y escondió la cara en el pliegue de mi cuello.

—Así —dijo pasándome una mano diminuta por el pelo.

Una calidez súbita se extendió de repente desde mi pecho.

La agarré con más fuerza. A pesar de ser tan minúscula, me transmitió una sensación de calidez y de firmeza, así como un extraño sentimiento de protección. Empecé a mecer el cuerpo de un lado a otro hasta que Ivy, aferrada a mi cuello, de pronto comenzó a respirar como si roncara levemente.

Justo así era como yo solía dormirme en brazos de mi padre. Sintiéndome segura. Sintiéndome querida.

El cosquilleo que había estado notando durante todo el día se volvió más intenso, igual que la calidez que había aparecido en mi pecho, que de golpe me pareció excesiva. Me sentía completamente desamparada, incapaz de evitar que las emociones me superaran y terminaran tomando las riendas.

No fue hasta que noté un sabor salado en la boca cuando me di cuenta de que estaba llorando.

Tenía que salir de allí cuanto antes.

Andando a ciegas, fui a parar frente a Theodore, que todavía estaba sentado a la mesa del jardín. Me dedicó una sonrisa nada más verme, pero se le congeló en el rostro en cuanto me vio la cara.

No me hizo ninguna pregunta. Se limitó a levantarse para coger a Ivy. Noté las miradas curiosas de la pareja joven que estaba hablando con él, pero no me volví hacia ellos. Sin mediar palabra, atravesé el jardín corriendo en dirección a la casa. No quería que me vieran de ese modo, sobre todo Isaac.

Crucé la sala de estar a toda prisa y fui a parar directamente a los brazos de la madre de Isaac, que se me quedó mirando sorprendida.

—Sawyer —exclamó. Después del «Buenos días» con el que nos habíamos saludado, era la primera palabra que me dirigía en todo el día. Igual que el padre de Isaac, se había mantenido a una distancia prudencial en todo momento. Jamás habría pensado que recordaría mi nombre. Yo había olvidado el suyo—. ¿Estás bien?

—Yo... —empecé a decir, pero negué con la cabeza antes de poder continuar—. Necesito un poco de...

La expresión asustada de su rostro se transformó en preocupación.

—Ven conmigo —me ofreció agarrándome el brazo con suavidad.

Me llevó por el pasillo y juntas cruzamos una puerta que daba a una pequeña habitación de invitados.

—¿Quieres que vaya a buscar a Isaac? —preguntó.

—No —me apresuré a responder—. Por favor, no.

Asintió.

—Estaré en la sala de estar si necesitas algo.

Con esas palabras, dio media vuelta y cerró la puerta después de salir.

La luz de los farolillos entraba por la ventana y arrojaba estrechas franjas de color anaranjado sobre el suelo. Me senté en la cama individual y me derrumbé del todo.

Las lágrimas empezaron a recorrer mi rostro y, a pesar de tener los puños cerrados con fuerza para presionarme los párpados, no había manera de que pararan de brotar. Lloré como si no hubiera un mañana, como si Ivy hubiera abierto una compuerta que nunca más sería capaz de cerrar de nuevo.

Esa familia había cambiado algo en mí. La confianza incondicional que me había demostrado Ivy durmiéndose en mis brazos. La amabilidad sin reservas de Theodore, a pesar de que tanto mi aspecto como mi comportamiento eran muy distintos de los del resto de los invitados a su fiesta de cumpleaños. Y luego estaba Isaac...

Isaac, enseñando a sus hermanos lo que era el cariño y lo que significa la familia. Isaac, que a pesar de la manera tan injusta con la que lo habían tratado sus padres, y lejos de dar la espalda a ese hogar, había continuado acudiendo para ayudar cuando se lo necesitaba. Isaac, que... que despertaba en mí el deseo de cambiar. Porque ya no quería seguir aferrada al pasado, a la muerte de mis padres y a los insultos crueles de Melissa, no quería continuar pensando que estar completamente sola y no dejar que nadie se me acercara era una buena opción.

¿Cómo había podido estar tan ciega? De repente se me había caído la venda de los ojos y veía con claridad que no era Isaac quien tenía que cambiar. Ni mucho menos, él ya estaba bien tal como era.

Era yo quien necesitaba un cambio radical.

No habían transcurrido ni cinco minutos cuando Isaac entró por la puerta de la habitación de invitados. No tuve que levantar la mirada para saber que era él. A pesar de todo, o tal vez precisamente por eso, dejé las manos donde las tenía. No quería que me viera de ese modo. De hecho, yo misma no quería volver a verme jamás de ese modo.

—Sawyer —murmuró. Nada más, solamente dijo mi nombre, lo que me hizo llorar todavía con más ganas, porque nadie había pronunciado mi nombre hasta ese momento como lo pronunciaba él.

Oí cómo cerraba la puerta con cuidado y cruzaba la habitación con unos pocos pasos. Luego se sentó a mi lado y me envolvió en sus brazos. Noté su calidez y su firmeza, y tuve la sensación de que Isaac era capaz de contener todo lo que me estaba removiendo por dentro.

Me aferré a él con fuerza y hundí la cara en su pecho. Y, por mucho que deseara que no me viera jamás tan frágil, el deseo de que no volviera a soltarme demostró ser mucho más poderoso.

En algún momento, se dejó caer hacia atrás sin dejar de abrazarme y apoyó la cabeza contra los pies de la cama. Seguía aferrado a mí con fuerza, pero la mano que hasta entonces había tenido en mi nuca se desplazó hacia mi espalda y empezó a acariciarme describiendo círculos con suavidad, de un modo tranquilizador.

Iba haciendo leves ruiditos, murmullos, como si estuviera consolando a un niño que se hubiera lastimado las rodillas al caer. Y eso me ayudó.

Perdí la noción del tiempo. No tengo ni idea del rato que pasamos allí sentados. Isaac no me dejó sola ni un segundo. Ni siquiera cuando mi cuerpo dejó de sacudirse por los sollozos.

En algún momento mis dedos soltaron su camiseta, y me di cuenta de que la había estado agarrando con demasiada fuerza, porque me dolían los nudillos. Abrí y cerré la mano un par de veces y luego la posé plana sobre su pecho, que ascendía y descendía a un ritmo regular bajo mis dedos de un modo consolador, casi hipnótico.

Poco después, Isaac me puso una mano en la cabeza y me apartó un mechón de pelo con suavidad. Siguiendo su muda invitación, lo miré a los ojos. Un rayo de luz caía sobre la cama y bañaba parte de su rostro con un brillo cálido. Sus ojos parecían más verdes que marrones.

—Iba a preguntarte si estás bien —empezó a decir en voz baja y tranquila—. Pero tengo la sensación de que sería una pregunta demasiado absurda —prosiguió—. ¿Qué te ocurre, Sawyer?

Dejé que mi mirada vagara lentamente por su cara. A esas

alturas me resultaba de lo más familiar. Aparte de Riley, todavía no había conocido a nadie tan bien en toda mi vida.

—Es que no recuerdo cuándo fue la última vez que lloré —confesé por fin con la voz algo ronca.

—Entonces ya iba siendo hora —respondió enseguida.

—¿Cuándo fue la última vez que lloraste tú? —pregunté.

No tuvo que pensarlo mucho.

—Cuando Eliza se marchó de casa.

Le acaricié el pecho.

—Por cierto, ¿ha llegado ya?

Isaac negó con la cabeza.

—Han cancelado su vuelo. No podrá venir.

Solté un taco y, al oírlo, él sonrió.

—Sí, estoy de acuerdo contigo. Pero ahora mismo no es eso lo que me preocupa. Eres una verdadera experta en el arte de cambiar de tema.

La verdad es que en esa ocasión ni siquiera me lo había propuesto. Debía de haberse convertido en un automatismo: en el momento en el que una conversación se centraba exclusivamente en mí, me las arreglaba para desviarla de inmediato. Nadie se había fijado en ello, con la única excepción de Isaac.

—No tienes por qué contarme nada, si no quieres. Pero... tengo la sensación de que no es que no me lo cuentes a mí, sino que no se lo cuentas a nadie. Y eso no es bueno.

—Lo sé —susurré.

Acaricié el medallón de mi madre con los dedos de una mano sin apartar la mirada de Isaac.

Tal vez había llegado el momento de confiar en alguien. Y, si no era Isaac, ¿en quién más podía confiar? Él había sido el primero que había intentado mirar más allá de los muros que había erigido para protegerme del mundo, el primero que se interesaba por la persona que se escondía detrás. Él notaba enseguida cuándo las cosas no me iban bien y necesitaba un abrazo. Me había seguido hasta esa habitación y me transmitía la sensación de que realmente jamás me dejaría en la estacada. ¿Quién mejor que Isaac?

Tomé una profunda bocanada de aire. Me costaba mucho encontrar las palabras adecuadas.

—Tu familia es tan... tan cariñosa...

—¿Estás intentando cambiar de tema una vez más? —preguntó Isaac en voz baja.

Negué con la cabeza enseguida.

—No. Es sólo que... no estoy acostumbrada. Toda la gente que he encontrado aquí me ha tratado bien, todos han sido amables conmigo. Como si no fuera la primera vez que vengo, como si me conocieran desde hace años. Tus abuelos, tus hermanos, tu tía Trudy..., todo el mundo. Y se nota cómo os ayudáis los unos a los otros. Sois una familia de verdad. Incluso tus padres..., ya sé que vuestra relación está pasando por una época difícil, pero estoy segura de que a la hora de la verdad... Bueno, no sé. Ha llegado un momento en el que no he podido evitar pensar en mi propia familia y... he acabado aquí. Y con esta pinta —expliqué señalándome la cara humedecida por las lágrimas.

Isaac me acarició la espalda con movimientos suaves. La expresión de su mirada era seria y reflexiva.

—Ya me has hablado de tu hermana, pero ¿qué pasa con el resto de la familia?

—No tengo a nadie más —susurré.

Y no mentí. Riley era la única persona del mundo a la que podía definir como familia. Melissa había perdido ese privilegio desde hacía mucho tiempo, y no tenía más tías o tíos, ni tampoco abuelos. Riley y yo éramos los últimos vestigios de una tragedia.

Isaac seguía pasándome la mano por la espalda muy lentamente, arriba y abajo.

—¿Qué les pasó a tus padres? —preguntó con cautela.

Tragué saliva con dificultad. Esa parte de la historia no se la había contado a nadie jamás. Todavía no había llegado a pronunciar en voz alta ni una sola vez lo que había sucedido. Casi me producía vértigo la posibilidad de hacerlo de una vez por todas.

—Cuando tenía nueve años, mi padre murió de cáncer.

—Lo siento mucho, Sawyer —murmuró Isaac—. El cáncer es una mierda.

—Sí —convine con la voz ronca, y hundí la mirada, incapaz de pronunciar las palabras que venían a continuación mientras lo miraba—. Y, poco después, mi madre... se suicidó. Eso... también fue una mierda.

Isaac se quedó de piedra.

—¿Qué? —lo dijo en voz tan baja que apenas acerté a oírlo, y eso que su voz era precisamente la única referencia que me quedaba mientras me asaltaban de nuevo todos esos recuerdos e imágenes horribles del pasado que nunca más podría olvidar.

—Se cortó las venas —precisé.

Isaac se quedó completamente quieto a mi lado. Estaba bastante segura de que incluso dejó de respirar.

Noté que estaba a punto de abandonarme el coraje que me había permitido hablar. Sin embargo, no quería contarle sólo una parte, merecía saber la historia completa. Por muy terrible que fuera.

—La encontré yo —dije, y las palabras que acababa de pronunciar resonaron en mis oídos como si las hubiera pronunciado otra persona—. Metida en nuestra bañera, con un brazo extendido sobre el borde. Había sangre por todas partes y...

Me falló la voz justo en el instante en que Isaac me abrazó.

Me envolvió entre sus brazos y lo agradecí mucho. Las lágrimas empezaron a recorrer mis mejillas de nuevo para caer luego sobre la camiseta de Isaac a la altura de la clavícula. Presionó mi cuerpo contra el suyo y, aunque me costaba un poco respirar, respondí aferrándome a su cuello con fuerza, pensando que seguramente moriríamos de asfixia esa misma noche. Me daba completamente igual. Lo único que contaba era que aquella presión que sentía en mi interior, aquella garra gélida que se me había clavado en el corazón tanto tiempo atrás para no volver a soltarme, había remitido un poco. Era como un nudo que seguía presente, pero que ya no me estaba ahogando. De haber sabido que sentiría ese alivio cuando le confiara todas esas cosas a alguien, lo habría contado mucho antes.

—¿Quieres verla? —susurré al cabo de un rato.

—Sí, por favor —respondió él con la voz ronca.

Aparté los brazos de su nuca y me agarré la cadena que llevaba colgada alrededor del cuello para pasármela por encima de la cabeza. Con un leve clic, abrí el medallón dorado. En el interior había dos fotografías: una de mis padres y una en la que aparecíamos Riley y yo cuando todavía éramos pequeñas.

—Mis padres —afirmé tendiéndole el medallón.

Él lo aceptó con mucho cuidado y se quedó mirando las imágenes del interior. Esbozó una leve sonrisa.

—Te pareces a tu madre.

Intenté corresponder a su sonrisa, pero no lo conseguí. Tenía el corazón desbocado y notaba las manos húmedas y frías. No podía creer que realmente le hubiera mostrado a Isaac el medallón, mi posesión más preciada.

Se fijó también en el otro lado y al cabo de unos segundos volvió la imagen hacia mí.

—¿Qué edad teníais aquí?

Tuve que aclararme la garganta antes de poder responder.

—En la foto yo tenía cinco años. Y Riley, ocho.

Asintió con aire meditabundo y cerró de nuevo el medallón. Contempló los arabescos que decoraban los bordes y luego le dio la vuelta para pasar los dedos por encima de las iniciales de mi madre, que estaban grabadas en el anverso.

—¿E. D.? —preguntó.

—Erin Dixon. El medallón era de mi madre —respondí, y tuve que aclararme la garganta antes de continuar—. Mi segundo nombre es Erin. No... no lo sabe nadie. No hablo con nadie de estas cosas.

La mirada de Isaac se volvió impenetrable cuando se inclinó un poco sobre mí para volver a colocarme la cadena alrededor del cuello.

—Lo siento, Sawyer. Lo siento mucho —susurró—. No tenía ni idea.

—No es necesario que lo sientas.

Me acarició la mejilla con los nudillos de una mano, y entonces me di cuenta de que todavía la tenía húmeda y me estaba secando las lágrimas.

—Aunque no desees oírlo, quiero decirte que lo siento mucho. Por ti. Por tu hermana. Ningún niño debería pasar por ese tipo de cosas —afirmó con firmeza—. Con sólo imaginar lo que sería de Ariel si...

Recordé el rostro de Ariel, con esos ojos grandes e inocentes. Yo tan sólo era un año mayor que ella cuando perdí a mis padres. Cuando me di cuenta de que salía agua por debajo de la puerta del cuarto de baño. Cuando entré a toda prisa y resbalé sobre el piso de baldosas. Cuando vi la mano manchada de sangre por encima del borde de la bañera y despacio, muy despacio, me acerqué a ella caminando a cuatro patas.

—Ojalá pudiera deshacer de algún modo lo que tuviste que

pasar —murmuró él en voz baja, todavía con los dedos sobre mi mejilla.

Apreté los labios con fuerza. Me sentía débil, temblorosa, y al mismo tiempo tenía la extraña impresión de estar protegida.

Por primera vez había alguien que me apoyaba, que podía cargar con parte de aquello que tanto me pesaba. Y que no sólo podía, sino que además quería hacerlo.

—¿Qué ocurrió después? ¿Dónde crecisteis Riley y tú? —preguntó sin apartar las manos de mis mejillas en ningún momento. Me tenía atrapada con la mirada, hasta el punto de que me sentía incapaz de apartar los ojos de los suyos.

—Después de la muerte de nuestros padres, fuimos a parar a casa de nuestra tía Melissa, la única pariente viva que nos quedaba. Ella y mi madre se habían peleado en algún momento durante la adolescencia, y desde entonces habían seguido odiándose hasta el final. Melissa no quería hacerse cargo de nosotras, y nos lo dejó bien claro con palabras y con hechos durante todos y cada uno de los minutos que tuvimos que pasar con ella. Riley consiguió sobrellevarlo relativamente bien, seguramente porque era mayor que yo y se dio cuenta de lo que ocurría desde el principio. Yo, en cambio, me convertí en el blanco de su frustración y de su rabia desde el primer momento. Convirtió mi vida en un verdadero infierno, y nunca supe qué había hecho tan mal para merecer un trato semejante.

Me encogí de hombros antes de continuar.

—Quién sabe, tal vez se debió a lo mucho que me parezco a mi madre.

Entre las cejas de Isaac apareció un surco profundo.

—¿Te pegaba?

—No muy a menudo, no —respondí enseguida—. Pero tampoco me refería a eso cuando he dicho lo del infierno.

Él abrió la boca, pero la estupefacción no le permitió pronunciar ni una palabra durante unos instantes.

—Y luego, ¿qué? —preguntó en cuanto hubo recuperado el habla.

Tragué saliva con dificultad. En ese instante me habría gustado apartarme de él para interponer algo de distancia entre nosotros, pero el brazo con el que me envolvía no me permitió moverme ni un solo milímetro.

Cuando cumplí los dieciséis, Riley y yo hicimos las maletas y nos largamos de la casa de Melissa; desde entonces había intentado no desperdiciar el tiempo pensando en aquella mujer amargada y tan llena de odio. Mi hermana me había enseñado que no tenía ningún sentido mirar atrás, que sólo había que mirar hacia delante. Y, aunque yo había intentado hacerle caso en la medida de lo posible, lo cierto es que en esos instantes me di cuenta de que me sentaba bien airear aunque fuera sólo un poco aquel velo oscuro con el que Melissa había cubierto parte de mi adolescencia.

—Diariamente nos dejaba bien claro que para ella suponíamos una gran desilusión. Que si vivíamos con ella era porque estaba obligada a aceptarnos, porque nadie más habría querido acogernos. Que no le extrañaba nada que nuestra madre hubiera preferido quitarse la vida antes que quedarse con nosotras.

Los dedos de Isaac se apartaron de mis mejillas para pasar por mi cuello hasta mis hombros y luego volvieron al punto de partida.

—Tenías nueve años. Nueve —gruñó con una rabia que contrastaba con la suavidad de sus caricias.

—Cuanto más crecía, peor se volvía. Llegó un momento en el que Riley ya casi ni pasaba por casa. Era tres años mayor que yo y se colaba en los bares y los locales nocturnos. Pero yo todavía era demasiado pequeña. Tampoco tenía amigos, porque a mis compañeros de clase no los dejaban jugar conmigo. Primero fui la chica de los padres chiflados, luego la huérfana que seguro que había quedado tocada. Y, claro, no me quedaba más remedio que volver a casa. Por suerte, Melissa trabajaba durante el día. Sin embargo, cuando regresaba parecía que hubiera estado el día entero esperando el momento de tomarla conmigo. Nada de lo que yo hacía le parecía bien. Un día estaba demasiado gorda, y al día siguiente me encontraba demasiado delgada. O vestía ropa de puritana que luego le parecía demasiado atrevida. Mis notas o bien eran malas o bien demostraban que era una empollona insoportable. Cuando tienes diez años aspiras a recibir elogios. Y aceptación. Un simple abrazo. Pero en algún momento dejé de intentar complacerla. Y, cuando crecí un poco más y llegué a la pubertad, todo quedó reducido a una sola cosa: que era igual que mi madre. Igual de fracasada, incapaz de llegar a ninguna parte.

—Joder —murmuró Isaac negando con la cabeza.

—Todavía oigo lo que me decía... «Tienes un aspecto horrible, te vistes como una puta barata, te pareces a tu madre, nunca te tomarán en serio, no llegarás a ninguna parte, pedazo de mierda...»

—Para —me ordenó Isaac con una voz que de repente se había vuelto gélida y con los músculos de la mandíbula tensados al máximo—. No puedo oírlo —añadió en voz baja—. De verdad, no puedo.

Aparté la mirada de él.

—Lo siento —susurré.

—¿Por qué demonios te estás disculpando tú ahora, si se puede saber?

—Porque estás enfadado y porque acabo de arruinarte la fiesta de cumpleaños de tu abuelo con la deprimente historia de mi vida —respondí—. ¿Sabes una cosa? Deberíamos volver a salir. Seguro que tus padres se están preguntando dónde te has metido. No creo que piensen que te lo estás montando conmigo en la habitación de invitados.

Me disponía a levantarme, pero no pasé del intento. Isaac me agarró de una cadera con la mano y con la otra me rodeó la barbilla. Me echó la cabeza hacia atrás para obligarme a mirarlo, y ver sus ojos de nuevo bastó para que mi cuerpo se estremeciera de arriba abajo.

—Para empezar, no estoy enfadado. O mejor dicho: estoy muy cabreado. Pero no contigo —aclaró—, sino con esa mujer tan horrible que te amargó la infancia. Nunca había comprendido que te trajera sin cuidado lo que la gente dijera sobre ti, pero ahora por fin lo he entendido y no me ha gustado nada el motivo.

—¿Por qué dices eso? —susurré.

Tomó una bocanada de aire antes de responder. Con un pulgar dibujó la línea de mi pómulo hacia atrás, hasta que sus dedos me peinaron el pelo, hundidos hasta el fondo en mis cabellos.

—Los últimos meses han sido los mejores de mi vida y sólo puedo agradecértelo a ti —respondió sin apartar los ojos de los míos en ningún instante.

Tardé unos segundos en captar totalmente el significado de sus palabras, pero luego el estómago se me encogió de repente.

—Nunca había conocido a nadie que tuviera un corazón tan grande como el tuyo —prosiguió—. Aunque siempre actúes como si todo te diera igual..., sé que no es cierto. Desde aquella noche en el Hillhouse no has parado de animarme a superar mis propias limitaciones. Y lo necesitaba de verdad. Apenas nos conocíamos, pero apostaste por mí. Nunca he entendido que la gente pueda ser tan ciega y tan tonta como para no darse cuenta de lo maravillosa que eres.

Esas palabras me parecieron incluso más bonitas que cualquiera de mis canciones preferidas.

—¿Lo dices en serio? —susurré.

Asintió.

—Eres la persona más fuerte que he conocido en mi vida —respondió, también en voz muy baja.

Me lo quedé mirando sin habla. Y luego hice lo único que se me ocurrió en ese instante.

Rodeé su cuello con los brazos y lo besé.

Isaac soltó una leve exclamación de sorpresa, una especie de gruñido que le surgió de lo más hondo del pecho y cuya vibración pude notar en el mío, y como si lleváramos semanas sin hacer otra cosa que eso, respondió a mi beso. Mis dedos treparon hasta su nuca y se hundieron en su pelo. Era tan suave, mientras que su cuerpo era tan duro...

De repente, él se apartó de mí.

—No es una buena idea.

Tuve la sensación de que mi mundo acababa de frenar en seco. Con la respiración acelerada, me lo quedé mirando.

Isaac se dejó caer sobre la cama con una expresión torturada.

Oh, Dios. No me quería. Por supuesto que no me quería. Había pasado varias semanas intentando que consiguiera una cita con alguna chica, y seguro que no sería yo, sino una de las amigas solteras de Dawn, alguien como su hermanastra Everly. Dos noches antes lo había visto con mis propios ojos. Me llevé una mano a la boca.

—Lo siento —murmuré.

—¿En serio? ¿De verdad has vuelto a disculparte? ¿Y por haberme besado? —preguntó, y me pareció que le faltaba el aliento al menos tanto como a mí.

—Esto..., sí.

Acto seguido, se inclinó hacia mí y me acarició el pelo con

una mano temblorosa. Me acarició los labios con los suyos, muy suavemente. Me besó por segunda vez y cerré los ojos. La tercera vez, me besó con más ganas, lo que me arrancó un leve suspiro. Ese beso ya estaba mejor. Fue menos frenético, menos impulsivo. Simplemente maravilloso.

Isaac me besó la comisura de los labios y dejó un rastro abrasador por mi mentón cuando trasladó sus besos hacia mi cuello y acabó presionando los labios contra mi pulso. Se quedó allí, respirando de forma relajada, pero cuando me moví ligeramente noté lo que le provocaba mi proximidad física.

—Realmente no ha sido una buena idea —repitió con la voz ronca.

—¿Por qué no?

Se inclinó un poco hacia atrás y me miró con la mirada algo empañada.

—Si sientes la necesidad de besarme, que no sea sólo porque no sabes cómo darme las gracias, sino porque no puedes evitarlo —murmuró.

—Isaac...

Negó con la cabeza.

—No pasa nada. Pero si alguna vez llega a darse el caso, avísame.

20

Un fuerte ruido me despertó de forma abrupta. Tardé al menos un minuto en darme cuenta de que era un sonido alegre, de que no estaban matando a nadie ni nada parecido. Alguien chilló de nuevo y a continuación se oyó una carcajada espectacular. Entretanto, además de todo eso había empezado a distinguir también una suave melodía al piano.

Me incorporé hasta quedar sentada y miré a mi alrededor. Los rayos de sol se filtraban a través de las cortinas arrojando una luz muy clara. Isaac ya no estaba. El único rastro que quedaba de su presencia eran las gafas, que se había dejado encima de la mesilla de noche. Unos latidos sordos empezaron a retumbar dentro de mi pecho. Cogí las gafas y me las colgué con cuidado del bolsillo de la camisa. Luego me puse de pie y, todavía con pasos inseguros, salí de la habitación de invitados.

Levi pasó a la carrera por mi lado, chillando por todo el pasillo. Justo detrás lo seguía Ariel, que, sin detenerse, me dedicó una sonrisa fugaz. Era evidente que estaban de lo más despabilados. Yo, en cambio, me sentía como si la noche anterior me hubiera arrollado un camión. Y estaba segura de que mi aspecto daba fe de ello.

Por suerte, justo delante de la habitación de invitados había un cuarto de baño en el que pude recomponerme un poco. Me lavé la cara a conciencia con agua fría y me aseguré de frotar bien los últimos rastros de maquillaje que me habían manchado las mejillas. Luego me lavé los dientes con el dentífrico que encontré en el armarito que había tras el espejo y con un dedo, puesto que no tenía mi cepillo, y finalmente me recogí el pelo en una cola de caballo.

Me observé en el espejo. Tenía la cara pálida y los ojos enrojecidos e hinchados, pero al menos parecía una persona. Más o menos. Respiré hondo para armarme de valor y afrontar el embarazoso encuentro que me esperaba fuera.

Me dirigí hacia la sala de estar y, a medida que me acercaba, la melodía se oía cada vez con más claridad. Sin embargo, antes de entrar en la sala bañada de luz natural, me di cuenta de que no procedía de un equipo de música. Isaac estaba sentado con Ivy frente al piano, tocando una melodía alegre y rápida que ella interrumpía de vez en cuando golpeando el teclado con sus minúsculas manitas y chillando de la alegría que le producían sus propias intervenciones.

Me apoyé en el marco de la puerta y contemplé cómo le rebotaban los hombros cada vez que se reía. Isaac retomó la melodía desde el principio una vez más, pero antes de que hubiera transcurrido un minuto Ivy empezó a golpear las teclas de nuevo. Soltó un par de palabras que hicieron reír a su hermano, y lo cierto es que yo tampoco pude evitar sonreír. Después de la noche anterior, pensaba que me costaría mucho más.

Con el mayor sigilo posible, saqué la cámara de la mochila y les hice una foto. Justo en ese instante, alguien apareció a mi lado. Giré la cabeza de repente y dejé caer la cámara.

Aquella chica no había estado presente en la fiesta del día anterior, de eso estaba segura. Me habría sonado si la hubiera visto rondando por allí, más que nada porque era prácticamente la versión femenina de Isaac: la misma cara, los mismos pómulos, ese color de ojos indefinido y un hoyuelo en la barbilla.

Sólo se diferenciaban en el pelo, puesto que ella lo llevaba largo y liso y de color castaño oscuro.

Tenía que ser Eliza.

Abrí la boca para presentarme, pero ella puso un dedo sobre sus labios, esbozando una sonrisa, dejó la maleta en el suelo y avanzó a hurtadillas por el suelo de madera hasta el piano frente al que se encontraban Isaac e Ivy.

—Esto suena de maravilla —comentó después de que la pequeña se apoderara del lado izquierdo haciendo sonar varias notas graves al mismo tiempo.

Isaac se volvió como un torbellino y con los ojos muy abiertos. Soltó una exclamación de sorpresa, esperó a que Ivy bajara de su regazo y luego se abalanzó sobre Eliza. La levantó en volandas y la hizo girar igual que había hecho con el resto de sus hermanos. Puesto que Eliza era casi tan bajita como Dawn, y además tenía un aspecto muy delicado, tampoco marcó tanto la diferencia el hecho de que ya fuera una persona adulta.

—Creía que ya no vendrías —exclamó Isaac, todavía con Eliza en brazos.

—Me he dedicado a atosigarlos sin descanso, de manera que me han ofrecido otro vuelo para librarse de mí. No podía permitir que una mierda de compañía aérea me impidiera disfrutar de las vacaciones de otoño.

—Y además me echabas de menos —bromeó Isaac.

—Bueno, en realidad ha sido porque quería conocer a Sawyer como fuera —contraatacó Eliza guiñándome el ojo y señalándome al mismo tiempo.

Isaac volvió la cabeza hacia mí y nuestras miradas se encontraron.

Durante una fracción de segundo, su rostro reflejó varias emociones al mismo tiempo: preocupación, alegría, compasión, miedo..., y de repente noté que me faltaba el aire, porque fui consciente de todo lo que había compartido con él la noche anterior, por lo que Isaac pasaba a ser la persona que más sabía de mí y mi pasado, aparte de Riley.

Sin embargo, todo quedó relegado por una cálida sonrisa, y él dejó a su hermana mayor en el suelo.

—Apuesto a que te mueres de ganas de contarle historias embarazosas sobre mí.

Ese comentario me permitió seguir respirando con normalidad.

Eliza se rio de un modo tan seductor y afectuoso que me aparté enseguida de la puerta y entré en la sala de estar. Ella se inclinó un momento para saludar a Ivy, pero la niña salió corriendo enseguida para trepar de nuevo sobre la banqueta del piano.

Sin previo aviso, Eliza me dio un abrazo. Intenté no ponerme rígida y corresponder al gesto como es debido. En algún momento me acostumbraría a las muestras de afecto de los hermanos Grant. Seguro.

—Por fin puedo poner cara a todas las historias que Zac me cuenta —comentó con una sonrisa.

—Lo mismo digo. La única hermana que había visto en foto es Ariel.

Eliza fulminó a Isaac con la mirada.

—Espero que no le hayas enseñado «La Foto».

Él se encogió de hombros.

—Pues ya verás, porque la venganza es un plato que se sirve frío y ella sabe perfectamente dónde están escondidas todas las fotos en las que haces el ridículo.

—Habrá valido la pena, porque conseguí hacer reír a Sawyer —respondió él, y su sonrisa me pareció tan íntima que incluso me resultó incómodo que su hermana la hubiera visto.

Descolgué las gafas del bolsillo de la camisa y se las tendí.

—Ah, gracias —dijo mientras se las ponía—. Ahora sí que puedo ver lo que... Oh, Dios, ¿qué te has hecho en el pelo?

Eliza se pasó la mano por los cabellos con cierta inseguridad.

—Quería probar algo nuevo.

—Te queda bien, ¿eh? —se apresuró a añadir él—, es sólo que... tan oscuro pareces casi una vampira.

—¿Y no te has dado cuenta hasta que te has puesto las gafas? Creía que tenías hipermetropía, no daltonismo —murmuré.

—¡Ja! —repuso Eliza, pasándome un brazo por la cintura y acercándose a mí—. Me caes bien, Sawyer.

Antes de que pudiera replicar nada, Ariel y Levi entraron en la sala de estar como un torbellino. Poco después los siguieron Theodore y la madre de Isaac. Mientras todos saludaban a Eliza y se sorprendían por el cambio de imagen, me atreví a mirar a mi amigo. Se había quedado con las manos cruzadas tras la cabeza, contemplando la escena.

En mi interior se extendió una calidez insólita. Duró tan sólo un instante, hasta que comprendí el motivo: me alegraba de ver a Isaac tan feliz.

Resultó divertido charlar con Eliza. Acabamos pasando más de una hora sentadas en el banco de madera de la mesa del comedor, desayunando y conversando sobre un montón de temas distintos: su carrera, la mía, Woodshill, Boston. Durante todo ese rato, Isaac estuvo instalado frente al piano, tocando con Levi o con Ivy entre las piernas.

—Hacía una eternidad que no tocaba —me confesó Eliza cuando me pescó mirándolo fijamente por enésima vez.

—¿Y eso? —pregunté.

Desvió la mirada y se encogió de hombros antes de responder.

—Cuando se hizo cargo de la granja, de repente se vio hasta el cuello de trabajo —contestó. Volvió la cabeza hacia el piano y miró a su hermano con los ojos bañados por el cariño—. Y creo que el día de su graduación también decidió no volver a frecuentar a los amigos que había tenido hasta entonces. Tuvo... —Se interrumpió, como si no supiera hasta qué punto Isaac me había puesto al corriente de su vida o si tenía permiso para hablar conmigo sobre ello.

—Ya me contó lo mal que lo pasó en el instituto —repuse.

Eliza no apartó la mirada de él para seguir charlando.

—Yo no fui imparcial en ese asunto.

—¿A qué te refieres?

—Isaac no era nada popular. Todos lo tomaban por un bicho raro. No sé por qué, ni cómo empezó, ni lo que lo motivó. En cambio, yo gustaba a la gente. Tenía un montón de amigas. Y debería haber dejado que Isaac se sentara conmigo a la mesa a la hora de comer, o haber charlado con él por los pasillos. O haberlo esperado después de las clases para volver juntos a casa.

Necesitó hacer una breve pausa antes de poder seguir hablando.

—Sin embargo, no me atreví. Y eso que sabía perfectamente lo solo que se sentía.

Me costó un gran esfuerzo conseguir que no se notara lo mal que me cayó Eliza en ese instante. Me habría gustado levantarme de inmediato y marcharme de allí, pero algo me lo impidió. Tal vez fue la compasión que me despertó su mirada. Me dio la impresión de que lamentaba profundamente lo que le había hecho a su hermano.

—Nuestros padres no tenían ni idea de lo que ocurría en el instituto. Isaac nunca sacó el tema en casa, y a mí tampoco me hizo jamás ningún reproche ni me pidió explicaciones.

Se quedó callada unos segundos.

—Por eso acabé asumiendo que nuestra relación cada vez sería peor. Y, luego, cuando le conté que estudiaría en Harvard..., se puso furioso conmigo.

—No es para menos —repliqué sin pensarlo dos veces, aunque tampoco lo lamenté lo más mínimo. En esos instantes me estaba costando un montón sentir compasión por Eliza.

La hermana de Isaac suspiró.

—En esta granja se vive exclusivamente para el cultivo. Y sé que puede sonar muy egoísta, pero yo quería tener algo sólo para mí de una vez. Tenía la sensación de que me lo había ganado.

—A Isaac le ocurrió lo mismo —repuse, obligándome a imponer calma sobre mis palabras—. Pero él se quedó aquí.

—Cuando tuvieron que operar a mi padre, yo ya llevaba tiempo en Harvard. No podía dejar la carrera.

—No querías —la corregí. Podía comprender lo importante que era recibir una beca para estudiar en Harvard, y lo duro que debía de ser renunciar a ella. Pero fue Isaac el que tuvo que sufrir por culpa de eso. Había luchado por esa granja y por su familia mientras Eliza se quedaba donde deseaba estar—. Él tuvo que posponer su carrera para que tú pudieras cumplir tu sueño.

Eliza tragó saliva con dificultad.

—Un sueño que no es como yo había imaginado, ni mucho menos. Pero son las típicas cosas que sólo se ven a toro pasado.

Tenía la mirada ausente, como si las palabras que pronunciaba no estuvieran dirigidas a mí, sino a sí misma.

—Ahora nos entendemos mucho mejor —prosiguió—. Pero tampoco soy una ingenua. Tengo muy claro que lo que sucedió en esa época se interpondrá siempre entre nosotros. Me encantaría poder enmendar mi error, pero no sé ni por dónde empezar.

—Yo tampoco puedo ayudarte en ese sentido —contesté con la máxima honestidad posible—. Lo que sí sé es que se quitaría un gran peso de los hombros si vuestros padres hicieran un esfuerzo de una vez y volvieran a tratarlo como al hijo que es. Esta riña... no beneficia a nadie —añadí.

—No sabía que siguieran tan mal las cosas —repuso ella en voz baja—. Creía que ya era un tema superado. Cuando hemos hablado por teléfono siempre me ha transmitido la impresión de que todo iba bien otra vez.

—Porque así es Isaac. No quiere tener mala conciencia. En realidad, no se hablan desde que les dijo que pensaba estudiar de todos modos y que no aceptaría su dinero.

—¿Que no recibe dinero de nuestros padres? —me interrumpió Eliza con una expresión de incredulidad—. ¿Y cómo se las arregla para sobrevivir en Woodshill?

—Se mata trabajando. Y eso que estudia un montón de asignaturas al mismo tiempo. No quiere vivir a costa de vuestros padres, después de haberlos hecho enfadar tanto.

Eliza abrió unos ojos como platos y negó con la cabeza.

—No lo sabía.

—Isaac haría cualquier cosa por esta familia, y eso que muchas veces tiene que soportar reproches, cuando viene.

Ella desvió la mirada.

—Lo sé.

—Se preocupa por todos —proseguí, y no pude evitar pensar en la noche anterior, cuando me había abrazado y me había consolado hasta que por fin me quedé dormida—. En cambio, nadie se preocupa por él. No me parece justo.

Se produjo una pausa.

—Eso no es cierto —me contradijo ella al cabo de un rato, y acto seguido me miró directamente a los ojos—. Te tiene a ti, Sawyer. Y no podría desear nada mejor para él.

21

Pasamos el domingo entero con la familia de Isaac, y cuando por la noche abrí la puerta de la habitación de la residencia de estudiantes, Dawn me estaba esperando. Fingió estar muy ocupada con su portátil, pero a su alrededor el aire zumbaba a causa de la tensión, y sabía por experiencia el esfuerzo que debía de estar haciendo para no empezar a lanzarme preguntas sobre el fin de semana.

A todo esto, yo sólo quería dejarme caer en la cama y cerrar los ojos, porque estaba muerta de cansancio. Estaba tan agotada como solía sentirme cada vez que me pasaba tres días seguidos de fiesta. Sólo que los dos últimos no había estado saliendo de fiesta, sino jugando. Había jugado, había charlado y había correteado un montón de kilómetros. Y había montado a caballo, algo que llevaba deseando hacer desde los cinco años.

Si hubiera dependido de mí, habría montado sobre la yegua de Isaac y me habría lanzado al galope por los campos, pero Isaac creyó conveniente dejar que *Moonshine* primero me conociera un poco y que estableciéramos un vínculo mínimo antes de dejarme sola con ella en campo abierto.

Por eso primero me había obligado a cepillarla a conciencia, luego me había ayudado a subir a su grupa y finalmente habíamos dado un paseo por la granja a paso de tortuga. De todos modos, había estado bien.

Después de la noche que habíamos pasado en la habitación de invitados, realmente había creído que sería extraño volver a mirar a los ojos a la familia de Isaac, sobre todo a su madre y a su abuelo. No obstante, los Grant no mencionaron el incidente en ninguna ocasión, ni tampoco me transmitieron la sensación de que me hubieran encontrado rara. El padre de Isaac fue el único que no me miró en ningún momento durante todo el domingo, y se limitó a trabajar al aire libre la mayor parte del tiempo.

Yo me había fijado en la multitud de ocasiones en las que Isaac le había ofrecido ayuda y su padre la había rechazado negando con la cabeza con sequedad. Y en cada una de esas ocasiones, Isaac había reaccionado a la negativa completamente devastado, hasta el punto de que me entraron ganas de cantarle las cuarenta a su padre.

A juzgar por la cara que ponía Eliza, a ella le pasaba por la cabeza más o menos lo mismo que a mí, por lo que acabé albergando la esperanza de que, ahora que sabía lo que sucedía en su familia, por fin se decidiera a mediar en el conflicto.

Dawn tosió de un modo forzado. Me dejé caer en su cama, a su lado, y crucé los brazos sobre el pecho. Aliviada, mi compañera de cuarto soltó el aire que había estado conteniendo y cerró el portátil de inmediato.

—¿Estás mejor? —me preguntó.

Estuve a punto de responder con otra pregunta del tipo «¿De qué?», pero luego recordé el motivo original de la excursión a la granja de los Grant. Desde la mañana del día anterior, no había vuelto a pensar en las odiosas palabras de Amanda. En esos instantes, después de todo lo que había sucedido en la granja, me parecieron de lo más inofensivas.

Era precisamente eso lo que Isaac había querido decir cuando me había hablado del efecto terapéutico que tenía para él la granja.

—Sí, estoy bien —respondí contemplando el mapamundi de colores que estaba colgado en el techo, justo encima de la cama de Dawn. Yo nunca había podido ir de vacaciones al extranjero, todavía no había salido jamás de Estados Unidos. Sin embargo, después de haber pasado el fin de semana con Isaac, y por muy emotivo y complicado que hubiera sido, visto en retrospectiva me pareció como si hubieran sido unas vacaciones de verdad.

—Pareces bastante cansada, pero también bastante contenta. Casi como si te hubieras pasado el fin de semana entero frotando tu cuerpo desnudo contra el de Isaac.

Puse los ojos en blanco.

—Su abuelo me ha pegado una paliza jugando al póquer. Y he estado jugando con sus hermanos. Y he conocido a su yegua, *Moonshine*.

Dawn se me quedó mirando absolutamente perpleja.

—¿En serio?

—Ha sido fantástico —le confirmé.

—Quiero oírlo todo —exclamó ella asintiendo.

Procedí a describirle la granja de Isaac, a su familia y sus animales, y cuando hube terminado Dawn se echó a reír negando con la cabeza.

—Nunca habría creído que llegaría a vivir este instante —dijo cruzando las piernas.

—¿Qué? —pregunté sin saber a qué se refería.

Ella me dedicó una sonrisa pícara, como si supiera algo sobre lo que yo no tenía ni la más remota idea.

—Da igual. Ya lo entenderás.

Arrugué la frente y estaba a punto de insistir cuando Dawn cambió de tema con brusquedad y empezó a contarme la nueva historia que había empezado a escribir la noche anterior.

Durante las semanas siguientes, tuve que aceptar cuatro turnos en el Steakhouse. Puesto que cada día hacía más frío y el sol se ponía más temprano, la gente llegaba antes y se marchaba más tarde. Al estaba contento de que así fuera, porque eso significaba que ingresaba más dinero, pero para Isaac y para mí sólo implicaba alargar más los turnos.

Estaba contenta de que lo sucedido el fin de semana anterior no se hubiera convertido en un obstáculo entre nosotros. No podría haber soportado que Isaac hubiera empezado a comportarse de otro modo conmigo, por lo que me sentía afortunada de que no fuera el caso. Era evidente que, una vez más, lo había subestimado.

Tenía que dejar de hacerlo cuanto antes, porque aparte de conocerlo mucho mejor a esas alturas, cada vez percibía más y con más claridad la transformación que estaba experimentando. Apenas balbuceaba cuando una chica le dirigía la palabra durante el turno. A veces, incluso llegaba al punto de seguir la corriente a las chicas que intentaban ligar con él, sobre todo si habíamos apostado a ver quién recibiría más propinas.

Aquello era realmente un salto cuántico respecto al Isaac que había estado a punto de morir de un ataque al corazón sólo porque no encontraba el monedero para pagar una limonada en la universidad.

Decidí ignorar las punzadas que sentía cada vez que lo veía hablando con otra chica. Y tampoco me atreví a preguntarle por Everly. Dawn me había contado que él la había impresionado mucho y que se habían intercambiado los números de teléfono.

Me bastaba con eso. No necesitaba saber nada más.

Los días que no trabajaba, me sumergía en las clases. Me encontraba con algunos compañeros para hacer trabajos en grupo que debía resolver enseguida y me tragué dos tratados teóricos que tenía que leer para otra clase.

Estaba contenta de que se acercara el fin de semana, por mucho que eso supusiera tener que viajar de nuevo a Portland y ayudar a Riley a encontrar el vestido para su boda.

Me sorprendió tanto que me pidiera ayuda que acepté sin pensarlo dos veces. Y después de que me hubiera asegurado unas cuantas veces que no tenía que darle tanta importancia y que no era motivo para ponerse a chillar o a llorar, que, total, sólo tenía que hacerse con unos trapitos, yo me alegré de todos modos. Más que nada porque aquello significaba que podría ser su dama de honor. De puertas adentro, al menos.

En la primera tienda en la que entramos, nos llevamos una sorpresa con la oferta de sedas y de tul, de manera que enseguida dimos media vuelta para volver por donde habíamos entrado. En la segunda, nos saludaron dos dependientas con sonrisas falsas y miradas despectivas hacia nuestros tatuajes, y cuando nos volvimos nos dimos cuenta de que una de ellas nos seguía pisándonos los talones. Riley se sintió tan incómoda que decidimos marcharnos a toda prisa. En la tercera tienda nos trataron mucho mejor. Riley incluso se probó uno de los vestidos de color blanco crema con mangas de globo, pero al verse en el espejo le dio un ataque de risa que las dependientas no consideraron ni mucho menos tan gracioso como nosotras.

—Creo que ahí no encontraremos nada, Riley —dije, una vez fuera, mientras examinábamos la lista de tiendas que sus amigas le habían escrito en una hoja de papel—. Te han recomendado tiendas de lo más tradicionales, y a ti no te va ese estilo. Por no hablar de lo carísimas que son.

Ella soltó un profundo suspiro.

—Lo sé. Pero es que no tengo ni idea de dónde buscar, si no.

Cuando éramos más jóvenes, habíamos hecho más de una excursión a Portland, sobre todo para ir a ciertos locales o conciertos, pero en alguna ocasión también habíamos hecho alguna que otra visita a establecimientos de ropa de segunda mano en los que habíamos encontrado verdaderas joyas para nuestros roperos.

—¿Te acuerdas de aquella tienda en la que te compraste tus primeras Doc Martens? —le pregunté.

—Creo que sí. Se llamaba... —empezó a decir, aunque enseguida reaccionó arrugando la frente—. ¿Realmente crees que allí encontraremos algo?

Me encogí de hombros.

—No tengo ni idea, pero lo que sí creo es que allí nos sentiremos mejor que en estas tiendas de mierda, en las que sólo hay dependientas estiradas y antipáticas.

Riley apretó los labios hasta que se le convirtieron en una delgada línea.

Miramos la lista una vez más y luego me la quitó de la mano, la arrugó formando una bola de papel y la tiró a la papelera más próxima.

Sonreí, y acto seguido mi hermana me agarró del brazo.

—Ven. Ya recuerdo dónde estaba la tienda.

Poco después, Riley y yo cruzamos la puerta giratoria de la Owen House Thrift Store. La tienda ocupaba dos plantas y era realmente enorme. En las paredes había estanterías, algunas de ellas tan altas que la única manera de acceder a los estantes superiores era por medio de una escalera de mano, por lo que era necesaria la ayuda de un dependiente para poder inspeccionar los artículos.

—Aquí encontraremos algo. Lo presiento —comenté dándole un apretón en el brazo a mi hermana.

—Entiendo que pasáramos tantas horas aquí dentro. Todavía recuerdo con exactitud la alfombra que hay ahí. Ah, y los probadores —iba diciendo ella.

—Porque en esos probadores te tiraste a un tío —murmuré.

Riley reaccionó pegándome un codazo en el costado.

—Hemos venido a comprar mi vestido de boda, Sawyer. No es el momento de recordarme los pecados que cometí durante mi juventud.

—Es que no he olvidado que me volví loca buscándote y de repente oí tus gemidos —expliqué sonriendo. Esta vez conseguí esquivar el golpe. Riendo, eché a correr por el primero de los pasillos, decidida a encontrar un vestido para Riley.

—Por cierto, hace un montón de tiempo que no me hablas de tu vida amorosa —comentó ella a mi espalda.

Aparté un par de perchas para ver mejor una camiseta de una banda de rock que me gustaba.

—Bueno, es que ahora mismo tampoco es que tenga mucho que contar.

—¿Y eso?

Pasé la mano sobre las letras de Oasis. De inmediato cogí la camiseta y me la colgué del brazo.

—Es que últimamente voy muy estresada y no tengo tiempo ni para historias de una sola noche. Ni muchas ganas, tampoco.

—Un momento, ¿quién eres en realidad? ¿Y qué has hecho con mi hermana Sawyer?

Puse los ojos en blanco.

—Pues a Morgan y a mí nos va de fábula.

—No me extraña, al fin y al cabo os habéis prometido.

—Sí, bueno... Y el sexo con mi prometido —empezó a decir estirando mucho las sílabas— es una verdadera locura. No habría creído que pudiera ser mejor. Pero lo es, te lo aseguro.

Antes de que Riley consolidara su relación con Morgan ya me había descrito con pelos y señales cómo era él en la cama (fenomenal) y, muy a mi pesar, también todos los *piercings* que llevaba en diferentes partes del cuerpo (a cuál más increíble). Al principio me había preocupado por el bienestar de mi hermana, pero enseguida me di cuenta de que no era necesario ni mucho menos. Morgan la hacía feliz, más feliz de lo que había sido hasta entonces.

—Me alegro por vosotros —aseguré lanzándole una mirada por encima del hombro. Tenía que darse cuenta de que mis palabras eran sinceras. Había tardado en percatarme de ello, pero por mucho miedo que me diera su boda y lo que pudiera venir a continuación, el hecho de que Riley fuera feliz era mucho más importante para mí que cualquier otra cosa.

Me dedicó una amplia sonrisa.

—Yo también. Y no sabes cómo me gustaría que tú también encontraras a alguien así.

No respondí nada a eso, pero me pareció bonito que lo dijera. Aparentemente, de verdad pensaba que podía existir alguien adecuado para mí, que pudiera ser lo que para ella significaba Morgan. Alguien capaz de amarme de un modo incondicional, a pesar de los errores que había cometido en el pasado.

Sin embargo, incluso asumiendo que ese alguien existiera realmente, el caso de Dawn ya me había permitido comprobar lo mucho que cuesta abrirse del todo en ocasiones, como le ocurrió a ella con Spencer. También había visto el coraje que requería. Lo que no sabía era si algún día estaría dispuesta a correr ese riesgo. Y, aun así, me parecía bien. El amor no era para cualquiera.

—¿Hola? ¿Tierra llamando a Sawyer? —bromeó Riley para arrancarme de mis cavilaciones.

—¿Mmm? —murmuré.

—Mira —me dijo señalando un rótulo que había junto a la escalera.

Primer piso: Vestidos de fiesta.

—Vamos para allá —propuse mientras empezaba a trepar por la escalera.

Una vez arriba, miré a mi alrededor absolutamente fascinada.

—La verdad es que no recuerdo haber estado jamás aquí —murmuré.

—Probablemente porque hasta hoy no nos habían interesado los vestidos de ceremonia —opinó Riley.

Juntas, empezamos a rebuscar por ese entorno nuevo. Al contrario que en la planta inferior, allí no había ninguna alfombra colorista, sino que el suelo simplemente era de tablas de madera que crujían cada vez que recorríamos uno de los pasillos. Unas lámparas con pantalla de cobre, instaladas bastante bajas, iluminaban los vestidos y los trajes que colgaban de los percheros sin seguir ningún orden concreto.

—Mira este de aquí —dije sacando un vestido blanco con corte de sirena. Lo sostuve frente al cuerpo de mi hermana, pero ella arrugó la nariz enseguida y negó con la cabeza.

—Es bonito, pero demasiado largo. Además, con eso seguro que no puedo ni bailar.

—Claro, tienes razón.

—Pero fíjate en dónde está colgado. Si no encuentro nada más, como mínimo me probaría éste.

Asentí, volví a dejar el vestido donde lo había encontrado y seguimos buscando.

A esas alturas, ya llevaba la camiseta de Oasis colgada del hombro, ya que necesitaba las dos manos para ir mirando las innumerables prendas que había en exposición.

Saqué otros tres vestidos blancos y se los enseñé a Riley, pero ésta siempre terminaba negando con la cabeza. Ya estaba a punto de abandonar cuando entramos en el pasillo siguiente y vi cómo se le iluminaba la mirada de repente frente a un vestido de color negro.

—En realidad, no debería ni mirarlo —murmuró mientras

acariciaba con un brillo en los ojos una falda de tul negro. A Riley le encantaba el tul negro.

—¿Por qué no? —pregunté.

Soltó un suspiro antes de responder.

—Porque no puedo casarme vestida de negro.

—¿Y quién lo dice, si puede saberse? —repliqué arrugando la frente y sacando un vestido de tubo también de color negro.

—No es nada habitual. Al fin y al cabo, es una boda.

Enarqué una ceja.

—Tienes que hacer lo que te apetezca. Tú misma lo has dicho, Riley. Si te apetece vestirte de negro, pues hazlo, joder. Nadie te lo puede prohibir.

Respondió a mi mirada y me di cuenta con claridad de cómo cualquier atisbo de duda desaparecía de sus ojos para quedar sustituido de inmediato por una ilusión que rozaba el entusiasmo.

—Tienes razón —constató en voz baja—. Tienes razón —repitió a continuación con más seguridad.

Al cabo de un segundo, empezó a rebuscar entre la ropa con otra actitud. Yo me limité a contemplarla con una sonrisa en los labios.

Y entonces fue cuando lo vi.

El vestido.

El vestido de Riley.

Contuve el aliento y, con cuidado, aparté los que quedaban junto a la pieza en cuestión.

—Oh, Dios mío —susurré.

—¿Qué?

—Riley —exclamé mientras sacaba el vestido del perchero para sostenerlo en alto.

Ella abrió unos ojos como platos nada más verlo. La parte superior estaba confeccionada con tejido de color blanco decorado con un encaje grueso de color negro. La falda era larga y abombada, del mismo tejido blanco que la parte superior. Encima llevaba una fina capa de tul negro que atenuaba el color blanco hasta el punto de que se percibía casi como gris.

Era perfecto.

Lo noté. Y además lo vi con claridad en la expresión de mi hermana. Era el vestido perfecto para ella.

—Tienes que probártelo —la insté de un modo enérgico mientras, de puntillas, buscaba los probadores con la mirada.

Agarré a Riley por un brazo y me la llevé hasta las pesadas cortinas de terciopelo que había en la parte trasera de la sala. Una vez allí, me quedé con su bolso y su chaqueta, le di el vestido y la metí en la primera cabina de un empujón. Ella parecía casi aturdida, y, mientras esperaba impaciente a que se cambiara, oí cómo murmuraba sin parar.

—Mira que como no me quede bien... Sawyer, como no me quede bien, me volveré totalmente...

Se calló de pronto y, tras lo que pareció una eternidad, abrió la cortina de golpe.

Me quedé boquiabierta.

Su aspecto era casi mágico.

El vestido era cerrado hasta el cuello, pero el encaje de los brazos y del escote permitía vislumbrar su piel pálida. La falda acentuaba su delgada cintura y a medida que descendía se volvía más ancha y voluptuosa. Era un poco largo para ella, pero estaba segura de que se podría acortar sin problemas. Riley se dio la vuelta para mostrarme el escote de la espalda.

Era de buen gusto, pero muy profundo, y en los lados permitía leer parte de las palabras que las dos llevábamos tatuadas en el mismo lugar del cuerpo:

not empty
not alone

not lost

Eran para recordarnos que, mientras nos tuviéramos la una a la otra, podríamos superar cualquier cosa.

Ver esas palabras en el cuerpo de Riley mientras llevaba puesto el vestido con el que seguramente se casaría me hizo pensar en papá y mamá. Y, de repente, todo lo que había sentido el fin de semana anterior amenazó con volver a aflorar. Las lágrimas me ardían en los ojos, y cuando Riley se volvió de nuevo hacia mí y me miró, la sonrisa se le heló de inmediato. Se recogió la falda enseguida y se me acercó.

«Mierda.»

—¿Qué te ocurre? Oh, Dios, ¿tan horrible me queda? —preguntó presionándome el brazo con suavidad.

—¡No! No, estás preciosa. Es sólo que ojalá...

Negué con la cabeza y luego la eché hacia atrás para evitar que las lágrimas empezaran a desprenderse y a recorrerme las mejillas.

—Ojalá —proseguí— mamá y papá estuvieran aquí para verte.

Durante una fracción de segundo, ella se puso tensa, pero enseguida me envolvió entre sus brazos. Hundí la cara en el pliegue de su cuello y me sentí increíblemente bien mientras me abrazaba.

—No paro de pensarlo, Sawyer. No sabes hasta qué punto —susurró frente a mi sien.

Me acarició la espalda y yo hice lo mismo con la suya. Era evidente que para las dos resultaba un gran alivio no tener la necesidad, al menos durante esos instantes, de fingir que todo iba bien y que no teníamos ningún problema con todo lo que había ocurrido en nuestras vidas.

Al cabo de un rato, Riley se inclinó un poco hacia atrás. Me agarró por los brazos y me miró fijamente a los ojos.

—Si vieran todo lo que has conseguido..., el trabajo, la carrera... y que aprovechas ese talento que tienes, estarían increíblemente orgullosos de ti. Estoy más que segura de eso, Sawyer.

Me mordí el labio inferior.

—A veces me pregunto qué pasaría realmente. Quiero decir que no soy precisamente la hija ideal, que digamos.

Ella frunció el ceño al oír mis palabras.

—¿Quién dice esas mierdas? —preguntó indignada.

—¡Nadie! Es sólo que... —empecé a decir, y tuve que detenerme para aclararme la garganta antes de continuar—. Lo pienso continuamente. Los conocí durante tan poco tiempo... A veces intento visualizar sus rostros y tengo que abrir el medallón para recordarlos bien.

—Pero si a mí me sucede lo mismo —susurró—. Es normal, Sawyer. Han pasado once años desde entonces.

Esas palabras me quitaron un peso de encima.

—Hace demasiado tiempo que no hablamos en serio —sentenció frotándome los brazos de un modo afectuoso.

—Porque hablar es una mierda.

—Ya lo sé. Pero aun así.

Me soltó los brazos, se plantó frente al espejo que había entre dos probadores, una lámina enorme que llegaba hasta el techo, y ladeó la cabeza.

—Estoy estupenda —constató como si no pudiera creerlo.

Asentí enérgicamente para darle la razón.

—Espléndida.

—¿Me lo quedo? —preguntó.

Yo no paraba de asentir.

Riley se giró de nuevo y contempló el escote de la espalda por encima del hombro. Su mirada recayó en el tatuaje y una expresión de comprensión se apoderó de su rostro. Me dedicó una sonrisa.

—Me lo quedo —afirmó.

—¿Quieres que vaya a buscar a un dependiente para que pueda cogerte la medida del dobladillo? —pregunté.

Ella negó con la cabeza.

—Todavía no hemos terminado.

Al ver mi rostro interrogante, su sonrisa se volvió diabólica.

—No pensarás venir a mi boda vestida con una camiseta de Oasis, ¿verdad?

—Oh —exclamé perpleja—. ¿Quieres que yo también me pruebe un vestido?

Riley asintió.

—Me cambio enseguida, apartamos este vestido y luego te toca a ti.

Tal como lo dijo, pareció casi una amenaza.

Cuando poco después me planté frente a los vestuarios para probarme un vestido tras otro, no quedaba ni rastro del momento emotivo que habíamos compartido hacía un rato. Todo lo contrario. Con cada segundo que pasaba, Riley sólo conseguía enfurecerme más y más. Y no sólo por el hecho de obligarme a probarme vestidos de cualquier otro color que no fuera el negro, sino sobre todo porque todos los que elegía tenían volantes o lacitos. Volantes. Lacitos.

Mientras yo vomitaba por dentro, Riley me observaba cómodamente sentada frente a los probadores, tomándose la Coca-Cola que Tommy, nuestro dependiente, le había llevado. Al principio se había puesto algo nervioso cuando le dijimos lo que buscábamos, e incluso se había disculpado por no tener género a la altura de otras tiendas más especializadas en vestidos de novia. Cuando le hubimos contado los chascos que nos habíamos llevado en otras tiendas y el hecho de que Riley enseguida hubiera encontrado lo que buscaba en la suya, se alegró tanto que acabó invitándonos a tomar algo.

En esos momentos, Tommy estaba junto a mi hermana, examinándome de arriba abajo con los brazos cruzados.

—Éste no le queda bien —le dijo a Riley.

—Pero sería tan bonito que como mínimo estuviera a juego con la decoración —lamentó ella en un tono de voz de lo más serio.

—Entonces póntelo tú —refunfuñé bajando la mirada para verme. Aquel vestido era una verdadera pesadilla de color lila—. Parezco una chiflada.

—De acuerdo, te lo puedes quitar. Pero sólo cuando... —me ordenó mientras sacaba el móvil de mi bolso— te haya hecho una foto. ¡Ya está!

Puse los ojos en blanco y entré de nuevo en el probador.

A decir verdad, prefería estar haciendo el ridículo con ella que estar al borde de las lágrimas entre sus brazos junto al probador de una tienda de ropa. Por eso tampoco me quejé tanto.

—Sawyer, ¿quién es Isaac? —preguntó de repente.

Asomé la cabeza por la pesada cortina.

—¿Por qué?

—Porque te pregunta cómo van las compras —respondió mi hermana mostrándome mi móvil. Desde lejos vi la pantalla iluminada, pero cerré la cortina de nuevo y procedí a quitarme el vestido—. ¿Quieres que le conteste algo?

—Sólo si no puedes evitarlo —dije en el tono más desinteresado que fui capaz de fingir.

El silencio que vino a continuación sin duda no presagiaba nada bueno, pero todavía me quedaban un montón de vestidos por probarme.

El siguiente que cogí era verde. Solté un gemido de frustración y me lo pasé por encima de la cabeza. Tuve que retorcerme bastante para poder cerrar la cremallera yo misma, y sólo lo conseguí hasta la mitad.

Con una expresión enervada, aparté la cortina. Cuando Riley levantó la mirada de mi móvil, se tapó la boca con la mano de inmediato.

—Pareces una versión demacrada de Campanilla —observó antes de partirse de risa.

—Muchas gracias. ¿Ahora ya puedo probarme alguno de color negro? —pregunté esperanzada.

—Sí. Un momento.

Una vez más, levantó mi móvil y me hizo una foto. A continuación, sus dedos volaron sobre la pantalla.

—¿Se puede saber qué demonios estás haciendo? —pregunté.

Riley levantó la cabeza apenas un instante, pero sin dejar de teclear.

—Le estoy escribiendo a Isaac.

—Por favor, no me digas que le has mandado las fotos —supliqué con un gemido.

Ella sonrió como una niña traviesa.

—Pues sí, se las he enviado. Y dice que prefiere que te haga las fotos mientras te estás cambiando.

—Pervertido —murmuré cerrando la cortina de nuevo.

—Este tal Isaac, ¿no será el motivo por el que últimamente no me cuentas nada sobre tu vida amorosa?

—Si no te cuento nada sobre mi vida amorosa es porque no tengo vida amorosa, Riley. No hay nada que contar —grité desde detrás de la cortina mientras me quitaba el vestido y lo dejaba caer al suelo, junto a los demás.

—Te das cuenta de que puedo leer vuestro historial de mensajes completo, ¿verdad?

—¿Y qué? No es que hayamos estado haciendo *sexting*, que digamos.

Riley soltó un resoplido.

—«Gracias por lo del fin de semana, fue genial» —citó mi hermana poniendo una voz aguda.

El estómago se me encogió de repente.

—«La próxima vez te dejaré que cabalgues con *Moonshine* de verdad, ya verás.» Por favor, dime que no has bautizado su rabo con el nombre de *Moonshine*.

Oí la tos forzada de Tommy.

—*Moonshine* es su yegua —grité—. Me llevó a la granja de sus padres.

—Ajá —se limitó a replicar mi hermana.

En su tono de voz detecté con claridad que no se creía ni una palabra, la muy cabrona.

Elegí uno de los vestidos negros de la pila y me lo probé. Era de tirantes finos y me llegaba justo por encima de la rodilla. Probablemente era un poco demasiado atrevido para una boda en invierno, pero decidí ignorar ese hecho, porque me había enamorado por completo de la suavidad del tejido en contacto con mi piel. Era muy austero, liso hasta el pecho, donde una tela de encaje muy delicada decoraba un escote precioso. La parte superior me quedaba más o menos entallada hasta la cintura, y la falda se abría para quedar más holgada.

En esta ocasión, salí del probador con una sonrisa en los labios. Tommy abrió la boca y la cerró de nuevo antes de mirar a Riley con una expresión interrogante.

Mi hermana suspiró.

—De acuerdo, abandono. Acepto que tú también vengas vestida de negro a la boda.

—Tengo que comprármelo —afirmé muy seria.

—Por supuesto que sí. Cuando alguien sale de un probador como tú has salido, es que ya está todo decidido.

Me planté frente al espejo y di una vuelta sobre mí misma.

Me sentí como una niña pequeña cuando noté cómo la falda se levantaba y se abría con el giro.

Miré a Riley con una sonrisa radiante. Justo en ese momento, mi hermana levantó mi móvil y pulsó el disparador de la cámara. Me daba igual si le acababa mandando la fotografía a Isaac o no. Estaba decidida a llevar ese vestido en su boda. Me encantaba.

Me cambié de ropa y le di a Tommy los vestidos que no me quedaban bien o que no me habían gustado. Cuando salí del probador con el vestido colgado del brazo, Riley me devolvió el móvil con una sonrisa pícara.

—Tú a mí no me tomas el pelo —me dijo antes de quitarme el vestido de las manos y echar a andar hacia la caja. Ya contaba con lo peor cuando desbloqueé mi móvil para buscar el intercambio de mensajes que se acababa de producir entre Isaac y ella.

Le había mandado tres imágenes, y las tres me las había hecho justo en el instante en el que, saliendo del probador, la había mirado como a una chiflada.

Isaac había escrito: No pareces especialmente contenta, a lo que mi hermana había respondido: Nunca está contenta cuando tiene que probarse vestidos de un color que no sea el negro.

El siguiente mensaje rezaba: ¿Quién eres?

Riley, la media naranja de Sawyer.

¡Muchas felicidades por tu compromiso, Riley!

Gracias. Mira, acaba de salir del probador.

Y a continuación había una foto mía con aquel horrible vestido de color verde.

Parece que a Sawyer no
le gusta el color verde.

                Parece que no. Se ha enfadado conmigo.
                Ahora le acaba de pegar una patada al vestido
                rojo y se probará uno negro.

¡Qué emocionante!

Acto seguido, Riley le había enviado la fotografía en la que me volvía hacia la cámara con una amplia sonrisa, ya vestida de negro.

Riley, por favor, devuélvele
el móvil a Sawyer.

                ¿Por qué? ¿Quieres escribirle guarradas?

Es posible.

                De acuerdo. Me alegro de haberte conocido. Si
                quieres, estás invitado a venir a mi boda,
                si tienes tiempo y ganas en noviembre.

Con mucho gusto. ¿Deseas
algún regalo en especial?

                Simplemente ocúpate de que
                Sawyer esté de buen humor ☺

Haré lo que pueda...

Enarqué una ceja y estaba a punto de escribirle yo misma para preguntarle qué significaba todo aquello cuando se me adelantó:

¿Sawyer?

Solté un suspiro.

>¿Sí?

Por favor, cómprate ese vestido.

Negué con la cabeza sin poder evitar que apareciera una sonrisa en mis labios.

>Y yo que creía que querías
>escribirme alguna guarrada.

Cómprate el vestido. Te queda
de maravilla, estás guapísima.

>Eso no es nada guarro, Isaac. En absoluto.

No veo el momento de verte con ese
vestido puesto, para quitártelo enseguida
y no parar hasta que grites mi nombre.
Y acuérdate de no ponerte ropa interior.

Tuve que leer el mensaje tres veces, y luego solté una sonora carcajada. Tuve que esperar hasta que me hube calmado un poco para responderle.

> ¿Qué pasa? ¿Has estado leyendo
> las historias de Dawn?

Hot for You.

> ¿Cómo no se me ha ocurrido a mí antes?
> Es un entrenamiento genial.

Sí. Es increíble la de cosas
que he aprendido.

> ¡Quiero saber más!

El resto prefiero guardármelo
para el día de la boda.
O para el fin de semana que viene.

> ¿Qué ocurre el próximo fin de semana?

Que me acompañarás de nuevo a la granja.
Es decir, si tú quieres, claro.
Estuvo muy bien. Y a mis hermanos les
caíste genial. Para Ariel no hay más temas
de conversación que tus tatuajes.

El siguiente mensaje era una fotografía en la que Ariel aparecía sonriendo desdentada y mostrando a la cámara con orgullo el dorso de una mano, en la que llevaba un tatuaje temporal de un unicornio algo emborronado.

Quiere que te diga que el siguiente
se lo tienes que hacer tú.

¿Sawyer?
¡Tranquila, no es necesario que vengas,
si no te apetece!
Hoy, cuando he llegado, todos me han
preguntado por ti. Mi abuela incluso había
preparado una tarta de limón.
Pero comprendo perfectamente
que prefieras pasar el fin de semana
con gente de tu edad, y no con niñas
o con mis abuelos.
Olvídalo, no he dicho nada.
Además, tampoco se espera
que haga buen tiempo...

                                                                                ISAAC.

Lo siento.

                            No puedo teclear tan deprisa.
                         Me encantará volver a acompañarte
                                        a la granja.
                                            Gracias.

¡Ah! OK.
Guay.
☺

22

Si me lo hubieran dicho no lo habría creído posible, pero la semana siguiente todavía fue más estresante que la anterior. Al había caído víctima de no sé qué virus y estuvo dos días sin pasar por el Steakhouse. Para Isaac y para mí, no sólo supuso más trabajo durante nuestros turnos, sino también más responsabilidades. Eso sin tener en cuenta que Al nos llamaba cada dos minutos para asegurarse de que Roger, el cocinero, todavía no había reducido el local entero a cenizas y que yo no lo había convertido en un antro nocturno de música rock.

Por si fuera poco, el lunes Robyn quiso hablar conmigo para contarme que sus colegas habían quedado fascinados por la serie «Al día siguiente», hasta el punto de que esa semana me pidió que diera una breve conferencia al respecto antes del primer semestre.

Me encantaba hablar sobre mis fotografías y lo consideré un honor, pero teniendo en cuenta todo lo que se me venía encima de golpe habría renunciado con mucho gusto. Como mínimo, desde el incidente de la fiesta en casa de Spencer, Amanda y sus amigas me habían dejado en paz.

Cuando el viernes salí de mi última clase y vi a Isaac esperándome apoyado en el cacharro que tenía por coche, estuve a punto de gritar del alivio que sentí.

La perspectiva de volver con él a la granja era lo único que me había mantenido a flote a lo largo de toda la semana.

Dawn me había bombardeado con un montón de preguntas curiosas cuando esa mañana me vio preparar la maleta, pero yo me había limitado a ignorarlas. Ni siquiera habría sabido explicar lo que había sentido al ver que Isaac me invitaba a acompañarlo por segunda vez. ¿Cómo quería que se lo explicara si ni yo misma lo sabía?

No obstante, tampoco me interesaba darle demasiadas vueltas al tema. No quería pensar más de la cuenta acerca del significado que pudiera tener el hecho de que me sintiera mejor con sólo oír reír a Isaac.

—Tengo que advertirte —me dijo cuando pasábamos junto a unos campos de maíz, ya bastante cerca de la granja de su familia— que Ariel ha decidido que quiere ser fotógrafa, igual que tú. Lleva dos semanas sin soltar la cámara y fotografía todo lo que se le pone por delante. Todo. Seguro que querrá enseñarte hasta la última de las fotos que ha estado haciendo.

Con sólo imaginarlo, tuve que sonreír.

—¿Y de dónde ha sacado la cámara?

—De mi padre, creo —respondió Isaac encogiéndose de hombros.

Cuando aparcamos frente a la casa y bajamos del coche, no sentí ni mucho menos el temor que me había asaltado dos semanas atrás. Incluso dejé que *Vader* se me abalanzara y se limpiara las babas del hocico a conciencia en mis vaqueros negros.

Aunque era un viernes por la tarde normal y corriente y no se celebraba nada, la casa estaba llena de vida. Los abuelos de Isaac estaban sentados en el cómodo banco esquinero de la cocina, jugando a las cartas, mientras Levi no paraba de moverse entre las piernas de uno y otro, parloteando a su aire.

La madre de Isaac (que se llamaba Debbie, tal como él se

encargó de recordarme mientras entrábamos por el sendero de acceso a la finca) estaba sentada en la sala de estar, frente a una pila enorme de papeles que tenía extendidos por toda la mesa. Los iba cogiendo uno a uno, anotaba algo en un gran libro rojo y luego procedía a archivarlos en una carpeta. Entre sus piernas, en el suelo, Ivy jugaba con una tortuga de peluche.

Me sorprendió que Debbie levantara la mirada cuando entramos en la sala de estar, y todavía más que nos preguntara cómo había ido el viaje. En el rostro de Isaac se extendió una sonrisa cautelosa, pero abandonó cualquier recelo y enseguida empezó a contarle acerca de tres tractores tras los que habíamos tenido que conducir durante un buen rato de camino a la granja.

Mientras tanto, yo entré en la cocina y saludé a los abuelos de Isaac.

—Siéntate con nosotros, Sawyer —me invitó Mary después de abrazarme sin levantarse del banco—. Estábamos a punto de empezar la siguiente ronda.

Agradeciendo tener algo que hacer en lugar de seguir a Isaac todo el rato con miradas indecisas, me senté junto a ella, me arremangué el jersey y acepté las cartas que Theodore me tendía con una sonrisa en los labios.

El sábado pasó volando. Por la mañana fuimos a la ciudad para comprar un par de cosas que necesitaba la abuela de Isaac, por la tarde estuvimos recogiendo el estiércol de los establos y cortando el césped, lo que me pareció más divertido de lo que había creído. Después de haber estado trabajando al aire libre, al atardecer entramos en calor con una buena taza de chocolate caliente, envueltos en mantas de lana en la antigua habitación de Isaac, que entretanto se había convertido en una segunda habitación para los invitados, y viendo un maratón de *Star Wars*. Cuando, más o menos a las tres de la madrugada, entré en mi habitación, me había dado cuenta de que Yoda no era tan mal referente como yo había creído.

El domingo, después de comer, Ariel por fin se atrevió a mostrarme sus fotografías. Me senté a su lado en el sofá de la sala de estar y examiné las pequeñas obras de arte que había estado creando durante las dos semanas anteriores. Teniendo en cuenta que las había hecho una niña de ocho años, la verdad es que no estaban nada mal, y cuando le dije a Ariel que a su edad no habría sido capaz de hacer fotos como ésas, casi revienta de orgullo.

En algún momento, Mary nos dejó un gran álbum de fotos negro encima de la mesa.

—Aquí guardo mis fotografías preferidas —me explicó antes de desaparecer por la puerta de la cocina, de la que salía un aroma delicioso incluso para mí, que no era especialmente aficionada a los dulces.

Ariel cogió el álbum enseguida, lo abrió y lo colocó de manera que nos quedó con una página sobre el regazo de cada una.

En la primera había fotografías de bebés, con fechas que se remontaban veinte años atrás.

—Éste es... —empezó a decir Ariel, pero Isaac, que llevaba un rato sentado frente al piano, la interrumpió de repente con un gruñido de frustración.

—Zac hace ruidos muy raros —susurró Ariel con aire conspirativo, sin apartar la mirada del álbum.

—Porque no suena como él quiere —repliqué en el mismo tono.

Después de haber ayudado a su abuelo a recoger la mesa, Isaac había querido sentarse con nosotras en el sofá, pero Ariel se había puesto a gritar, escondiendo la cámara detrás de su cuerpo. Al parecer, sus fotografías eran estricto secreto y nadie más que yo podía verlas.

Isaac había fingido ofenderse muchísimo, pero Ariel se había negado en redondo a sacar la cámara en su presencia.

Al final, él se había levantado con una sonrisa burlona en los labios y se había acercado al piano. A esas alturas llevaba más de una hora tocando, y la verdad es que para mí sonaba de fábula, aunque al parecer él no compartía mi opinión y no estaba nada satisfecho.

Se quejó una vez más en voz alta y, al cabo de un instante, dejó caer las dos manos sobre el teclado de golpe, a juzgar por las notas disonantes y agudas que inundaron la sala.

—Empieza a darme miedo —susurró Ariel.

—Tú no le hagas caso —respondí también susurrando—. Es que no todo el mundo puede tener tanto talento como nosotras.

Ella se rio.

—¿Quién es ese bebé? —pregunté señalando la primera fotografía del álbum.

—Es mi hermana mayor, Eliza —me explicó Ariel con una sonrisa—. Yo era igual que ella cuando era un bebé. Mira —prosiguió pasando una página del álbum.

Realmente, tenía razón. Eran como dos gotas de agua, hasta el punto de que resultaba difícil distinguirlas. Seguro que cuando tuviera veinte años Ariel sería igual que Eliza en la actualidad.

Isaac se lamentó de nuevo con un sonoro gemido porque se había equivocado de nota.

—No seas tan duro contigo mismo —dijo su madre desde la puerta de la terraza. A continuación, se quitó los zapatos y entró en la sala de estar—. Llevabas muchos años sin tocar. ¿Cómo quieres que te salga todo bien desde el principio?

Él se limitó a encogerse de hombros.

Su madre se le acercó.

—Todavía recuerdo lo mucho que tardaste en aprender a

tocar la primera canción sin equivocarte ni una sola vez —añadió—. Vamos, apártate un poco y déjame sitio.

Isaac se quedó mirando a su madre durante unos instantes.

Junto a mí, Ariel guardaba un silencio sepulcral. Las dos nos dedicamos a observar cómo él se sentaba en un extremo de la banqueta para dejarle sitio a su madre.

Ella le dijo algo en voz baja, posó las manos sobre las teclas y empezó a tocar la misma melodía que Isaac había estado intentando hasta hacía un momento. Cuando llegó al punto en el que él se equivocaba, se detuvo apenas un instante y siguió tocando más despacio, para que Isaac pudiera fijarse. La imagen me pareció muy bonita, muy apacible, y no sólo porque yo estuviera al corriente de la mala relación que habían mantenido durante los últimos años.

Quizá lo que le había contado a Eliza realmente le había llegado al corazón y había decidido reparar los daños de la familia. El caso es que algo debía de haber sucedido desde el cumpleaños de Theodore.

Sin pensarlo dos veces, alargué el brazo por encima de Ariel y cogí mi cámara. La encendí, la levanté y pulsé el disparador.

—Mira —exclamó Ariel de repente—. Es la foto más divertida que tenemos de Zac.

Tuve que fijarme dos veces para reconocerlo en el chaval de diez años que aparecía en la fotografía. Era muy flacucho, y sus brazos y piernas parecían demasiado largos para un cuerpo que todavía no había terminado de crecer. El pelo brillante y liso le caía sobre la frente, mientras que la ropa que llevaba le quedaba demasiado ancha y, al mismo tiempo, demasiado corta. En realidad, la imagen habría sido más cómica de no haber sido por la expresión amargada que exhibía Isaac.

Aparecía con los ojos enrojecidos, como si hubiera estado llorando, y me pregunté qué idiota habría querido hacerle una foto en ese estado. Sin duda alguna, lo que necesitaba en esos instantes era un abrazo, y no una cámara frente a las narices que inmortalizara su rostro torturado.

Pasé una hoja más del álbum y encontré más fotografías de Eliza, que por aquel entonces, igual que Ariel, parecía encantada de la vida posando ante la cámara. A veces se veía a Isaac de fondo, normalmente con una sonrisa insegura en los labios. A medida que continuaba hojeando el álbum, Eliza e Isaac fueron creciendo. En algún momento apareció otro bebé, Ariel, y en las fotos en las que aparecía con ella Isaac volvía a mostrar una sonrisa radiante. Entretanto, sus brazos y sus piernas ya se habían proporcionado en relación con el cuerpo y no parecía que hubiera hecho más experimentos con su pelo. Sin embargo, seguía vistiendo de un modo horrible.

—Ahí papá estaba enfermo —me explicó Ariel cuando pasamos la hoja. Acarició con las puntas de los dedos el rostro de su padre tendido en una cama de hospital, pálido y escuálido, con un aspecto absolutamente opuesto al del hombre ágil y fuerte que yo había conocido en la granja—. Tuvieron que operarlo de la espalda —aclaró.

—Seguro que no fue fácil para vosotros —murmuré.

Contemplé las fotografías en las que Isaac, Eliza y Ariel aparecían alrededor de la cama de hospital con aspecto realmente angustiado. Apenas recordaba nada de la época en la que mi padre había caído enfermo, pero sabía lo que se sentía viendo a tu padre tendido en la cama de un hospital, rodeado de aparatos y tubos, observando cómo se le escapaba la vida. Los ruidos de las máquinas me habían quedado grabados a fuego en la memoria, igual que los llantos desesperados de mi madre, que nos habían mantenido despiertas a Riley y a mí una noche tras otra.

—Ahora ya se ha curado —me informó Ariel, apresurándose a pasar página. No me costó nada comprender que no tuviera ganas de recordar aquellos momentos.

En la página siguiente había imágenes de un granero ruinoso, frente al que Isaac y tres jóvenes más posaban para la foto cubiertos de mugre hasta las cejas. Él llevaba puestos unos vaqueros rasgados y una sencilla camiseta lisa de color negro, y aparecía secándose la frente.

Yo no podría haber hecho una foto mejor.

Las páginas siguientes documentaban la restauración del granero en cuestión, así como de los establos para los caballos, que al principio tenían un aspecto tan destartalado que incluso despertaban el temor de que pudieran derrumbarse en cualquier instante.

Los tractores que se veían en las fotografías también parecían de otra época. A medida que Ariel y yo íbamos avanzando por las páginas del álbum, la maquinaria se veía cada vez más y más moderna. En algunas imágenes, el padre de Isaac aparecía sentado en una silla de ruedas y, a su lado, su hijo mostraba a la cámara una sonrisa henchida de orgullo.

Si él era el responsable de la evolución que había sufrido la granja durante esa época, era comprensible que los padres de Isaac hubieran creído y deseado que su hijo se quedara con ellos. Parecía como si hubiera nacido para trabajar allí. Y, viendo el brillo de sus ojos en las fotografías, costaba imaginar que en esos momentos Isaac no supiera con exactitud a qué quería dedicar su vida.

—Si llego a saber que miraríais mis fotos de niño, no os dejo solas —comentó Isaac, y su voz me arrancó de mis cavilaciones de inmediato.

Lo miré y vi que se había vuelto hacia nosotras. Su madre se levantó de la banqueta del piano y se acercó al sofá con una sonrisa. Se sentó junto a Ariel y le acarició la cabeza con cariño.

—Hace una eternidad que no veo esas fotografías —constató—. Mira lo claro que tenías el pelo entonces, cielo. Se te ha oscurecido muchísimo.

—La abuela nos ha dejado ver el álbum —explicó Ariel, retrocediendo un par de páginas.

Isaac también se nos acercó y se sentó en el sofá. Se inclinó un poco hacia mí para poder ver mejor las fotografías. Lo tenía tan cerca que pude notar el contacto de su cuerpo contra el mío.

—No quiero verlo —exclamó tapándose los ojos con una mano en un gesto teatral.

—De todos modos, quería pedirte que pases a ver a Heather un momento, antes de volver a Woodshill. Ayer volvió de unas vacaciones y tiene problemas con el ordenador. Me ha pedido si podías echarle un vistazo. Al parecer, la pantalla le sale de color azul cada vez que lo enciende.

Me di cuenta de que Isaac me lanzaba una fugaz mirada de reojo, pero cuando me volví hacia él rehuyó mis ojos y se levantó de repente.

—Claro, voy enseguida —murmuró antes de salir con pasos apresurados de la sala de estar.

—La tía Heather no ha venido a saludarnos —se quejó Ariel.

«Heather. La tía Heather...» De repente, las piezas encajaron dentro de mi cabeza. Sin querer, me puse tensa de repente.

—¿La tía Heather? —pregunté en voz baja.

Debbie sonrió.

—Heather es mi mejor amiga. Crecimos juntas, de hecho. Su marido murió poco después de la boda. Es como una hermana para mí, por eso la convencí para que se mudara aquí, para que no se sintiera tan sola. Vive en una granja pequeña que hay al final del camino.

—Heather es mi madrina —añadió Ariel con orgullo.

Asentí muy despacio, mientras una sensación abrumadora se apoderaba de mi pecho.

De manera que Isaac había ido a ver a su exnovia. A la única mujer que le había transmitido la sensación de valer para algo. A la mujer con la que lo había hecho por primera vez. La primera mujer de la que se había enamorado.

—¿Todo bien, Sawyer? —preguntó Debbie de un modo afectuoso.

Intenté identificar en su mirada si estaba al corriente de lo sucedido o si al menos sospechaba que tal vez había habido algo entre Isaac y Heather. Que esa mujer, su mejor amiga, se había aprovechado de su hijo buscando un consuelo para su viudez.

Sin embargo, Debbie no lo sabía. Al verla, me quedó clarísimo. Su sonrisa era totalmente inocente y abierta, y en ese preciso instante habría dado cualquier cosa por compartir su ingenuidad. Porque de ese modo no habría tenido que lidiar con esa presión que me acuciaba en el pecho, ni me estaría preguntando qué significado tenía aquella sensación.

Pasaron veinte minutos.

Media hora.

Y media hora más.

Saqué el móvil de mi bolso, estaba segura de que Isaac me habría escrito para avisarme de que tardaría más de la cuenta, pero sólo encontré un mensaje de Dawn en el que me preguntaba cuándo regresaría.

No tenía ningún mensaje de Isaac, ni ninguna llamada tampoco. Intenté distraerme respondiendo a las preguntas que Ariel no paraba de hacerme acerca de mis tatuajes. Incluso le ofrecí que empezáramos a pensar juntas el siguiente que me hiciera.

No obstante, llegó un momento en el que no pude seguir ignorando aquella desagradable sensación que me acuciaba en el estómago, como tampoco la rabia que poco a poco bullía en mi interior.

¿Cómo había podido hacerlo? ¿Cómo había podido invitarme a su casa y luego dejarme allí sentada para ir a ver a su exnovia? Me daba igual lo importante que pudiera ser aquella mujer para la familia, no me pareció nada adecuado.

Después de más de una hora y media, cuando por fin lo oí entrar de nuevo por la puerta, de buena gana me habría abalanzado sobre él para pegarle la bronca. Aun así, incluso el comentario mordaz que tenía preparado desde hacía rato se me atragantó al ver a la mujer que entró tras él en la sala de estar.

Heather era bonita, diría que casi preciosa, incluso. Tenía el pelo ondulado de color castaño, algo desmelenado, llevaba puestos unos vaqueros ajustados y una blusa anudada a la cintura, exhibiendo una estrecha franja de piel bronceada a la altura de la cintura.

—Lo siento, Debbie. Te lo he retenido demasiado rato —se disculpó con un tono amistoso y dedicándole a Isaac una sonrisa de soslayo. Tenía las mejillas enrojecidas, y con sólo pensar lo que debían de haber estado haciendo me entraron ganas de vomitar.

Heather cruzó la sala de estar como si estuviera en su propia casa. Primero saludó a Debbie con un beso en la mejilla y luego le dio un fuerte abrazo a Ariel. Cuando reparó en mi presencia, reaccionó enarcando las cejas.

—Heather, ésta es Sawyer —me presentó Isaac.

Ella me examinó de arriba abajo con la mirada, pasando por mis vaqueros negros, en los que había más agujeros que tela, y por mi jersey, con el cuello tan ancho que dejaba al descubierto un hombro entero y los dos tatuajes que lo decoraban. Me sonrió con cortesía, aunque en sus ojos detecté que, si le hubieran dado a elegir, en esos instantes habría preferido aplastarme como a un insecto asqueroso.

Antes de tender la mano derecha hacia mí, miró a Isaac con expresión interrogante.

—Esto... —empezó a decir él, pero tuvo que aclararse la garganta antes de proseguir. Levanté la mirada hacia Isaac, pero él la rehuyó—. Sawyer es... una amiga.

Me estremecí al oírlo, y por un momento incluso me costó respirar de tanto que me dolieron esas palabras. Tragué saliva con dificultad.

Acepté la mano que me tendía Heather de un modo mecánico, como una autómata, mientras decidía que valía la pena ignorar la mirada de suficiencia que había aparecido en su rostro al oír cómo me había presentado Isaac.

—Me alegro de conocerte, Sawyer.

—Lo mismo digo —me limité a replicar.

Los segundos se transformaron en minutos, y los minutos, en horas. Todo a mi alrededor quedó enturbiado, difuso, y sólo de forma periférica me di cuenta de que Isaac seguía a Heather y a Debbie hasta la cocina.

No sabía lo que estaba ocurriendo, pero lo que tenía muy claro era que no me encontraba nada bien. Notaba fuertes punzadas en las sienes, tenía las palmas de las manos frías y pegajosas y me costaba un horror concentrarme en respirar de forma regular.

Me encontraba cada vez peor, hasta que al final me levanté, dispuesta a pedirle a Isaac que me llevara de vuelta a Woodshill. Sin embargo, cuando llegué a la puerta de la cocina me quedé petrificada. Heather tenía la mano sobre su hombro.

—Tienes que prometerme que volverás pronto —le dijo sonriendo—. Casi no te veo el pelo por aquí.

Las punzadas que había sentido en alguna ocasión cuando

había visto a Isaac flirteando con alguna chica en el Steakhouse no eran nada comparadas con el dolor que se apoderó de mí en ese instante.

Él sonrió con timidez.

—Vengo cada fin de semana a la granja, Heather —explicó él volviéndose de inmediato hacia su madre. Algo indeciso, levantó la mano antes de volver a hablar—. Bueno, nos vamos. Diles adiós al abuelo y a la abuela de mi parte.

Por un instante, pareció como si fuera a abrazar a Debbie, pero se limitó a despedirse asintiendo con la cabeza.

—Sí, lo haré —prometió su madre—. Conduce con cuidado, Isaac.

Saludé a Debbie desde la puerta y le di las gracias por haberme acogido durante el fin de semana. Luego fui hacia el guardarropa sin siquiera dirigirle ni una sola mirada a Isaac, saqué mis zapatos y mi chaqueta, recogí la mochila y salí en dirección al coche.

El aire fresco me sentó bien y por fin pude respirar hondo.

«Una amiga.»

O sea que eso era yo para él.

¿Por qué me habían dolido tanto sus palabras? ¿Y por qué me había dolido tanto verlo con aquella mujer?

—Eh, ¿todo bien? —preguntó Isaac a mi espalda.

No obstante, no me veía capaz de mirarlo a los ojos, sobre todo si no quería acabar diciendo o haciendo algo que seguramente después lamentaría. Por eso decidí esperarlo con paciencia junto a la puerta del pasajero, hasta que él abriera el coche.

Sólo que no llegó a hacerlo.

En lugar de eso, se plantó a mi lado.

—¿Qué ocurre? —preguntó en voz baja.

No lo miré a los ojos. Me limité a mantener la mirada clavada en la manija de la puerta del coche. ¿Realmente era así de tonto o sólo lo fingía? En realidad siempre lo había considerado un chico inteligente y empático.

—Me has dejado sola —le reproché, y enseguida lamenté no haber cerrado el pico. En cuanto lo hube dicho, me pareció sencillamente ridículo.

Ridículo... y vulnerable.

Isaac levantó la mano y me tocó un hombro, pero yo lo rehuí enseguida y lo fulminé con la mirada. No estaba dispuesta a permitir que me tocara.

—Siento haber tardado tanto en volver —se disculpó en voz baja y con suavidad.

¿Por qué me hablaba como si no fuera más que un animal arisco?

—Era ella, ¿verdad? —pregunté. Incluso yo me sorprendí de lo gélida que sonó mi voz—. La vieja con la que te enrollabas, quiero decir.

A Isaac se le ensombreció la mirada de repente, pero no respondió a mi pregunta.

Aunque tampoco fue necesario.

—No me lo puedo creer —murmuré clavando la mirada en el suelo—. Es que no me lo puedo creer.

—Dijiste que no me juzgarías por ello.

—Y no lo estoy haciendo, joder. Y ahora, ¿puedes abrir el coche de una vez? Me gustaría volver a casa.

—Si estás tan furiosa conmigo, no podré concentrarme en la conducción y eso sería peligroso. O sea que no, no nos marcharemos hasta que lo hayamos aclarado.

Le lancé una mirada absolutamente furibunda, pero tuve la sensación de que no le afectaba lo más mínimo. Lo único que hizo fue mirarme con aire reflexivo, como si estuviera intentando descubrir lo que se ocultaba tras la máscara de mi rabia. Eso me enfureció todavía más.

—Muy bien, pues lo discutiremos ahora mismo —le solté cerrando los puños con tanta fuerza que me dolieron y todo—. Te he acompañado a tu casa. He renunciado a dos fiestas a las que me habían invitado y a un turno en el restaurante para poder estar aquí contigo. ¿Y tú qué haces? Desapareces durante más de una hora con tu maldita exnovia para reparar vete a saber qué, y encima luego la traes aquí con las mejillas coloradas, el pelo revuelto y la camisa anudada y me presentas como «esto... una amiga». No le importa un comino quién soy, o qué significo para ti, o qué papel desempeño en tu vida, y...

—Sawyer —murmuró Isaac.

—¿Para qué demonios tengo que enseñarte a ligar —pregunté casi sin aliento—, si luego resulta que tienes a alguien a tu disponibilidad siempre que te apetezca?

Notaba la garganta completamente seca, y tenía la sensación de que en cualquier momento podría echarme a llorar. Pero estaba decidida a no hacerlo. Otra vez no. Delante de Isaac no. Y, sobre todo, por Isaac no.

—Sawyer —susurró él de nuevo.

Me llamaba por mi nombre. Siempre me llamaba por mi nombre. Nunca me llamaba «nena», ni «cariño», como solían hacer todos los hombres. Para Isaac era simplemente Sawyer. Me preguntaba si era consciente de lo mucho que significaba eso para mí.

Al cabo de un instante, me envolvió las mejillas con las manos.

No pude hacer nada más que echar la cabeza atrás y mirarlo a los ojos.

Él me dedicó una mirada llena de calidez. Me acarició las mejillas, con mucho cuidado, tomó aire con calma y lo expulsó de nuevo.

Yo lo imité de un modo automático.

—No siento nada por Heather —aclaró al fin—. Y lamento mucho haberme ausentado durante tanto rato, a pesar de que había venido aquí contigo. Creí que sería un problema menor que podría resolver en dos minutos, pero luego ha llegado Keith, el marido de Heather, y me ha hecho mil preguntas sobre el equipo nuevo que se había comprado justo antes de marcharse de vacaciones.

Tragué saliva.

—¿Heather se ha vuelto a casar?

—Hace un año, sí.

—Ah.

—Además, ya te dije que lo que hubo entre nosotros no fue nada serio.

Me habría gustado dejarlo ahí y no añadir nada más, pero las palabras brotaron de un modo incontrolado de mi boca.

—Pero me dijiste que era la única mujer que te había transmitido la sensación de que eras alguien especial.

Isaac negó con la cabeza muy despacio.

—Fue la primera. No la única.

Me mordí el labio inferior. ¿Qué me había propuesto con todo aquello, en realidad? Ése era el motivo por el que habíamos empezado con toda aquella historia: para que él ganara confianza en sí mismo y eso le permitiera conocer a chicas. Al fin y al cabo, había visto con mis propios ojos cómo la hermanastra de Dawn se prendaba de él.

Desvié la mirada.

Por unos breves instantes, ese fin de semana había surgido en mi interior la idea de que tal vez yo podría ser la mujer adecuada para Isaac.

Qué idea tan absurda.

23

Durante la semana siguiente, evité coincidir con Isaac. No quedé con él, no respondí a sus mensajes y bloqueé cualquiera de los intentos que hizo de hablar conmigo mientras trabajábamos en el restaurante.

Simplemente, lo que había sucedido me había superado.

El fin de semana con su familia había sido la puntilla. El domingo había perdido totalmente el control de mis sentimientos. Nunca me había sucedido nada parecido, y posteriormente, reflexionando sobre lo ocurrido, se apoderó de mí un miedo atroz que me obligó a poner la mayor distancia posible de por medio.

No podía pasar ni un segundo más en su compañía mientras siguiera desencadenando en mí esa extraña mezcla de sentimientos. Ya me había derrumbado durante la fiesta de cumpleaños de su abuelo y había sido horrible, no podía permitir que me sucediera una vez más y estaba dispuesta a asegurarme de ello.

Yo no era una de esas chicas que lloran. Ni tampoco de las que se ponen celosas cuando un tío mira a otra. No tenía ni idea de lo que Isaac Grant había desencadenado en mí, pero, fuera lo que fuese, ya tenía suficiente. Estaba harta.

Quería volver a ser yo de una vez. Durante años, me las había arreglado de maravilla estando sola.

No necesitaba a nadie.

Y mucho menos a Isaac.

Sólo tenía que convencerme a mí misma de ello. Y eso fue precisamente lo que me propuse hacer esa noche. Simplemente, actué como de costumbre. Abrí mi lista de reproducción preferida y me maquillé a conciencia, con mucho lápiz de ojos y algo de purpurina plateada. Me puse un vestido negro sin tirantes, unas medias con carreras y unas botas con plataforma. Decidí tomar un taxi del campus para que me dejara directamente delante de mi local preferido, por lo que ni siquiera me puse chaqueta.

Cuando me despedí de Dawn y le dije que seguramente regresaría a la mañana siguiente, no pareció precisamente entusiasmada, pero la verdad es que me dio igual. Me había cerrado en banda y no pensaba dejar que se me acercara nada que pudiera hacerme daño.

El Faded estaba algo alejado del campus, pero era uno de mis locales preferidos de Woodshill. Me gustaba el ambiente algo gótico que imperaba, así como el hecho de que la mayoría de la gente que acudía tuviera un estilo similar al mío. Al contrario de lo que ocurría en el Hillhouse, donde yo cantaba como una almeja, en el Faded me sentía integrada. A aquello cabía añadir que ponían buena música, que las bebidas no tenían un precio exorbitante y que proyectaban imágenes con láser en los muros destartalados.

El portero me saludó con un «Cuánto tiempo sin verte» y me dejó entrar enseguida. En la barra me encontré a tres compañeros de clase de un curso superior con los que ya había coincidido allí otras veces. Uno de ellos se llamaba Masao, y la mirada tórrida que me lanzó mientras intentábamos charlar por encima de la música me dejó muy claras sus intenciones. Me lo llevé hasta la pista de baile, donde se pegó a mi espalda y disfruté del contacto de sus manos sobre mi cuerpo.

Empezó a susurrarme palabras que la música se tragaba sin remedio, aunque no me hacía falta oírlas para comprender lo que significaban. Extendí una mano hacia atrás para agarrarme a su nuca y mantenerlo muy cerca de mí. La canción era buena y Masao sabía moverse. La presión de sus dedos sobre mi cintura me demostraba con claridad lo que quería. Posé las manos sobre las de él mientras seguían descendiendo por mi cuerpo. Notaba la vibración de su torso contra mi espalda casi tanto como el retumbar de los bajos. Cerré los ojos y...

... de repente apareció en mi mente la imagen de Isaac.

Me quedé de piedra.

¡No podía ser cierto!

Y, luego, todos los recuerdos acudieron a mí en tropel: sus ojos entre verdes y pardos, que siempre veían más en mí de lo que estaba dispuesta a revelar; sus labios cálidos; el tacto de su cuerpo bajo mis manos y el sonido de mi nombre cuando era su boca la que lo pronunciaba, consiguiendo que sonara tan distinto, mejor.

Me invadió una sensación de calidez. No sólo física, sino también interior. En el corazón. Y eso... ¡era una mierda!

Abrí los ojos. De repente era consciente de lo que había estado a punto de hacer, de las manos que me agarraban por las caderas, del contacto que había estado disfrutando hasta hacía un minuto y que se habían convertido en algo ajeno, impostado. De golpe, sentí la necesidad urgente de alejarme de Masao.

Apreté los dientes con fuerza. La rabia fluía por mi interior como un río de lava.

¡La culpa era de Isaac! Maldito friqui, con su mierda de palabras cariñosas y sus modales apocados. Oh, Dios, cada vez estaba más furiosa. Masao se dio cuenta de que algo no iba bien y me miró con una expresión interrogante. Yo negué con la cabeza, articulé un «Lo siento» con los labios y lo dejé allí plantado.

Sabía que me estaba comportando de un modo completamente irracional y tal vez me había tomado algún vodka de más, pero sentí la necesidad imperiosa de ver a Isaac. Tenía que verlo y dejarle claro que me parecía inaceptable que en cuestión de pocas semanas le hubiera dado un vuelco a mi vida y me hubiera convertido en una persona completamente distinta.

Con pasos rápidos y enérgicos, subí la escalera de su finca y golpeé la puerta de su piso con la mano plana, con tanta fuerza y haciendo tanto ruido que seguramente asusté a todos los vecinos.

Por desgracia, no fue Isaac quien me abrió la puerta, sino Gian.

Ni siquiera lo dejé hablar.

—¿Dónde está? —le solté.

—¿En su habitación? —respondió, aunque sonó más bien como una pregunta—. Sawyer, ¿qué...?

Sin mediar palabra con él, crucé el pasillo del piso y abrí la puerta de la habitación de Isaac de par en par.

Estaba sentado frente a su escritorio, con un libro del que sobresalían un montón de pósits. Claro, cómo no. Sólo un tío como Isaac era capaz de pasar el jueves por la noche leyendo para la universidad, cuando la mayoría de los estudiantes habían decidido que el fin de semana ya había comenzado.

—¡Tú! —grité señalándolo con el dedo.

Al verme, se quedó de piedra. Se me quedó mirando como si estuviera contemplando a una chiflada. A todo esto, era exactamente así como me sentía. Loca y fuera de mis casillas. Y sólo por su culpa.

—¡Todo esto es culpa tuya! —exclamé con voz temblorosa.

—¿Qué es culpa mía? —preguntó cerrando el libro sin apartar la mirada de mí. Me examinó de arriba abajo, muy despacio, y luego de abajo arriba. Tragó saliva, y algo profundo y oscuro centelleó en sus ojos y me puso la carne de gallina.

—Se suponía que eras un proyecto. Nada más —le solté. Cerré la puerta de su cuarto y apoyé la espalda en ella. Necesitaba sostenerme con algo, y también notar el frescor que la hoja de madera transmitió a mi acalorada espalda.

Isaac se puso de pie. Hundió las manos en los bolsillos de los vaqueros y se me acercó poco a poco. Cada uno de sus pasos me robaba un poco el aire, y cuando se plantó frente a mí tuve la sensación de no poder seguir respirando.

«¿Qué me estás haciendo?, ¿qué demonios me estás haciendo?», eran las palabras que cruzaban mi mente en esos instantes, mientras mi corazón seguía acelerándose. Me presioné el pecho con una mano para tratar de evitarlo.

—¿Qué ocurre? —preguntó él en voz baja.

Aspiré una bocanada de aire temblorosa.

—Que no puedo más.

Levantó la mano hacia mi cara, pero justo antes de tocarme la dejó caer de nuevo y cerró el puño con fuerza.

—¿A qué te refieres cuando dices que no puedes más, Sawyer?

—¡A todo! A llorar. A sentir celos. Ésa no soy yo.

—Conmigo puedes ser quien tú quieras.

Arrugué la frente.

—¿Qué?

—En tu presencia, yo puedo ser quien quiero. Sin pensar en lo que los demás ven en mí. Y creo que a ti te ocurre lo mismo —explicó en voz baja pero con énfasis.

Tragué saliva con dificultad.

—Para ya.

—¿A qué te refieres? —preguntó en tono desafiante.

—A todas esas cosas que me dices. Déjalo.

—¿Es ése el motivo por el que me has estado evitando durante toda la semana? ¿Porque no querías oír algo así?

Podría haber respondido un montón de cosas a eso. Que los sentimientos que desencadenaba en mí me provocaban verdadero pánico. Que en su presencia me sentía una persona completamente distinta. Que quería más. Sin embargo, al final me limité a encogerme de hombros con cierto desespero.

Él soltó un leve suspiro. Al cabo de un momento, levantó una mano y me apartó el pelo de la cara. Nada más tocarme, me di cuenta de que estaba perdida. El cosquilleo que empecé a sentir fue tan intenso que tuve que agradecer que la puerta estuviera ahí para sostenerme.

—He salido de fiesta —grazné, y al cabo de unos instantes levanté la mirada hacia él.

—Me lo he imaginado —murmuró acariciándome la cara con mucho cuidado justo debajo de los ojos, siguiendo por mi pómulo y hasta la sien—. Con toda esa purpurina. Te queda genial.

Todavía noté más calor. Me sentía incapaz de contrarrestar lo que conseguía desencadenar en mí. Con aquella manera de hablarme. Todas y cada una de las palabras que pronunciaban sus labios eran sinceras e insoportablemente tiernas.

Cogí aire y me recompuse.

—Había un tío con el que quería acostarme.

La mano de Isaac se detuvo de repente en mi cara y sus ojos buscaron los míos.

—Pero no podía —proseguí con dificultad.

—¿Por qué no? —preguntó con más intensidad.

—Porque... —empecé a decir, pero me falló la voz. Jamás en la vida había temido tanto decir algo en voz alta.

—Sawyer...

—Porque no paraba de pensar en ti, Isaac —confesé al fin, y acto seguido contuve el aliento.

Durante unos instantes nos limitamos a mirarnos fijamente, como si lo que acababa de decir nos hubiera sorprendido de verdad.

Y acto seguido presioné mis labios contra los suyos, con cuidado.

Fue un beso inocente, y muy breve. Pero tenía que hacerle entender como fuera que... lo quería.

Que lo quería de verdad.

El corazón empezó a latirme con tanta fuerza que sentía cómo todo mi cuerpo vibraba al mismo compás. Aparté los labios de los de Isaac y me incliné hacia atrás buscando su mirada.

Pero tenía los ojos cerrados.

—Me has besado —constató en voz baja.

No pude evitar sonreír.

—No es la primera vez.

Él respondió a mi sonrisa.

—Cierto. Pero ésta ha sido algo distinto.

—¿Sí? —pregunté con un susurro.

Asintió. Sin abrir los ojos, me agarró la cara con las manos, se inclinó hacia mí y me acarició los labios con los suyos. Y, aunque apenas llegó a tocarme, tuve la sensación de que estaba a punto de caer al suelo desplomada. Nunca me había sucedido nada semejante. Si ya me sentía tan bien cuando apenas me había rozado con los labios...

Sabía que estaba cometiendo un error, era consciente de ello. Isaac era el único amigo que tenía. Y mi misión consistía en conseguir que ligara con otras chicas, con chicas más adecuadas para él. Pero una vocecita traicionera que sonaba dentro de mi cabeza me preguntaba por qué esa noche no podía ser yo esa chica. Sólo esa noche, una única vez.

—Isaac —susurré.

Deslicé las manos por su torso, descendiendo hasta sus caderas, a las que me aferré con fuerza mientras me besaba como nadie me había besado jamás. Empezó poco a poco, con mucha suavidad, como si quisiera familiarizarse con la forma de mis labios. Cuando su beso se volvió más profundo, me hizo cosquillas en la frente con el pelo.

Fue como si me hubiera olvidado de todo lo aprendido, de todo lo que conocía tan bien. Como si me hubieran vaciado la mente y sólo hubiera quedado Isaac, el tacto de su cuerpo contra el mío, su cálida boca y los latidos de mi corazón, acelerados hasta un punto casi enfermizo.

Si conseguí mantenerme en pie fue sólo gracias a la puerta. De no haber estado allí, seguramente me habría desplomado sin más. Isaac me debilitaba, aunque al mismo tiempo conseguía que por mi cuerpo fluyera la adrenalina hasta hacerme temblar.

En cuanto se dio cuenta de que las rodillas estaban a punto de fallarme, me envolvió las caderas con un brazo. Me atrajo hacia sí y me mantuvo pegada a su cuerpo, agarrada a sus hombros. Luego deslizó la lengua dentro de mi boca.

Y entonces me di cuenta, de repente supe que lo que estaba haciendo era bueno. Es más, era inevitable. Como una fuerza de la naturaleza.

Me aferré a su cuerpo mientras él seguía con la lengua en mi boca, dándome lo que tanto había anhelado.

«Joder. Joder, joder.» No sólo me fallaban las rodillas, es que mi cuerpo entero parecía estar derritiéndose. No podía concentrarme en nada más que en su boca, en su cuerpo, en el calor indescriptible que me transmitía.

Nos besamos hasta que nos quedamos sin aire. Luego inclinó la frente hasta apoyarla en mi sien y nos limitamos a respirar entre jadeos.

—Me alegro de que no te hayas acostado con ese tío —murmuró antes de acariciarme la cintura con las yemas de los dedos. Muy despacio, fue descendiendo y luego volvió a subir. Eso me erizó la piel del cuerpo entero. De ese modo no podría volver a respirar con normalidad en mi vida. Aunque en esos instantes lo de respirar me pareció un poco sobrevalorado.

—Yo también —susurré mientras le acariciaba la nuca con delicadeza.

—Y que hayas preferido venir —prosiguió—. A verme a mí.

Me quedé contemplando sus preciosos labios, incapaz de decir nada, simplemente asintiendo.

—Yo también pienso en ti —confesó al fin, y las mejillas se le pusieron coloradas. Me sorprendí de lo familiar que me resultaba ya a esas alturas ese tono de piel sonrojado.

El corazón estaba a punto de saltarme del pecho.

Hundió la boca de nuevo en la mía. Sin embargo, poco antes de que nuestros labios entraran en contacto una vez más, murmuró unas palabras.

—Todo el día.

Esta vez ni siquiera nos detuvimos para tomar aire. Isaac me agarró la cabeza y me besó con más intensidad, con más pasión y más profundidad que antes incluso. Luego presionó su cuerpo contra el mío, y lo hizo de forma tan abrupta y súbita que mi espalda acabó chocando contra la puerta.

—Lo siento —jadeó—. No era mi intención.

—No pasa nada —respondí casi sin aliento—. En cierto modo, hasta me ha parecido sexy.

A pesar de la expresión tormentosa que vi en sus ojos, en su rostro apareció también una sonrisa algo ingenua.

—¿Ah, sí?

En lugar de responderle con palabras, lo agarré por el cuello de la camiseta y lo acerqué a mí otra vez. Isaac soltó un gemido en cuanto nuestras lenguas se encontraron. Deslizó sus manos por mi cuerpo y me agarró el trasero. Primero titubeando un poco, pero enseguida con más firmeza, hasta que solté un jadeo. Animado por mi reacción, presionó sus caderas contra las mías y pude notar con claridad lo excitado que estaba. Me sentía como si estuviera ardiendo entre llamaradas.

La necesidad que sentía de tocarlo era imperiosa. Deslicé las manos por debajo de su camiseta y suspiré en el mismo instante en que noté su cálida piel. Recorrí con las yemas de los dedos los músculos de su espalda hasta llegar a los hombros, donde por fin me aferré con fuerza.

Isaac dejó un rastro abrasador de besos desde mi mentón hasta mi cuello. Una vez allí, presionó sus labios contra mi pulso justo en el instante en el que me metía las manos por debajo del vestido. Me agarró un muslo por la parte de atrás, aunque sin atreverse a seguir subiendo.

—Joder, Sawyer. Te deseo.

Aquellas palabras me dejaron sin habla. Al fin y al cabo, era Isaac. Isaac, el mismo tipo que hasta hacía poco se moría de vergüenza cada vez que una chica le dedicaba una sonrisa. El mismo que se sonrojaba por cualquier nimiedad. El mismo que en esos momentos me estaba empotrando contra la puerta, jadeando junto a mi oído.

El pecho le subía y le bajaba con visible intensidad. Con un solo dedo en su barbilla, conseguí que me mirara. En sus ojos todavía llameaba cierta inseguridad, era como si no supiera qué tenía que decir a continuación o cuál tenía que ser el próximo paso. Y la verdad es que yo tampoco tenía ni idea. Con Isaac, todo era distinto. Tenía la sensación de estar haciéndolo todo por primera vez, de que era el primer hombre al que besaba, el primer hombre al que tocaba.

Las manos me temblaban, aunque no sabría decir si era debido al deseo o a los nervios. No paraba de desear que no se diera cuenta mientras entrelazaba los dedos con los suyos y me ponía de puntillas. Lo besé y, al mismo tiempo, lo guie para que retrocediera.

Tropezamos con una silla de escritorio y yo me golpeé la pantorrilla contra una pata de la cama, pero me trajo sin cuidado. Parar de besarlo para mirar dónde poníamos los pies ni siquiera era una opción.

—Necesito ayuda con la cremallera —susurré con voz sugerente.

Isaac tenía las pupilas muy dilatadas y los labios de un color rojo intenso. Me costó un horror darme la vuelta para mostrarle la espalda.

Cuando me apartó el pelo hacia un lado, noté que los dedos le temblaban al menos casi tanto como a mí. Luego agarró la cremallera y, tras varios intentos, oí como un suspiro. A continuación, noté su mano en mi espalda, tensando mi vestido para evitar que me cayera de repente mientras yo me lo quitaba poco a poco. Cuando me hube desnudado del todo, se detuvo. Luego me acarició la parte baja de la columna y fue subiendo con suavidad.

Incluso con ese contacto tan sutil era capaz de conseguir que me muriera de deseo. Con cuidado, terminó de despojarme del vestido que yo me agarraba por el pecho, para que no me cayera al suelo. Isaac aspiró aire de golpe, quizá al ver que no llevaba sujetador. Aunque también es posible que fuera por los tatuajes que tenía en la espalda, puesto que era la primera vez que los veía. Pasó las yemas de los dedos por encima de la primera de las palabras que Riley también se había tatuado en el mismo lugar, y luego siguió por una secuencia de pequeñas runas que decoraban la parte inferior de mi omóplato. Me estremecí.

—¿Qué significan? —preguntó en voz baja.

—«Valor, fuerza y resistencia.»

—Encajan contigo —murmuró, y al cabo de un momento

noté su mano sobre mi cintura desnuda, justo antes de que me besara la espalda. Empezó a distribuir besos por todos y cada uno de mis tatuajes, acariciándome la piel con los labios.

Sus manos se deslizaron por debajo de la tela y avanzaron hacia delante para detenerse sobre mis costillas. Muy despacio, eché la cabeza atrás, hasta que me quedó apoyada sobre su hombro, y él aprovechó para sorberme el cuello, primero con mucha suavidad, aunque enseguida de un modo más intenso.

La tensión que sentía empezaba a ser insoportable. Solté el vestido y dejé que me cayera hasta la cintura. Noté el aliento abrasador de Isaac en la nuca cuando terminó de quitármelo del todo, tirando del tejido hacia abajo más allá de las caderas y dejando que cayera al suelo sin más. Saqué los pies y, con el mismo movimiento, aparté el montoncito de tela a un lado.

Luego, con el corazón acelerado, me volví hacia él.

Tenía la mirada clavada en mi rostro, y sus manos me acariciaron los costados hasta que sus pulgares dieron con la parte inferior de mis pechos. Los pezones se me endurecieron y sólo me entraron ganas de agarrarle las manos para obligarlo a que superara ese último tramo y las subiera un poco más.

Pero me contuve.

A su ritmo.

Jamás me había sentido como en ese instante, tan valiosa, tan preciada, tan especial. Y todo porque era Isaac quien me tocaba.

Había llegado desconcertada, perdida y herida, pero él había conseguido que me sintiera protegida.

Impaciente por tocarlo de una vez, deslicé las manos por debajo de su camiseta. Quería quitársela, notar por fin su piel contra la mía, pero él no cooperaba tal como yo había imaginado.

—Isaac —dije casi sin aliento.

Él estaba ocupado besándome la clavícula.

—¿Mmm?

Le di un tirón a su camiseta.

—Esto, fuera.

—Ah, ups —murmuró. La sonrisa que me dedicó fue tan tierna y al mismo tiempo tan picante que me dejó desconcertada durante unos segundos. Luego sacudí la cabeza y le di otro tirón a su camiseta.

—Fuera —repetí.

Su sonrisa se volvió más descarada.

—Y yo que creía que te gustaba la camiseta —bromeó.

Estaba a punto de pegarle un puñetazo juguetón cuando, de repente, me agarró la muñeca y se la acercó a la boca para besármela. Me olvidé de su camiseta y hundí las manos en sus rizos.

Isaac me dio un suave empujón en dirección a la cama.

En serio, Isaac Theodore Grant me lanzó sobre su cama de un empujón.

Con la garganta seca, contemplé cómo se quitaba las gafas, poco a poco, y las dejaba sobre el escritorio. Solamente aquello ya bastó para que las mejillas empezaran a arderme todavía más y el calor me llegara hasta el estómago. Luego se agarró la camiseta por el dobladillo con las dos manos y se la quitó con un solo movimiento fluido. Me incorporé sobre los codos para verlo mejor.

«Joder.»

El cuerpo de Isaac era tan fabuloso como yo recordaba. Dejé que mis ojos vagaran despacio por sus hombros, sus fuertes brazos y su pecho musculoso, así como por sus abdominales, que desaparecían describiendo una «V» por debajo de sus estrechos vaqueros.

—Nadie me había mirado jamás como me estás mirando tú.

Al oír esas palabras, pronunciadas en voz muy baja, levanté la cabeza de nuevo.

La mirada de Isaac era ardiente e intensa, y antes de que pudiera responder nada, se colocó sobre mí en la cama y presionó mi cuerpo contra el colchón. Noté su piel caliente contra la mía y, por fin, se atrevió a tocarme los pechos.

El sonido que hizo cuando sus pulgares rozaron mis pezones fue tan grave y tan sexy que llegué a notarlo incluso entre los muslos. Extendí el cuerpo al máximo para presionarlo contra el suyo. Sus manos me recorrían con avidez e intensidad, pero al mismo tiempo su boca me besaba con una ternura y una entrega absolutas. Me besó el cuello una vez más, siguió por la clavícula y luego continuó descendiendo hasta mis pechos. Una vez allí, capturó mi pezón izquierdo con los labios y empezó a succionarlo.

Me encabrité enseguida y hundí las manos en su pelo.

—Lo siento —murmuró.

—Para ya de disculparte —le susurré agarrándolo con más fuerza todavía.

—De acuerdo.

Le acaricié la nuca.

—Es sólo que al principio, durante un ratito..., estoy muy sensible.

Isaac levantó la mirada a través de los párpados entornados y me sonrió.

—Creo que tenemos ideas muy distintas de lo que significa «un ratito».

No llegué a preguntar a qué se refería, porque enseguida continuó con lo que había dejado y me succionó el pezón con más ganas todavía, llegando a mordisqueármelo suavemente.

—Ven aquí —jadeé. Seguramente le arranqué más de un pelo cuando tiré de él con ganas, pero no pude evitarlo. Me estaba volviendo loca.

Él murmuró un «todavía no» frente a mi piel. Parecía como si disfrutara torturándome.

Con las manos sobre mis pechos, se dedicó a besar y a lamer hasta el último centímetro de piel de mi vientre. Al llegar al elástico de mis braguitas, dudó un instante, pero enseguida se escabulló de la cama y me quitó primero las botas y luego, con una lentitud exasperante, las medias.

Yo clavé la mirada en el techo, casi sin aliento, cuando empezó a recorrer la parte interior de mis muslos con la boca, y reprimí un gemido cuando me besó justo en el punto más sensible de mi cuerpo.

¿Dónde demonios había aprendido a hacer esas cosas?

En realidad, no quería saber la respuesta.

Exploraba mi cuerpo con tanta delicadeza y tanto respeto que empecé a sentir una presión en el pecho. Notaba que no sólo lo hacía para mí, sino también para sí mismo. Que disfrutaba tocándome.

Le acaricié los hombros, deslicé las manos por sus brazos hacia abajo y lo obligué a subir de nuevo. Luego le rodeé las caderas con las piernas y giré hasta que quedé encima de él. Notaba con claridad la dureza de su erección a través del tejido de los vaqueros, por lo que empujé la pelvis contra él. Me detuve para ver cómo reaccionaba, por si estaba yendo demasiado aprisa. Sin embargo, Isaac me atrapó las caderas con las manos y me embistió de nuevo.

Había echado la cabeza hacia atrás, y cerró los ojos cuando soltó ese profundo gruñido que me hacía perder el sentido.

—Me encantas —susurré, y acto seguido me incliné hacia delante para atraparle el lóbulo de la oreja entre los labios.

No obstante, no me pareció suficiente. Quería explorar con la boca cada centímetro de su cuerpo. Lentamente, fui descendiendo lamiéndole los hombros, mordisqueándole los pezones, siempre atenta a sus jadeos, hasta que poco a poco detecté lo que le gustaba. Hundí la boca en su vientre y noté cómo se le tensaban los músculos bajo mis labios. Cuando lamí su piel siguiendo la cintura de sus vaqueros, soltó un sonoro jadeo.

—Llevo deseando hacer esto desde que te vi en el probador —murmuré levantando la mirada hacia él.

Isaac deslizó una mano hacia mi pelo con suavidad.

—Creía que por aquel entonces sólo sentías lástima por mí.

—¿Y todavía lo piensas? —le pregunté justo antes de besarle el ombligo. El sonido ahogado que soltó me bastó como respuesta.

Los dedos le temblaban sobre mi cabeza cuando abrí el botón de sus vaqueros. Levanté la mirada una vez más.

—Ayúdame, Isaac —susurré.

De inmediato levantó la pelvis y se desprendió de los pantalones y del bóxer de una sola vez. Se quedó desnudo delante de mí, y durante unos instantes no pude más que contemplarlo.

Era maravilloso.

Concluí que ya llevábamos demasiado tiempo siguiendo el ritmo que marcaba Isaac. Su pene tenía justo la medida adecuada, era grueso y recto, y cuando lo envolví con la mano se estremeció. Me incliné sobre él y se lo lamí de abajo hacia arriba.

Él soltó un gemido y un taco al mismo tiempo. Tuve que reprimir una sonrisa.

—No pienses que, porque no te veo, no sé que estás sonriendo —exclamó casi sin aliento—. Disfrutas de lo lindo.

Levanté los ojos hacia los suyos y respondí a su mirada ardiente.

—No tienes ni idea de lo mucho que estoy disfrutando.

Hundí la mirada de nuevo y esta vez me metí su miembro poco a poco en la boca. Eso me devolvía el poder que había perdido por completo durante las últimas semanas, y la sensación fue fantástica.

Empecé a succionar.

—Joder, Sawyer —jadeó aferrado a mi pelo. Nunca lo había

visto tan salvaje, y mucho menos tan a punto de perder el control. Y eso me puso más cachonda todavía.

Bajé la cabeza sobre él una y otra vez, ayudándome con la mano y describiendo círculos sobre el glande con la lengua. Al cabo de unos minutos, se le tensaron los músculos y puso las piernas rígidas. Luego se incorporó de golpe, hasta que quedó sentado en la cama. Antes de que yo pudiera comprender lo que estaba sucediendo, sus manos ya me habían agarrado por debajo de los brazos y me había sentado a horcajadas sobre él. Empezó a besarme de un modo tormentoso, casi desesperado.

Hundí una mano en su nuca, en la suavidad de su pelo, y me apoyé con la otra en su hombro. Isaac había clavado los dedos en mi trasero y se aferraba a él con fuerza. Arqueé la pelvis para frotarme contra su erección y disfruté del gruñido gutural que conseguí arrancarle.

Acto seguido, sus manos se abrieron paso por debajo de mis bragas. Me las bajó tanto como pudo y, viendo que no podría quitármelas del todo, decidí apartarme de él y hacerlo yo misma. Mientras Isaac me devoraba con los ojos, me senté de nuevo a horcajadas encima de él.

Durante un rato, nos dedicamos únicamente a mirarnos, hasta que él se inclinó sin apartar los ojos de los míos, abrió el cajón de su mesilla de noche y sacó un condón.

No pude evitar preguntarme por qué tenía los condones tan bien preparados junto a la cama, pero decidí relegar la pregunta al pliegue más hondo de mi cerebro.

Me incliné hacia delante y le recorrí el cuello con los labios mientras él abría el envoltorio y se ponía el preservativo. La adrenalina recorría mi cuerpo y me tenía presa en un estado próximo a la ebriedad. Cuando noté el veloz revoloteo de mi corazón, comprendí lo que me ocurría: estaba nerviosa. Nunca me había puesto nerviosa justo antes de acostarme con alguien. Hasta entonces.

—¿Todo bien por ahí? —preguntó Isaac en voz baja mientras me envolvía la espalda con un brazo. La suave caricia de sus dedos me provocó un escalofrío.

Asentí contra su hombro, luego me senté encima de él y lo miré fijamente a los ojos. Su mirada era cálida y honesta, y de repente mi corazón se calmó un poco.

—¿Y tú? —pregunté.

Isaac encogió un hombro.

—¿Te cortaría el rollo si te dijera que estoy nervioso?

Sonreí con una mezcla de ternura y alivio.

—No —murmuré pasándole las yemas de los dedos por el pecho—. Yo también estoy nerviosa.

Me costó mucho esfuerzo pronunciar aquellas palabras en voz alta. Porque por algún motivo tenía la sensación de que implicaban derribar un muro ante los ojos de Isaac. Porque de ese modo descubrió que jamás en la vida me había sentido como en aquel instante.

Él se me quedó mirando un buen rato mientras me iba acariciando los muslos con las manos. Luego esbozó una amplia sonrisa.

—Bueno, lo que me pasa a mí es que hace tiempo que no practico, y no querría... decepcionarte.

Negué con la cabeza enseguida y le agarré la nuca con la mano para plantarle un beso en los labios.

—En primer lugar, no me parece en absoluto que no sepas lo que estás haciendo. —Lo besé de nuevo—. En segundo lugar, tú no podrías decepcionarme jamás. —Otro beso—. Y, tercero, tengo toda la noche por delante.

Isaac se rio casi sin aliento.

—Pero si no te apetece... —bromeé.

—Me apetece —me interrumpió rodeando mi espalda con un brazo—. De hecho, creo que no hay nada en el mundo que me apetezca más que esto.

Cuando nuestras bocas se encontraron de nuevo, fue como si hubiéramos pulsado un interruptor. De repente, sólo existían sus labios fundiéndose con los míos, sus caderas golpeando contra las mías, sus gemidos y el tacto de sus manos impacientes por toda mi piel.

Isaac tenía las mejillas muy coloradas cuando me coloqué encima de él y guie su miembro para que entrara en mí. Los dos contuvimos el aliento mientras yo descendía, muy despacio. La sensación de tenerlo por fin en mi interior fue tan sobrecogedora que al principio casi no me atrevía ni a moverme.

Sin embargo, me estremecí enseguida al notar el simple roce provocado por mi respiración. Los músculos se me tensaron alrededor de Isaac, que hundió los dedos en mi espalda.

No tengo ni idea del rato que pasamos en esa posición. Lo único que sé es que en algún momento me incliné hacia delante, le besé el cuello y le mordí suavemente un hombro. Fui trepando con los dientes y los labios hasta su cara. La envolví entre las manos y deslicé la lengua dentro de su boca. Isaac soltó un profundo gemido y proyectó la pelvis hacia arriba.

—Eso ha estado bien —murmuré—. Hazlo otra vez.

Al principio tuvimos algunas dificultades para encontrar el ritmo óptimo, pero llegó un punto en el que le agarré las manos y las coloqué sobre mis caderas para que pudiera determinar el tempo mientras yo hundía la cara en su cuello y me dedicaba solamente a sentirlo.

Era como si Isaac quisiera disfrutar al máximo de cada segundo. Como si se moviera a cámara lenta, se apartaba de mí casi por completo antes de embestirme de nuevo. Sus dedos se aferraban a mis muslos y yo no podía más que intuir lo mucho que debía de estar controlándose para moverse de ese modo.

Solté un jadeo cuando sus embates se volvieron más rápidos. Y más duros. En lo más profundo de mi ser creció una sensación de calor, y tuve la impresión de que no sólo era mi cuerpo el que ardía, sino también el suyo. Me aferré a él con fuerza, hundí los dedos en su pelo y luché por respirar el aire que tanto me faltaba. Notando su aliento en un costado del cuello y sus gemidos en el oído, tenía la sensación de que aquello era casi demasiado, pero al mismo tiempo era tan placentero que no pensaba parar por nada del mundo.

Me perdí por completo en él, y cuando volvió a embestirme no hubo vuelta atrás. Empecé a gemir frente a su cuello y me dejé caer sobre él una y otra vez hasta que también él empezó a temblar, hundiendo los dedos en mis caderas con tanta fuerza que seguro que acabaría dejándome marcas.

Pero me daba igual. Lo único importante era su cuerpo temblando bajo el mío y ese ritmo que se fue aplacando poco a poco, hasta que nos abrazamos jadeando y, ya sin fuerzas, acabé hundiendo la cara en su hombro.

Mientras recuperábamos el aliento, Isaac me envolvió entre sus brazos. Posó su oreja sobre mi pecho y se dedicó a escuchar los latidos de mi corazón, que tardó un buen rato en recuperar el ritmo habitual. Yo le acaricié el cuello hacia arriba, tirando suavemente de los rizos más largos. Le había quedado el pelo completamente revuelto.

Isaac me rodeó la cara con las manos y dirigió su boca hacia la mía. El beso que me estampó en los labios parecía tan satisfecho y feliz como su rostro.

—Ha sido genial —susurró.

—Yo también lo creo.

Su mirada se desvió de mis ojos hacia mi boca apenas un instante.

—Eres genial.

Negando con la cabeza, apoyé la frente contra su sien. Por unos momentos, cerré los ojos y me limité a disfrutar del hecho de tenerlo tan cerca.

Sin embargo, tampoco podíamos quedarnos en esa posición para siempre, por más que me habría gustado. Por eso no tardé mucho en apartarme, él aprovechó para quitarse el condón y tirarlo a la papelera que había debajo de su escritorio antes de volver a tumbarse en la cama conmigo. Me abrazó y extendió la colcha para taparnos. Luego me puso una mano en la nuca y me besó con el mismo ardor y la misma intensidad que pocos minutos antes.

Al parecer se había tomado en serio lo que había dicho acerca de tener toda la noche por delante. Y lo más sorprendente era que no me pareció nada mal. Presioné todo mi cuerpo contra el suyo y disfruté del calor que despedía, así como de cada uno de sus besos.

El pánico y el miedo que había estado sintiendo hasta hacía poco menos de una hora habían desaparecido por completo, y yo no quería estar en ninguna otra parte más que allí tendida con él.

24

A la mañana siguiente me desperté sola. Al principio me quedé un poco desconcertada, porque no conseguía recordar haberme dormido y, por consiguiente, tampoco sabía dónde estaba ni qué había ocurrido. Sin embargo, en cuanto miré a mi alrededor y me moví un poco, noté que tenía los músculos doloridos. Solté un gemido y hundí la cara en la almohada.

Oh. Dios. Mío.

Había pasado la noche con Isaac.

Lo habíamos hecho cinco veces.

Cinco. Veces.

Seguramente era un récord.

Aturdida, me obligué a descolgar las piernas por el borde de la cama y me froté los ojos. Luego pesqué mi vestido del suelo y busqué mi ropa interior. La acabé encontrando bajo la cama, mientras que las medias habían quedado sobre el respaldo de la silla del escritorio. Lo recogí todo y me arriesgué a echar un vistazo al espejo.

Isaac me había dejado chupetones en la clavícula, en el pecho izquierdo, en la ingle y en la parte interior del muslo izquierdo. Más arriba, en las caderas, tenía unos moratones oscuros justo donde me había agarrado con tanta fuerza. Perpleja, negué con la cabeza.

Después de recogerme el pelo en un moño alto, me atreví a

salir de la habitación. En realidad, me había propuesto meterme enseguida en el baño para refrescarme, pero cuando pasé por delante de la cocina descubrí a Isaac frente a la cafetera, llenando un filtro con café.

Los músculos de la espalda se le movieron suavemente al manipular la máquina y cuando extendió un brazo para guardar la lata de café en el estante superior del armario.

Tenía la espalda llena de marcas de la noche anterior: largos arañazos en las escápulas y puntos enrojecidos con forma de media luna donde yo había hundido las uñas.

La boca se me secó por completo y tuve que aclararme la garganta. Él se volvió hacia mí y por unos momentos no hicimos más que mirarnos fijamente.

Y luego fue cuando las cosas se volvieron embarazosas.

—Buenos días —grazné al fin.

Isaac abrió la boca pero no llegó a emitir ningún sonido. En lugar de eso, apareció en su rostro una expresión que no supe interpretar, y tal vez por eso se extendió por todo mi cuerpo una extraña sensación de incomodidad.

—Yo... —empecé a decir al cabo de unos segundos que me parecieron más bien horas—. Quizá debería... —continué desorientada.

Isaac desvió la mirada de mí y se volvió de nuevo hacia el armario.

En ese mismo instante, Gian pasó por mi lado para entrar en la cocina.

—Tíos —exclamó mientras se acercaba a la cafetera para comprobar cuánto café se había filtrado ya en la jarra—, he tenido que dormir con auriculares. En algún momento he llegado a pensar que os estabais matando, por los gemidos que soltabais.

Noté cómo el calor se apoderaba de mi rostro. Cortada, clavé la mirada en el armario de la cocina, luego en el cajón y finalmente en el suelo sólo para no tener que mirarlos a ellos. No tenía ni idea de lo que se hacía después de desear los buenos días a alguien con quien te has acostado y de quien, para variar, no puedes decir que te importa una mierda.

—¿Por qué no me avisasteis? Podría haber pasado la noche en alguna otra parte —siguió refunfuñando Gian. Cogió un vaso y se sirvió zumo de naranja del frigorífico—. Tío —soltó mirando fijamente a Isaac, concretamente a sus hombros. Al ver que no le hacía mucho caso, lo agarró y lo obligó a volverse hacia él—. ¡Sawyer! ¡Menuda gata estás hecha!

Con una amplia sonrisa, levantó una mano para chocarla con la de Isaac. Eso me bastó como señal. Con torpeza, señalé con un pulgar por encima de mi hombro.

—Bueno, yo me voy —anuncié.

Isaac se volvió enseguida.

—Te acompaño.

Negué con la cabeza en un acto reflejo.

—No hace falta. Estoy bien.

Me pareció que no terminaba de decidirse entre si debía protestar o no, de manera que tomé las riendas de la situación y me di media vuelta de inmediato. Salí corriendo hacia la puerta para escapar cuanto antes de aquel piso.

El camino hasta la residencia fue horrible. Con cada metro que añadía a la distancia que me separaba de Isaac, aquella sensación incómoda se instalaba más y más en mi estómago. Mi mente sólo era capaz de plantearse una pregunta: ¿en qué demonios estaría yo pensando?

Por primera vez en la vida tenía un amigo de verdad, alguien que me comprendía, que se preocupaba por mi bienestar y con quien podía reírme. ¿Y qué hacía yo? Lo mandaba todo al garete porque era incapaz de mantener las manos quietas.

Con sólo pensar en esos instantes tan incómodos en la cocina, me ponía enferma.

«Joder, menuda mierda.»

Nada más entrar en la residencia, coincidí con Dawn, que regresaba a nuestra habitación justo en ese instante. Ella también llevaba puesta la misma ropa que el día anterior, y parecía como si no hubiera dormido especialmente bien esa noche. Estaba a punto de cerrar la puerta del cuarto a su espalda cuando me vio.

Entré justo detrás de ella y cerré.

—Hola —la saludé.

Dawn enarcó las cejas.

—Buenos días —respondió, y su mirada se apartó de mi cara para examinarme el cuello y seguir bajando hacia mi escote—. Joder, Sawyer. ¿Te lo has montado con una piraña o qué?

Se me acercó un poco más para inspeccionar la mancha morada que tenía entre el cuello y el hombro.

Me apresuré a cubrirla con la mano mientras con la otra intentaba subirme el vestido. Pasé por su lado en dirección a mi ropero para pescar unos *leggings* y una camiseta. Sobre el respaldo de la silla de mi escritorio tenía la toalla, y también la cogí. Necesitaba una ducha con urgencia.

Dawn se me quedó mirando.

—¿Qué? —pregunté nerviosa.

—Estás colorada —constató con cara de sorpresa, y se me acercó una vez más—. ¿Por qué estás tan colorada?

—Fuera hace frío —me limité a replicar. Justo cuando me disponía a salir por la puerta, Dawn me cerró el paso.

—Estás escondiendo un chupetón y no haces más que ignorar mis preguntas —dijo con los ojos entornados y mirándome como si me estuviera evaluando.

—Pero ¿qué tonterías dices, Dawn? Sólo quiero darme una ducha.

—¿Dónde estuviste anoche?

—En el Faded —respondí, e intenté salir por la puerta una vez más. No hubo suerte.

—¡Ya sabes a qué me refiero! ¿Con quién has pasado la noche?

Su mirada no presagiaba nada bueno. Al ver que no respondía, dio otro paso hacia mí.

—Siempre me cuentas tus aventuras nocturnas con todo detalle, ¡más de lo que querría, incluso! En cambio ahora, de repente, te comportas de una forma muy extraña —constató entornando los ojos todavía más—. Si tuviera que apostar, diría que has estado con alguien a quien conozco.

Clavé la mirada en sus pies. Los llevaba enfundados en unos calcetines de lo más extraños. Parecía como si los hubiera tejido ella misma.

—Oh, Dios —susurró Dawn de repente. Al ver que levantaba la mirada hacia ella, puso unos ojos como platos. Yo mantuve los labios apretados—. ¿Quién era?

—Dawn...

—¿Quién era, Sawyer?

—Tal como me estás mirando, diría que ya lo sabes.

—¡Sawyer! ¡Cuéntame enseguida quién era!

—¡Era Isaac, pesada! ¿Satisfecha?

Dawn se tapó la boca con la mano de inmediato. Parecía estupefacta. Estupefacta, horrorizada, incrédula, preocupada y exaltada. Todo a la vez.

—¿Isaac? —repitió.

—Sí. ¿Ahora ya puedo ir a ducharme?

Estuvo a punto de decir algo más, pero me abrí paso como pude y salí corriendo hacia las duchas. Primero quería aclararme las ideas yo sola, antes de tener que escuchar la opinión de Dawn acerca del tema.

Durante una media hora, me limité a dejar que el agua caliente fluyera por encima de mi cuerpo. Las extremidades me dolían de un modo que me resultaba familiar, y con sólo pensar en todo lo que habíamos estado haciendo la noche anterior, noté de nuevo un calor que poco tenía que ver con la temperatura del agua de la ducha.

Había estado muy bien.

Muy muy bien.

Después de todo lo que Isaac me había contado acerca de su inexistente vida amorosa, realmente esperaba que fuera mucho más discreto en la cama, o como mínimo más inexperto. Sin embargo, a la hora de la verdad me había encontrado con todo lo contrario: sabía perfectamente dónde tenía que tocarme y lo que tenía que hacer. Y cuando no había estado seguro del todo acerca de algo, lo había preguntado sin más. «¿Así?», «¿Te gusta?», «¿Puedes ponerte así?», y eso había sido mucho más excitante que todo el sexo que había experimentado hasta entonces.

¿Cómo podía volver a verlo y simplemente fingir que no había sucedido nada, sabiendo cómo se sentiría? Suspiré y cerré el grifo. Justamente ése era el motivo por el que yo había decidido tener únicamente rollos de una sola noche. Porque no se me daba bien lidiar con toda la mierda que implica una relación de verdad.

Y el caso es que tampoco quería que se me diera bien.

Después de haberme secado, me enfundé los *leggings* y la camiseta de Oasis que me había comprado en la Owen House. Me recordó a Riley, y justo en esos instantes necesitaba aquella sensación de seguridad que sólo ella era capaz de transmitirme.

Cuando regresé a la habitación, no encontré a Dawn sentada en su cama, sino en la mía. Se me quedó mirando con los ojos muy abiertos.

—He reaccionado fatal, ¿verdad? —preguntó.

Yo llevaba la ropa del día anterior colgada del brazo, y empecé a juguetear con la cremallera del vestido con aire distraído, pensando en cómo Isaac me había desnudado. El recuerdo era todavía tan reciente que me provocó un escalofrío.

—Un poco, tal vez —murmuré.

—Lo siento. No era mi intención —se apresuró a disculparse, y su voz sonó arrepentida de verdad. A continuación, dio unas palmadas sobre el colchón para invitarme a sentarme a su lado.

Dejé caer la ropa en la cesta de la colada sin mediar palabra y me volví hacia ella. Su expresión apesadumbrada me impidió seguir enfadada con ella.

—Es sólo que... normalmente no conozco a los tíos con los que te acuestas. Y si encima vuelves a casa así... —añadió agitando la mano en una dirección indeterminada con la que intentó señalar mi cuello. Por suerte, lo llevaba cubierto con la camiseta—. Bueno, es normal que piense: «Vaya, qué tío más bestia». Pero Isaac... ¡A Isaac lo conozco! Isaac es mi amigo más adorable, y la persona más friqui y más inocente que conozco. Y, claro, al verte así... —exclamó poniéndose colorada—. Ahora en serio, ¿qué te ha hecho?

Solté un gemido y me dejé caer boca abajo sobre el colchón, justo a su lado. Presioné la cara contra la almohada hasta que me quedé sin aire y tuve que poner la cabeza de lado, lo que me obligó a mirar a Dawn. Ésta me dirigió una mirada llena de curiosidad, como si no supiera muy bien cómo tomarse aquella situación.

—¿No ha ido bien? —preguntó al cabo de un rato con cierto titubeo.

Noté cómo las mejillas empezaban a arderme y los colores me subían de nuevo. Por si eso fuera poco, yo nunca me ponía colorada. Jamás.

Me encogí de hombros y al final me incorporé hasta quedar sentada. Me coloqué una almohada sobre el regazo y estuve jugueteando con la funda.

Jamás en la vida me había sentido como en aquellos instantes: completamente superada, confusa y desorientada.

—No —respondí arrugando la frente—. Estuvo... genial.

—Entonces ¿a qué viene esa cara de escepticismo? —preguntó.

Hundí la mirada una vez más y empecé a tirar de todos los hilos sueltos que iba encontrando.

—Pues que esta mañana ha sido muy raro. No me ha dicho absolutamente nada, y ni siquiera ha sido capaz de sostenerme la mirada.

Dawn gruñó como si estuviera reflexionando.

—Éramos amigos. Y ahora lo he fastidiado todo.

—Nadie ha fastidiado nada, Sawyer.

—Pues ésa es la sensación que tengo —refunfuñé.

—Para Isaac seguro que tampoco resulta sencillo, no debe de estar nada acostumbrado. Probablemente sólo se sentía inseguro —dijo.

Pensé en el momento en el que se había dado cuenta de que yo estaba frente a la puerta de la cocina. En la mirada que había visto en sus ojos y que no había sabido identificar, así como en el hecho de que se hubiera dado la vuelta teniéndome delante.

—Su compañero de piso ha entrado en la cocina justo cuando me disponía a acercarme a él. Ha sido... infinitamente embarazoso.

Hundí la cara en la almohada una vez más. Dawn me acarició la espalda durante un rato y consiguió consolarme un poco, pero al mismo tiempo me hizo sentir como una cría. Volví la cabeza hacia un lado y la miré.

—Me comporto como una loca, ¿verdad?

—Probablemente es Isaac quien... —empezó a decir, meneando las cejas de un modo cómico, aunque se detuvo de repente y reaccionó con una mueca—. Oh, Dios. No, no puedo decirlo en voz alta.

Sonreí, agradecida de que los ánimos se hubieran relajado un poco. Mirándola, me di cuenta de las ganas que tenía de hacerme mil preguntas. Y, en lugar de eso, se contuvo y empezó a contarme cómo le había ido la noche con Spencer.

—¿Sawyer? —preguntó cuando hubo terminado y ya llevábamos un buen rato charlando sobre otras cosas. Dawn estaba jugueteando con mi pelo, del que apartó tres finos mechones.

—¿Mmm? —murmuré, y cuando la miré comprobé que había empezado a trenzármelos.

—Te das cuenta de que ahora ya no puedes continuar con el proyecto, ¿verdad? —me preguntó con cautela, sin ni siquiera mirarme.

Tragué saliva con dificultad y dejé la pregunta sin respuesta.

—Si seguís así, os romperéis el corazón mutuamente.

Tenía razón.

Ya no podía seguir ayudando a Isaac a conocer a otras chicas, ni enseñarle a ligar con ellas. Era imposible que algo semejante pudiera funcionar. Tenía que poner punto final a ese proyecto.

—Lo sé —murmuré frente a la almohada.

A continuación, Dawn concluyó que lo mejor sería pedir comida asiática para el almuerzo. Puso un capítulo de «The Bachelorette», y yo excepcionalmente no me quejé. Como distracción me pareció bien. A Dawn le encantaba la telebasura y era capaz de apasionarse de un modo bestial por los participantes, defendiéndolos o atacándolos con verdadera rabia. Me dediqué a contemplarla durante un buen rato, y cuando se puso tan colorada que parecía a punto de estallar, pesqué mi móvil disimuladamente para hacerle una foto.

El corazón me dio un vuelco en cuanto vi que Isaac me había escrito.

Hola, ¿todo bien?

Noté la mirada de Dawn clavada en mí, pero decidí ignorarla.

Sí, ¿y tú? ¿Gian te ha puesto de los nervios?

Me amarga que no veas. Lo siento,
antes ha sido muy raro.

Tragué saliva con dificultad. Empecé a teclear una respuesta, pero la volví a borrar enseguida. Me habría gustado poder escribir algo gracioso y fingir que no había sido para tanto, como si pudiéramos simplemente ignorar la noche anterior y volver a nuestras vidas como si nada.

Tenemos que hablar.

Él también se tomó su tiempo para contestar. Me lo imaginé tecleando varias respuestas y borrándolas de nuevo para terminar mandándome sólo dos palabras:

Lo sé.

25

El lunes fui a ver a Robyn armada con mi portátil. El proyecto final no tenía que entregarse hasta diciembre, al final del semestre, pero teniendo en cuenta que mi profesora había rechazado todas las propuestas que le había presentado hasta el momento y me había visto obligada a empezar de nuevo, tenía que hablar con ella.

Esperé unos minutos en el banco que estaba frente al despacho de Robyn hasta que la puerta se abrió y ella se despidió de otra alumna. A continuación, se volvió hacia mí.

—¡Hola, Sawyer! Entra. Ponte cómoda.

Me senté en la silla que tenía frente a la mesita redonda que había junto a una librería. El despacho estaba repleto de trastos, pósteres de libros, flores y equipos fotográficos, además de un montón de tazas de café vacías que se había ido dejando por todas partes, sobre el escritorio, en el suelo y en la estantería.

Robyn llenó dos vasos de agua y me pasó uno por encima de la mesa. Luego se reclinó en su silla.

—Por lo que me decías en tu correo, parece urgente. ¿Qué ocurre? —me preguntó.

Joder, hablar sobre el tema resultó más difícil de lo que había previsto. Aunque Robyn era mi profesora preferida y tenía la sensación de que podía permitirme el lujo de ser sincera con ella, ni siquiera yo terminaba de comprender lo que me había ocurrido durante las últimas semanas, o cómo había podido dejar que las cosas se me fueran de las manos de ese modo.

—Me veo obligada a dar por terminado el proyecto antes de tiempo —empecé a contar al cabo de un rato.

Una leve arruga apareció entre las cejas de Robyn.

—¿Y eso?

Me aclaré la garganta.

—Por... por motivos personales.

Ella se inclinó hacia delante, cogió su vaso sin apartar la mirada de mí y tomó un sorbo.

—Pero no por lo que yo te dije, ¿verdad? La intención era animarte a hacerlo mejor, y no a dejarlo.

Negué con la cabeza.

—No lo he dejado —aclaré, y enseguida abrí la mochila y saqué mi portátil. Lo encendí, introduje la contraseña y abrí las fotografías que había hecho de Isaac y su familia antes de girar el ordenador hacia Robyn para que pudiera examinarlas.

Había unas cuantas imágenes de la fase inicial que a Robyn le habían gustado. Y también fotografías de la fiesta de cumpleaños en la granja. Había retratado a Isaac con Ivy colgada de su cuello y Levi, de un brazo. Parecía como si el pequeño estuviera haciendo dominadas con el bíceps de su hermano. A continuación, una imagen de Isaac con su abuela, los dos riendo en la pista de baile. Luego una en la que salía con Gian en su sofá, otra en blanco y negro leyendo un libro mientras cocinaba. Ésa consiguió arrancarle una sonrisa a Robyn.

—Ésta me parece fantástica —opinó.

—Es muy típico de Isaac —murmuré.

Me lanzó una mirada inquisitiva y de repente noté cómo me ardían las mejillas. Una vez más.

Robyn me devolvió el portátil y cruzó los brazos.

—Las fotos están muy bien, Sawyer. ¿Estás segura de que no quieres utilizarlas?

Nada me habría gustado más que responder: «¡Sí! ¡Claro que quiero!». Me encantaban esas fotografías. Creía que estaban entre las mejores que había hecho jamás. Me había pasado el fin de semana entero encerrada en la habitación de la residencia, contemplándolas y admirando el alma y la vida que transmitían.

Sin embargo, no tenía alternativa. Isaac y yo habíamos hecho un trato: yo lo ayudaba a él y él me ayudaba a mí. Aunque yo no podía seguir manteniendo mi parte del trato. Ni podía, ni quería. Eso, por no mencionar el hecho de que esas imágenes no podían alejarse más de la idea original que había tenido para el proyecto.

Debía dejarlo y pasar página. Era lo mejor que podía hacer.

—Estoy segura —afirmé en voz baja, por mucho que me doliera pronunciarlo. Tomé un sorbo de agua porque la garganta se me había secado por completo y mi voz había sonado algo ronca. Después de beber, pude mirar a Robyn a los ojos de nuevo—. Pero ahora no sé qué hacer.

Ella se me quedó mirando durante un buen rato. Por la expresión de su rostro, tuve la sensación de que me comprendía. Empezó a darse toquecitos con los dedos en los labios con ademán reflexivo. Luego se volvió, se estiró hacia su escritorio para coger una hoja de una pila de papeles y me la entregó.

—Mi amiga y yo abriremos una galería en el centro —me explicó. Levanté la vista del folleto que me había dado para mirarla desconcertada—. Se expondrán unas cuantas imágenes que tal vez te sirvan de inspiración —añadió.

Yo había contado con que quizá se enfadaría conmigo y me echaría en cara lo insensato que era decidir cambiar de proyecto otra vez a esas alturas. Incluso había tenido en cuenta la posibilidad de que me suspendiera por eso y tuviera que repetir curso. Que en lugar de todo eso me invitara a la inauguración de su galería me cogió por sorpresa.

—Pásate por allí, ve a ver lo que tenemos expuesto. Luego, si quieres, podemos volver a hablar y vemos si podemos encontrar un compromiso para tu proyecto final —añadió.

—Muchas gracias —balbuceé.

Robyn sonrió.

—Entonces, nos vemos el miércoles por la tarde. Puedes traer a alguien, si crees que así te sentirás más cómoda.

Sin habla, acepté la mano que me tendió y se la estreché.

El lunes por la noche, Isaac y yo coincidimos en el mismo turno en el Steakhouse. Llevaba desde el viernes sin verlo. Él había regresado a casa como cada fin de semana, para ver a su familia, y yo me había pasado buena parte del sábado y del domingo tendida en la cama, tratando de no pensar en nada.

Después de charlar con Robyn, me compré un *smoothie* y anduve desde el campus hasta el lago. Una vez allí, me senté en el banco y pasé el resto del día devanándome los sesos sobre cómo le contaría a Isaac que teníamos que abandonar nuestro proyecto.

Cuando por fin entré en el Steakhouse, algo más temprano que de costumbre, ya había previsto con exactitud todo lo que quería decirle. Me había preparado para recibir miradas de indignación, incluso para una respuesta airada. Aun así, todas las palabras que había ensayado mentalmente desaparecieron de mi cabeza nada más ver a Isaac en el vestuario donde nos cambiábamos de ropa.

Se estaba atando el delantal, y por un instante me quedé sin aliento. Llevaba una camiseta negra lisa, ajustada, las gafas (Dios mío, esas gafas...) y el pelo bien arreglado, como solía peinarse para servir mesas en el restaurante.

Aquello era una locura. Isaac sólo se estaba atando el delantal, pero yo era incapaz de apartar los ojos de él.

—Hola —me saludó interrumpiendo mis cavilaciones.

—Hola —respondí algo sobresaltada. Me coloqué en la taquilla que le quedaba a un lado para colgar mi chaqueta—. ¿Todo bien?

Charla superficial. Eso se me daba bien.

—Todo genial. ¿Y tú?

Saqué mi delantal de la taquilla y estaba a punto de ponérmelo cuando me di cuenta de que Isaac se había plantado justo detrás de mí. Noté la calidez que desprendía su cuerpo. Levantó las manos y las posó sobre mis caderas. De repente me sentí acalorada y el corazón empezó a latirme más deprisa.

—¿Qué haces? —murmuré.

—Te ayudo —respondió en voz baja. Se acercó todavía más a mí y me ató las cintas del delantal con un lazo.

No obstante, cuando hubo terminado no retiró las manos. Siguió agarrándome con fuerza, acariciando mis costados con los pulgares y presionando su cuerpo contra el mío.

Deslizó sus dedos por mi cuerpo hacia abajo, pasando por mi barriga y llegando hasta las ingles, donde seguía teniendo uno de los chupetones que me había hecho.

Era como si supiera exactamente en qué partes había succionado y mordido con más fuerza, porque se dedicó a recorrer esos puntos con una precisión sorprendente.

—Isaac —susurré.

—¿Sí? —preguntó, también en voz muy baja. Se inclinó hacia delante y presionó sus labios contra mi cuello.

Me aclaré la garganta.

—Deberíamos hablar.

—Ya lo sé —murmuró.

Me dio la vuelta sin dejar de envolverme con un brazo. Sus ojos recorrieron mi rostro, abrió la boca como si estuviera a punto de decir algo y... me besó.

Me besó.

Con pasión, con intensidad. Como si entre nosotros no hubiera cambiado nada de nada y todavía no hubiera terminado aquella noche en la que todo había fluido y nada nos había parecido ni forzado ni extraño.

Naturalmente, olvidé por completo lo que quería decirle. No recordaba ni una sola palabra.

En mi interior sólo había sitio para ese cosquilleo que Isaac conseguía desencadenar. Desvalida, me aferré a él, pero nos tambaleamos hacia atrás y acabamos chocando contra las taquillas. Me llevé un buen sobresalto cuando una de las manijas se me clavó en la espalda, pero Isaac no se disculpó, sino que se limitó a poner una mano entre mi cuerpo y la puerta del armario para poder besarme de nuevo.

Una y otra vez. Era una locura. Tiré del lazo de su delantal, que se deslizó hasta que cayó al suelo, mientras él metía las manos por debajo de mi camiseta y me agarraba los senos.

Volvíamos a estar justo en el mismo punto en el que había empezado nuestro problema. Pero yo no podía parar, y él tampoco. Éramos lo suficientemente insensatos para dirigirnos con paso firme hacia una gran catástrofe.

Aunque aquella caída libre era realmente fantástica.

26

El miércoles, Dawn me acompañó a ver la galería de Robyn. Estaba en el centro de Woodshill, en una calle comercial que quedaba justo al lado del centro juvenil. Encontramos la entrada al tercer intento porque quedaba un poco oculta y habíamos estado demasiado concentradas en la conversación en lugar de fijarnos en los rótulos escritos a mano que habían colgado de forma provisional para orientar a los visitantes.

En la planta baja del edificio de ladrillo visto había un bar destartalado que despertó mi escepticismo, pero de todos modos seguimos a un grupo de gente algo mayor que empezó a subir por la escalera hacia la galería. Una vez arriba, me quedé boquiabierta.

El espacio era enorme y luminoso, y con techos altísimos de color blanco. En el centro de la sala también había tabiques de color blanco, igual que en los laterales, y por todas partes había fotografías impresas sobre grandes lienzos iluminados por focos. De unos altavoces salía una música tranquila a bajo volumen que, debido al murmullo de las conversaciones de los asistentes, sólo conseguí apreciar muy levemente.

—¡Sawyer! —me llamó de repente la voz de Robyn.

Al fondo de la sala divisé su brazo levantado y enseguida le devolví el saludo. Ella hizo un gesto para indicarme que me quedara donde estaba y comenzó a abrirse paso entre la multitud para llegar hasta nosotras.

—¡Has venido! —exclamó con alegría, al tiempo que me tendía la mano.

—Sí —respondí, y acto seguido señalé a Dawn—. Y he venido con mi amiga Dawn.

—Ah, me acuerdo de ti. Eres la de la serie de fotos que presentó Sawyer el semestre pasado, ¿verdad? Me alegro de conocerte —dijo Robyn estrechando también su mano—. Además, Nolan me habla mucho de ti. ¿No conseguiste un contrato de edición para un libro hace poco?

Dawn se puso colorada.

—Esto..., sí, exacto. No sabía que... —empezó a decir, aunque se interrumpió a sí misma.

—Nolan y yo somos amigos —aclaró Robyn con una sonrisa—. Por eso a veces nos contamos cosas acerca de nuestros alumnos. Él también está por aquí —añadió lanzando una mirada por encima del hombro—. Por ahí detrás, vete a saber dónde. Bueno, da igual. ¿Habéis podido echar un vistazo ya?

—Sólo un poco —respondí—. Me gustan esos lienzos pequeños que hay en la pared de ahí atrás. Los que parecen ladrillos y manchas de colores. Me gusta cómo se integran en las paredes, de manera que los motivos parece que formen parte del fondo en el que están colgadas las imágenes.

A mi lado, Dawn asintió con ganas y Robyn esbozó una sonrisa radiante.

—Sí, la puesta en escena es genial. Estoy muy contenta de haber podido tenerlo todo listo a tiempo. Hubo un momento en el que pensé que no lo conseguiríamos —explicó con una mueca—. Seguro que habéis pasado tres veces por delante de la entrada antes de encontrarla, le pasa a todo el mundo. La próxima semana haremos rótulos de verdad y los colocaremos de manera que queden más visibles. Ya lo hemos acordado con los propietarios del bar y hemos pedido presupuestos, pero hasta que tengamos varios precios para comparar y nos pongamos de acuerdo...

Cogió aire para continuar, pero justo en ese instante se le acercó una mujer de pelo oscuro que le pasó un brazo por encima del hombro.

—¿Vienes, Robyn?

—¡Ah, Pat! —exclamó ella con alegría—. Ésta es la alumna de la que te he estado hablando.

Pat sonrió. Parecía honesta, y tal vez fueron las numerosas marcas de expresión en forma de leves arrugas que tenía alrededor de la boca y de los ojos, pero el caso es que me cayó simpática de inmediato. Además, me gustaba su estilo: llevaba un *piercing* en el labio, unos cuantos mechones blancos entre la mata de pelo negra e iba vestida de negro de la cabeza a los pies. Incluso llevaba puestos unos guantes negros. No sabía si se trataba de una declaración de principios respecto a la moda o si era por cuestiones de salud, por lo que me limité a asentir.

—Yo soy Sawyer. Es un placer.

Ella asintió también sin perder la sonrisa en ningún instante.

—El placer es mío, te lo aseguro. Acabáis de llegar, ¿verdad? —preguntó alternando su mirada entre Dawn y yo—. Pues vamos a llevaros a hacer el tour vip. Venid con nosotras.

Dawn y yo las seguimos por la galería, atentas a las explicaciones y los comentarios con los que iban ilustrando cada uno de los cuadros y las series fotográficas.

En una pared lateral había retratos de Robyn. Tuve que acercarme para verlos mejor y poder reconocer lo que llevaba puesto. Era un vestido confeccionado con...

—¿Papel? —pregunté arrugando la frente.

—Sí. Fue un proyecto de un amigo fotógrafo. La falda —explicó señalando la amplia falda verde que ocupaba la mitad de la imagen— la elaboraron especialmente para las fotografías. La blusa estaba confeccionada con papel decorativo de varios estampados distintos y unidos de cualquier manera. Tuve que pasarme tres horas desnuda hasta que terminaron de pegar todas las hojas de papel.

—Por suerte, tenían el bufet más delicioso que he visto en mi vida. Intenté solidarizarme, de verdad, pero todo tenía un aspecto tan tentador que... —comentó Pat.

—¿Que intentaste ser solidaria conmigo? —exclamó Robyn indignada—. ¡Te pusiste a zampar delante de mí con toda la mala intención del mundo, zorrona!

De repente me miró asustada, como si por unos instantes hubiera olvidado que yo era alumna suya y que probablemente no era la manera más adecuada de hablar en mi presencia. De todos modos, a mí me pareció adorable esa manera tan bestia que tenían de pelearse.

—Las imágenes son preciosas —señaló Dawn con la cabeza ladeada para poder fijarse mejor en una de ellas, en la que Robyn aparecía con los brazos en jarras y las manos sobre las caderas, doblando el cuerpo de manera que la falda cayera hacia delante. Llevaba puesto un maquillaje tan colorista como los papeles de colores del vestido.

—Nunca he hecho fotografías como ésas —murmuré.

—Pues yo aún me acuerdo de tu idea sobre la ensoñación erótica —dijo Dawn con las cejas enarcadas.

—Pero no era una sesión de fotos editorial. La hicimos en el campus para salir del paso, porque no teníamos ningún otro lugar.

—Entonces ¿te imaginas haciendo algo así? —preguntó Pat, y por su tono de voz me pareció que no era pura cortesía, sino que le interesaba realmente mi respuesta.

Yo asentí de inmediato.

—Sí. Precisamente con Dawn, me imagino perfectamente

unas fotografías igual de coloristas. Sus cabellos son perfectos para jugar con la contraposición de complementarios y...

Dawn tosió de forma discreta.

—Sólo pienso en voz alta, Dawn. No temas. Ni siquiera tengo un estudio en el que hacerlas.

—Yo podría poner el estudio de la galería a tu disposición. También tenemos material con el que podrías hacer pruebas. La escuela en la que imparto clases fue muy generosa con nosotras cuando supieron que inaugurábamos una galería —explicó Pat.

Me la quedé mirando boquiabierta.

—¿De veras?

—Claro que sí. Ya sé que en la universidad apenas tenéis ocasión de probar ciertas cosas. Tenéis que hacer demasiadas gestiones para conseguir que os dejen un estudio, y cuando por fin lo conseguís difícilmente habéis podido conservar la inspiración inicial. Si tienes un proyecto concreto, puedes pasar a verme y le echaré un vistazo con mucho gusto.

—Será un placer —repuse dirigiendo una amplia sonrisa a Dawn.

—Yo estoy dispuesta a todo siempre y cuando no me obligues a desnudarme —replicó mi amiga con sequedad.

—Sawyer tiene buen ojo. Estoy segura de que podría sacar unos desnudos fabulosos contigo —comentó Robyn observando a Dawn de arriba abajo, como si se la estuviera imaginando desnuda. Mi amiga se puso colorada como un tomate.

—Yo también se lo digo siempre, pero todavía no he logrado convencerla.

—Bueno, es que tampoco es algo a lo que se preste cualquiera —convino Pat, examinando a Dawn también de la cabeza a los pies—. ¿Qué te parecería hacer las fotos con *bodypainting*? De ese modo parecerá que vayas vestida, aunque no lo estés.

Enseguida me vino a la cabeza la imagen de Mística de los X-Men. A Dawn le quedaría increíble el color azul.

—Dawn, ¿conoces los X-Men? —pregunté.

Mi amiga se me quedó mirando estupefacta.

—Olvídalo. No pienso dejar que me pintes de azul y me hagas fotos desnuda. Jamás.

Esbocé una sonrisa, pero decidí no insistir más y dejarla en paz. Cuando avanzamos hasta la siguiente imagen, Dawn me murmuró algo al oído.

—Oye, ¿de qué conoces tú a los X-Men?

Y entonces no pude evitar pensar en la noche que Isaac y yo pasamos en el sofá de su casa, mirando fotografías de la última Comic-Con. Me había estado explicando todos y cada uno de los disfraces y los personajes que representaban, así como la obra o serie a la que pertenecían. Cuando le había reconocido que no sabía quién era Mística, Isaac se había revuelto en su asiento nervioso y me había puesto una de las películas sin preguntarme siquiera si me apetecía verla.

De repente me di cuenta de lo mucho que me habría gustado que Isaac estuviera allí conmigo. Lo echaba de menos, aunque solamente había pasado un día desde que nos habíamos visto por última vez. Al mismo tiempo, no obstante, me daba miedo encontrármelo, porque en ese caso me vería obligada a contarle que estaba a punto de buscar un nuevo proyecto.

Y supongo que en el fondo intuía también que eso sería un golpe mortal para lo que había surgido entre nosotros.

—Éstas son de Emmett Glasbury —aclaró Robyn, arrancándome de mis cavilaciones y señalando con orgullo una serie de fotografías en las que las modelos llevaban máscaras y se tapaban los oídos y los ojos.

Me la quedé mirando atónita.

—¿Lo dices en serio? —pregunté.

Emmett Glasbury era uno de los fotógrafos más célebres de los últimos diez años. Había retratado a muchos famosos y conciertos y no hacía más que ganar un premio tras otro.

—Emmett fue alumno mío —aclaró Pat con una pátina de cariño en la voz. Se quedó mirando las imágenes y creí reconocer en sus ojos un destello de orgullo.

—Me siento un poco estúpida preguntándolo, pero... ¿quién es Emmett Glasbury? —intervino Dawn en un tono de voz apocado.

Le conté enseguida todo lo que sabía sobre él, y le describí también una fotografía suya que se encontraba entre mis favoritas.

—Y, a pesar de haber llegado tan lejos, sólo tiene treinta y pico años.

—Veo que alguien ha estado atenta a tus clases —comentó Pat con las cejas enarcadas mientras Robyn me dedicaba una sonrisa radiante.

—Y eso que siempre parece a punto de caer en coma cuando estoy dando clase teórica.

Continuamos dando la vuelta a la galería. Cuando Dawn comentó que Spencer estaba en algunas clases de arte y que su hermana también quería ser artista, Pat le pasó enseguida su tarjeta y le pidió que se pusieran en contacto con ella cuanto antes. Dawn se guardó la tarjeta, radiante de alegría, y le escribió un mensaje a Spencer enseguida. Mientras tanto, Pat y Robyn me contaron cómo se habían animado a abrir su propia galería.

—Descubrimos este edificio por pura casualidad, un día que celebramos el cumpleaños de un amigo en el bar de abajo y, no sé cómo, terminamos subiendo aquí —relató Robyn.

—Con ese «no sé cómo» quiere decir que estábamos borrachas y nos colamos sin permiso —aclaró Pat.

—Sawyer es alumna mía, Pat.

—De acuerdo, pero regresemos a lo más importante: el caso es que yo vi la planta superior y enseguida me vinieron a la cabeza varias ideas sobre lo que se podía llegar a hacer aquí —explicó encogiéndose de hombros antes de continuar—. Una semana más tarde, firmábamos el contrato de alquiler.

Con lo destartalado que me había parecido el bar...

—¿Tuvisteis que hacer muchas reformas?

Robyn asintió.

—Sí, pero lo hemos hecho casi todo nosotras mismas, con la ayuda de algunos amigos.

—Pues os ha quedado genial —afirmé.

En algún momento, Dawn se encontró con Nolan, ese profesor que según ella estaba tan bueno y que en mi opinión estaba como una cabra, y se fue con él al otro extremo de la sala. Yo me instalé con Robyn y Pat en una mesa llena de copas de champán.

—Tómate algo, si quieres.

Por precaución, opté por un zumo de naranja. Al fin y al cabo, Robyn tenía razón: yo sólo era una alumna, por mucha confianza que tuviéramos.

—Quería volver a hablar contigo acerca de tu proyecto final —me comunicó entonces de repente.

—Ah —repuse algo sorprendida. No había contado con eso. Agarré mi vaso con más fuerza antes de que continuara hablando.

—No es nada malo, no temas —aclaró con una sonrisa—. Es sólo que podría ser que necesitáramos algo de ayuda aquí, en la galería. Tenemos a unos cuantos artistas cuyas obras queremos fotografiar para la siguiente exposición. Y ahora que ya has visto la galería te lo puedo preguntar: ¿qué te parece si le damos los últimos toques a tu proyecto final y haces unas fotos para la galería? —preguntó Robyn.

Me quedé de piedra, sin palabras, por lo que me limité a mirarla fijamente.

—¿Tú qué crees? ¿Eso es que se ha enfadado o que se ha alegrado? —le preguntó a Pat.

—Pues no estoy segura, la verdad —respondió Pat—. Tú la conoces mejor que yo.

—¿Lo dices en serio? —exclamé al fin.

Robyn soltó una carcajada y luego asintió.

—Lo que tenemos previsto que hagas cumpliría con los requisitos que se exigen para el proyecto final.

—Y, si sale bien, podríamos ver si colaboramos con más regularidad —añadió Pat.

Una vez más, me las quedé mirando sin decir nada.

—Ya sé que no es lo que habías imaginado desde el principio, pero me parece que lo que te ofrezco es una buena alternativa.

Robyn dejó su vaso de nuevo sobre la mesa.

—¿Qué te parece? —insistió.

—Yo... —balbuceé atónita—. Muchas gracias, Robyn. Esto es... —Y entonces me recompuse de repente. Me aclaré la garganta y enderecé la espalda—. Me da igual qué tipo de sesión sea: pienso dar lo mejor de mí misma.

Robyn me dedicó una sonrisa.

—Estoy segura de ello.

Acto seguido, se despidieron de mí y yo me quedé mirando fijamente un muro de color gris que tenía al lado, como si me hubiera sumido en una especie de trance. En él se proyectaban fotografías de lo más vistosas, y justo en ese instante apareció una chica maquillada como un ave del paraíso. La observé con atención y contemplé la superposición de colores hasta que la imagen desapareció para dar paso a otra.

Lo que Robyn acababa de ofrecerme era una posibilidad fantástica. No sólo el hecho de trabajar en mi proyecto final en colaboración con una profesora, sino también la experiencia y las referencias que eso me permitiría acumular, que sin lugar a dudas me serían de gran utilidad en el futuro, puesto que podrían abrirme un montón de puertas a nuevas posibilidades.

Era la mejor oportunidad que me habían brindado en la vida.

Entonces ¿por qué sentía esas ganas incontrolables de echarme a llorar?

27

Lo odiaba.

Odiaba plantarme de nuevo frente a la puerta del piso de Isaac, levantar la mano por tercera vez para llamar y dejarla caer otra vez sin haberlo hecho. Odiaba no tener ni la menor idea de cómo contarle que no podía continuar de ese modo. Y odiaba sentirme de ese modo, pero por encima de todo odiaba saber que no tenía alternativa.

Respiré hondo y levanté una vez más la mano para tocar el timbre, y esta vez lo logré. La puerta no tardó mucho en abrirse. Y, como siempre que lo tenía delante, todo quedó relegado a un segundo plano.

La expresión que detecté en sus ojos fue de sorpresa, y enseguida levantó las comisuras de los labios para formar una sonrisa. Una sensación de calidez se extendió por mi pecho, y el corazón empezó a latirme más deprisa cuando su mirada se detuvo apenas un instante en mi boca. Entonces quedé desarmada del todo.

Envolví su cuello con los brazos y lo besé. Con ganas. Hundí las manos en su camiseta, creo que incluso llegué a pellizcarle la piel, y me aferré a él una última vez.

Él soltó un gemido amortiguado y retrocedió un poco, tambaleándose. Le pegué una patada a la puerta al pasar y el estrépito que hizo al cerrarse siguió resonando un buen rato en mis oídos.

Isaac me levantó en volandas y aproveché para envolverlo también con las piernas. Hundí las manos en su pelo, y nuestros dientes se encontraron fortuitamente de un modo tan desesperado como doloroso.

Cuanto más urgente se volvía nuestro beso, peor era la sensación interior que tanto me atormentaba. Isaac me abrazó con fuerza, con desesperación, hasta que no me quedó ni pizca de aire en los pulmones. Un leve gemido, casi un sollozo, escapó de mi garganta.

Él apartó los labios de los míos un instante para mirarme asustado. No sé qué fue lo que vio en mis ojos, pero enseguida dejó de agarrarme el trasero con tanta fuerza y empezó a recorrer mis muslos con las manos de un modo delicado.

Apoyé la frente en su hombro y noté cómo remitía la tensión de mi cuerpo.

No dijo nada mientras me llevaba en brazos a la sala de estar y me dejaba en el sofá. Luego se metió en la cocina y regresó pocos minutos más tarde con una taza humeante en la mano. La dejó sobre la mesita de centro que yo me había quedado mirando fijamente con apatía.

Isaac se sentó a mi lado. Me levantó las piernas para posarlas sobre su regazo y se me acercó más todavía. Sus manos empezaron a acariciarme con suavidad.

—¿Dónde está Gian? —pregunté al cabo de un rato.

—Con su familia. Es el cumpleaños de su madre.

Asentí poco a poco mientras él continuaba acariciándome.

—¿A qué ha venido eso? ¿Qué te ha pasado?

—Nada —murmuré desviando la mirada.

—Pues no tenía aspecto de «nada». Y tampoco lo he notado como si fuera «nada» —comentó en voz baja.

Tragué saliva con dificultad. Cada vez que me preparaba un texto mentalmente, las manos me sudaban y la respiración se me aceleraba. No me parecía sano. Y, aun así, sabía que no podía seguir posponiéndolo más tiempo. El jueves anterior Isaac y yo habíamos rebasado un límite. Si no poníamos fin a la situación, nos acabaríamos haciendo daño. De eso estaba segura.

—Yo...

No podía. No podía decírselo sin más.

Si se lo hubiera soltado de buenas a primeras, ya habría pasado. Pero no estaba preparada para eso.

—De acuerdo, pues lo haremos de otro modo —dijo de improviso.

Apartó mis piernas de su regazo, se puso de pie y se metió en la cocina otra vez. Poco después regresó con una botella grande de sambuca y dos vasos de chupito.

—Alcohol —constaté sentándome más erguida—. Sin duda me gusta más que el té.

Isaac esbozó una leve sonrisa. Con un mando a distancia, encendió el equipo de música y enseguida se apoderó de la estancia una suave melodía de piano. A continuación llenó dos vasos con el licor y me tendió uno sin llegar a sentarse a mi lado de nuevo. Brindó conmigo y vació el vaso de un trago. Yo lo imité, y el ardor que noté en la garganta me pareció agradable, pero todavía más cuando me llegó al estómago.

—Primero nos emborrachamos. Y luego hablas conmigo —propuso Isaac señalándome con el vaso vacío.

—¿Por qué debería hacerlo? —pregunté.

—Porque, por cada información que me des, me quitaré una prenda de ropa.

Enarqué una ceja.

—¿Me estás diciendo que me harás un estriptis si hablo contigo?

Asintió y volvió a llenar los vasos con licor.

No era buena idea, ni mucho menos. Realmente no era buena idea en absoluto, pero... me tomé el segundo vaso de todos modos para armarme de valor. Al parecer, Isaac debía de sentirse más o menos igual, porque él también se bebió el suyo.

Debería haberlo impedido. Debería haberme negado a participar en ese juego, sobre todo sabiendo lo que tenía que contarle. Pero no podía negarme a nada cuando me miraba de ese modo. No conseguía detenerlo cuando se mostraba tan seguro de sí mismo, cuando se sentía justo como yo había esperado que llegara a sentirse algún día.

Le tendí mi vaso vacío, me lo rellenó hasta el borde y lo vacié de un trago. Luego me recliné en el sofá. Isaac estaba de pie en medio de la sala de estar y me miraba con impaciencia.

—De acuerdo. ¿Qué has hecho esta noche?

A eso podía responder, era moverse en terreno seguro.

—Mi profesora Robyn ha inaugurado una galería en el centro con una amiga suya y me invitó a la inauguración. He ido con Dawn y he estado viendo los cuadros de la primera exposición.

—Suena muy bien —exclamó, y acto seguido se miró la ropa, como si estuviera pensando qué sería lo primero que se quitaría. Se decidió por el cárdigan. Muy despacio, empezó a desabrocharse los botones.

Me incliné hacia delante y volví a llenar los vasos.

Me lo tomé de un trago, igual que los otros, pero sin dejar de contemplar cómo Isaac se desprendía de la chaqueta de punto. Me miró fijamente y sonrió sin mucha seguridad. El calor se extendió por todo mi cuerpo y se mezcló en mi estómago con el ardor provocado por el alcohol. Me moría de ganas de levantarme y quitarle la chaqueta yo misma, pero me contuve y no me moví de mi asiento.

—Siguiente pregunta —anunció después de dejar caer el cárdigan al suelo—. Esa profesora debe de apreciarte mucho para invitarte a una velada tan importante.

Hice girar el vasito en mi mano.

—¿Eso era una pregunta?

—No —respondió pasándose la mano por el pelo—. ¿Te lo has pasado bien?

Aquello era típico de Isaac. Cualquier otra persona se habría mostrado impaciente, pero él prefería proceder con cautela, como si yo fuera un animal amedrentado al que podía asustar si se precipitaba.

—Ha sido genial. La galería es una locura. Incluso tienen fotos de Emmett Glasbury. Es uno de los mejores fotógrafos actuales, y parece ser que la amiga de Robyn, Pat, fue su profesora, lo que me ha parecido increíble, porque ella no parece tener más de cuarenta años y...

Me interrumpí de repente y me mordí el labio.

—¿Y? —preguntó él con suavidad.

Tragué saliva con dificultad.

—Ha estado... bien.

Isaac se observó la ropa de nuevo.

—¿Y ahora qué? ¿Calcetines o gafas?

—¡Las gafas no cuentan como prendas de ropa!

Asintió.

—Sí que cuentan.

—Aguafiestas.

Me lo estaba pasando mejor de lo que me convenía. Quizá fue gracias al alcohol. O quizá fue el miedo a que esa noche pudiera ser la última en la que hablábamos de un modo tan despreocupado. Si le hubiera soltado de buenas a primeras que no quería continuar con nuestro proyecto y él hubiera considerado que no tenía ningún sentido seguir pasando tiempo conmigo, entonces sí que se habría terminado todo.

Isaac se quitó las gafas y las dejó sobre la mesita de centro. Me miró con un brillo especial en los ojos, y poco después se agarró la camiseta por el dobladillo. Yo contuve el aliento al ver que se la quitaba y la dejaba caer sobre la chaqueta que había quedado en el suelo.

Solté un leve suspiro. Por un lado, porque no me cansaba de mirarlo, y, por otro, porque de un modo extraño me sentía realmente orgullosa de él. El hecho de que estuviera haciendo aquello mirándome fijamente a los ojos demostraba con claridad que al menos buena parte de su inseguridad había desaparecido.

Y él lo comprendió.

Cuando se inclinó hacia delante para rellenar otra vez los vasitos, me quedé mirando con fascinación los músculos de su brazo y de su vientre, y un cosquilleo de emoción se despertó en mi interior.

Quería tocarlo.

—¿Te ha dicho algo en especial, esa profesora?

Aparté los ojos de su cuerpo y lo miré a los ojos. Era el momento. Tenía que decírselo. En ese preciso instante. Porque de lo contrario no encontraría una ocasión mejor para hacerlo y tarde o temprano se acabaría yendo todo a pique.

—Me ha... —Me falló la voz. Me aclaré la garganta e intenté recomponerme. El alcohol sólo había contribuido a desconcertarme todavía más que antes—. Me ha ofrecido que trabajemos juntas en un proyecto final nuevo.

Isaac se quedó petrificado con el vaso frente a los labios. Poco a poco, empezó a bajar la mano. Me di cuenta de lo que estaba maquinando. Durante unos instantes, pareció como si pensara que lo había oído mal, pero luego arrugó la frente.

—¿Otro proyecto final? —repitió.

El nudo que se me formó en la garganta creció todavía más. Sólo pude asentir.

—¿Qué... qué significa eso? —preguntó.

—No podemos continuar así, Isaac —susurré.

La mandíbula se le tensó. Abrió la boca para decir algo, pero se contuvo y se limitó a negar con la cabeza.

—Tú sabes que esto no puede continuar así —le dije en voz baja.

Me dirigió una mirada carente de expresión, y cuando habló de nuevo lo hizo en un tono completamente sereno.

—¿Y cuándo pensabas decírmelo? ¿Antes o después de desnudarme del todo?

Casi habría preferido que me hubiera gritado.

—Sólo quería evitar que sucediera algo todavía peor —grazné. Al ver que me miraba como si fuera una desconocida, noté una punzada de dolor en la barriga—. Quería contártelo el viernes mismo por la mañana, que no podíamos continuar así, pero...

—El viernes por la mañana —me interrumpió con un tono de voz neutro—. A la mañana siguiente de habernos acostado querías confesarme que buscarías otro tema para el proyecto final.

—No sé cómo te lo has imaginado —dije, y me lo quedé mirando negando con la cabeza. Nunca lo había visto de ese modo. Su rostro se había convertido en una máscara impenetrable, y el brillo de sus ojos era lo único que revelaba el dolor que le habían provocado mis palabras—. Es que así no puedo mantener la parte del trato que hicimos. Lo siento mucho, de verdad, pero no me veo capaz de enseñarte a ligar con otras chicas y luego contemplar cómo lo haces como si nada.

Isaac se me acercó con dos amplios pasos.

—¿Realmente crees que para mí se trata de eso?

Respondí a su mirada. Tenía el estómago revuelto, y sin duda la causa no era el alcohol, sino él.

—No lo sé, Isaac. Es que yo ya no sé nada.

Se agachó frente a mí y me miró a los ojos.

—Ya hace tiempo que no se trata de ese maldito proyecto.

Cerré los ojos. No lo soportaba más. Porque lo que acababa de decirme era al mismo tiempo mi mayor temor y mi mayor esperanza. Y no tenía ni idea de cómo lidiar con ello.

—¿Qué pensabas hacer? —preguntó en voz baja—. ¿Borrarme de tu vida como si nunca hubiera formado parte de ella?

No supe qué replicar a eso.

—Sawyer —dijo con insistencia. Me encantaba cuando pronunciaba mi nombre de ese modo—. Para ya de boicotearnos. ¿Qué te da tanto miedo?

«Que me hagas daño.

»No ser lo suficientemente buena para ti.

»Hacerte daño.

»Perderte.»

Noté cómo se me acercaba un poco más. Al cabo de un momento, me puso las manos sobre las piernas con suavidad.

—¿Realmente quieres dejar lo que hay entre nosotros?

—No —susurré. Y, temiendo que no me hubiera entendido, negué con la cabeza y lo repetí levantando un poco la voz—: No.

Las manos de Isaac recorrieron poco a poco mis muslos buscando mis manos y los dedos que había hundido en el dobladillo de mi camisa. Los fue soltando uno a uno, con delicadeza, y me envolvió las manos entre las suyas.

Abrí los ojos y el fuego de su mirada se extendió hasta la mía. Ese instante que compartimos fue tan sobrecogedor que incluso me produjo cierto vértigo. Me daba miedo sentir tantas cosas al mismo tiempo. Sin embargo, no podía hacer nada contra lo que conseguía provocar en mí. Estaba completamente a su merced.

No sé quién se movió primero. Nos besamos con una ternura y una cautela inconmensurables, como si lo que acababa de suceder entre nosotros pudiera irse al traste si nos movíamos con demasiada brusquedad.

Isaac me envolvió entre sus brazos y me mantuvo agarrada con fuerza. Noté el calor de su cuello desnudo bajo las yemas de mis dedos. Juntos, caímos al suelo y la sensación de estar tan cerca de él fue totalmente distinta de la que había sentido pocos minutos antes. Ya no era frenética y desesperada, sino segura, firme, como si fuera justo lo que tenía que ser.

No me refugié en el contacto físico para reprimir nada, sino para tomar plena conciencia de ese lugar y ese momento en el que sólo existíamos nosotros dos.

Deslizó las manos bajo mi camisa, me la quitó por encima de la cabeza y la dejó caer al suelo. A continuación me apoyé con un brazo junto a su cabeza. Con la mano libre, le aparté un mechón de pelo rebelde de la frente y le envolví las mejillas entre las manos con suavidad.

Posó una mano sobre la mía, recreándose unos instantes en el movimiento, y luego acercó mi muñeca a su boca y me la besó. Me quedé sin aliento cuando noté que deslizaba la lengua por mi piel. Me incliné sobre él y él se incorporó un poco para encontrarme a medio camino, me envolvió la nuca con una mano y nos dimos un beso profundo y lento que me robó el aliento.

El suelo que tenía bajo las rodillas parecía agua. Me sentía como hipnotizada, la boca y las manos de Isaac eran lo único que me anclaba a ese lugar y ese instante.

No sé en qué momento desapareció mi sujetador, pero el caso es que acabamos piel con piel, yo jadeando ante su boca. Isaac se dobló encima de mí y me dejó un rastro de besos en el cuello. Despacio. Con tranquilidad. Como si tuviéramos todo el tiempo del mundo.

Me acarició la piel con los labios y la lengua, bajando cada vez más, hasta que me encabrité. Metió los dedos por debajo de mis medias, me las quitó y luego me ayudó a hacer lo mismo con sus vaqueros.

—Eres maravillosa —susurró, y sus labios me acariciaron el lóbulo de la oreja—. Preciosa.

Se apoyó sobre los codos para poder verme.

—No tengo ni idea de qué he hecho para merecerte.

Al oír esas palabras, el corazón me dio un vuelco. Isaac conseguía que me sintiera valorada durante todo el tiempo que pasaba con él. En sus brazos siempre me sentía apreciada.

El siguiente beso que nos dimos fue casi agridulce, pero se volvió más intenso cuando nuestras lenguas se encontraron. Él presionó su cuerpo contra el mío, esta vez de un modo desesperado, y a través del tejido de su bóxer pude notar lo excitado que estaba. No bastaba con eso. Quería notarlo bien, sin la más mínima capa de tela entre nosotros. Deslicé las manos por debajo de la goma de su bóxer y tiré hacia abajo con impaciencia. Él lo comprendió enseguida y se apartó un poco de mí para quitárselo. A continuación, levanté la pelvis y me quitó a su vez las bragas.

Su mirada recorrió mi cuerpo con ardor antes de empezar a esparcir besos por el interior de mis muslos, las ingles y la barriga, casi hasta hacerme perder el sentido.

Le acaricié los hombros, el cuello y esos brazos tan preciosos que tenía. Cuando se tendió encima de mí, lo rodeé con las piernas de forma automática y lo noté caliente y duro en mi entrepierna, y procedí a presionarla con fuerza hasta el punto de que llegó a penetrarme un poco.

Los dos reaccionamos aspirando aire de forma brusca.

—Sawyer... —exclamó con dificultad.

—Estoy sana —susurré agarrándole la cara entre las manos—. Y tomo la píldora.

—¿Estás segura? —preguntó mirándome con insistencia.

Tenía la mirada ensombrecida por un deseo que parecía casi doloroso y que pude notar en todo el cuerpo.

—Segura —repliqué con determinación antes de darle un beso. Al mismo tiempo, levanté la pelvis de nuevo para que me penetrara todavía más.

Isaac gimió en voz baja frente a mi boca.

—Guau. Oh, guau —murmuró.

Apenas me atrevía a respirar de lo mucho que me impresionó notarlo de ese modo. Durante unos instantes, ninguno de los dos se movió, y por mí podríamos habernos quedado en esa posición para siempre.

Quería seguir recordando aquella sensación eternamente. La manera en que su cuerpo se adaptaba al mío, cómo se le entrecortaba el aliento cuando entraba dentro de mí. Quería recordar el color de sus mejillas sonrosadas, que en momentos como ése era completamente distinto de cuando pasaba vergüenza. Quería recordar cómo era el cosquilleo que despertaba en mi sien cuando la rozaba con su pelo o me la acariciaba con los labios.

Isaac empezó a moverse dentro de mí, apartándose y embistiéndome de nuevo. Le acaricié la espalda con las yemas de los dedos y luego me aferré a sus hombros con fuerza.

El contacto de piel contra piel sin capas interpuestas me pareció mucho mejor de lo que había creído. Jamás habría pensado que sería posible tanta proximidad, que me atrevería a acercarme tanto. Sin embargo, como siempre y sin proponérselo, Isaac consiguió que todos mis temores se esfumaran por completo, como si nunca los hubiera sufrido. Me encantó sentirlo tan cerca, y esos instantes significaron tanto para mí que a punto estuve de echarme a llorar de la emoción.

Le envolví las caderas con una pierna, lo que cambió el ángulo y le permitió penetrarme más adentro todavía. Me sentía incapaz de contener los sonidos guturales que escapaban de mi garganta, pero a él le ocurría lo mismo. Noté cómo se esforzaba en mostrarse suave, pero la manera en que me agarraba el muslo era tan ruda como sus embestidas, que se volvieron cada vez más rápidas e incontroladas.

Adoraba poder hacerlo con él, conseguir que se desmadrara de ese modo y se volviera salvaje, lejos de cualquier autocontrol, simplemente porque estaba conmigo.

Una presión increíble creció en mi interior hasta que casi no pude ni seguir respirando.

—Sawyer...

Yo estaba desamparada, completamente a su merced, cuando empezó a susurrar mi nombre una y otra vez, mientras continuaba embistiéndome sin dejar de agarrarme con fuerza. Nos estremecimos los dos juntos, al mismo tiempo, y aunque los ojos se me llenaron de lágrimas, me obligué a mantenerlos abiertos. Quería seguir disfrutando para siempre de la expresión de su rostro en esos instantes en los que era sólo mío y de nadie más.

Porque, a pesar de que ése fue uno de los momentos más bonitos de mi vida, en lo más profundo de mi ser intuí que no duraría para siempre.

28

Riley lo había dicho en serio cuando había invitado a Isaac a su boda. Para mí constituía un verdadero misterio cómo se habían puesto en contacto, porque él no utilizaba las redes sociales y las direcciones de correo electrónico de la universidad no eran públicas. Aun así, mi hermana había conseguido invitar a Isaac y él había accedido.

La ventaja del tema era que podríamos ir a Renton en su coche y no tendría que plantarme en la estación a las cuatro de la madrugada para esperar a que llegara mi tren.

La desventaja: desde aquella noche en la que habíamos dado el proyecto por cancelado, las cosas habían quedado muy tensas entre nosotros. Algo había cambiado a partir del instante en el que quedamos tendidos y jadeando en el suelo de su sala de estar.

A continuación, Isaac se había mostrado cordial, pero también callado hasta un punto poco natural. Y durante el turno que compartimos en el restaurante al día siguiente, no conseguí desprenderme de la sensación de que intentaba marcar distancias entre nosotros. No sabía qué significaba eso, y me pasé el trayecto entero hasta Renton con la mirada perdida en el cielo oscuro y estrellado que veía a través del parabrisas para no volverme loca.

Sin embargo, no me atreví a sacar el tema. Faltaban pocas

horas para que Riley se casara, y ya me resultaba lo suficientemente duro asumirlo y controlarme para no perder la cabeza y pedirle a Isaac que diera media vuelta.

Cuando llegamos a Renton, él redujo la velocidad y miró a su alrededor. Si se había cansado conduciendo después de una noche tan corta y de pasar cuatro horas al volante, lo cierto es que no lo demostró en absoluto.

Pasamos en coche por delante de unos jardines de la zona residencial, desde los que nos sonrieron de un modo macabro las calabazas enmarcadas por fachadas decoradas con guirnaldas de luces de colores. Woodshill también estaba decorado por Halloween, pero el campus tenía un aspecto muy distinto de lo que vimos en Renton. Me gustó ver la ciudad engalanada de ese modo, y por unos instantes me imaginé al cabo de unos años, en un día de fiesta como ése, esperando en una casa espléndidamente decorada la llegada de niños pidiendo golosinas. Sólo recordaba haber celebrado un único Halloween con mis padres. Me había disfrazado de zombi: mamá me pintó la cara de color blanco y me dibujó grandes cicatrices de color negro en las mejillas. Vi de nuevo frente a mí la sonrisa de mi padre cuando nos trajo una calabaza.

Como cada vez que me permitía pensar en mis padres, noté una dolorosa presión en el pecho. Estaba contenta de no tener que pasar por delante de la casa en la que habíamos vivido antes de ir a parar a la de Melissa.

De todos modos, noté un cosquilleo en la piel, como si ésta no bastara para contener todo mi cuerpo, y no quise de ningún modo que empeorara todavía más. Ese fin de semana no podía ceder el protagonismo a mi incapacidad para cortar con el pasado. La estrella tenía que ser mi hermana y el futuro que empezaba a labrar con el hombre al que amaba.

Llegamos a casa de Riley y Morgan alrededor de las ocho.

Estaba en las afueras de la ciudad, junto a un bosque de grandes árboles que daba bastante miedo cuando estaba a oscuras, pero que en esos momentos, habiendo salido ya un sol radiante, tenía un aspecto maravilloso. A través de las copas de los árboles, los rayos de sol anaranjados y rosados se filtraban para caer sobre el sendero de acceso.

Nada más bajar del coche, tomé una buena bocanada de aire fresco y estiré los brazos por encima de la cabeza. Justo cuando Isaac sacaba las bolsas del maletero, la puerta de la casa se abrió de par en par. Cuando divisé el pelo de color lila de Riley lleno de rulos, apenas tuve tiempo de reaccionar. Enseguida se me lanzó al cuello, saltando y chillando palabras incomprensibles.

—Yo también me alegro de verte —respondí envolviéndola entre mis brazos.

Me encantó abrazar a mi hermana. Después de todo lo que había ocurrido durante las últimas semanas y de todo el miedo que había despertado en mí ese día en los últimos meses, me sentí superada por la emoción. Como de costumbre, cerca de Riley me sentí mejor de inmediato. Su presencia era para mí como volver a casa.

—¡Estás aquí! ¡Realmente has venido! —gritó agarrándome por los hombros y sacudiéndome con energía.

—Sólo porque Isaac me ha obligado —dije con sequedad mientras lo señalaba a él por encima del hombro. Se había quedado junto al coche y no paraba de alternar su mirada entre nosotras.

—¡Oh, Dios mío! —exclamó mi hermana sin aliento, y también se colgó del cuello de Isaac. Él respondió al abrazo acariciándole la espalda.

—Gracias por la invitación, Riley. Encantado de conocerte.

Riley se apartó un poco de él con una sonrisa radiante y nos miró a los dos de arriba abajo.

—Sawyer ha sido muy discreta respecto a ti —comentó, y en su rostro apareció una amplia sonrisa de felicidad—. No te puedes imaginar lo contenta que estoy de conocerte.

Tuve que esforzarme para reprimir el revoloteo incómodo que sentí en el estómago.

—Déjanos entrar —le pedí levantando la mochila que Isaac había dejado en el suelo, junto al maletero—. ¡Riley, pero si ni siquiera llevas zapatos!

Se miró el albornoz y los pies descalzos como si no se hubiera dado cuenta hasta entonces.

—Oh, Dios. Tienes razón —admitió sonriendo con una mueca—. Mierda. Janice acababa de pintarme las uñas de los pies y ahora seguro que me regañará. Se ha pasado todo el rato diciéndome que estoy demasiado entusiasmada por el hecho de estar a punto de casarme.

Me la quedé mirando sin reaccionar, mientras esperaba a ver cómo el eco de sus palabras encajaba en mi cerebro.

Casarse. Riley estaba a punto de casarse.

Lo sabía desde hacía varias semanas, sabía que acabaría llegando ese día.

Y, sin embargo, esas palabras consiguieron que se me acelerara el pulso y se me secara la garganta, en la que se me había instalado un nudo que me impedía respirar con normalidad.

Quise replicar algo, pero simplemente me sentía incapaz de pronunciar ni una sola palabra.

De repente, noté la mano de Isaac entre mis escápulas. Incluso a través del cuero de mi chaqueta pude notar el calor que desprendía, y su contacto me serenó hasta el punto de hacer desaparecer el pánico que empezaba a apoderarse de mí. Estaba conmigo. No estaba sola.

Ese día no.

Él esbozó una leve sonrisa y asintió en dirección a la casa. A pesar de que no llegó a decir nada, su mera presencia bastó para que me calmara. Cómo lo lograba seguía siendo un verdadero misterio para mí.

Cuando miré de nuevo a Riley, me di cuenta de que nos miraba con unos ojos como platos y los labios entreabiertos.

—¿Qué ocurre? ¿Falta poco? —pregunté.

Enseguida dio media vuelta y se dirigió hacia la casa. Suspiré aliviada y la seguí. La mano de Isaac se apartó de mi espalda y, cuando me volví, él evitó mi mirada.

Entramos en la casa y enseguida nos recibió un barullo de voces procedentes de la sala de estar.

—¿Dónde está Morgan? —pregunté titubeando.

Riley me lanzó una mirada por encima del hombro.

—Se está preparando en casa de Lawrence.

—No me digas que ha pasado la noche allí —pregunté forzando una sonrisa.

Mi hermana resopló.

—Ojalá. Pero que quede entre nosotras, ¿de acuerdo? Sobre todo que no se enteren esas de ahí dentro.

En la sala de estar estaban sentadas las mejores amigas de mi hermana, que además serían sus damas de honor: Harlow y Janice estaban junto a una mesa en la que había varias copas de champán, una montaña de productos de maquillaje y un rizador de pelo. Se levantaron de un salto al verme entrar y se me acercaron corriendo para abrazarme.

—Hacía una eternidad que no nos veíamos, Sawyer. ¿Cómo estás? ¿Bien? —preguntó Janice antes de desviar la mirada por detrás de mí, hacia Isaac—. ¿Y quién es tu acompañante?

—Éste es Isaac —expliqué señalando hacia él con la mano.

Las dos se me quedaron mirando con expectación, pero no añadí ningún dato más a la presentación. No estaba allí para contar con todo lujo de detalles lo que había entre Isaac y yo. De hecho, ni siquiera se lo había contado a Riley.

Él se presentó con cordialidad antes de seguirnos a Riley y a mí hasta el piso de arriba, donde mi hermana nos mostró brevemente la casa. Dejamos las bolsas en la habitación de invitados y empezamos a arreglarnos. Poco rato después llegó el novio de Harlow, Pete, que se encargó de entretener a Isaac mientras Janice me arreglaba el pelo. Me negué a que me hiciera un recogido muy elaborado o cualquier otro peinado que pudiera limitar mi libertad de movimientos de algún modo, y tuve que controlarme para no soltarle algún taco cada vez que me pegaba un tirón mientras me peinaba. Por suerte, alguien había abierto ya una botella de champán y el alcohol me ayudó a sobrellevar mejor aquella tortura. Eso, y la sonrisa entusiasmada que Riley tenía grabada en el rostro.

Harlow quiso encargarse también de mi maquillaje, pero al final conseguí librarme de ella. No dejaba que nadie me tocara la cara, aparte de mi hermana. Y ese día ella no estaba para ese tipo de cosas.

De fondo sonaba una *playlist* que, a juzgar por la selección, debía de haber preparado Riley con antelación. Mientras me cubría los párpados con varias capas de sombra de ojos negra, sus amigas se dedicaron a charlar sobre los hombres solteros a los que Janice pensaba atacar esa noche.

—No puedo creer que yo vaya a ser la única soltera —comentó en un tono de voz que no dejó muy claro si se alegraba de ello o no—. ¿Quién habría pensado que precisamente tú serías la primera que pasaría por el altar?

Riley se limitó a encogerse de hombros.

—Te aseguro que yo no. Pero, como se dice en estos casos, no lo sabes hasta que lo sabes.

Harlow soltó un suspiro de ensoñación.

—Yo también quiero que Pete me lo pida. De verdad, a ver si toma ejemplo de Morgan.

—Pienso saltar a por el ramo sólo para pasártelo a ti, a ver si pilla la indirecta.

Eso me obligó a sonreír.

—¿Y tú qué, Sawyer? —preguntó Janice, señalando con la copa en mi dirección. La tenía sentada enfrente, a la mesa, meciéndose sobre las patas traseras de su silla.

—Yo he venido porque me han dicho que habrá alcohol gratis, y no veo el momento de empezar a beber —dije, y continué pegándole brochazos a mi párpado, a pesar de que ya hacía rato que había terminado.

Janice puso los ojos en blanco.

—Sabes perfectamente a qué me refiero. Lo decía por el chico con el que has venido.

Aunque Janice me caía bien, su interrogatorio me puso de los nervios.

—Deja en paz a mi hermana y céntrate en tus planes para después de la fiesta —le soltó Riley—. A la mitad de los invitados los conozco, pero a la otra mitad no. ¿Te apetece probar algo nuevo o prefieres reavivar una vieja llama?

Le dediqué a Riley una mirada de agradecimiento que también tenía algo de estupefacción.

—¿Reavivar una vieja llama? Vamos, Riley, ¿cuántas copas te has tomado ya? —preguntó Harlow riendo.

Mi hermana fingió contarlas mentalmente.

—Quizá será mejor que me pase al agua durante un rato.

—Buena idea —convine, y enseguida me levanté y fui a la cocina, agradecida por la posibilidad de hacer algo.

Cuando entré de nuevo en la sala de estar, vi a un tipo vestido con traje y tardé unos instantes hasta que mi cerebro procesó que se trataba de Isaac.

Me quedé boquiabierta, y la garganta se me secó de repente mientras lo escrutaba de arriba abajo. Llevaba un traje gris azulado con camisa blanca y una pajarita azul marino. El traje le quedaba perfecto, ajustado en las partes del cuerpo que más convenía. Me lo quedé mirando desorientada, cuando de repente sentí la necesidad de aferrarme a la línea de botones de su camisa y arrancárselos todos de un tirón.

Isaac me vio en el marco de la puerta y una sonrisa de reconocimiento apareció en sus labios en cuanto descubrió el vestido negro que Riley me había comprado y el pelo medio recogido. Me di cuenta de que pensó lo mismo que yo, se le notaba en los ojos.

Como si se hubiera dado cuenta de ello, desvió la mirada enseguida.

Tragué saliva con dificultad y dejé el vaso de agua frente a mi hermana. Los dedos me temblaban, tenía que controlarme cuanto antes.

—Gracias, Sawyer —dijo, y enseguida tomó un buen trago—. Isaac, por cierto, estás guapísimo.

—Gracias —respondió él en voz baja y poniéndose colorado.

Lo de recibir cumplidos seguía siendo su punto débil. Sin embargo, no tenía ninguna duda de que sólo era cuestión de tiempo.

—Morgan me acaba de escribir —explicó Pete, que estaba de pie junto a Harlow y le rodeaba la cintura con un brazo. Empezó a deslizar el dedo por la pantalla del móvil—. Están viniendo, y dice que pasarán por el granero para comprobar que todo esté listo.

El rostro de Riley empalideció de repente, y la mano con la que sostenía el vaso empezó a temblarle con claridad. Me acerqué a ella enseguida y le puse las manos sobre los hombros desde atrás. Le acaricié la espalda con los pulgares, con la esperanza de que eso la sosegara un poco. Riley me agarró una mano y se aferró a ella con fuerza. Lanzó una mirada por encima del hombro y se me quedó mirando.

—Me voy a casar —susurró.

Asentí.

—Ya lo creo que sí.

Mi hermana tragó saliva.

—Sawyer, tengo que decirte algo...

—Ahora no —la interrumpí—. Después tendremos todo el tiempo del mundo.

Hasta que asintió no me di cuenta de lo aguda que había sonado mi voz, haciendo que mi afirmación pareciera casi una pregunta.

—Sí, claro —respondió algo bloqueada—. Es sólo que...

—Ahora te llevaremos con tu prometido —expliqué interrumpiéndola de nuevo—. Y luego ya me soltarás el rollo que quieras, ¿de acuerdo?

Riley titubeó un poco, pero luego esbozó una amplia sonrisa.

—De acuerdo.

En cuanto hubimos conseguido enfundar a mi hermana en su vestido sin estropearle el peinado, nos dirigimos hasta el lugar en el que tenía que celebrarse la boda.

Isaac y yo nos llevamos a Janice, mientras que Riley fue en el coche de Pete y Harlow. Yo subí el volumen del equipo de música del coche a la desesperada y me dediqué a cambiar de emisora cada dos minutos, a punto de perder los nervios en cualquier instante. Y cuanto más nos acercábamos al granero, peor se volvía la sensación. Entretanto, Isaac le preguntó a Janice acerca del trabajo en la clínica veterinaria. Yo intenté concentrarme en sus voces, pero aquel cosquilleo incómodo no remitía, como tampoco encontré la manera de librarme de las fuertes punzadas que notaba en las sienes.

El trayecto duró sólo veinte minutos y en buena parte transcurrió junto al agua, hasta que giramos en dirección al bosque. Por desgracia, el tiempo había cambiado bruscamente por la mañana, el cielo se había encapotado hasta quedar de un gris oscuro y había empezado a llover a cántaros. Además, hacía un frío de mil demonios. Me alegré de que la boda se celebrara a cubierto, porque de lo contrario me habría congelado, con el vestido que llevaba.

Los últimos metros del sendero de grava que conducía hasta el granero estaban iluminados a ambos lados con farolillos que llevaban escritas las iniciales de Riley y Morgan. Puesto que el tiempo era sombrío y no se esperaba que los rayos de sol volvieran a abrirse paso entre los espesos nubarrones, el cálido resplandor de los farolillos todavía tuvo un efecto más acogedor de lo esperado. Seguimos los rótulos escritos a mano hasta el aparcamiento, donde Isaac dejó el coche. Camino del granero, a Janice y a mí se nos hundieron los talones un par de veces en el suelo embarrado mientras Isaac hacía lo posible para cubrirnos con el paraguas.

Janice nos explicó que la boda tendría lugar en una pequeña edificación adjunta y que luego lo celebraríamos en el granero. Puesto que había estado echando una mano con la decoración, sabía exactamente adónde teníamos que ir. Sin embargo, cuanto más nos contaba, más doloroso me resultaba pensar en lo poco que yo había participado en los preparativos de la boda de mi propia hermana.

—Ojalá os hubiera ayudado más —murmuré.

—Pero si has hecho las invitaciones —replicó Janice—. No sabes la de trabajo que le quitaste de encima a Riley.

Recorrí el resto del sendero en silencio. El frío iba calándome los huesos poco a poco, por lo que intenté eliminar la carne de gallina de mis brazos frotándomelos enérgicamente. Cuando por fin abrimos la puerta del edificio anexo, me alegré de entrar, aunque sólo fuera para dejar atrás aquel frío atroz.

—Qué bonito —comentó Isaac a mi lado, lo que me obligó a mirar a mi alrededor.

Había varias filas de sillas con un amplio pasillo en el centro que conducía desde la puerta hasta el centro de la sala. Allí había una gran puerta de madera que estaba abierta y frente a la que colgaban guirnaldas de colores que llegaban desde el techo hasta el suelo y se mecían suavemente con la brisa. Justo delante había una mesa alargada sobre la que había unas flores. Estaba cubierta por un mantel de color crema que brillaba levemente con la cálida luz. El resto de la decoración era muy simple, muy adecuada al estilo rústico del local. Era justo como Riley me lo había descrito, y la verdad es que me encantó.

Habíamos llegado demasiado temprano, aunque ya había algunas personas sentadas en las filas traseras. Descubrí a Morgan en uno de los lados, hablando con una mujer que, supuse, sería la encargada de oficiar la ceremonia. Nada más verme, Morgan le puso una mano en el brazo y le dijo algo a la mujer, que enseguida reaccionó asintiendo y sonriendo. A continuación vino a mi encuentro.

Llevaba un traje negro con flores en la solapa, una camisa oscura y tirantes. Me abrazó con fuerza y me dedicó una amplia sonrisa.

—Estás guapísimo, Morgan —lo alabé sonriendo.

—Mira quién habla —respondió, y de repente reparó en la presencia de Isaac—. Hola, tío. Yo soy Morgan.

—Isaac. Encantado de conocerte —dijo aceptando la mano que le tendía Morgan y estrechándosela con firmeza.

—¿Y bien? ¿Nervioso? —pregunté.

Morgan se encogió de hombros.

—No, no te creas. Lo que estoy es impaciente por que empiece de una vez.

Así era Morgan siempre. Una roca que no se inmutaba por nada. Ni siquiera por su propia boda.

—¿Cómo está Riley? —preguntó de repente.

—Genial. Ha bebido bastante champán —revelé con una sonrisa.

Él soltó una carcajada.

—No me cuesta imaginármela.

—¡Sawyer! —sonó la voz de Janice desde el fondo de la sala. Me di la vuelta y vi que me hacía señas para que me acercara a ella.

—Morgan, ¿puedes indicarle a Isaac dónde tenemos que sentarnos? Creo que mi hermana me necesita.

—Claro —exclamó él, y acto seguido asintió en dirección a las sillas—. Os hemos guardado sitio en la primera fila, ahí delante, a la izquierda.

Isaac asintió y estaba a punto de seguir a Morgan, pero yo lo agarré por un brazo. El corazón me latía sin control y mis dedos se hundieron en el tejido de su traje. Me miró con cara de sorpresa, pero su expresión cambió enseguida y se volvió más tierna. Al cabo de unos breves instantes, me puso una mano en la nuca para acariciármela. Luego me soltó de nuevo y siguió a Morgan hasta nuestros asientos.

—Creo que los que estáis más tranquilos sois Morgan y tú —comenté nada más entrar en el minúsculo cuarto de baño en el que Riley me estaba esperando, y que no ofrecía espacio para más de dos personas a la vez.

Ella se limitó a encogerse de hombros, igual que su prometido pocos minutos antes.

—Simplemente me alegro de convertirme en su esposa.

Asentí, aunque enseguida sacudí la cabeza. Me parecía un sueño que mi hermana realmente estuviera a punto de casarse.

Habíamos crecido juntas, habíamos perdido a nuestros padres juntas, habíamos sobrevivido al tiempo que habíamos tenido que vivir con Melissa juntas, y nos habíamos jurado que siempre permaneceríamos unidas. Y, sin embargo, ella estaba viviendo un momento vital completamente opuesto al mío. Me pareció... casi irreal.

—Riley, quería darte una cosa. Algo viejo —murmuré al cabo de un rato, quitándome la cadena que llevaba colgada del cuello con el medallón.

Mi hermana se quedó de piedra. Sabía exactamente lo mucho que aquella cadena significaba para mí.

—Pero si ya tengo el brazalete, Sawyer. No es necesario que me lo des.

—Me gustaría que lo llevaras tú. Y estoy segura de que a mamá también le habría gustado —añadí con la voz ronca.

—Yo... —empezó, tan emocionada que tuvo que aclararse la garganta—. No sé qué decir.

Le pasé la cadena por encima de la cabeza y giré el medallón para que quedara bien colocado. Riley lo envolvió enseguida con los dedos de una mano y lo abrió. Contempló nuestros retratos y los de nuestros padres, y de inmediato empezaron a brillarle los ojos de un modo amenazador.

—Ojalá pudieran estar aquí con nosotras —susurró.

—Sí...

Justo en ese instante, Harlow asomó la cabeza en el cuarto de baño.

—¡Ay, no! ¡No os pongáis a llorar otra vez! ¡El maquillaje!

Enseguida empecé a abanicarme para evitar que las lágrimas acumuladas se desprendieran de mis ojos.

—Dios mío, míranos —comentó Riley, negando con la cabeza con incredulidad —. No puedo creer que nos hayamos vuelto tan lloronas.

Me limité a gruñir para darle la razón.

—Es un asco.

Harlow enarcó una ceja.

—A las Dixon os falta un tornillo.

Presioné los labios con fuerza. Ella pronto dejaría de llevar ese apellido, lo cambiaría por el de Morgan y se convertiría en Riley Compton. Al cabo de pocos minutos yo sería la única Dixon que quedaría.

—Sawyer —dijo Riley, agarrándome la mano. Tuve la sensación de que todavía quería decirme algo, pero me obligué a sonreír y sólo respondí a la presión de sus dedos.

—Me alegro por vosotros.

No dije ninguna mentira. Aun así, tuve la sensación de que tampoco era la pura verdad.

Comenzó a sonar la música. El grupo que tenía que amenizar la fiesta empezó a tocar una melodía lenta y llena de sentimiento, y las damas de honor entraron en la sala. En esos instantes, los escasos sesenta asientos de la sala ya estaban ocupados y la temperatura era más agradable. No obstante, se me puso la carne de gallina cuando vi avanzar a Harlow y a Janice por el pasillo, poco a poco, ataviadas con sus vestidos de color lila.

Cuando llegaron a la mitad del recorrido, desvié la mirada hacia Morgan. Entonces sí que me pareció verlo nervioso, y cuando nuestras miradas se encontraron le sonreí para animarlo. Él respondió con otra sonrisa, y su pecho se levantó visiblemente para respirar hondo.

Cuando Harlow y Janice llegaron delante del todo, se volvieron hacia la puerta con caras de expectación. La banda empezó a tocar una canción lenta que me puso la carne de gallina una vez más. Cuando Riley apareció acompañada por el padre de Morgan, todos los invitados nos pusimos de pie y nos volvimos para verla.

Durante unos instantes temí que diera media vuelta y huyera corriendo, porque parecía realmente nerviosa. Sin embargo, en cuanto vio a Morgan la expresión de su rostro se transformó por completo y pasó a ser de pura felicidad. Los ojos le brillaban, y se notaban las ganas que tenía de salir corriendo hacia él para colgársele del cuello. Por suerte, su futuro suegro la tenía bien agarrada y le acarició la mano para apaciguarla.

Contuve el aliento mientras recorría el pasillo, hasta que al fin llegó delante y el padre del novio la besó en la mejilla.

—Me alegro mucho de tener otra hija a partir de hoy —le dijo él.

El dolor que sentí en el corazón me cogió desprevenida. Me estremecí y enseguida noté la mirada de Isaac clavada en mí.

—Gracias —graznó Riley, y a continuación el padre de Morgan le cedió la mano de mi hermana a su hijo.

Y allí estaba ella. Mi maravillosa hermana, junto a la persona más importante de su vida. Y, mientras tanto, yo tenía que contentarme con contemplarlos desde el auditorio.

Morgan murmuró algo que le arrancó una carcajada a Riley. No pude verle bien la cara, pero los hombros le rebotaban arriba y abajo. Mientras se volvía hacia Harlow para tenderle el ramo, aprovechó para sonreírme. Se tocó levemente el medallón y yo respondí a su sonrisa, aunque en realidad me sentía como si el corazón se me hubiera roto en mil pedazos. Luego la música terminó y la oradora empezó su discurso. Las palabras pasaron a toda prisa por mi cerebro, hasta tal punto que apenas me di cuenta de cuándo llegó la pregunta a la que, como no podía ser de otro modo, ambos respondieron que sí. Hasta que todos los invitados que tenía a mi alrededor empezaron a reírse en voz alta no conseguí salir de ese estado de trance que se había apoderado de mí.

Observé cómo Morgan se guardaba una hoja de papel en el bolsillo del traje con una sonrisa traviesa. Al parecer, había fingido tener que leer la respuesta. A continuación, su mirada se volvió más seria y se aclaró la garganta. Miró a Riley fijamente a los ojos mientras le cogía la mano.

—Riley —empezó a decir aclarándose la garganta y sonriendo levemente antes de proseguir—. Cuando nos conocimos, supe enseguida que eras la mujer con la que quería pasar el resto de mi vida. Has tardado bastante tiempo en comprenderlo, pero ahora... aquí estamos. Y me siento el hombre más feliz del mundo, porque todavía no puedo creer que realmente me dijeras que sí.

Durante unos momentos, centelleó algo sombrío en su rostro, y las siguientes palabras que pronunció me sentaron como un puñetazo en el estómago.

—Sé que la vida no siempre ha sido justa contigo y con tu familia. Sé que tanto tú como Sawyer habéis tenido que superar cosas que no le desearía a nadie. Por eso no sólo te prometo estar siempre a tu lado, a partir de hoy y para siempre. Prometo que confiaré en ti, que te animaré y te respetaré. Prometo formar parte de tu familia y crecer a tu lado. Me ocuparé de ti y compartiré contigo todos los desafíos que la vida nos depare. Te quiero.

Tragué saliva con dificultad varias veces seguidas e intenté desesperadamente reprimir las lágrimas que amenazaban con empezar a brotar de mis ojos nada más oír aquellas palabras. Tenía la mirada velada y no pude ver la reacción de Riley, pero de repente noté que Isaac se movía a mi lado. Al cabo de un momento me agarró la mano y entrelazó sus dedos con los míos. Me dio un suave apretón, sólo uno.

No me atreví a levantar la mirada hacia él, me daba miedo perder la compostura de repente.

—Morgan —empezó a decir Riley justo entonces, expulsando de manera audible el aire que había estado conteniendo.

Sólo puedo imaginarme lo duro que debió de ser para ella hablar justo en ese momento. Jamás nos sincerábamos acerca de lo que sentíamos, de cómo sentíamos. Que en esos instantes estuviera a punto de hacerlo delante de toda aquella gente me hizo tomar conciencia de nuevo ese día de lo poco que seguíamos teniendo en común.

Se rio, insegura, antes de seguir hablando.

—No se me dan bien las palabras. Sobre todo bajo presión y delante de tanta gente. —Todos rieron con ella—. Pero hay muchas cosas que quiero decir: cuando te conocí, mi vida no estaba pasando precisamente por su mejor momento. Cometí muchos errores, hice cosas que no debería haber hecho y que tarde o temprano seguro que me habrían acabado costando la vida. Pero, desde que te conozco, la necesidad de autodestruirme ha desaparecido.

Noté cómo le temblaba la voz, y nada me habría gustado más en el mundo que poder abrazarla. Pero no estaba allí para eso.

—Si hoy estoy aquí, es sólo gracias a ti. Tú has sido quien me ha enseñado a sentir alegría de nuevo. No existen palabras suficientes para expresar lo mucho que te lo agradezco.

Harlow le pasó un pañuelo y Riley lo utilizó para secarse las lágrimas de las comisuras de los ojos de un modo discreto. Entretanto, Morgan también estaba a punto de derramar alguna lágrima, y yo tuve que desviar la mirada.

Para no verlos, me quedé mirando a Isaac y luego bajé la mirada hacia mis manos, apoyadas sobre los muslos.

—Eres mi mejor amigo. Gracias a ti ya no me siento sola y he encontrado un hogar. Te prometo que reiremos y lloraremos juntos. Que creceré contigo y te apoyaré en todos tus sueños. Te prometo no desfallecer en ninguna aventura que pueda vivir a tu lado, y amarte cada día y cada noche, cada uno de los segundos que nos queden de vida.

Riley había encontrado su hogar.

Oírselo decir por un lado me hizo inmensamente feliz, pero también me hizo mucho daño, hasta el punto de sentirme superada por todo lo que estaba sintiendo.

Desde la muerte de nuestros padres no habíamos deseado nada tanto como volver a tener una familia. Personas en las que pudiéramos confiar y que nos hicieran felices. El hecho de que la hubiera encontrado con Morgan era más de lo que nunca podría haber imaginado para ella. Él no le haría daño. Y ella no lo abandonaría jamás. De eso estaba completamente segura.

Me di cuenta de que había empezado a llorar en el momento en que las lágrimas comenzaron a caer sobre mis manos y sobre las de Isaac.

—Eh —murmuró. Su pulgar describió suaves círculos sobre mi piel.

Levanté la mirada hacia él. Por unos instantes me perdí en sus ojos y me limité a sentir la calidez que irradiaba su mano.

Luego miré de nuevo hacia delante.

El primer testigo de la boda le tendió a Morgan un pequeño cojín sobre el que estaban los anillos. Morgan cogió el de Riley y se lo puso en la mano izquierda.

—Te hago entrega de este anillo como símbolo de mi amor, con todo lo que soy y todo lo que tengo.

Se lo puso poco a poco en el dedo, y ella cogió el otro anillo, repitió las mismas palabras y se lo colocó a Morgan.

No tengo ni idea de lo que sucedió después. De algún modo me quedé aturdida. Lo único que más o menos percibí fue el beso que mi hermana y su marido, el señor y la señora Compton, se dieron mientras todo el mundo aplaudía.

29

Isaac y yo no nos dijimos ni una palabra mientras el resto de los invitados se dirigían hacia el granero en el que tendría lugar la celebración.

Sin mirar a mi alrededor para buscar nuestra mesa, me dirigí directamente a la barra. Una vez allí, me di cuenta de que no me apetecía el alcohol. Sólo quería meterme en la cama.

Isaac me encontró poco después y se apoyó en la barra a mi lado.

—La boda ha estado bien —comentó como quien se pone a hablar del tiempo.

Levanté los ojos hacia él e intenté identificar el sentido de su mirada, pero fue en vano.

—Un poco prematura, para mi gusto —respondí pasándome un dedo por debajo del ojo para eliminar los restos de rímel que se me debía de haber corrido con las lágrimas.

—¿Estás bien? —me preguntó en voz más baja.

Me encogí de hombros, aunque en realidad debería haber negado con la cabeza enérgicamente. No, no estaba nada bien, pero creía que ya me conocía lo suficiente a esas alturas para saberlo perfectamente.

Él me miró, luego miró hacia la sala y a mí de nuevo, sin mucha determinación.

—¿Vamos a la mesa?

Me encogí de hombros una vez más, pero permití de todos modos que me quitara la copa, la dejara sobre la barra y me pusiera una mano sobre la espalda. Me condujo hasta las grandes mesas redondas que habían cubierto con manteles blancos. En una de ellas había servilletas negras y botellas de cristal con rosas también negras. No había ninguna duda de que Janice y Harlow habían elegido la decoración a juego con el vestido de Riley. Me gustó. Las sillas eran cómodas y contrastaban mucho con la madera oscura del interior del granero. En algunas esquinas el edificio estaba bastante hecho polvo, pero con aquellas guirnaldas de luces desprendiendo una luz cálida y agradable por todas partes, apenas te dabas cuenta. A nuestro alrededor se oían las exclamaciones de sorpresa de los invitados a medida que llegaban y encontraban el lugar que se les había asignado.

Isaac y yo nos sentamos a la mesa de Riley y Morgan. Isaac se puso a charlar enseguida con la madre de Morgan, mientras yo me quedaba sentada a su lado, jugueteando con el dobladillo de mi vestido.

Me alegré cuando, por fin, llegaron Riley y Morgan, tras un rato que se me hizo eterno. Enseguida abracé a mi hermana con fuerza y hundí la cara en su cuello para aferrarme a ella todavía más, hasta que apenas me quedó aire en los pulmones.

Poco después, abrieron el bufet. La comida parecía deliciosa, pero de todos modos no conseguí tragar ni un bocado. Me dediqué a remover lo que tenía en el plato, intentando mantener una conversación cordial con los padres de Morgan. Noté cómo de vez en cuando Isaac clavaba la mirada en mí, pero sin llegar a decir nada.

Después de comer, llegaron los discursos de unas cuantas parejas amigas y del padre de Morgan. Propusieron un brindis y luego me dediqué a contemplar desde la mesa cómo Riley y Morgan inauguraban el baile. Él envolvió la cintura de ella con un brazo mientras con la otra le agarraba la mano y se la presionaba contra el pecho. No fue una coreografía estudiada, sino un momento sólo para ellos dos. Yo no paraba de lamentar haberme dejado la cámara, pero había abandonado a *Frank* en casa a petición de Riley. Había insistido porque quería que yo simplemente me dedicara a disfrutar de la fiesta sin pensar en trabajar. En cualquier caso, nada me habría gustado más en esos instantes que tener la cámara para fotografiarlos.

Antes de que sonaran los últimos compases y de que la banda pasara a la siguiente canción, mi hermana y su marido se besaron. Luego se separaron de nuevo y vinieron directamente hacia nosotros. Riley extendió una mano hacia Isaac en el mismo instante en el que Morgan me agarró la mía. Empezó la siguiente canción y mi cuñado me hizo girar hasta la pista de baile.

—¿Y bien? No ha sido tan malo como esperábamos, ¿verdad? —me preguntó con la voz grave.

Esbocé una débil sonrisa. Lancé una mirada de reojo y vi cómo mi hermana bailaba con Isaac sonriendo de oreja a oreja.

—Gracias por hacer tan feliz a Riley —le dije a Morgan en voz baja.

—Es lo mejor que podría llegar a hacer en la vida. Pienso hacer todo lo que esté en mis manos para que cada día lo pase lo mejor posible. Lo sabes, ¿verdad?

—Por supuesto.

—Lo digo en serio. Sé que tenías reservas respecto a la boda, pero amo a Riley. Haría cualquier cosa por ella. Sé que no puedo deshacer todas las cosas malas que habéis tenido que soportar, pero pienso demostrarle diariamente lo mucho que la amo.

Noté cómo las lágrimas amenazaban con volver a brotar de mis ojos.

—A ver si paras de hacerme llorar de una vez.

Morgan soltó una sonora carcajada y me agarró todavía con más fuerza.

—Y tú también eres mi hermana pequeña, Sawyer. Puedes venir a casa siempre que quieras. Espero que lo tengas muy claro. Somos todos una misma familia, y desde hoy, además, lo somos de forma oficial.

Por suerte, era muy alto y me tenía sujeta muy cerca de él, porque de lo contrario se me habrían visto las manchas de maquillaje que las lágrimas dejaron a su paso en mis mejillas.

Aprecié mucho que lo dijera, a pesar de que sabía que no era cierto. Aquélla no era mi familia. Ni siquiera conocía a muchas de las personas que habían sido invitadas, y tampoco sentía curiosidad por conocerlas.

Sin embargo, no puse pegas a su afirmación y me limité a dejar que sonara el resto de la canción. Cuando hubo terminado, Morgan se apartó un poco de mí para comprobar si estaba bien.

—¿Tengo mal aspecto? —pregunté sorprendida por el tono nasal que tenía mi voz.

—Pareces un mapache —replicó él con una sonrisa mientras intentaba limpiarme las mejillas.

—Será mejor que vaya un momento a... —murmuré, pero Morgan me retuvo enseguida.

—He tardado años en conseguir que Riley me creyera y confiara en mí. Y te aseguro que contigo tampoco tiraré la toalla, Sawyer. Te lo repetiré una y otra vez hasta que por fin lo entiendas.

Asentí y di media vuelta antes de que pudiera añadir nada más. Salí corriendo a toda prisa hacia el cuarto de baño, pero no llegué muy lejos.

De repente, noté que alguien me agarraba por un brazo. Me tambaleé un poco hasta que me detuve. Levanté la mirada confundida y me quedé petrificada, como una estatua de sal.

Fue como si alguien hubiera eliminado todo el aire de la sala. La cabeza empezó a darme vueltas y noté calor y frío al mismo tiempo, mientras que el corazón dejó de latirme unos instantes y luego volvió a arrancar a un ritmo frenético.

Delante de mí tenía a Melissa.

No había cambiado en absoluto, tenía el mismo aspecto que cinco años atrás: alta y enjuta, con el mismo pelo rubio, la misma nariz prominente y los mismos ojos azules, tan parecidos a los míos. Sólo las arrugas que tenía en las comisuras de la boca se habían alargado, de manera que su aspecto todavía era más amargado y aparentaba más de los cuarenta y dos años que tenía entonces.

—Hola, Sawyer —me saludó con un desprecio descarado—. Cuánto tiempo sin verte.

Me la quedé mirando mientras el sudor empezaba a aflorar en mi frente y, al mismo tiempo, la carne de gallina se extendía por todo mi cuerpo.

¿Qué estaba haciendo allí? ¿Por qué demonios había venido a la boda de Riley?

—La última vez que nos vimos estabas vomitando en mi retrete porque llegaste a casa borracha, y a la mañana siguiente ya te habías largado.

Aparté el brazo para zafarme de ella y retrocedí un paso, pero no conseguí darle la espalda. ¿Por qué no podía volverme?

—No te preocupes, Riley me lo ha contado todo —prosiguió Melissa con frialdad. Su tono de voz rezumaba menosprecio y odio.

Yo no tenía ni idea de lo que estaba diciendo. Desesperada, miré a mi alrededor, buscando a Riley o a Morgan, a alguien que pudiera liberarme de aquella pesadilla.

—¿De verdad no tienes nada que decirme?

Me la quedé mirando sin palabras.

Melissa soltó una carcajada exenta de humor, estridente y repugnante, que despertó un aluvión de recuerdos en mi cabeza.

Me acordé de mi décimo cumpleaños, cuando no pude invitar a ninguno de mis compañeros de clase y acabé pasando el día entero encerrada en mi habitación, sin regalos y sin ni siquiera recibir un triste abrazo. Fue el primer cumpleaños que pasé sin mis padres. También me acordé de cuando tenía trece años y Riley se puso tan enferma que no podía ni andar y se desmayó en el baño. Había intentado sostenerla, pero acabé perdiendo el equilibrio y me di un golpe en la sien contra la bañera. Sangré mucho, y podría haber sufrido una conmoción cerebral, pero a Melissa no le importó lo más mínimo.

—Eres exactamente igual que tu madre —siseó arrancándome de mis cavilaciones.

De repente, recuperé la voz.

—¿Qué? —grazné.

—Igual de tonta e igual de desagradecida. Yo te crie, ¿y tú no eres capaz ni de saludarme como es debido?

Poco a poco, las sinapsis de mi cerebro volvieron a funcionar.

—¿Estás mal de la cabeza o qué? —gruñí. Intenté alejarme de ella, pero me lo impidió agarrándome el brazo de nuevo.

—Eres igual que tu madre. Bailando con tu cuñado recién estrenado como si no vieras el momento de acostarte con él. No puedo creer que le hagas esto a Riley —me soltó. Sus dedos se clavaron con más fuerza en mi brazo. Intenté zafarme de ella, pero realmente tenía más fuerza de lo que parecía.

—Suéltame enseguida —le ordené en voz muy baja, y yo misma me sorprendí de lo calmada que sonó mi voz. En esos instantes, dentro de mí se rompió en pedazos todo lo que había estado tratando de mantener de una pieza durante los últimos años.

¿Qué estaba haciendo allí?

—¿Qué me dices del tipo con el que has venido? ¿No tienes bastante con él? —prosiguió, y las arrugas que tenía alrededor de la boca de repente parecieron más profundas. Se le hinchó una vena del cuello cuando hundió las uñas todavía más en mi piel—. Realmente eres igual de zorra que tu madre.

—Suéltame enseguida, Melissa —repetí.

La presión que notaba en el pecho era tan insoportable que temí asfixiarme en cualquier momento.

De reojo vi cómo algunas cabezas se volvían hacia nosotras. Empecé a oír un murmullo nervioso cuyo volumen e intensidad crecían sin parar.

No podía estar sucediendo algo así.

No era posible que estuviera ocurriendo de verdad.

—Nunca quisisteis escucharme. No queríais saber lo zorra que llegaba a ser Erin...

Sólo oí el golpe.

A continuación noté cómo me ardía la mano derecha. Y luego vi a Melissa cayendo al suelo dando tumbos. Se llevó la mano a la nariz y me miró con cara de sorpresa. Cuando apartó la mano, vi que tenía los dedos manchados de sangre.

Retrocedí unos pasos hasta que di con una mesa a la que pude aferrarme.

No soportaba la visión de la sangre desde que había encontrado a mi madre en la bañera.

—¿Qué demonios...? —sonó la voz de Riley de repente.

Se abrió paso entre la multitud congregada a nuestro alrededor y se detuvo de golpe en cuanto vio a Melissa tendida en el suelo con la cara manchada de sangre.

Se llevó la mano a la boca y se puso pálida como la cera.

Cuando se volvió hacia mí, tenía la mirada empañada por la decepción y la incredulidad.

Melissa se levantó del suelo con la ayuda de Morgan, que le

tendió el pañuelo que llevaba en el bolsillo de la solapa para que pudiera contener la hemorragia de la nariz.

—Dios, Melissa, lo siento mucho —murmuró Riley agarrándola con cuidado por un brazo.

Me quedé boquiabierta, no conseguía salir de mi asombro. Miré a mi hermana con estupefacción.

—¿La has invitado a tu boda? —susurré. La banda ya había dejado de tocar desde hacía rato, de lo contrario Riley no podría haberlo oído.

Ella apretó los labios hasta que se le redujeron a una fina línea.

Y luego asintió.

Me temblaba el cuerpo entero.

—Dime que no es verdad —imploré luchando por contener la ira—. Dime que no lo has hecho.

Riley dio un paso hacia mí, pero yo retrocedí para mantener la distancia.

—Sawyer... —dijo en tono de súplica.

—¿Quién eres? —pregunté con serias dificultades para tenerme en pie—. Después de todo lo que nos hizo..., ¿la has invitado?

—Precisamente por eso no te lo dije. Porque sabía que no te lo tomarías nada bien —replicó con la voz temblorosa.

—No has cambiado nada —intervino Melissa—. Sigues siendo la misma niña malcriada de mierda que ya eras entonces.

—Melissa... —siseó Riley—. Me lo prometiste.

Melissa me señaló con la mano que le quedaba libre.

—¡Pero si sólo tienes que ver en qué se ha convertido! —exclamó fuera de sí—. ¡Es imposible que te parezca bien! Y pensar que para eso sacrifiqué los mejores años de mi vida.

Aquello ya fue demasiado. Simplemente demasiado. Había un límite para lo que una persona era capaz de asumir en un solo día. Y el mío acababa de ser traspasado.

—¿Cómo te atreves a hablarme de ese modo? —le grité a Melissa como si me hubieran cruzado los cables de repente—. ¿Cómo te atreves a ofenderme y a reprocharme todas esas cosas delante de toda esta gente?

Cada vez gritaba más y más fuerte, hasta que en algún momento di un paso hacia ella.

De inmediato, Isaac apareció y se interpuso entre nosotras.

—Para —dijo en voz baja.

—Apártate —le solté.

Riley apareció junto a Isaac y se me quedó mirando fijamente.

—No puedo creer que le hayas pegado.

—Ha insultado a mamá. Y a mí. Ha dicho que...

—¡Siempre lo ha hecho, Sawyer! —replicó furiosa—. El hecho de invitarla tenía que ser un paso en la dirección correcta. Para empezar de nuevo, de algún modo.

—¿Empezar de nuevo? —repetí incrédula. Cuánto me habría gustado atizarle también a mi hermana en ese instante—. Empezar de nuevo, ¿para qué, Riley? ¡Sólo porque ahora tienes un marido fantástico y una nueva familia no significa que puedas deshacer lo que sucedió en aquella época!

Mi hermana se estremeció, y de inmediato lamenté haber hablado demasiado.

—Riley... —dije dando un paso hacia ella. Sin embargo, ella retrocedió enseguida.

—¿Ves lo que has conseguido? —me soltó Melissa en tono sarcástico—. Acabas de arruinar la felicidad de tu hermana. ¡Justamente lo mismo que hizo tu madre cuando optó por la salida fácil de cortarse las venas!

Entonces sí que perdí totalmente el control. Salté hacia ella de nuevo, y una vez más fue Isaac quien me contuvo.

Intentó hablar conmigo con un tono de voz calmado, con suavidad, pero yo no di mi brazo a torcer. Al ver que no quería escucharlo, me agarró por detrás y acercó mucho la boca a mi oído.

—¿Eres consciente de que acabas de arruinar el día más especial de tu hermana?

—Suéltame, Isaac.

—No. Estás totalmente alterada. Da igual lo que haya dicho, no voy a dejar que te abalances sobre esa mujer de nuevo.

Sus palabras me sentaron como una puñalada en la espalda. Me dolieron tanto que me dejaron doblegada sobre mí misma y durante unos instantes no pude más que jadear de rabia.

Él aprovechó la oportunidad para levantarme en volandas, como si no pesara más que una caja de cartón vacía, y se me llevó afuera con pasos apresurados. Me dejó en el suelo cuando ya estábamos en el porche, lejos del resto de los invitados, pero no llegó a soltarme del todo. Me mantuvo agarrada entre sus brazos como si de ese modo pudiera evitar que perdiera la cabeza por completo.

—Te has puesto de su parte —lo acusé. No podía moverme de tan fuerte que me tenía agarrada.

—No es cierto, lo único que quería...

—Ya has oído lo que me ha dicho —exclamé, consiguiendo por fin zafarme de sus brazos.

Me volví hacia él. Tenía la mirada empañada por el dolor.

—Sí, lo he oído. Y ha sido horrible. Pero no quería que arruinaras la boda de Riley por eso. Pensé que lo lamentarías durante toda tu vida.

—O sea que soy yo la responsable de que la boda de Riley se haya ido al traste, ¿no? ¿Me estás diciendo eso?

Le golpeé el pecho con las dos manos, y luego otra vez. Lo golpeé una tercera vez hasta que por fin retrocedió tambaleándose y tuvo que agarrarse a la barandilla de madera para no perder el equilibrio.

—¿Cómo pude llegar a creer que podrías cambiar algo de esta

mierda de vida que tengo? —exclamé pasándome las manos por el pelo con desesperación—. ¿Cómo pude creer que eras distinto?

—Soy distinto —gruñó con los puños cerrados—. Sólo porque no me he abalanzado como un loco sobre ella no significa que no me parezca horrible lo que ha dicho. No soporto lo que te hizo, y si pudiera te aseguro que haría cualquier cosa para deshacer tu sufrimiento. Pero eso no tiene por qué repercutir en la boda de tu hermana, Sawyer.

No podía seguir mirándolo. Me dolían todos los músculos del cuerpo, hasta el más insignificante, y el dolor no sólo me robaba el aliento, sino también la voz.

—Por una vez, yo también quería que alguien se pusiera de mi lado. Pero ¿cómo pude pensar que podrías ser precisamente tú ese alguien? —susurré—. No debería haberte traído aquí. Todo esto no ha sido más que un tremendo error.

—Sawyer... —dijo dando un paso hacia mí.

Sin embargo, yo retrocedí enseguida y negué con la cabeza.

—No. Creí... Por un momento creí que podríamos ser algo más que ese ridículo proyecto. Pero tú sigues siendo el joven ingenuo y bobo al que besé por pura lástima.

Isaac se estremeció al oír esas palabras, fue como si lo hubieran atizado a traición. Su mirada se volvió fría y en sus ojos apareció una dureza que yo todavía no le había visto jamás.

De repente, noté el frío que hacía allí fuera.

Sin mediar palabra, él dio media vuelta y echó a andar por el césped.

Ni siquiera vio cómo tuve que agarrarme a la barandilla para no caer al suelo.

30

Regresé a Woodshill esa misma noche. No llevaba nada más que el bolso diminuto que había cogido para acudir a la boda, porque había dejado el resto de mis cosas en casa de Riley y en el coche de Isaac. Pero eso era lo que menos me importaba en esos momentos.

Estaba como aturdida.

Sólo había una persona a la que podía llamar en plena noche para preguntarle si podía ir a buscarme a la estación de Woodshill: Dawn. Aparte de ella, no tenía a nadie más. Había conseguido perder a Riley y a Isaac en una misma noche.

Mi amiga respondió enseguida cuando la llamé al móvil, y me sentí tan agradecida que estuve a punto de echarme a llorar. Era el mes de noviembre y no llevaba puesto más que un vestido corto de tejido fino y unos zapatos de tacón. Con el maquillaje corrido y el pelo revuelto, del que colgaban varias horquillas, mi aspecto debía de ser realmente horrible.

En cualquier caso, en el tren nadie me dirigió la palabra, de manera que pude permanecer durante todo el trayecto con la vista puesta en la ventanilla, observando la oscuridad y las formas vagas de árboles, montañas y bosques que iban pasando ante mis ojos.

Bajé del tren dando tumbos pese a mi absoluta sobriedad. Reconocí a Dawn de lejos, me estaba esperando en un extremo del andén acompañada por Spencer, que le pasaba un brazo por encima de los hombros.

Nada más verme, ella vino a mi encuentro. Se me quedó mirando con la cara pálida como la cera, agarrándome por los brazos mientras me examinaba con atención. Spencer, que se había quedado justo detrás de ella, enseguida se quitó la chaqueta para cubrirme los hombros. Y luego Dawn me abrazó. Ni siquiera me preguntó qué había ocurrido, se limitó a murmurar que todo saldría bien.

Decidí no llevarle la contraria, a pesar de que yo no lo tenía nada claro.

Spencer nos dejó en la residencia y, cuando por fin entramos en la habitación que compartíamos, fui directamente a buscar la botella de vodka que guardaba en mi armario para casos de emergencia.

Sin embargo, no había contado con Dawn: mi amiga se plantó a mi lado de inmediato y me la quitó de las manos. Acto seguido, salió de la habitación y regresó al cabo de unos minutos con la botella completamente vacía.

—No pienso permitir que te emborraches como una idiota —me dijo en tono severo.

Decidí ignorarla, me dejé caer en mi cama y cerré los ojos.

En ese caso tampoco tuve en cuenta a Dawn. No tardó nada en coger su colcha y acercarse a mí, dispuesta a instalarse en mi cama, equipada con un paquete de toallitas desmaquillantes.

—¿Puedo? —preguntó sentándose a mi lado.

Asentí. En esos instantes todo me daba igual.

Sacó una de las toallitas del paquete y la utilizó para limpiarme la cara con cuidado.

—Cierra los ojos —me ordenó con ternura.

Le hice caso y empezó a eliminar los restos negruzcos que la máscara corrida me había dejado en los párpados y las mejillas.

Lo hizo todo con mucha suavidad, y después de tantas lágrimas y de tanto dolor, fue un verdadero consuelo notar sus cálidos dedos sobre mi piel. Continuó quitándome el maquillaje hasta que no quedó ni rastro. Luego se recostó hacia atrás y empezó a acariciarme el pelo.

—Gracias por ser amiga mía —le susurré al cabo de un rato con la esperanza de que la frase no sonara tan miserable como me sentía yo en esos instantes.

Se detuvo apenas un instante, pero enseguida continuó acariciándome el pelo y al final me dejé llevar y caí presa de un sueño inquieto.

Cuando me desperté a la mañana siguiente, me quedé mirando fijamente el techo. Lo primero que hice fue preguntarme por qué me sentía tan mal, y los recuerdos de la noche anterior acudieron a mi mente en tropel para responder la pregunta.

Me senté en la cama de un respingo. La cabeza me daba vueltas, y tuve que apoyarme con una mano en la pared. Dawn se volvió desde su escritorio y me miró con preocupación.

—Buenos días —me dijo levantándose para acercarse a mí.

—Buenos días —respondí angustiada, y enseguida alargué el brazo hacia el bolso que había dejado en el suelo, junto a la cama. Saqué mi móvil de inmediato.

Morgan había intentado llamarme.

Nueve veces.

—Mierda —solté, y enseguida pulsé el botón de rellamada.

—¿Quieres que te deje sola un rato? —preguntó Dawn—. ¿O prefieres que me quede contigo?

—Creo... creo que debería hablar a solas con Riley —balbuceé en cuanto oí el tono de llamada.

—¿Hola? —respondió la voz de Morgan al otro lado de la línea.

—¿Morgan? Soy yo —me apresuré a decir mientras Dawn

salía de la habitación y cerraba la puerta a su espalda sin hacer ruido.

—Gracias a Dios —dijo suspirando aliviado—. Estábamos preocupados por ti.

—¿Es ella? —oí que preguntaba Riley de fondo—. ¡Dame el teléfono enseguida!

Se oyó un crujido mientras el móvil cambiaba de manos.

—¿Sawyer? —preguntó mi hermana.

—Sí, soy yo. Riley...

—¿Estás bien? —me interrumpió.

—Yo... no. Bueno, sí. Quiero decir que...

—¿Has llegado bien? A donde te hayas largado, quiero decir.

Conocía a Riley lo suficiente como para notar en el tono de su voz lo mucho que le estaba costando no gritarme en esos instantes.

Solté un leve suspiro.

—Sí. Estoy en Woodshill. Sólo quería decirte...

—Me da igual lo que quieras decirme. Estoy furiosa contigo. No sólo por lo de Melissa, sino también por haberte marchado de esa manera, sin decirle nada a nadie.

—Creí que preferiríais no tenerme cerca —grazné.

Hizo un ruido difícil de definir antes de hablar de nuevo.

—Dejémoslo, Sawyer. Necesito un poco de calma después de lo sucedido.

—Lo siento —me disculpé—. No te puedes imaginar lo mucho que lo siento, Riley. Dijo cosas terribles de mamá y... de mí, y... simplemente perdí el control.

Durante un momento no dijo nada. Lo único que oí fue su respiración temblorosa.

—Te creo, sé que lo sientes de verdad. Pero eso no significa que no esté enfadada contigo.

Tragué saliva con dificultad.

—¿Qué significa eso? —pregunté al cabo de un rato en un tono de voz apenas audible.

Noté los latidos del corazón golpeando mi caja torácica con fuerza al ver que Riley no respondía nada.

—Que acepto tus disculpas —replicó al fin en voz baja pero firme—. Sin embargo..., ahora necesito un poco de tiempo para mí y mi marido.

Al oír esas palabras, tuve la sensación de caer al vacío.

—De acuerdo —convine de todos modos.

—Te llamaré, ¿vale?

Asentí y, aunque no pudo verlo, colgó enseguida de todos modos.

Me mordí el labio inferior con tanta fuerza que acabé notando un sabor metálico en la boca. Me encontraba mal, y tenía la sensación de seguir cayendo eternamente. No había nada que me retuviera, ningún suelo sobre el que pudiera caer. Simplemente caía y caía, y en algún momento el zumbido que sentía en los oídos se volvió insuperable.

Estuve tres días sin moverme de sitio. Sólo me levantaba para ir al baño y para comer algo cada vez que Dawn me obligaba. No hablamos mucho, no me sentía muy capaz de mantener una conversación. Fue como si me hubieran robado las fuerzas que necesitaba para afrontar la vida real. Sobrevivía únicamente porque me sentía protegida por la crisálida que formaba mi colcha sobre la cama de la habitación de la residencia.

El cuarto día me harté de todo. Me harté de sentir lástima por mí misma, me harté de pensar continuamente en Melissa y en Riley, pero por encima de todo me harté de echar de menos a Isaac.

Con sólo pensar en él, el corazón se me aceleraba de un modo casi insoportable. Me habría gustado llamarlo únicamente para oír su voz, esa voz que tanto añoraba. Aun así, no me atreví. En lugar de eso, decidí escribirle un mensaje de texto.

> Siento haberme comportado de ese modo.
> Y todo lo que dije. No era yo.
> Te aseguro que no era yo.

Pero él no respondió.

El quinto día me enfadé mucho. Con Melissa, con Isaac y con todo el mundo, pero sobre todo conmigo misma. Pocos meses antes no habría encontrado nada capaz de sacarme de mis casillas, porque me lo tomaba todo a la ligera y no permitía que los sentimientos me afectaran. Y la verdad es que las cosas me iban mejor de ese modo.

Empezaba a ser hora de volver a ser yo misma, aunque primero tenía que aclararme las ideas. Por eso me obligué a levantarme a pesar de todo, luego le escribí un mensaje a Dawn y, por primera vez desde hacía un montón de tiempo, fui al gimnasio.

Me puse a entrenar con verdadero empeño, como en los viejos tiempos, cuando estaba tan furiosa con Melissa que sólo después de una hora de cinta empezaban a disolverse mis preocupaciones. Me sentó bien desconectar de todos los pensamientos y emociones, pero ni siquiera sin aliento y con los músculos doloridos tuve la sensación de que fuera suficiente. No podía dejar de pensar en el rostro triste de Riley y en la mirada severa de Isaac. Me los imaginaba a los dos frente a mí, cortando cualquier tipo de vínculo conmigo. El dolor no cesaba, lo que sólo acrecentaba la rabia que sentía.

Cuando vi el saco de boxeo que estaba colgado al fondo de la sala, no lo pensé dos veces. Fui corriendo hacia él, eché hacia atrás el puño cerrado y, de improviso, alguien me agarró de la muñeca.

Me volví.

—¿Te has propuesto romperte la mano o qué te pasa? —me preguntó Kaden con la frente arrugada.

Lo que faltaba.

—No. Yo...

Me encogí de hombros e intenté apartar la mano.

Kaden me soltó enseguida y se agachó sobre su bolsa de deporte. Me di cuenta de que llevaba las manos vendadas cuando sacó una botella de agua y, justo después, dos extraños rollos de color rojo.

—Dame la mano —me ordenó con una expresión enojada.

Me lo quedé mirando con recelo.

—¿Por qué?

—Porque estás hecha una mierda.

—Que te den por culo, Kaden —le solté dando media vuelta.

Sin embargo, no llegué muy lejos, porque enseguida me agarró por un codo y me obligó a volverme hacia él de nuevo. No quería mirarlo a los ojos, por lo que decidí fijarme en la mancha de sudor que llevaba en el pecho.

—Lo que quería decir es que tienes toda la pinta de necesitar desahogarte un rato, Sawyer —explicó.

Me limité a encogerme de hombros.

—Tengo vendas y puedo enseñarte a golpear bien —prosiguió—. Tú eliges.

Levanté la cabeza. Su mirada sombría encajaba a la perfección con su aura. Tiempo atrás eso me había gustado mucho de él, pero en esos momentos no podría haberme dejado más fría.

No me apetecía charlar y mucho menos socializar con nadie, pero Kaden era el tipo más huraño y callado que conocía, por lo que pensé que tal vez su compañía no resultaría tan insoportable. Cualquier persona sería mejor en ese sentido que Dawn, que aprovechaba cualquier minuto libre para intentar entablar una conversación.

—De acuerdo —murmuré—. Enséñame cómo tengo que hacerlo para no romperme nada.

Kaden asintió al ver que extendía las manos hacia él. A continuación empezó a enrollar las vendas alrededor de mis muñecas. Su expresión era de concentración, pero sus dedos demostraron mucha práctica y seguridad. Cuando hubo terminado, fue hacia la recepción del gimnasio, regresó poco después con un par de guantes de boxeo negros y me ayudó a colocármelos.

Me mostró cómo tenía que poner la pierna y cómo tenía que lanzar el brazo para no hacerme daño. Me enseñó una combinación de golpes, primero muy despacio y luego cada vez más deprisa, para que pudiera ver cómo se hacía. En pocas palabras: me explicó lo que era un directo, un gancho y un *uppercut*, además de comentarme que él siempre entrenaba en intervalos.

El tiempo que pasó hasta que me permitió golpear el saco se me hizo eterno, pero al cabo de un rato se colocó detrás, lo sujetó con fuerza y asintió para indicarme que ya podía empezar. Por fin. El peso de los guantes en las manos me pareció extraño. Me coloqué frente al saco hasta que me quedó a la distancia del brazo, levanté la mano derecha hasta la barbilla y adelanté la izquierda tal como Kaden me había indicado. Y golpeé.

—Adorable —dijo él, nada impresionado—. Desde aquí detrás no he notado nada en absoluto.

Gruñí. Muy bien, si era eso lo que quería...

Recuperé la posición y golpeé el saco de nuevo, varias veces seguidas, repitiendo las combinaciones que Kaden me había enseñado y, joder, cómo cansaba eso. Al cabo de medio minuto estaba segura de que al día siguiente tendría unas agujetas tremendas. Y, a pesar de eso, no me detuve.

Golpeé el saco con todas mis fuerzas mientras él me iba dando indicaciones como «No olvides la guardia» o «Cuidado con las piernas».

Llegó un momento en el que le cogí el truco y las sensaciones mejoraron. Empecé a notar, literalmente, cómo la tensión de mi cuerpo cedía un poco más con cada golpe que lanzaba, y cuando media hora más tarde paré para beber agua con el cuerpo empapado en sudor, me di cuenta de que me sentía mejor que los últimos días.

A continuación, me ofrecí a sujetarle el saco a él. Al principio creí que rechazaría mi propuesta, pero asintió enseguida y no tardó en colocarse en posición.

No intercambiamos ni una sola palabra mientras golpeaba el saco, y mis pensamientos empezaron a ir a la deriva de nuevo. Me pregunté si a Kaden y a Allie les había ocurrido lo mismo que a mí y a Isaac. Tiempo atrás, él y yo habíamos sido bastante parecidos, Kaden tampoco permitía que las emociones le afectaran, ni a nivel externo ni interno. ¿Y si Allie había conseguido desmontar pieza a pieza ese control que tenía sobre sí mismo? Y, en ese caso, ¿cómo lo había hecho él para permitirlo?

Pensar en Isaac me resultó tan doloroso que me quedé sin aire de inmediato. Aquello tenía que terminar cuanto antes. No quería seguir sintiéndome de ese modo. A decir verdad, no quería seguir sintiendo. Nada. Quería ser como antes. Quería recuperar el control sobre mí misma. No quería ser una chica débil que dependiera de los demás. Había llegado a los veinte sola, no necesitaba a nadie para continuar. Y mucho menos a Isaac. Mierda, entonces ¿por qué me dolía tanto pensar en él?

El siguiente golpe de Kaden fue realmente potente. Retrocedí un poco y tuve que apoyarme en el saco para no caer al suelo.

—Menos soñar y más poner atención —gruñó antes de abrirse el guante con los dientes. Se los quitó, estiró un poco los dedos y tomó un par de tragos de su botella de agua. Después de secarse el sudor de la cara con una toalla, se me quedó mirando con aire reflexivo—. Esto podríamos hacerlo más a menudo, si quieres.

—¿Por qué? —pregunté perpleja.

Se encogió de hombros antes de responder con otra pregunta.

—¿Por qué no?

Crucé los brazos empapados en sudor frente al pecho y arqueé las cejas.

Él soltó un suspiro resignado.

—De acuerdo. Me ha parecido que lo necesitabas, y a mí no me gusta tener que pedirle a cualquier desconocido que me sujete el saco un rato.

Esbocé una sonrisa.

—A mí tampoco me gustaría tener que pedírselo a un desconocido.

—Entonces ¿sí o no? —preguntó poniendo los ojos en blanco.

No tuve que pensarlo mucho.

—Vale, cuenta conmigo.

Me quité los guantes y me solté las vendas de las muñecas. Las enrollé de nuevo, pero cuando se las devolví a Kaden, éste las rechazó.

—Quédatelas.

Dicho esto, me dejó allí plantada y se largó en dirección a los vestuarios.

31

Dejé mi empleo en el Steakhouse.

Al no se mostró precisamente encantado con mi decisión y me preguntó si el problema era el sueldo, y, en ese caso, cuánto querría por quedarme. Me limité a decirle que era por motivos personales y que además quería concentrarme en los estudios.

Lo terminó aceptando, claro, pero de todos modos me pidió que trabajara algún turno esa semana, mientras buscaba a alguien para cubrir mi vacante. Le dije que sólo podría hacerlo si no coincidía con Isaac. La mera idea de verlo me provocaba verdadero pánico.

Al oír eso, se me quedó mirando durante un buen rato, tratando de descifrar los motivos de mi decisión, hasta que por fin suspiró con resignación. Al día siguiente me llamó para decirme que ya había encontrado a alguien y que sólo tenía que devolver mi uniforme de trabajo.

Sentí cierta melancolía cuando, al día siguiente, entré en el Steakhouse de buena mañana. Quería pasar página tan pronto como fuera posible, por lo que acudí antes de la primera clase del día. Sin embargo, cuando me planté en el restaurante con los delantales en la mano y contemplé las mesas vacías, fui consciente de lo bien que lo había pasado trabajando allí. La música que salía por los altavoces, capaz de aburrir a un muerto, no ayudó precisamente, sino más bien todo lo contrario: sólo contribuyó a agravar la presión que sentía en el pecho.

Fui hacia la parte de atrás, que es donde estaba el despacho de Al. Lo encontré sentado a su escritorio. Levantó la cabeza justo cuando me disponía a llamar en el marco de la puerta.

—Hola —lo saludé con torpeza levantando los delantales—. He pasado a traerte esto.

Una de las comisuras de sus labios se levantó ligeramente. Luego señaló hacia la silla que tenía delante.

—Siéntate aquí un minuto, Dixon.

Respiré hondo y entré en el despacho con la esperanza de superar pronto ese mal trago.

Al cerró la carpeta en la que acababa de guardar un papel y cruzó las manos encima de la mesa.

—¿Seguro que no puedo convencerte para que te quedes?

—No —respondí en voz baja—. Lo siento.

No podía pasar tantas horas tan cerca de Isaac. Ni siquiera había respondido al mensaje que le había enviado, y respecto a la bolsa que había dejado en su coche el día de la boda de Riley, se la había entregado en mano a Dawn, en la universidad. Me parecía bastante claro que no quería saber nada de mí, y tenerlo tan cerca sabiendo que no podría recuperar su amistad era demasiado para mí.

Tenía que dejar ese empleo. Tenía que recuperar mi vida anterior con urgencia, y para ello necesitaba mantener la cabeza fría.

—Es una verdadera lástima. Eras una de las mejores trabajadoras que he tenido —explicó Al frotándose las sienes recién rasuradas y recostándose en su silla con los brazos cruzados—. Es por ese joven, ¿verdad?

Por un instante, creí no haber oído bien lo que me había dicho.

—¿Qué? —grazné.

Al arqueó una ceja.

—Grant no te ha... no ha hecho nada malo, ¿verdad? Porque, si me dices que sí, bastará con tu palabra para que lo ponga de patitas en la calle.

—No —me apresuré a responder.

Sabía lo mucho que Isaac necesitaba ese empleo. No podía permitir que lo perdiera por culpa mía.

—Es que mi sobrina se ha ofrecido para cubrir tu puesto y quiero asegurarme de que no habrá dramas. No puedo permitirme tener a un rompecorazones en plantilla.

—No te preocupes. Isaac es un buen tipo —contesté.

Era yo la que no era lo suficientemente buena. Ni para Isaac ni para nadie. Durante un tiempo lo había olvidado y había albergado la ridícula esperanza de que las cosas podían ser de otro modo, de que yo podía ser de otro modo. Sin embargo, me había engañado a mí misma. Lo que había ocurrido durante la boda de Riley sólo me había puesto los pies en el suelo de nuevo.

—Sólo quería asegurarme —comentó Al con un suspiro—. Mierda, te voy a echar de menos, Dixon.

Una sonrisa triste apareció en mis labios.

—Yo también a ti, Al.

—Que sepas que, siempre que quieras volver, serás bienvenida. Me refiero tanto si vienes a tomar algo, a comer o a meter las zarpas en mi colección de música.

Agradecida, no pude más que asentir y estrecharle la mano. Acto seguido, me levanté.

—Pasaré un momento por la cocina para despedirme de Roger.

Él asintió, se aclaró la garganta de nuevo y volvió a ocuparse de sus carpetas. Era bueno saber que yo no era la única que no sabía encajar las situaciones sentimentales.

Crucé el pasillo de vuelta al restaurante. Las palabras de Al me habían conmovido más de lo que habría creído posible, pero, por mucho que me entristeciera despedirme de él, tenía que hacerlo. De eso estaba más que segura. Me quedé mirando los delantales que llevaba en la mano, tan absorta en mis cavilaciones que no me di cuenta de que había alguien detrás de la barra hasta que oí una carcajada ronca.

Levanté la mirada y no pude creer lo que veían mis ojos.

Tras la barra había una joven balanceándose sobre una escalera de tijera. Era tan bajita que ni siquiera desde el último peldaño llegaba al estante superior para guardar o recoger los vasos. Los mechones rizados de color castaño le caían sobre la cara, y tuvo que sacudir la cabeza para poder ver algo. Eso la desequilibró y empezó a tambalearse.

De inmediato aparecieron dos manos que la agarraron por las caderas para estabilizarla. Ella se rio aliviada.

—Eres mi héroe. Gracias —dijo, y comprobé con fascinación lo atractiva que resultaba con las mejillas sonrosadas y el pelo rizado y revuelto.

Una sensación de malestar se apoderó de mí y comencé a oír el murmullo de la sangre en los oídos cuando vi que Isaac estaba a su lado.

—Ningún problema —respondió él con una sonrisa.

Observé cómo hacía girar a la chica, se la apoyaba sobre el hombro y la bajaba de la escalera. No apartó las manos de sus caderas hasta que los dos tuvieron los pies en el suelo.

Y luego reparó en mí.

Me quedé petrificada.

Él se me quedó mirando, completamente inmóvil. No habría sabido adivinar lo que le pasaba por la cabeza aunque mi vida hubiera dependido de ello.

La chica a la que Isaac había ayudado, sin duda la sobrina de

Al, no se había dado cuenta de que había alguien más allí aparte de ellos dos, por lo que siguió hablando como si nada.

—Ah, guay. ¿Es para mí? —preguntó inclinándose por delante de él para pescar uno de los delantales que había sobre la barra—. Estoy muy contenta de que Al me deje trabajar aquí. En realidad no quería estudiar en Woodshill, sino que habría preferido mudarme con mi novio a Seattle, pero resulta que lo han aceptado en UCLA y, bueno, decidió cortar conmigo.

Se encogió de hombros y sacudió un poco el delantal para desplegarlo antes de envolverse las caderas con él.

—¿Te importaría...? —preguntó volviéndose de espaldas a Isaac.

El corazón estaba a punto de salirme por la boca.

—Quién sabe, quizá encuentro a alguien mejor por aquí —siguió parloteando ella, dedicándole una sonrisa a Isaac por encima del hombro—. Por cierto, ¿tú tienes pareja?

Él seguía sin apartar los ojos de mí, todavía con aquella mirada que yo no terminaba de comprender y en la que no reconocía al hombre con el que me había acostado pocos días antes. Tenía los músculos del mentón tan tensos que le sobresalían con claridad.

—No —respondió sin dejar de mirarme—. No tengo.

En mi pecho, algo quedó hecho jirones de inmediato.

A continuación, Isaac agarró los cordones que le tendía la sobrina de Al y empezó a atarle el delantal a la espalda.

Los delantales que llevaba en la mano me cayeron al suelo, solté un taco y me agaché enseguida para recogerlos. Cuando me incorporé de nuevo, la chica se había girado y me estaba mirando con cara de sorpresa.

—Hola —me saludó.

Isaac, en cambio, no dijo nada.

Nunca he sufrido una herida interna, pero dudo que duela

más que lo que experimenté yo en esos instantes. Fue como si mil esquirlas de vidrio se me hubieran clavado de repente en el pecho.

Porque me acababa de quedar clara una cosa: había perdido a Isaac definitivamente. Y no pasaría mucho tiempo hasta que se diera cuenta de que una chica como aquélla, con el pintalabios rosa y sin tatuajes en los brazos, era mucho más adecuada para él que yo. Aunque tal vez ya se había dado cuenta desde hacía tiempo.

Apreté los dientes con fuerza. Tenía que salir de allí cuanto antes.

—Sólo he venido a devolver los delantales —informé con el rostro pétreo. Incluso yo misma me sorprendí de lo contenida que sonó mi voz.

—¡Oh, genial! Así Isaac no tendrá que prestarme uno de los suyos la próxima vez. Gracias.

Dicho esto, me quitó los delantales de las manos y le dedicó una sonrisa.

Ninguno de los dos reaccionó cuando murmuré una palabra de despedida y me marché del Steakhouse.

Por la tarde me encontré por segunda vez con Kaden en el gimnasio. No habló conmigo, lo que me pareció perfecto. No sabía cómo podía reaccionar mi voz si hubiera tenido que charlar con él.

Me sostuvo el saco de boxeo igual que en la otra ocasión, y yo empecé a golpearlo una y otra vez, imaginando el rostro de Isaac en todo momento.

En algún punto me di cuenta de que Kaden incluso se movía en el suelo por el efecto de mis golpes, pero continué lanzando puñetazos de todos modos, uno tras otro, hasta que los brazos empezaron a dolerme tanto como el corazón.

No era tonta. Me parecía evidente que Isaac acabaría buscando a otra chica tarde o temprano. Pero había pasado sólo una semana desde la boda de Riley y no esperaba que, después de todo lo que había sucedido, diera el tema por zanjado tan deprisa y aprovechara la primera oportunidad que se le presentaba para flirtear con otra chica. Y delante de mí, además.

Pocos meses antes ni siquiera se habría atrevido a dirigirle la palabra, y mucho menos a tocarla. Con sólo pensar en la naturalidad con que había agarrado a la sobrina de Al por las caderas, me entraban ganas de vomitar.

Cerré los ojos con fuerza y golpeé el saco de boxeo una vez más. Y otra. Visualicé la cara de la chica, pero, lejos de ayudarme, eso sólo consiguió que me sintiera peor.

El siguiente puñetazo fue todavía más potente.

—Sawyer.

Decidí no hacerle caso a Kaden. Tenía claro que quería decirme algo que no tenía nada que ver con la técnica o con las combinaciones que me había enseñado, pero tampoco sabía qué hacer con aquella rabia ciega y con el dolor desgarrador que sentía tan dentro de mí.

—Sawyer —repitió él—. Para.

No podía. Tenía que continuar si quería evitar que Isaac apareciera de nuevo en mis pensamientos, si quería terminar de una vez por todas con aquella historia tan horrible. Ya no veía nada, sólo puntos negros delante de los ojos, y con el siguiente golpe no noté apenas resistencia porque el saco cedió hacia atrás.

De improviso, Kaden me agarró por los brazos justo en el instante en que las piernas me fallaron y caí desplomada al suelo. Las rodillas me resbalaron sobre el suelo de goma y solté un gemido de dolor. La cabeza me daba vueltas y lo único que sabía era que jamás podría olvidar la mirada inexpresiva que me había dirigido Isaac esa mañana.

Me doblé sobre mí misma, incapaz de respirar.

—Sawyer —sonó la voz de Kaden, como si llegara desde muy lejos.

Tuve la sensación de estar a punto de perder la conciencia. Casi lo deseaba y todo.

—Tienes que respirar hondo. Eh, mírame.

Abrí los ojos. Kaden me había agarrado por los brazos y estaba aspirando aire. Luego lo exhaló muy despacio y tomó otra bocanada. Intenté imitarlo, pero luego me acordé de que precisamente él no me había considerado lo suficientemente buena para algo más que un rollo de una noche. Allie había aparecido en su piso y me había largado sin más. Incluso había permitido que ella me humillara en su fiesta delante de todos sus amigos. Pero a Sawyer Dixon se le podían hacer ese tipo de cosas. Sawyer no tenía sentimientos. Ni corazón.

—Suéltame —le espeté apartándole las manos. Retrocedí a cuatro patas hasta que noté el frío del pavimento bajo las palmas de las manos. Con esfuerzo, respiré hondo una y otra vez, hasta que la cabeza dejó de darme vueltas y por fin pude levantarme sola para marcharme del gimnasio.

32

Durante las semanas siguientes pasé la mayor parte del tiempo en la galería de Robyn y Pat. Mi profesora me había aconsejado que me fijara en cómo trabajaban antes de empezar con lo que me habían encargado: hacer las fotografías de la galería que tenían que aparecer en internet.

No mencionó en ningún momento mis oscuras ojeras, ni el hecho de que todavía me mostrara más parca en palabras que de costumbre. Lejos de importunarme con preguntas, me dio vía libre para que eligiera los motivos que prefiriera para las fotografías y me animó a probar todo lo que se me ocurriera. Hice fotos del estado previo de una sala que próximamente tenían que renovar, retraté a Pat y a Robyn mientras colgaban los nuevos rótulos con el propietario del bar e intenté capturar el carácter de la galería y de las personas que trabajaban en ella. Reinaba una atmósfera fantástica que me motivó a dar lo mejor de mí misma.

Todas las noches, cuando regresaba a la habitación de la residencia, Dawn intentaba entablar una conversación conmigo. Me preguntaba por la galería, aunque yo sabía perfectamente que en realidad sólo esperaba el momento más adecuado para sacar el tema de la boda de Riley.

Todavía no le había contado lo que había sucedido, y la mirada de genuina curiosidad que exhibía Dawn me llevó a creer con bastante seguridad que Isaac tampoco le había contado nada al respecto.

Decidí que en adelante sería más cuidadosa en ese sentido. En los últimos tiempos le había permitido ver lo que escondía tras algunos de mis muros, tal vez más de lo que habría sido conveniente. Y, puesto que sólo era cuestión de tiempo que se diera cuenta de que no valía la pena esforzarse tanto por mí, preferí adelantar los acontecimientos.

Robyn y Pat estaban fascinadas con mi incorporación y con el hecho de que dedicara cada minuto de mi tiempo libre a ayudarlas. Me preguntaba si también se habrían alegrado tanto si hubieran sabido que simplemente no tenía a nadie más con quien pasar todo ese tiempo.

Cuando el jueves salí de la clase que tenía por la mañana, vi que Dawn estaba apoyada en la pared de enfrente, esperándome. Intenté esquivarla por la derecha, pero su mirada furiosa me impidió dar ni un solo paso. Se apartó de la pared y vino directamente hacia mí.

—Nos vamos a comer juntas —afirmó, y acto seguido me agarró del brazo sin darme alternativa. Me tensé enseguida.

Si se dio cuenta, lo cierto es que no lo demostró. Como si fuera lo más evidente del mundo, empezó a tirar de mí en dirección al comedor universitario.

—Allie y Scott ya están allí, nos están guardando sitio.

—La verdad es que no me apetece comer contigo y con tu pandilla —refunfuñé mostrando resistencia a su empeño por arrastrarme.

—La verdad es que me importa una mierda.

La miré con la frente arrugada.

—Veo que alguien está de buen humor.

Dawn soltó un gruñido y se detuvo de golpe antes de fulminarme con los ojos entornados.

—¿Tú qué crees? Hace más de una semana que te comportas como una verdadera gilipollas, Sawyer, y te trae sin cuidado el daño que puedas hacer a los demás. Estaría bien que dejaras de ser tan egocéntrica y aprendieras a contenerte de una vez. No pienso ir a ninguna parte. Me quedaré aquí y seguiré siendo amiga tuya, me da igual lo que pienses al respecto o lo mal que me trates. No pienso dejar de ser tu amiga de la noche a la mañana, ¿entendido?

Sus palabras me sentaron como una patada en el estómago y consiguieron que me sintiera todavía peor que antes. Me aclaré la garganta con la mirada clavada en el suelo.

—Lo siento.

—No pasa nada —dijo.

Acto seguido, volvió a tirar de mí hacia el comedor. No me resistí ni cuando me obligó a pasar entre la multitud de gente ni cuando me puso una bandeja en las manos y poco después eligió un plato para mí.

La seguí hasta una mesa que estaba en el rincón más apartado del fondo de la sala. Scott y Allie ya estaban sentados y sonrieron en cuanto vieron que nos acercábamos a la mesa.

—Hola, gente —los saludó Dawn, sentándose en el banco opuesto al que ocupaban ellos. Luego me agarró la manga y empezó a darme tirones hasta que no pude hacer nada más que sentarme a su lado.

—Hola —dije forzando una sonrisa, y no pude evitar dirigir una breve mirada hacia Allie. A juzgar por su expresión compasiva y curiosa al mismo tiempo, deduje que Kaden ya le había contado que me había desplomado en el gimnasio. Genial.

Apoyé la cabeza en una mano y me quedé mirando la ración de espaguetis que Dawn había elegido por mí.

—Come —me dijo señalándome con el tenedor a modo de amenaza.

Empecé a revolver la pasta. No tenía hambre, pero notaba la mirada implacable de Dawn y decidí llevarme el tenedor lleno a la boca.

—Mmm, delicioso —exclamé de un modo claramente forzado. Delante de mí, Scott intentó sin éxito ocultar su risa tras el puño. Me fijé mejor en él y me quedé de piedra.

Su aspecto parecía expresar cómo me sentía yo por dentro. Como una auténtica mierda.

Normalmente era una de esas personas que siempre presentan un aspecto impecable, sin importar dónde o cuándo te los encontrabas. Sin embargo, ese día llevaba puesto un jersey terrible, descolorido, y el pelo revuelto en todas las direcciones posibles. Tenía las mejillas cenicientas, y cuando se reía parecía más bien que estuviera haciendo una mueca de asco.

Arrugué la frente y él desvió la mirada enseguida hacia su tenedor. La hamburguesa con queso que tenía en el plato estaba intacta. Perdido en sus cavilaciones, cogió una patata frita y empezó a remover con ella el charco de kétchup que tenía en el plato.

—¿Todo bien? —le pregunté de repente.

Scott enarcó una ceja.

—¿Tú qué crees?

Las comisuras de los labios se me elevaron un poco.

—De acuerdo. Ha sido una pregunta tonta, perdona.

—Y que lo digas —murmuró él metiéndose la patata frita en la boca. Me ofreció una, pero se la rechacé.

—Ya te he dicho que esto no me parecía buena idea —le dijo Allie a Dawn al cabo de poco rato.

—¿Obligarnos a comer? Pero ¿qué dices? Si es la mejor ocurrencia de todos los tiempos —murmuró Scott en tono sarcástico mientras se pasaba las manos por el pelo sin darse cuenta de que tenía los dedos manchados de kétchup. De repente, uno de sus mechones quedó teñido de color rojo, como si tuviera una herida en el cráneo.

—¿A ti qué te pasa? —pregunté inclinándome por encima de la mesa para limpiarle la frente y el pelo con la servilleta. Él se quedó quieto, como si no soportara que alguien lo tocara de ese modo.

—Que me han dejado —dijo con voz monótona.

—Lo siento.

—Gracias —repuso. Otra patata frita desapareció dentro de su boca—. ¿Y a ti?

Me encogí de hombros.

—Nada.

—¿Nada? —exclamó Dawn a mi lado, a punto de atragantarse con un espagueti. Tuvo que tomar un buen trago de agua antes de poder seguir hablando—. ¡Dios, Sawyer! ¡Eres realmente increíble!

—¿Qué pasa? No he venido aquí a charlar de lo que siento con vosotros. Lo único que quiero es olvidar todo esto lo más pronto posible.

Scott hizo un ruido para indicar vagamente que estaba de acuerdo con ella.

—Los problemas se resuelven hablando. No matándose a trabajar e intentando ignorarlos. Las cosas no funcionan de ese modo —explicó Dawn en voz baja.

Me tensé de repente. Hasta la fecha había conseguido evitarlo, pero si de algo estaba segura era de que ése era el momento menos adecuado para contárselo.

—Tenéis que volver a relacionaros con gente cuanto antes. Simplemente salir, pasarlo bien y despreocuparos del resto —afirmó Allie con una sonrisa.

—Guau, Allie. Es una idea genial. No —murmuró Scott lamiendo el kétchup de una de las patatas antes de mojarla de nuevo.

—No seas tan cínico, Scottie. Te saldrán arrugas —se limitó a responder ella.

—Pues a mí me gusta más así de gruñón —le dije a Dawn. Ésta puso los ojos en blanco.

—Lo creas o no, no me sorprende lo más mínimo —repuso dejando el tenedor a un lado—. Pero ahora en serio: Allie tiene razón. Tenéis que volver a salir y olvidaros de esa actitud tan desabrida. Venid con nosotros al Hillhouse esta noche.

Scott y yo suspiramos al mismo tiempo.

—Yo sólo quiero volver a casa, ponerme unos pantalones de chándal y apalancarme en el sofá —se quejó él.

—Los pantalones de chándal ya te los pondrás luego —dijo Dawn. Conociéndola, sabía que no admitiría ningún tipo de réplica.

—Pues yo sólo iré si Sawyer también va. Con dos mariposítas enamoradas como vosotras no aguantaría ni diez minutos —propuso Scott, lanzándome una mirada fugaz.

—Olvídalo —respondí negando con la cabeza—. Lo siento, pero Dawn tendría que dejarme inconsciente de un porrazo para que yo volviera a poner los pies en el Hillhouse.

—Entonces podemos ir a otro sitio —añadió Allie enseguida—. Acaban de abrir un local nuevo en las afueras.

Dawn asintió con ganas.

—¡Buena idea!

Me las quedé mirando un buen rato, y al final tuve que admitir que no me quedaba alternativa.

—Por mí... Pero que conste que sólo iré porque me da miedo que Dawn pueda estrangularme durante la noche. Sí, en serio, no me mires así —añadí mirándola—. Pareces una asesina en serie.

Sin embargo, Dawn no me había oído. Estaba demasiado ocupada celebrando la decisión y planeando con Allie qué tipo de ropa sería la más adecuada para ir a ese local nuevo.

Liberarme de la frustración bailando con Scott me sentó al menos tan bien como golpear el saco de boxeo con Kaden.

Había pensado que resultaría extraño salir con los amigos de Dawn, sobre todo si venía Allie, y por eso me había preparado para lo peor. Sin embargo, la noche transcurría mejor de lo que había esperado. Más que nada porque resultó casi liberador tener a alguien que estaba tan jodido como yo y que comprendía a la perfección que yo prefiriera hablar de cualquier otro asunto excepto del motivo que me afligía. Dawn intentó un par de veces sacar el tema de Isaac, pero yo me limité a ignorarla.

Cuando me confesó que él tampoco le hablaba y que eso la tenía preocupada, ya fue demasiado. Reaccioné enseguida, agarrando la mano de Scott y tirando de él hacia la pista de baile.

Scott sabía bailar, y no me costó nada adaptar mis movimientos a los suyos y simplemente dejarme llevar por el ritmo. Sin pensar nada. Sin sentir nada. Me pasé las manos por el pelo y cerré los ojos un instante, disfrutando del retumbar de los bajos a través de mi cuerpo.

Lo vi nada más abrir los ojos de nuevo.

Tuve que parpadear varias veces para asegurarme de que el cerebro no me estaba jugando una mala pasada.

Isaac estaba allí.

Realmente estaba allí.

Estaba sentado a la barra, y a su lado...

A su lado estaba sentada la chica de los rizos castaños.

Me quedé sin aliento, y justo en ese mismo instante nuestras miradas se encontraron. En su rostro no detecté ningún cambio, pero tras su mirada divisé cómo se ponían en marcha todos los engranajes.

Sin apartar la mirada de mí, se llevó la botella a los labios y bebió un trago. Me habría encantado saber qué le pasaba por la cabeza, y al mismo tiempo me odié por el hecho de ser tan curiosa. Al fin y al cabo, no era asunto mío. Ya no era asunto mío, por muchas ganas que tuviera en esos instantes de acercarme, plantarme frente a él, agarrarle la cara con las manos y besarlo hasta quitarle el sentido.

Igual que aquella primera noche.

Demostrando una voluntad de hierro, aparté la mirada de él.

Scott me miró primero a mí y luego hacia donde había estado clavando los ojos. En su rostro apareció una expresión que reveló que había conseguido encajar las piezas.

—¿Quieres tomar algo más? —preguntó.

Asentí de un modo automático. Él me agarró del brazo con suavidad y señaló en dirección a nuestra mesa con la barbilla.

—Vuelve con los demás. Enseguida te llevo algo.

Dicho esto, desapareció en dirección a la barra mientras yo daba media vuelta para regresar con Allie y Dawn en un estado cercano al aturdimiento.

—Bailabais de muerte —comentó Dawn, apartándose en el banco para dejarme sitio.

Yo no respondí nada.

—¿Todo bien? —preguntó Allie.

—Déjame sitio —sonó la voz de Scott, que de repente se había plantado a nuestro lado.

Al cabo de un momento me dejó un vaso con un líquido anaranjado sobre la mesa. Unas rodajas de limón flotaban en la superficie. Se sentó justo delante de mí y levantó su vaso con una expresión expectante. Brindé con él. Luego cogí la pajita, la dejé sobre la servilleta y me llevé la bebida a los labios. Tomé unos tragos generosos, ávidos.

—¿Puedo preguntar qué acaba de ocurrir o será mejor no saberlo? —dijo Dawn en voz baja.

—No preguntes —le aconsejó Scott.

Intenté con todas mis fuerzas obviar el hecho de que Isaac

se hallara a pocos metros de mí, sentado a la barra con otra chica. Me bebí el cóctel entero y dejé el vaso encima de la mesa.

—¿Sawyer? —preguntó Dawn en voz baja.

Me enfrenté a su mirada, tan cargada de compasión que a punto estuvo de provocarme náuseas.

Había sido un error salir de fiesta con ella. Me levanté del asiento de nuevo.

—Creo que necesito bailar —anuncié.

Ignoré a Dawn cuando intentó agarrarme del brazo y crucé la pista de nuevo hasta el punto más alejado posible de la barra y de Isaac.

No pasó mucho rato hasta que uno de los chicos que formaba parte de un grupo me vio bailar y se me acercó. Lo conocía de vista, pero por más que me exprimí los sesos no fui capaz de acordarme de su nombre. Me dedicó una sonrisa y en su rostro aparecieron unos profundos hoyuelos. Intenté corresponder a su sonrisa a pesar de lo entumecida que me notaba la cara. El caso es que funcionó de todos modos: me puso una mano grande y cálida en la cintura y me atrajo hacia sí.

Era un tipo muy alto, al menos media metro noventa, y también muy corpulento, de manera que yo parecía diminuta y frágil a su lado. Bajo la manga derecha de su camiseta descubrí las líneas negras de un tatuaje.

Le puse una mano en el pecho y me moví con él al ritmo de la música, notando el calor que me transmitía su proximidad física. Aquello era mucho mejor que el dolor que había estado sintiendo durante los últimos días.

—Me llamo Adam —me susurró al oído al cabo de un rato. Su barba incipiente me hizo cosquillas en la mejilla.

—Sawyer —respondí posando también la otra mano sobre su hombro. Joder, menudos músculos tenía el tipo.

Ésas fueron las únicas palabras que llegamos a intercambiar.

Bailamos la siguiente canción pegados, y él recorrió mi cuerpo con sus ávidas manos, presionando su entrepierna contra mi trasero. Me gustó que fuera tan rudo. Disfruté de la sensación de que me sujetara, por lo que me apoyé más en él a medida que la cabeza empezaba a darme vueltas.

Adam puso las manos sobre mis caderas y las deslizó hacia arriba, hasta mis costillas. Las levantó un poco más hacia mis pechos, como si estuviera comprobando hasta dónde estaba dispuesta a permitir que llegara. Luego presionó su cuerpo contra el mío todavía más y yo solté un leve suspiro.

Era justo lo que necesitaba. Las manos de un desconocido, un cuerpo cálido, fuerte, un punto de apoyo.

De repente, Adam me hizo girar y quedamos cara a cara. Sin mediar palabra, pegó los labios a mi boca. Me quedé tan sorprendida que el corazón me dio un vuelco y me quedé quieta, como paralizada, mientras la música retumbaba a un volumen ensordecedor dentro de mis oídos.

Fue un beso sucio y con sabor a cigarrillos y a alcohol. Adam tenía una lengua enorme, y cuando la metió en mi boca tuve la sensación de ser invadida por un cuerpo extraño. Me pareció horrible. Enseguida me quedó claro que todo aquello no era más que un tremendo error.

Volví la cabeza hacia un lado enseguida y le empujé los hombros con las dos manos para que parara. Sin embargo, él no vaciló lo más mínimo y terminó presionando los labios sobre mi mejilla, el mentón y el cuello, donde me pegó un mordisco sin contemplaciones. Aspiré una bocanada de aire súbita para quejarme. Ay, joder, eso no tenía nada de sexy.

—Adam.

O no me oyó o no quiso oírme, pero el caso es que enseguida me metió la lengua en la oreja.

—Adam, para ya.

—Nena... —murmuró.

Volví a apartarlo de mí, en esta ocasión con más contundencia, para que me soltara de una vez. Echó la cabeza atrás, y cuando me miró de nuevo las luces multicolores de los focos le iluminaron el rostro.

—Para —le ordené de un modo tajante.

—¿Por qué? —preguntó, y una sonrisa amenazadora apareció en sus labios.

Pegó los labios a los míos de nuevo, y esta vez con tanta firmeza que ni siquiera me dejaba respirar. Solté un grito de frustración que su boca impidió que se oyera. Desesperada, eché la cabeza hacia atrás empujándole el pecho con las manos de nuevo, hasta que me acordé de lo que Kaden me había enseñado en el gimnasio.

Retiré una mano y le pegué un directo en la barriga con todas mis fuerzas.

Retrocedió soltando tacos y frotándose el punto en el que había impactado mi golpe. Tenía el rostro colorado y una vena le sobresalía mucho de la frente.

—¿Qué coño quieres de mí, pues? —preguntó.

—Quiero que pares de meterme la lengua hasta la garganta —le solté limpiándome la boca con el dorso de la mano. Tenía restos de su saliva en las comisuras de los labios, me dio tanto asco que estuve a punto de vomitar.

Entretanto, la gente que estaba a nuestro alrededor ya se había fijado en que algo no iba bien y estaban pendientes de cómo terminaba el incidente. Algunos estiraban el cuello y se ponían de puntillas para no perderse nada.

Adam soltó un resoplido de desdén.

—¿Primero te me insinúas y luego te haces la estrecha? No es necesario que te esfuerces, Sawyer —exclamó abriendo los brazos en cruz—. Todos sabemos que te lo montas con cualquiera.

De inmediato, salió disparado hacia atrás. Un puño había

impactado con fuerza en su cara, cogiéndolo completamente desprevenido, y había enviado su cuerpo de matón dando tumbos por el suelo.

—Retira lo que acabas de decir.

Debía de ser una alucinación. De lo contrario, no era posible explicar lo que estaban viendo mis ojos.

Isaac se plantó delante de Adam y se puso en cuclillas sujetándole el cuello con una mano mientras la otra seguía cerrada en un puño, preparada para golpear de nuevo.

—Retíralo —le ordenó remarcando cada sílaba.

—Y si no lo retiro ¿qué? —preguntó Adam riendo.

Acto seguido, intentó contraatacar con un poderoso puñetazo que él interceptó con rapidez. Con la cara deformada por la ira, Isaac le asestó un segundo puñetazo que le acertó de lleno en la boca.

Alguien agarró entonces a Isaac por debajo de los brazos. Él no se resistió mientras lo apartaban de Adam, aunque tenía la cara completamente enrojecida y la mirada furiosa. Se zafó de quien lo había agarrado y levantó las manos en señal de rendición, todo ello sin apartar la mirada de Adam, que seguía tendido en el suelo, tapándose con la mano el labio partido. Al ver la sangre que le manchaba los dedos, me mareé enseguida.

—No vuelvas a faltarle al respeto jamás —lo amenazó Isaac en voz baja.

Desde lejos vi que un guardia de seguridad se abría paso entre el gentío para llegar hasta allí. Sin pensarlo dos veces, le agarré una mano a Isaac, que temblaba de pies a cabeza, y empecé a tirar de él en dirección a la salida de emergencia. No había tiempo para consideraciones, tenía que sacarlo de allí como fuera antes de que se metiera en un lío.

En cuanto llegamos a la puerta, la abrí de golpe y lo empujé hacia fuera para luego seguir tirando de él por el aparcamiento.

No me detuve hasta que nos hubimos alejado al menos cien metros del local. Luego lo solté y me agaché para intentar recuperar el aliento. Seguía notando el sabor de Adam en la boca y me pasé el dorso de la mano por los labios una vez más.

Cuando me volví, Isaac estaba mirándose fijamente el puño. Abrió la mano y la cerró de nuevo. Parecía como si no pudiera creer que esa mano tan brutal formara realmente parte de su cuerpo.

—No hacía falta que hicieras lo que has hecho —balbuceé. Mis palabras sonaron realmente confusas, pero era justamente como me sentía en esos instantes.

Como siempre que estaba cerca de él.

—Al contrario —me contradijo.

—¿Qué? —pregunté arrugando la frente.

—Al contrario, Sawyer. Debería haberlo hecho mucho antes.

El significado de sus palabras me llegó al corazón. Abrí la boca para replicar algo, pero no supe qué decir.

—Debería haber dicho algo mucho antes. Pero cada vez que surgía la ocasión me acobardaba y me quedaba a un lado contemplando cómo la gente, personas que no te conocían de nada, te ofendían y te insultaban.

Dio un amplio paso hacia mí y, por la tensión de su cuerpo y la energía que irradiaba, me di cuenta de que era la primera vez que se peleaba de ese modo.

—Te echo de menos —murmuró.

Negué con la cabeza y retrocedí un poco. Él soltó un leve suspiro.

Aun así, me agarró la mano y tiró de ella con suavidad hasta que consiguió abrazarme.

—Te echo de menos —repitió, esta vez en voz más baja. Sus labios me acariciaron la sien y noté su aliento en mi piel cuando articulaba las sílabas, mientras me abrazaba, sin más.

Me sentía completamente sobrepasada. Por un lado, no podía imaginar un lugar en el que deseara más estar que allí, entre sus brazos, pero por otro...

La cara de la sobrina de Al me vino a la mente de improviso.

—Suéltame —exclamé exaltada de repente. Apoyé las manos en su pecho, pero no fue necesario hacer el más mínimo esfuerzo, porque Isaac me soltó enseguida. Se me quedó mirando y la decepción y el dolor que detecté en sus ojos me resultaron casi insoportables.

A pesar de todo, reuní todo mi valor para hablarle.

—Estoy acostumbrada a ser el segundo plato para todo el mundo. Hasta que encuentran a alguien mejor, a alguien más importante, con quien quieren estar de verdad. Como Kaden. O Ethan. Y a pesar de que sentirme rechazada no era precisamente lo mejor del mundo, siempre me pareció bien. Yo tampoco buscaba nada más que distraerme unas cuantas noches con alguien. Sin embargo, en tu caso... —empecé a decir, pero me quedé bloqueada unos instantes—, en tu caso, por un tiempo, llegué a creer que podía ser algo más. Y está visto que me equivocaba, porque es evidente que lo único que hice fue guardarle el sitio a alguien a quien querías realmente.

Isaac se me quedó mirando con una expresión de perplejidad.

—Es la tontería más grande que me has dicho en toda tu vida.

Resoplé.

—Eso es lo que soy, Isaac. Una rubia tonta que sólo sirve para la cama.

—Y yo soy friki, empollón y virgen, ¿no?

Me encogí de hombros, lo que todavía contribuyó a que se enfadara más.

—No puedo creer que realmente pienses lo que acabas de decir. No somos lo que dicen de nosotros. ¿Recuerdas? —exclamó exaltado.

Me envolví el cuerpo con los brazos y hundí los dedos en mis costados para reprimir las ganas que sentía de tocarlo.

—Bienvenido a la realidad, Isaac. Soy exactamente lo que dicen de mí, y gracias a ti no seguiré engañándome pensando que las cosas podrían ser distintas.

—¿Quieres simplemente echar a perder lo nuestro? —preguntó indignado—. ¿De verdad? ¿Por una discusión de mierda?

—¿Una discusión de mierda? ¡Isaac, me dejaste!

—¿Que yo... qué? —preguntó con incredulidad.

—Dijiste claramente que no querías saber nada más de mí —exclamé levantando los brazos.

—¡Estaba dolido contigo, Sawyer! Me hiciste daño, y... respecto a lo que te dije en el Steakhouse, lo siento mucho. Quería...

—Vamos —lo interrumpí—. Los dos teníamos claro desde el principio que tú no tenías ningún interés en alguien como yo.

—Fuiste tú la que dio por terminado el proyecto. No yo.

—¡Porque no quería que siguieras utilizándome!

—¿De verdad crees que me acosté contigo por eso? ¿Para practicar y luego poder largarme con otra? —preguntó atónito.

—Bueno, es evidente que así es como han ido las cosas —constaté con sequedad.

Eso lo dejó sin habla. Durante un minuto nos limitamos a mirarnos fijamente.

—¿Se puede saber qué te pasa? —preguntó en voz baja.

Ignoré el dolor que me causaban sus palabras y asentí en dirección al local.

—Eres tú quien tiene a alguien nuevo, o sea que quizá puedas contármelo tú.

Se me quedó mirando como si hubiera perdido el juicio.

—¿Me lo estás diciendo en serio? Después de todo lo que hemos pasado y después de haberte presentado a toda mi familia, ¿simplemente te encoges de hombros y me acusas de haberme buscado a otra?

No respondí nada.

—Es nueva en la ciudad, Al me ha pedido que me la llevara por ahí para que conociera sitios para salir de fiesta. Sawyer, tienes que creerme, yo...

Se quedó callado de golpe, frotándose la nuca con la mano, y respiró hondo antes de volver a hablar.

—Si acepté participar en ese proyecto fue sólo por ti. Porque desde que me besaste por primera vez no he podido pensar en nada más.

Negué con la cabeza.

—No te molestes en intentar negarlo. Es la verdad —insistió.

Pero aquello no cambiaba nada. Nada de lo que acababa de decir cambiaría el hecho de que jamás pudiera irnos bien juntos. Nos haríamos daño y nos acabaríamos destrozando, de eso estaba completamente segura. De hecho, ya habíamos empezado. No encajábamos, y cuanto antes se diera cuenta de ello Isaac, mejor.

De repente, alargó una mano para posarla suavemente sobre el antebrazo que yo tenía cruzado sobre la barriga. Con el pulgar empezó a describir círculos sobre mi piel, lo que me provocó un escalofrío. Tuve que morderme la lengua para no sollozar en voz alta. Nada me había costado tanto en la vida como controlarme en esos instantes.

Retrocedí un paso con tanta precipitación que tropecé.

Él apretó los dientes y cerró la mano con la que me había estado acariciando hasta hacía un momento para formar un puño.

Luego di media vuelta y me marché corriendo.

33

No tengo ni idea de cómo conseguí llegar a casa, pero cuando por fin entré tambaleándome en la habitación de la residencia estaba en las últimas. Simplemente no podía más. Nada más cruzar la puerta, me desplomé y hundí la cara en las manos, sollozando sin control.

Así fue como me encontró Dawn poco después, cuando regresó a la habitación. Ni siquiera se quitó la chaqueta cuando se sentó a mi lado en el suelo y empezó a hablarme.

Sin embargo, no fui capaz de asimilar nada de lo que me dijo. El murmullo que sentía en los oídos y el retumbar de mi corazón roto se tragaron cualquier otro sonido.

—Que termine todo esto de una vez, por favor —supliqué sollozando antes de apartar la cara de las manos para mirar a Dawn.

Sus ojos estaban afligidos por la tristeza y la compasión.

—No sabes cuánto me gustaría poder ayudarte.

«Te echo de menos.»

Oía su voz en mi oído. Yo también lo echaba de menos a él.

No obstante, estaba convencida de que estaba haciendo lo que debía. Isaac se merecía poder estar con alguien capaz de hacerlo feliz. Y durante las últimas semanas había demostrado con creces que yo no era la persona adecuada para ello.

—Es que no aguanto más —susurré medio asfixiada. Las lágrimas me ardían en la cara cuando Dawn me envolvió entre sus brazos.

—Lo siento mucho, Sawyer —respondió acariciándome la espalda.

Hundí la frente en su hombro, y ella no dejó de abrazarme mientras iba murmurando palabras de consuelo que yo sólo acertaba a comprender a medias.

Al cabo de un buen rato, me ayudó a levantarme del suelo y me acostó en la cama. Sacó una camiseta larga de mi cómoda y me la tendió.

—Tienes que prometerme algo, Sawyer —me pidió cuando ya estaba a punto de ponérmela. Me la quedé mirando unos instantes con las manos metidas en las mangas, luego me la pasé por la cabeza y levanté la mirada hacia mi amiga.

—¿Qué? —grazné con la garganta seca.

Dawn me señaló antes de hablar.

—Esto tiene que acabar. Me refiero a lo de matarte trabajando, no hablar con nadie y odiarte a ti misma. No soporto seguir viéndote así.

Me quedé inmóvil en mi cama.

—Eres mi amiga, y es mi deber cuidar de ti —prosiguió—. Pero tú también tienes que permitir que lo haga. Lo de Isaac se ha ido a la mierda. Y duele, lo comprendo. Pero saldrás de ésta, y luego serás más fuerte que antes. Te lo prometo.

Se me acercó y se sentó a mi lado sobre la cama. Con los pulgares, me secó las lágrimas que todavía mojaban mis mejillas.

—¿Me prometes que me dejarás ser tu amiga?

El nudo que tenía en la garganta era tan grande que no fui capaz de pronunciar ni una sola palabra. Pero asentí, y eso bastó como respuesta.

Dawn tuvo la delicadeza de dejarme tranquila unos días, y esperó hasta el martes siguiente para obligarme a acudir de nuevo al comedor de la universidad con Allie y Scott. Éste parecía haber mejorado un poco, aunque seguía vistiendo un jersey ancho que no encajaba en absoluto con su peinado impecablemente engominado. Todavía exhibía unas profundas ojeras, pero cuando me dejé caer en la silla que quedaba frente a la suya me dedicó una sonrisa a la que intenté corresponder.

A partir de ahí, las cosas fueron mejorando poco a poco. Pasábamos casi todas las horas de comer juntos. Yo no hablaba mucho, pero por suerte no era la única, porque Scott tampoco se mostraba muy locuaz. Entre los dos formábamos un frente silencioso que contrastaba con las conversaciones que mantenían Dawn y Allie acerca de cualquier tema.

El viernes se nos unió Spencer, y las tonterías que soltó incluso consiguieron arrancarme algo parecido a una tímida sonrisa en alguna ocasión.

Dawn tenía razón. No podía continuar de ese modo. Las fiestas, los hombres, el alcohol. No quería seguir siendo aquella persona. Porque, por mucho que me doliera rememorar el tiempo que había compartido con Isaac, lo cierto era que había sido la primera vez que, lejos de huir de la realidad, me había sentido inmersa en ella.

Durante las semanas siguientes, me atreví a volver al gimnasio. No me encontré con Kaden, pero todavía tenía sus vendas y en recepción me prestaban un juego de guantes de boxeo. Hacía unos cuantos ejercicios de calentamiento y luego empezaba a entrenar tal como él me había enseñado, lo que me permitió comprobar hasta qué punto tenía razón: me ponía de los nervios que nadie me sostuviera el saco y no parara de balancearse de un lado a otro.

De todos modos, quería saber cómo sería entrenar sola. Y,

aunque los músculos me temblaban y notaba los brazos pesados como el plomo, después de entrenar me sentía bastante mejor. Cuando Kaden acompañó a Allie al comedor y se sentó con nosotros a la mesa, incluso me atreví a preguntarle delante de todos si le apetecía volver a entrenar conmigo. Al ver la mirada de sabihondo con la que reaccionó, me entraron ganas de liarme a patadas con él, pero cuando respondió «Por supuesto», ese deseo desapareció de inmediato.

Esa tarde, Robyn, Pat y yo estuvimos buscando una imagen que pudiéramos utilizar para el sitio web. En total había seleccionado unas cincuenta imágenes que me parecían adecuadas, y la mayoría les parecieron tan buenas que tardaron más de una hora en decidirse. Cuando me despedí, Pat me dijo que estaban encantadas con mi rendimiento y que les gustaría poder contar conmigo para otros proyectos en el futuro.

Cuando regresé a la residencia por la noche, no veía el momento de contárselo a Dawn. Estaba sentada frente a su escritorio, y empecé a explicárselo nada más entrar en la habitación.

—¡Les han encantado las fotografías! Incluso me han preguntado si quiero participar en la próxima exposición. Por fin, algo me sale bien.

Dawn esbozó una sonrisa llena de cautela.

—Genial, esto...

—Hola —me saludó una segunda voz desde mi mitad de la habitación.

Me llevé un buen sobresalto. Luego me volví hacia mi mesa, que estaba en el otro extremo de la habitación.

Mi hermana se levantó poco a poco y me miró con inseguridad.

—¿Riley? —grazné—. ¿Qué haces aquí?

El hecho de verla reabrió heridas que apenas habían empezado a cicatrizar, aunque al mismo tiempo sentí un gran alivio.

La había echado de menos y temía que no quisiera volver a verme nunca más.

Me habría encantado lanzarme sobre ella para abrazarla, pero no sabía si debía. Al fin y al cabo, la última vez que habíamos hablado me había dejado muy claro que necesitaba perderme de vista durante un tiempo.

—Quería hablar contigo —dijo después de pasar unos segundos mirándonos sin mediar palabra—. Sobre la boda. Y... todo lo demás.

—Yo me voy a casa de Spencer —se apresuró a informarnos Dawn, que enseguida levantó sus llaves y las hizo tintinear en el aire—. A menos que quieras que me quede aquí contigo —añadió.

La última frase la dijo en un susurro para que sólo yo pudiera oírla. Agradecida, le dediqué una sonrisa y negué con la cabeza. Tenía que hablar a solas con Riley. Se lo debía a mi hermana.

—Si necesitas algo, avísame —me pidió Dawn mientras se cargaba la bolsa del portátil al hombro con un leve gemido. Se me acercó y me dio un beso en la mejilla—. Lo digo en serio. Avísame —insistió.

—De acuerdo.

Me sequé la mejilla con la mano, frunciendo la nariz. Eso la hizo sonreír. Luego se dio media vuelta y se marchó. Me la quedé mirando mientras abría la puerta y la acompañaba con cuidado para cerrarla a su espalda, y todavía mantuve la mirada fija en esa dirección unos momentos antes de volverme hacia mi hermana.

Tenía buen aspecto. Parecía recuperada y feliz, aunque en esos instantes se estuviera mordisqueando el labio inferior con preocupación.

—Quería...

—Lo sien...

Nos quedamos calladas al mismo tiempo para cederle la palabra a la otra.

—Joder, mira que somos tontas —exclamó Riley.

Me encogí de hombros y me senté frente a ella.

—Tienes razón. Tontísimas.

Enmudecimos de nuevo.

Luego Riley tomó aire como si estuviera a punto de decir algo, aunque necesitó un momento para encontrar las palabras adecuadas.

—Siento mucho cómo me comporté en tu boda, Riley —me adelanté sin proponérmelo—. No era yo. Y quería...

Mi hermana levantó la mano para hacerme callar y apreté los labios enseguida.

—Soy yo quien tiene que disculparse. No tú —empezó a decir, y tuvo que tragar saliva antes de continuar—. Siento no haberte contado que Melissa estaba invitada. Todavía creía que no querrías venir cuando la invité.

—Por supuesto que quería ir. Y habría reaccionado mejor si me hubiera preparado para verla, supongo.

—Quise avisarte poco antes, pero... no pude —confesó negando con la cabeza—. No sé qué me pasó por la mollera. Solamente quería intentar de algún modo reunir lo que queda de nuestra familia. Pero no funcionó tal como había imaginado —explicó Riley compungida.

Tragué saliva con dificultad, tratando de ordenar todas las ideas que se apelotonaban en mi mente.

—No deseo que me malinterpretes... Quiero a Morgan como a un hermano. Cuando me contaste que te habías prometido, en realidad quería alegrarme por vosotros. Pero al mismo tiempo tuve la sensación de que te estaba perdiendo.

Tuve que aclararme la garganta y, al ver que Riley abría la boca para replicar algo, me apresuré a seguir explicándome.

—Cuando me contaste lo de tus damas de honor ya me sentí excluida. Tuve la sensación de que no querías que participara de ningún modo en tu nueva vida.

—No te lo pedí porque temía que me dijeras que no. Y todavía temía más que te sintieras obligada a decirme que sí y luego odiaras cada segundo que pasara —explicó agarrándome la mano y dándome un apretón afectuoso—. Por supuesto que me habría gustado tenerte ahí delante conmigo, Sawyer. No habría querido que me acompañara nadie más que tú. Aparte de Morgan, claro.

Esbocé una leve sonrisa.

—Lo digo en serio. Jamás tuve la más mínima intención de excluirte. Lo único que deseaba era que todo transcurriera con la mayor comodidad para ti, porque soy consciente de lo duros que resultan para ti los cambios.

Asentí y entonces fui yo quien le dio un apretón en la mano.

—Me quedé de piedra cuando vi a Melissa. No podía creer que realmente la hubieras invitado a la boda, después de lo que llegó a atormentarnos. Todavía tengo sus palabras grabadas en la cabeza. Para mí era inconcebible que la hubieras dejado entrar en tu vida de nuevo por propia voluntad.

Riley asintió poco a poco.

—Es evidente que jamás olvidaré la mierda de infancia que tuvimos por su culpa. Pero tampoco puedo seguir viviendo con esa rabia dentro de mí para siempre. Y además... —empezó a decir, aunque se detuvo con cierto titubeo antes de proseguir—. Hay algo que no sabes acerca de ella, Sawyer.

La piel de los brazos se me erizó de repente.

—¿Qué?

—Melissa y papá habían sido pareja —explicó con la mirada llena de compasión.

Comprendía lo que me estaba contando, pero no le encontraba sentido alguno. Abrí la boca y la volví a cerrar sin haber dicho nada. Quería preguntarle qué había querido decir con eso, pero no fui capaz de pronunciar ni una sola palabra.

—Cuando papá estaba en el instituto, estuvo saliendo con Melissa. Pero luego conoció a mamá y se enamoró perdidamente de ella. Él no lo había previsto, fue algo que simplemente... sucedió. A Melissa se le rompió el corazón, y además lo vivió como una humillación. Sobre todo porque, nada más cortar con ella, papá empezó a salir con mamá. Y poco después llegué yo. Y luego tú. Éramos una familia feliz, mientras que Melissa se había quedado completamente sola. Y eso la amargó profundamente.

No había nada que yo pudiera decir a todo eso. La presión que notaba en el pecho era sobrecogedora, y llegó un momento en el que casi me impedía seguir respirando. Sentí la necesidad imperiosa de doblegarme sobre mí misma y quedar hecha una bolita.

—No me lo creo —grazné con mucha dificultad.

Riley me presionó la mano de nuevo.

—Por eso Melissa odiaba tanto a mamá. Y a nosotras. Porque nunca llegó a superarlo. Y creo que tu parecido físico con mamá no contribuyó precisamente a facilitar las cosas.

Noté que los ojos me ardían y empecé a parpadear como una loca. Todo lo que había creído saber acerca de mi familia se desmoronaba con las palabras de Riley. Mi madre de repente era una persona completamente distinta. No podía creer que aquella historia fuera cierta.

Por mucho que explicara un montón de cosas.

—Cuando papá enfermó..., Melissa quedó devastada. Nunca había dejado de amarlo. Y, aun así, fue mamá quien estuvo a su lado todo el tiempo. Y luego... —A Riley le falló la voz—. Melissa no sólo perdió a su gran amor, sino también a su hermana. Y de repente tenía que encargarse de nosotras. Estaba furiosa con mamá y con papá y nos lo hizo pagar a nosotras.

Todas aquellas palabras cargadas de maldad y de odio, toda la rabia y la animadversión que detecté en los ojos de Melissa cuando me miró, se debían a que le recordaba a mi madre. Debía de haber sufrido lo indecible.

—¿Y por qué me cuentas todo esto ahora? —pregunté algo exaltada.

Riley me dedicó una mirada llena de dolor y de tristeza que reflejaba aproximadamente cómo me sentía yo en esos instantes.

—Porque sabía que mamá siempre fue tu heroína y que lo sigue siendo todavía. Cuando me enteré de esta historia, la imagen que tenía de ella cambió, y no deseaba que te sucediera lo mismo a ti. Quería que conservaras a mamá en el recuerdo tal como la conociste. Y que no te dejaras influir por lo que ocurrió.

Empezaron a brillarle los ojos de un modo sospechoso, y a mí también se me enturbió la vista. Riley me agarró la mano con fuerza, incluso demasiada, pero me pareció bien.

No había sido culpa mía. Melissa no me había odiado a mí, sino que simplemente había proyectado en mí la rabia y la tristeza que le provocaban nuestros padres. Eso no justificaba nada de lo que me había hecho, pero como mínimo entonces supe que no era una simple mujer amargada y malvada que sólo disfrutaba haciendo sufrir a los demás. Porque ella también sufría. Sufría como cualquier otra persona.

—Mamá fue el gran amor de papá. Eso no lo cambiará nada, y no hay nada malo en ello —sentenció Riley de pronto.

Asentí perdida en mis cavilaciones. Todavía recordaba con exactitud lo felices que habían sido nuestros padres, y lo mucho que se habían querido. Mamá había amado tanto a papá que llegó al extremo de seguirlo hasta la muerte.

—Eso no cambia nada —murmuré al cabo de un rato. Al ver que en los ojos de Riley aparecía una mirada interrogante, me aclaré la garganta—. Mamá y papá seguirán siendo siempre mis héroes. Me da igual lo que le sucediera a Melissa.

—Bien. Así es como debe ser, Sawyer.

—Y, aunque nunca podré perdonarla..., ahora comprendo un poco mejor por qué nos trató de esa manera. Debió de ser horrible para ella.

Mi hermana me dio la razón con un gruñido antes de hablar.

—Ya sé que eso no la exculpa de nada, pero..., bueno, creía que tarde o temprano podríamos pasar página. Por eso la invité a la boda, para intentar empezar de nuevo con ella.

—Lo comprendo. Pero deberías haber hablado conmigo mucho antes —opiné.

La compasión no desaparecía de su mirada.

—No quería agobiarte. Sabía la cantidad de trabajo que tenías y que intentabas olvidar todo lo que había sucedido. No deseaba que... que te entrara el pánico o que... ¡Ay, yo qué sé! Por algún motivo pensé que mi boda podría ser una buena ocasión para poder hablar de nuevo del tema.

—Bueno, es evidente que ha funcionado de maravilla.

Riley me mandó a la mierda mostrándome el dedo corazón y yo lo encajé con una carcajada resoplada que contribuyó a rebajar la tensión. Acto seguido, nos quedamos un rato en silencio, pensando en la conversación que acabábamos de mantener.

—¿Cómo te enteraste de todo esto? —pregunté.

Ella tardó unos instantes en responder.

—Una amiga y antigua compañera de clase de Melissa y de papá nos trajo su perro a la clínica. Me preguntó cómo iba todo y comentó lo trágicas que habían sido las circunstancias, sobre todo para Melissa. Por supuesto, no comprendí a qué se refería, y cuando empecé a insistir para que me lo contara respondió con evasivas y se marchó apresuradamente. Ese mismo día fui a ver a Melissa y le pedí cuentas sobre el asunto.

Me costaba creer que esa historia fuera realmente cierta, pero al mismo tiempo sabía que nadie sería capaz de inventarse algo semejante. Simplemente era demasiado macabro.

—Lo siento mucho.

Me quedé mirando a Riley negando con la cabeza.

—Tenía mucha rabia acumulada, pero tampoco tenía previsto salirme de mis casillas de esa manera. No volverá a suceder jamás, Riley. Espero que algún día Morgan y tú podáis perdonarme.

—Hace tiempo que estás perdonada —respondió en voz baja—. Te perdoné desde el mismo instante en que hablamos por teléfono.

—¿De verdad?

Asintió con vehemencia.

—Es sólo que me quedé muy revuelta por dentro. Entre la boda, la familia de Morgan, el resto de los invitados, Melissa..., todo en conjunto era demasiado, me sentía sobrepasada y sólo quería acostarme y no volver a levantarme jamás.

—Eso lo comprendo perfectamente, créeme.

—No quiero volver a pasar tanto tiempo sin hablar contigo, Sawyer. Ha sido un verdadero horror —confesó Riley.

Me sentía tan aliviada que no pude hacer más que dar un paso adelante y abrazarla con ímpetu. Mi hermana reaccionó soltando un gemido, pero se aferró a mí de todos modos con ganas.

Durante un buen rato nos quedamos simplemente abrazadas. Me di cuenta de que yo no era la única que intentaba reprimir los sollozos, e incluso noté sus lágrimas en el pliegue de mi cuello.

Después de lo que pareció una eternidad, nos separamos de nuevo. Ella me pasó los pulgares por debajo de los ojos de una forma muy cariñosa.

—Isaac te ha convertido en una llorona encantadora.

Al oír esas palabras, me tensé de repente.

—¿Qué?

—Si quieres que te diga la verdad, nunca habría dicho que te fijarías en un tío como él. ¡Parecía tan inocente! ¡Y tan amable! Pero cuando me llamó por teléfono... Creo que es realmente perfecto para ti. Y también me he dado cuenta de lo mucho que has cambiado: ya no eres tan cerrada como hace unos meses. —Riley sonrió antes de proseguir—. Es una locura lo que el amor puede llegar a conseguir, ¿verdad?

Me la quedé mirando con absoluta perplejidad.

—¿Que Isaac te ha llamado? —pregunté sin poder creer lo que acababa de oír.

—Oh —exclamó ella arrugando la frente—. ¿No debería haberlo dicho?

Al ver que no respondía, levantó las manos en señal de indefensión.

—Por favor, no le digas que me he chivado. Creía que al estar... Porque estáis saliendo, ¿no? —preguntó titubeando.

Negué con la cabeza.

—Pero si él... —empezó a decir, aunque se quedó callada y negó con la cabeza. Luego la expresión de su rostro se suavizó un poco.

—¿Qué pasa? —le pregunté.

—Nada. Es sólo que... me llamó porque sabía lo mucho que te había afectado que nos peleáramos. Se disculpó y me dijo que esperaba que nos reconciliáramos porque el amor entre hermanos es algo precioso y muy importante.

Realmente, aquellas palabras encajaban a la perfección con Isaac.

—No salió bien —murmuré.

—¿Por qué no?

—Porque se merece a alguien mejor que yo.

Antes de que pudiera darme cuenta, noté un dolor tremendo en la frente.

—¡Ay! ¡Joder, serás cabrona! ¡Eso ha dolido!

—De eso se trata. No vuelvas a decir nada parecido en tu vida —me soltó Riley, levantando amenazadoramente el dedo con el que me acababa de golpear la frente.

—Pero es la verdad —exclamé encogiéndome de hombros con torpeza—. Es un buen tipo, Riley. Se merece a alguien especial, alguien capaz de hacerlo feliz y que no convierta su vida en un drama continuo.

Mi hermana se me quedó mirando negando con la cabeza ligeramente.

—Ésa es la excusa más ridícula que he oído en toda mi vida, Sawyer.

—Pero es verdad.

—Lo único que es verdad es el miedo que te provocan tus propios sentimientos.

—No les tengo ningún miedo.

—Sí que lo tienes, sí. Y lo sé por una sola razón: porque es exactamente lo mismo que me sucedió a mí con Morgan.

—Nuestro caso es distinto.

—No, no lo es.

Apreté los labios con fuerza. Aquella conversación se estaba volviendo más y más ridícula por momentos.

—Estás enamorada de él —constató Riley.

Me apresuré a negar con la cabeza.

—No, no lo estoy.

—Claro que sí. Por eso estás tan jodida.

—Yo no estoy jodida.

Riley enarcó una ceja.

—Pues eso no es lo que me ha contado antes Dawn.

—De acuerdo. Estoy hecha una mierda porque me peleé con él y con la persona que más quiero en el mundo al mismo tiempo, eso te lo admito. Bueno, la que más quería en el mundo hasta hace un momento, cuando has empezado a ponerme de los nervios.

—Ajá. O sea que intentas hacerme creer que ahora que tú y yo lo hemos arreglado todo vuelve a ser como antes, ¿es eso? —preguntó Riley con escepticismo.

Asentí con vehemencia.

Sin embargo, la verdad era que yo sabía perfectamente que nada volvería a ser como antes. Seguía notando aquel dolor como si formara parte de mi cuerpo. Estaba allí cuando me levantaba por la mañana y seguía allí cuando me acostaba por la noche. Y daba igual lo que hiciera, daba igual lo mucho que intentara distraerme: nunca desaparecía. Echaba de menos a Isaac. Cada puto día. Lo único que me quedaba eran los momentos que habíamos vivido juntos. Todavía me hacía feliz pensar en ellos, a pesar de saber que formaban parte del pasado y que Isaac pronto acumularía nuevos recuerdos con otra chica. Con otra que no sería yo.

Nadie había conseguido hacerme tan feliz como él. Nadie había logrado que saliera de mi caparazón y me atreviera a abrirme. Nadie había conseguido despertar esa clase de sentimientos en mí. Para mí sólo existía Isaac. Y en lo más profundo de mi ser estaba segura de que eso no cambiaría jamás.

—Los sentimientos son una auténtica mierda —susurré contra el hombro de Riley.

Y, mientras mi hermana me abrazaba, di rienda suelta a las lágrimas y lloré por todo lo que había vivido y todo lo que había perdido.

34

El mes de diciembre llegó a Woodshill acompañado de un frío gélido y de nieve en abundancia. Las montañas y los valles quedaron revestidos de color blanco, e incluso la ciudad quedó cubierta por una capa mágica y centelleante que parecía suplicarme que saliera a fotografiarla. Durante varios días pasé la mayor parte del tiempo al aire libre. Llegaba a casa al atardecer, helada y tiritando, con los dedos de las manos y de los pies tan entumecidos por el frío que tenía que tomar una larga ducha caliente para que recuperaran la sensibilidad.

Me encantaba.

Y todavía me entusiasmé más cuando Robyn y Pat me contaron que por medio de un contacto de Portland habían conseguido contratar a la artista Angel Whittaker, y me ofrecían fotografiar todas las esculturas de nieve que creara para la exposición que tenían prevista para las fechas navideñas en la galería.

Pasaron a recogerme por la residencia en el coche de Robyn poco después de que saliera el sol y nos dirigimos a los pies del monte Wilson, donde Angel llevaba unos días trabajando. Yo ya había visto las esculturas a medio proceso de creación en unas fotos que Robyn me había mandado por correo electrónico, pero la verdad es que no había sabido reconocer mucho más que masas de nieve apiladas en montículos enormes.

Cuando llegamos cargadas con trípodes, reflectores y objetivos (todo de un nivel tan profesional que no veía el momento de probarlos), recorrimos el camino a través de la nieve y llegamos a la explanada en la que habían concedido a Angel la posibilidad de trabajar; no podía creer lo que veían mis ojos. Siete esculturas de nieve gigantescas estaban dispuestas formando un círculo. Algunas tenían forma de fósiles, mientras que otras representaban rostros que sólo se distinguían cuando se contemplaban desde un ángulo concreto.

El sol ya había salido del todo, y sus rayos formaban vetas en la escena, de tal modo que, a primera vista, parecía como si las esculturas brillaran con luz propia. Era maravilloso.

No me cansaba de mirarlas y, cuando la creadora de las obras nos vio y se nos acercó saludándonos con la mano, tuve que controlarme para no balbucear como una tonta debido al entusiasmo.

Angel llegó envuelta en un grueso abrigo negro y con un gorro de lana roja en la cabeza que dejaba entrever su pelo completamente cano. Había estado buscándola en Google y sabía que tenía sesenta y dos años, pero lo cierto es que al verla me pareció más joven. Seguramente tenía algo que ver la expresión vivaz que exhibían sus ojos y la sonrisa resplandeciente con la que nos saludó.

Primero estrechó las manos de Robyn y Pat y luego se volvió hacia mí.

—Ésta es nuestra estudiante en prácticas, Sawyer —me presentó Pat—. Hoy se encargará de fotografiar tus obras.

—Hola —la saludé hecha un manojo de nervios.

—Me alegro de conocerte, Sawyer. Yo soy Angel.

Darle un apretón de manos resultó ser una tarea mucho más complicada de lo previsto, porque llevaba unos guantes todavía más gruesos que los míos. Eso me recordó que tenía que quitármelos en cuanto empezara a hacer fotografías.

—Un trabajo espléndido —constaté mientras señalaba hacia las esculturas.

La sonrisa de Angel se volvió más amplia.

—Muchas gracias —me dijo.

Eché la cabeza hacia atrás y miré de nuevo a mi alrededor. El sol no tardaría en seguir subiendo, y eso constituía una desventaja importante para las fotografías que había previsto hacer.

—Esta luz que tenemos ahora mismo es tan perfecta que, de hecho, me gustaría empezar enseguida, si os parece bien.

—Claro —respondió Angel.

—Sawyer sabe jugar muy bien con la luz —explicó Robyn, y el tono de voz colmado de orgullo con el que lo dijo extendió una agradable sensación por mi pecho.

—Me emociona que queráis exponer algo mío en Woodshill. Mi marido y yo estuvimos viviendo una buena temporada aquí, antes de mudarnos de nuevo a Portland.

—¿De veras? —preguntó Pat, y acto seguido Angel empezó a contar anécdotas de sus tiempos en Woodshill.

Sólo me enteré de las historias de refilón, porque Robyn y yo, mientras tanto, nos dedicamos a pasear entre las esculturas. Me enseñó algunos ángulos que había imaginado para ciertas imágenes y me permitió hacer algunas fotografías de prueba. Al cabo de un rato les echó un vistazo. Igual que solía hacer durante sus clases, me comentó lo que le parecían y sugirió algunas mejoras. Me entusiasmó que hiciéramos esas fotos juntas y, aunque después de eso me dejé llevar por la intuición, me di cuenta de lo mucho que me ayudaban a avanzar los consejos que me daba.

Frente a una de las esculturas, me tendí boca abajo sobre la nieve y, una vez encontrada la posición correcta, le pedí a Robyn que me pasara la cámara. Desde tan abajo, las incisiones y los patrones parecían muy distintos, y los rayos de sol arrancaban destellos que embellecían todavía más las obras. Me quedé allí tendida más o menos un cuarto de hora, y cuando Robyn me ayudó a levantarme de nuevo y empecé a sacudirme la nieve que se me había pegado en la ropa, tiritaba de pies a cabeza. A pesar del temblor, noté que en el bolsillo trasero de mis vaqueros empezaba a vibrarme el móvil.

Con los dedos entumecidos por el frío, me lo saqué del bolsillo.

Un vistazo a la pantalla bastó para que un cosquilleo se apoderara de mi cuerpo.

Era Isaac.

No había vuelto a hablar con él desde hacía semanas. Incluso había llegado a pensar que debía de haber borrado mi número.

No tenía ni idea del motivo por el que podía estar telefoneándome justo en esos momentos.

Acepté la llamada con los dedos temblorosos y presioné el móvil contra mi oído con fuerza por miedo a que se me pudiera caer en cualquier momento sobre la nieve.

—¿Hola?

Silencio.

—Hola..., soy yo. Isaac —se presentó tras unos instantes de titubeo.

—Ya lo sé, todavía tengo tu número almacenado en la memoria.

Realmente parecía que estuviéramos compitiendo para conseguir el premio a la conversación telefónica más ridícula de la historia de la humanidad.

Él no replicó, pero de repente me di cuenta de que estaba respirando de un modo muy irregular.

—¿Qué te ocurre? —pregunté alarmada.

De nuevo, no respondió enseguida, sino que se limitó a aspirar aire de un modo angustioso.

—¿Qué te pasa? —insistí, esta vez en un tono más suave.

Parecía como si estuviera haciendo todos los esfuerzos posibles para no hiperventilar.

—Dime algo, háblame —susurré mientras me apartaba un poco de Robyn, que ya me estaba mirando con cara de preocupación. Cuando oí que su respiración se aceleraba y se volvía cada vez más frenética, me di cuenta de que debía de estar muerto de miedo—. ¿Isaac?

—Mi madre... —empezó a decir.

El corazón me dio un vuelco.

—Mi madre ha tenido un accidente de coche —explicó al fin.

—¿Dónde estás? —pregunté sorprendida por lo calmada que sonó mi voz.

—Acabo de llegar a la granja y estoy sentado en el coche, porque... no puedo entrar y hacerme el héroe frente a mis hermanos cuando en realidad estoy a punto de derrumbarme. Papá está con ella en el hospital, y tengo que ocuparme de Levi y de Ivy, pero..., Sawyer, no sé qué hacer, no lo conseg...

—Isaac —lo interrumpí con la voz todavía más serena que antes, por mucho que eso me sorprendiera a mí misma—. Primero una cosa y luego otra. Antes que nada, quiero que respires hondo.

Soltó un sonido desesperado que me rompió el corazón.

—Vamos. Inspira y espira.

—No lo conseguiré sin ti —exclamó al borde del ataque de nervios—. Te necesito a mi lado, Sawyer, yo... —empezó a decir, pero se detuvo para tragar saliva con dificultad—. Te necesito.

Esas palabras desencadenaron en mi interior una verdadera avalancha de sentimientos. Repasé mentalmente mis opciones, aunque en realidad tenía muy claro desde un buen principio cuál era mi lugar en esos instantes. No había alternativa.

—Salgo ahora mismo hacia allí —anuncié.

Él aspiró una bocanada de aire temblorosa, apenas audible.

—Lo conseguirás, Isaac.

—Yo...

De nuevo, se quedó callado. Tuvo que aclararse la garganta antes de poder hablar de nuevo.

—Gracias —se limitó a decir.

Colgué el teléfono y necesité unos instantes para recomponerme antes de poder volverme hacia Robyn.

—Lo siento muchísimo —me disculpé—. Tengo... tengo que marcharme enseguida.

Ella me miró con preocupación.

—¿Todo bien?

Me encogí de hombros.

—¿Necesitas un coche? —me preguntó, y al ver que me la quedaba mirando sin comprender lo que me decía, se metió la mano en el bolsillo de la chaqueta y pescó las llaves del coche—. Toma —dijo poniéndomelas en la mano.

Primero la miré a ella y luego las llaves que me acababa de ofrecer.

—¿Estás segura?

—Sí —asintió—. Confío en ti.

—No sé cómo agradecértelo —dije cuando por fin encontré mi voz de nuevo—. Siento mucho no poder seguir ayudándoos, de verdad, ojalá...

—Has hecho unas fotografías fantásticas, Sawyer —me interrumpió—. Y es evidente que ha surgido una emergencia. Date prisa, y conduce con cuidado.

Di media vuelta y eché a correr hacia el aparcamiento tan deprisa como me lo permitieron las piernas.

La nieve de las carreteras ya se había fundido bastante y se había convertido en una especie de caldo sucio y marrón, y aunque la gente demostraba serias dificultades para andar por las aceras sin resbalar, yo no tuve ningún problema con el coche. De todos modos, tenía los nudillos blancos de agarrar el volante con demasiada fuerza, porque al mismo tiempo intentaba concentrarme para no perder la cabeza pensando en Isaac.

Por teléfono me había parecido muy triste y desesperado. No sabía hasta qué punto era grave el estado de salud de su madre, y me daba miedo pensar en lo que tendría que afrontar cuando llegara a la granja.

Cuando entré por el sendero de acceso, enseguida divisé su coche. A pesar de que llevaba la calefacción al máximo, sentí un frío gélido cuando vi que seguía sentado en él y tenía la cabeza apoyada en el volante.

Aparqué a su lado, salí enseguida del coche de Robyn y me acerqué a él.

En esos instantes me traía sin cuidado todo lo que había sucedido entre nosotros durante las últimas semanas, todo lo que nos habíamos dicho y, peor aún, todo lo que no nos habíamos dicho. En esos instantes sólo era importante estar a su lado, porque ahí era donde quería estar.

Di unos golpecitos en la ventanilla. Isaac reaccionó sobresaltado y bajó enseguida del coche. A juzgar por sus movimientos, parecía en estado de *shock*. Todavía tenía la mirada confusa y desconcertada. Nada más verlo se me rompió el corazón.

—Hola —lo saludé en tono afectuoso, intentando esbozar una sonrisa.

Él no respondió. Se limitó a cerrar la puerta del coche y se volvió hacia mí. Parecía como si no supiera muy bien cómo tenía que comportarse.

Decidí tomar la iniciativa y darle un abrazo. Lo envolví entre mis brazos hasta que por fin respondió a mi gesto y su cuerpo se liberó de parte de la tensión que había estado acumulando. Estaba permitiendo que lo ayudara, que lo apoyara, y me gustó poder demostrarle, sin necesidad de pronunciar ni una sola palabra, que no pensaba volver a huir. Porque me había llamado. No había llamado a nadie más, me había llamado a mí. Y, por mucho que me hubiera repetido a mí misma una y otra vez que no era lo suficientemente buena para él, digo yo que aquello significaba algo.

—Tengo que llamar a Al —murmuró al cabo de un rato, y levantó el móvil que tenía en la mano derecha—. Mañana al mediodía no podré ir a trabajar.

—Ahora no te preocupes por eso. Lo primero que tenemos que hacer es entrar. ¿Theodore y Mary están en casa? —pregunté.

Asintió, pero enseguida se corrigió y negó con la cabeza.

—No, la abuela está con Ivy en el mercado semanal. El abuelo ha ido a buscar a Levi a la escuela.

—De acuerdo —dije agarrándole la mano. Tenía la piel helada, y de repente lamenté haber olvidado mis guantes en el monte Wilson.

Permitió que tirara de él hasta la puerta de la casa. Cuando quiso abrir, los dedos le temblaban tanto que fue incapaz de meter la llave en la cerradura y al final tuve que hacerlo yo misma. Lo dejé pasar delante de mí y seguí sus pasos.

—¿Hola? —grité una vez dentro de la casa mientras me quitaba las botas cubiertas de nieve. Luego ayudé a Isaac a deshacerse de la chaqueta, puesto que sus largas extremidades parecían inútiles, y la dejé sobre la cómoda del pasillo.

—¿Hay alguien ahí? —pregunté.

—¡En la sala de estar! —respondió Theodore.

Le cogí la mano a Isaac una vez más. Me llegó a la nariz el

aroma familiar de la casa, y me di cuenta de que en una situación menos grave habría disfrutado visitándola de nuevo.

Theodore estaba sentado en el sofá de la sala de estar, con Ariel acurrucada a su lado y Levi sobre su regazo. Cuando vio que Isaac llegaba acompañado por mí, me dedicó una sonrisa cariñosa. Su mera presencia ya me proporcionó una enorme tranquilidad, y sólo pude esperar que causara el mismo efecto en Isaac.

Al contrario de lo que había sucedido la última vez, en esta ocasión no chilló nadie al vernos entrar en la sala. Ariel se levantó del sofá en silencio y fue corriendo hacia Isaac. Le solté la mano enseguida para que pudiera recibir a su hermana. Se fundieron en un abrazo y él le murmuró al oído algo que no acerté a comprender.

Fui hacia el sofá y acaricié la cabeza de Levi antes de sentarme junto a él y Theodore. Éste me pasó un brazo por el hombro y me dio un apretón afectuoso. Sin decir nada.

Tanto silencio resultaba fantasmal en una casa en la que normalmente había tanta vida. Se notaba claramente que algo no iba bien. Me habría gustado preguntarle a Theodore qué había sucedido exactamente, pero no quise hacerlo en presencia de los niños. Isaac tampoco dijo nada, se limitó a seguir abrazando a Ariel y empezó a recorrer la sala de estar con ella, hasta que la niña relajó un poco aquella postura tan forzada y pasó a abrazarlo sin llegar a estrangularlo. Tuve la impresión de que él encontró tanto consuelo en el abrazo como el que le proporcionó a ella, porque al cabo de un rato tenía la mirada más clara y ya no parecía ni mucho menos tan desesperado.

—¿Qué es esto? —preguntó Levi de repente, señalando mi brazo derecho.

Por unos instantes no supe a qué se refería, pero luego me di cuenta de que me había levantado la manga del jersey negro y señalaba una pequeña golondrina que llevaba en el antebrazo.

—Un tatuaje —respondí.

Levi demostró un interés insólito y enderezó la espalda enseguida, sentado aún en el regazo de su abuelo.

—¿Qué es un tatuaje?

—Un tatuaje es un dibujo que te haces en la piel —expliqué, y al cabo de un instante Levi me agarró el brazo para acercárselo mucho a la cara.

Theodore sonrió.

—¿Y qué pasa cuando te bañas? —preguntó Levi mirándome con escepticismo.

Me quedé de piedra ante aquella pregunta, y busqué la ayuda de Theodore con la mirada. Sin embargo, éste se limitó a sonreír todavía más. Luego reflexioné unos instantes acerca de cuál podía ser la mejor manera de contarle a un niño de seis años lo que es un tatuaje.

—Los tatuajes se pintan con una tinta mágica que no se puede lavar.

Levi se quedó boquiabierto y abrió mucho los ojos. Soltó un «Guau» susurrado y a continuación se inclinó de nuevo sobre mi brazo para examinar mejor el pequeño símbolo.

—¿Y lo tendrás ahí para siempre?

Asentí. Acto seguido, Levi se recostó sobre su abuelo y levantó la mirada hacia él con mucha seriedad.

—Yo también quiero un tatuaje —le anunció con alegría.

Fantástico. Primero había influido sobre Ariel y ahora también sobre el pequeño Levi. No comprendía cómo permitían que siguiera acercándome a esos niños.

Me estaba dando de bofetones mentalmente cuando oí un ruido completamente distinto. Fue un sonido con el que no había contado en absoluto, y mucho menos ese día, en esa situación.

Fue una carcajada.

Me volví y descubrí a Isaac en el otro extremo de la sala. Me estaba mirando, negando con la cabeza y riendo. Fue una carcajada grave y ronca, pero se la había provocado yo.

El corazón empezó a latirme más deprisa.

—Te lo harás cuando seas un poco mayor —le prometió divertido, y se nos acercó con Ariel en brazos.

Se dejó caer en el otro extremo del sofá y se puso a su hermana sobre el regazo. Ella hundió la cara en su pecho con los ojos cerrados. Al ver su expresión temerosa, se me hizo un nudo en la garganta, pero sobre todo porque sabía lo feliz que habría estado esa niña en condiciones normales.

—¿Cómo de mayor? —preguntó Levi.

Isaac levantó el brazo todo lo arriba que se lo permitió el hecho de estar sentado en el sofá.

—Más o menos así —respondió.

El pequeño me miró con tristeza.

—Pero yo también quiero llevar un dibujo en el brazo.

—Entonces te lo pintaremos con bolígrafo —propuse.

—¿De verdad? —preguntó entusiasmado.

—Sólo tienes que contarme lo que quieres que te dibuje —afirmé asintiendo.

Levi saltó del regazo de Theodore y salió corriendo de la habitación.

—Ariel, te cojo los bolis, ¿vale?

—¡No entres en mi habitación! —gritó su hermana de repente. Más deprisa de lo que habría creído posible, saltó del regazo de Isaac y empezó a perseguir a Levi.

—¿Cómo está? —preguntó Isaac en cuanto los dos niños hubieron salido de la sala de estar—. ¿Hay alguna novedad? ¿Cuándo podremos ir a verla?

—Todavía está en el quirófano —respondió Theodore con el semblante muy serio pero también sereno.

—¿Qué ha sucedido? —pregunté en voz baja.

—Debbie ha tenido un accidente bastante grave. El coche ha patinado, se ha salido del carril y ha volcado.

Al oír esa explicación, un escalofrío me recorrió la espalda.

—Oh, Dios.

—Se ha roto varios huesos y ha sufrido heridas internas —prosiguió—. Hace casi dos horas que la están operando.

No me atreví a hacer la pregunta siguiente en voz alta, pero fue como si Theodore la hubiera adivinado.

—Se recuperará —aseguró con la voz firme. Miró a Isaac, que seguía sentado en el sofá cabizbajo y con la mirada clavada en sus propias manos—. No podemos perder la esperanza.

Asentí a pesar de no tener ni idea de las posibilidades reales que tenía Debbie de recuperarse, o de si Theodore sólo lo había dicho para tranquilizarnos a Isaac y a mí, además de a sí mismo.

—Por supuesto. ¿Qué puedo hacer?

—Ya has hecho suficiente viniendo para estar a nuestro lado —me aseguró, y su mirada se desvió un instante hacia Isaac antes de volver a fijarse en mí.

Me agarró la mano y yo le di un apretón.

—Era lo mínimo que podía hacer.

—Gracias.

Me dedicó una cálida sonrisa y acto seguido se levantó del sofá. Camino de la cocina, le dio un apretón en el hombro a Isaac, aunque pareció como si éste ni siquiera lo hubiera notado.

De repente sentí la necesidad imperiosa de hacer algo por él, algo que pudiera consolarlo o distraerlo. Quería decirle que sabía exactamente cómo se sentía. Que sabía lo terrible que era el miedo a perder a los padres. Pero que también sabía que tenía fuerzas de sobra para superarlo. Pasara lo que pasase. Y que me tendría a su lado.

No obstante, justo cuando me disponía a decir algo, Ariel y Levi bajaron la escalera con gran estrépito. Entraron de nuevo en la sala de estar armados con un montón de bolígrafos y rotuladores que procedieron a extender sobre la mesita de centro. Mientras me sentaba en el suelo con ellos y empezaba a llenarles los brazos de dibujos de colores, Isaac se quedó sentado en el sofá, perdido en sus cavilaciones.

Poco después, Mary e Ivy volvieron del mercado. Ivy no sabía que su madre había tenido un accidente, pero se dio cuenta de que algo no iba bien y estuvo especialmente inquieta y llorona.

Pasamos el resto de la tarde viendo series infantiles en televisión, comiendo la sopa que había preparado Theodore e intentando no quedarnos mirando fijamente el teléfono como si nos hubieran hipnotizado. Todo con la esperanza de que llegara de una vez la ansiada llamada telefónica del padre de Isaac.

Al anochecer, Theodore y Mary decidieron acostar a los niños. Levi exigió a gritos que fuera yo quien lo arropara. En cuanto Isaac vio la expresión de pánico que debió de aparecer en mi rostro, se echó a reír y me acompañó a la habitación de su hermano. Mientras él corría las cortinas, yo encendí una lamparita anaranjada que estaba junto a la cama de Levi y lo tapé con la colcha hasta la barbilla.

—Todo irá bien, ¿verdad? —preguntó apocado.

Con el rabillo del ojo vi cómo Isaac se quedaba quieto como una estatua a medio movimiento.

—Claro que sí —respondí con toda la convicción de la que fui capaz—. Por muy malos que sean algunos días, Levi..., todo se acaba arreglando. No tienes por qué preocuparte.

Se me quedó mirando con aire reflexivo.

—Vale.

—Vale —repetí.

—Pero ¿y si mamá no vuelve a casa? —preguntó, esta vez en voz más baja.

Esas palabras me sentaron como una patada en el estómago, y me costó un gran esfuerzo que no se me notara.

Isaac salió a toda prisa de la habitación. Todavía llegué a oírlo por el pasillo, antes de que entrara en su cuarto y diera un portazo. Con un leve suspiro, me incliné sobre Levi y le acaricié el pelo para apartarle un mechón de la frente.

—Tu mamá volverá a casa cuando se haya recuperado, Levi. Estoy convencida de ello, y tú tienes que ayudarme para que eso ocurra —susurré.

Él asintió lentamente.

—Ahora duérmete.

Me levanté y apagué la luz que había junto a la puerta, de manera que sólo le quedó encendida la lamparita anaranjada que tenía junto a la cama. Levi cerró los ojos y se acurrucó bajo la colcha. Salí por la puerta y la cerré a mi espalda con cuidado de no hacer ruido.

A continuación, fui al dormitorio de Isaac y llamé a la puerta con cautela. Al ver que no respondía, la abrí un poco y eché un vistazo por la rendija.

Estaba sentado en su cama, cabizbajo, mirándose fijamente las manos. Ya lo había visto triste y abatido, pero nunca tanto como en esos momentos.

Me dolía mucho verlo sufrir tanto. Y sobre todo me dolía no poder consolarlo como habría querido. Porque nada me habría gustado más que envolverlo entre mis brazos y no volver a soltarlo jamás..., pero no tenía derecho a hacerlo. Lo había rechazado y le había dejado muy claro que lo nuestro había terminado. Tenía que vivir de acuerdo con las consecuencias.

—Soy un fracasado —sentenció sin emoción en la voz.

—No digas eso —repliqué muy seria.

Crucé la habitación y, cuando me agaché frente a él, vi que tenía una fotografía en las manos. Era una de las fotos que yo había hecho con la cámara de Ariel mientras Isaac y su madre tocaban el piano juntos. La acaricié con la yema de los dedos. Había salido tan bonita como el momento que inmortalizaba.

Isaac negó con la cabeza.

—Ni siquiera he podido reconciliarme con ella. Llevamos meses enteros sin hablar de verdad. ¿Qué voy a hacer si se muere?

—Basta. Para ya —le ordené con insistencia. Acto seguido, le agarré la cara entre las manos. A pesar de que en realidad me había propuesto no tocarlo, tenía que conseguir que me mirara a los ojos como fuera—. Tu madre no se va a morir, Isaac.

Su mirada fue exactamente igual que la de aquella primera noche en el Hillhouse, cuando me había enfadado al ver cómo lo trataban aquellas chicas. En ese preciso instante, algo cambió en sus ojos, fue como si sólo pudiera verme a mí y el resto del mundo le trajera sin cuidado.

Tuve que aclararme la voz para poder seguir hablándole.

—Además, no podrás saber cómo está si te encierras aquí dentro.

Me levanté y le quité la fotografía de la mano. Con cuidado, la dejé sobre la mesilla de noche que tenía junto a la cama y le cogí la mano.

—Y ahora, ven conmigo.

Se puso de pie y me siguió sin oponer resistencia.

Su mano me pareció cálida y llena de vida cuando entrelazó sus dedos con los míos.

Durante la hora siguiente estuve llamando por teléfono mientras Isaac se comía el resto de la sopa con sus abuelos. Hablé con

Al y lo puse al día de lo acontecido, para que tuviera en cuenta que Isaac no podría ir a trabajar al día siguiente. Al soltó un gruñido, pero me quedó muy claro que había sido su manera de expresar lo mucho que lamentaba la situación. A continuación hablé con Robyn. Me dijo que podía quedarme el coche hasta el día siguiente por la noche. Luego hablé con Dawn, que no se metió en el coche de Spencer para venir enseguida porque conseguí convencerla de que sería contraproducente. Isaac estaba al borde de un ataque de nervios, y yo tenía serias dudas de que el hecho de tener a más gente por la casa pudiera contribuir a mejorar su estado.

Poco antes de las doce, llamó su padre. Sentados en el sofá, los cuatro nos quedamos mirando fijamente el móvil que Isaac había dejado en la mesita de centro en modo altavoz mientras su padre nos contaba que Debbie había resistido bien la operación y que en esos momentos estaba durmiendo. Le habían enyesado la pierna por una fractura y habían conseguido estabilizarle la pelvis rota. Le habían tenido que extirpar el bazo porque había quedado seriamente dañado con el accidente, y la pérdida de sangre que había sufrido había puesto en peligro su vida, pero los médicos habían conseguido detener la hemorragia a tiempo.

—Saldrá de ésta —anunció el padre de Isaac—. Debbie saldrá de ésta.

—Lo sabía —exclamó Mary con la voz tomada.

—Siempre ha sido una luchadora —añadió Theodore.

Levanté la mirada hacia Isaac. Durante unos instantes, tuve la sensación de que no comprendía lo que su padre acababa de anunciar. Se fijó primero en el teléfono, luego en sus abuelos, miró de nuevo el móvil y finalmente me miró a mí.

Y, entonces sí, el temor que reflejaban sus ojos remitió un poco y en su rostro apareció una sonrisa preciosa.

A partir de ahí, fue como si alguien nos hubiera quitado a

todos un gran peso de los hombros. Isaac llamó por teléfono a Eliza para repetirle todo lo que su padre nos había contado mientras Theodore y Mary preparaban la habitación de invitados con toallas y sábanas limpias. Intenté convencerlos varias veces de que podía hacerlo sola, pero al parecer mi ofrecimiento no era compatible con su concepto de la hospitalidad. Fue entonces cuando me di cuenta de lo duro que había sido ese día para ellos. La edad que tenían se hizo más evidente en sus rostros cansados, y sus movimientos lentos y pesados revelaron la urgencia con la que necesitaban meterse en la cama de una vez.

Les deseé buenas noches, luego me enfundé en la camiseta que Mary me había traído de la habitación de Isaac y me acosté en la cama. Estaba agotada por culpa de los nervios y la preocupación por la familia de Isaac, pero al mismo tiempo estaba contenta de haber tenido la posibilidad de ayudarlo. Y no sólo a él. A toda su familia. A Theodore, a Mary, a Ariel, a Levi, a Ivy... Les tenía mucho cariño a todos, y ésa era una sensación de lo más nueva para mí. Pocos meses antes no habría dejado que se me acercara tanta gente. Y, sin embargo, en esos momentos no sólo podía, sino que lo apreciaba.

Aquel día incluso había llegado a afirmar de forma plenamente consciente que, por muy mala que fuera una situación, siempre se terminaba superando. Y estaba dispuesta a hacer cualquier cosa para contribuir a ello durante los próximos meses si me necesitaban.

Con esa idea en la cabeza, me tumbé sobre un costado y me quedé dormida.

Me desperté poco después, cuando oí cómo se abría la puerta del cuarto de invitados. Parpadeé desconcertada y me froté los ojos. La habitación estaba a oscuras, pero distinguí los contornos vagos del armario y de las cortinas, así como los de la figura que cerró la puerta a su espalda. Unos pasos bastaron para que Isaac se plantara a mi lado.

Contuve el aliento cuando se tendió a mi lado en la estrecha cama. Después de asegurarme de que no estaba soñando, conseguí levantar un poco la colcha para taparlo a él también. Su cálido cuerpo estaba tan cerca del mío que apenas me atrevía a respirar.

—¿Estás bien? —susurré.

Me pasó un brazo por los hombros y presionó mi cuerpo contra el suyo, hasta que en la espalda noté cómo su pecho ascendía y descendía con cada respiración.

—Ahora estoy mejor.

Quería decirle un montón de cosas, hacerle mil preguntas, pero no era el momento adecuado. Por eso me limité a posar un brazo sobre su pecho y a dormirme de nuevo abrazada a él.

35

A la mañana siguiente, el ambiente seguía tenso, aunque todos hicimos lo posible para que los niños no lo notaran.

Ayudé a Mary y a Theodore a preparar el desayuno y los bocadillos mientras Isaac intentaba animar a Ariel, que había pasado muy mala noche.

Ella contemplaba los huevos revueltos mientras Isaac intentaba convencerla para que comiera un poco. Era un error pensar que los niños no se darían cuenta de lo que sucedía a su alrededor. Todo lo contrario, demostraron ser muy sensibles en ese aspecto, aunque yo ya lo sabía por experiencia propia. En su momento, había percibido que algo no iba bien mucho antes de que mi madre me contara que papá estaba enfermo y no se recuperaría.

Después de desayunar, Isaac y yo fuimos directamente al hospital. Durante el trayecto él apenas dijo nada, pero tampoco quise forzarlo porque noté con claridad lo nervioso que estaba.

Cuando bajamos del coche tenía la cara cenicienta, y cruzó el aparcamiento tan deprisa que tuve serias dificultades para seguir su ritmo.

En el mostrador de recepción nos atendió una enfermera muy cordial.

—Venimos a ver a Deborah Grant —dije sabiendo que Isaac sería incapaz de pronunciar ni una sola palabra.

Nos indicó dónde estaban los ascensores y en qué parte de la tercera planta se encontraba su habitación. Isaac respiraba cada vez más deprisa. Me habría gustado cogerle la mano, pero no me atreví. No sabía lo que necesitaba en esos instantes.

—Es aquí —anuncié cuando llegamos frente a la habitación de Debbie.

Él se quedó mirando la puerta de color azul celeste como si detrás lo estuviera esperando su sentencia de muerte. Tragó saliva con dificultad y clavó la mirada en las puntas de sus zapatos.

—Mierda, joder —murmuró.

—También podemos esperar a que lleguen tus abuelos, si lo prefieres —propuse en un tono conciliador.

Negó con la cabeza antes de responder.

—Es sólo que me da miedo echarme a llorar como un niño. Eso no ayudaría a nadie en estos momentos.

—No hay nada malo en ello, Isaac.

—De todos modos, quiero demostrarle que soy fuerte —dijo en voz baja.

—Es que lo eres, eso es innegable —respondí con suavidad—. Y, si no lo consigues, tranquilo. Yo estaré a tu lado. Donde no llegues tú, llegaré yo.

Se me quedó mirando un buen rato. Tuve la sensación de que quería decirme algo más, pero se limitó a asentir.

Cerró los ojos, respiró hondo y llamó a la puerta.

Oí una silla que era arrastrada por el suelo y unos pasos comedidos. Luego la puerta se abrió y apareció el padre de Isaac. Al ver a su hijo, titubeó un poco. Parecía como si no supiera si abrazarlo o no. Al final optó por apartarse un poco para dejarnos entrar.

—La acaban de examinar —nos informó.

Dudé unos instantes, no estaba segura de si tenía que pasar, pero Jeff me invitó a entrar con un movimiento de la cabeza. Se puso al lado de Isaac y se dio cuenta de que tenía el aliento entrecortado.

A mí también me faltó el aire cuando por fin vi a Debbie. Tenía la cara enrojecida y amoratada, y uno de los ojos tan hinchado que casi ni se le veía. En los labios tenía una herida sobre la que ya se había formado una gruesa costra de sangre. También tenía una pierna envuelta por una gruesa escayola blanca que colgaba de un lazo a modo de cabestrillo, y un gota a gota conectado a uno de los brazos. Junto a la cama tenía la bolsa de la sonda de orina, en la que se apreciaba sangre diluida. Los pitidos regulares de la máquina de supervisión sonaban a un volumen casi escandaloso en aquella habitación por lo demás tan silenciosa.

Me di cuenta de que Isaac se me había aferrado al brazo cuando empecé a notar que me dolía. No obstante, no dije nada, le había prometido que sería fuerte y que estaría a su lado.

—Hasta el momento lo ha superado todo bien —comentó Jeff en voz baja—. Los médicos han dicho que las heridas tardarán entre cuatro y seis semanas en curarse. Aun así...

Intentó proseguir, pero la voz le falló y tuvo que aclararse la garganta. A mi lado, Isaac se quedó petrificado.

—Aun así, ¿qué?

Su padre se pasó las manos por la cara antes de continuar.

—Bueno...

—¿Aun así qué, papá?

Jeff resopló de un modo audible. Se notaba con claridad lo mucho que le costaba mantener el tipo.

—Mañana por la mañana tienen que hacerle unas cuantas pruebas más. Y, al parecer..., existe la posibilidad de que haya sufrido daños cerebrales.

Isaac me soltó el brazo de un modo abrupto.

—¿Qué? —exclamó.

—No podrán saberlo con seguridad hasta que se haya despertado.

—¿Qué significa eso? —preguntó Isaac con la voz temblorosa—. ¿Es posible que... que no vuelva a ser la de antes?

Jeff dudó unos instantes y luego asintió.

—Es poco probable, pero existe ese riesgo, sí.

Vi cómo Isaac cerraba los puños con fuerza para intentar evitar que le temblaran las manos. Jeff también se dio cuenta.

—Saldrá de ésta —afirmó con vehemencia, y al ver que Isaac no reaccionaba, se le acercó.

—Lo siento, papá —graznó él de repente, apartando la mirada de su madre—. Lo siento mucho.

Jeff negó con la cabeza.

—No tienes que lamentarte por nada, Isaac.

—Yo... Si... si fuera el caso —dijo él con la respiración cada vez más acelerada e irregular—. Si no se cura del todo, yo me encargaré de la granja. Haría cualquier cosa por vosotros, papá. Por favor, no sigas enfadado conmigo, por favor...

Jeff tenía el rostro deformado por el dolor cuando abrazó a su hijo con fuerza. Isaac siguió hablando, pero las palabras quedaron amortiguadas por el hombro de su padre.

—No tienes por qué encargarte de la granja si no es eso lo que quieres, hijo —respondió Jeff en un tono de lo más considerado—. Ya no estoy enfadado contigo.

A mí no me habría gustado tener a nadie escuchando cuando había estado hablando con Riley, por lo que abrí la puerta de la habitación con cuidado y me escabullí hacia el pasillo, donde me senté en la silla más próxima que encontré para intentar combatir el pánico que poco a poco amenazaba con apoderarse de mí.

¿Y si la madre de Isaac no se recuperaba del todo? ¿Y si necesitaba cuidados el resto de su vida? ¿Cómo saldrían adelante los Grant? No sólo a nivel personal, sino también financiero. ¿Cómo lo superarían Ariel, Ivy y Levi?

¿E Isaac?

Al cabo de un rato, la puerta se abrió de nuevo y Jeff salió al pasillo. Al ver que miraba a su alrededor como si buscara algo, me levanté enseguida y me acerqué a él.

—¿Todo bien? —pregunté.

Asintió pasándose la mano por la cara.

—Sólo estoy cansado, he salido a ver si puedo tomar un café.

—De eso me encargo yo —le ofrecí.

Negó con la cabeza y señaló con la barbilla hacia la habitación.

—Gracias, ya iré yo. Creo... creo que te necesitan más ahí dentro.

—Por supuesto.

Cuando entré de nuevo en la habitación y cerré la puerta a mi espalda sin hacer ruido, Isaac me miró con los ojos enrojecidos. Estaba sentado en una silla junto a la cama, y había posado una mano sobre su madre con cuidado.

Sin mediar palabra, me acerqué a él. Isaac levantó una mirada triste y desesperada. Estaba realmente hecho polvo.

Apoyó la cabeza en mi cadera y, mientras yo le envolvía los hombros con un brazo y le acariciaba el pelo con la otra mano, empecé a susurrar promesas con la esperanza de que terminaran cumpliéndose.

Los días siguientes fueron agotadores. Intenté empollar para los exámenes, seguir ayudando en la galería y, al mismo tiempo, apoyar a Isaac, que no paraba de pensar en su madre. Seis días después, Debbie todavía no se había despertado, y sabía que su hijo mayor estaba a punto de perder la paciencia.

Dawn y Gian me ayudaron a distraerlo un poco. Ella lo

acompañaba a clase, incluso cuando tenía que colarse para ello, y Gian le traía comida del restaurante y mantenía auténticas maratones de videojuegos con él en el piso.

Justo una semana después del accidente, Al me llamó para preguntarme si podía aceptar algún turno en el Steakhouse. La persona que suplía a Isaac no podía trabajar y necesitaba a alguien con urgencia. Acepté enseguida porque tenía mala conciencia después de haberlo dejado plantado de la noche a la mañana.

Con lo que no había contado era con que durante el turno coincidiría con su sobrina. A pesar de lo que Isaac me había contado frente al local nuevo, lo había visto flirteando con ella con mis propios ojos. Los había visto tanto en el Steakhouse como en el local, y con sólo pensar en ello se me ponían los pelos de punta. No obstante, estaba dispuesta a trabajar de todos modos, al fin y al cabo, era un mal menor.

Cuando entré en el Steakhouse me la encontré ya detrás de la barra, doblando servilletas en forma de abanico.

—Hola —la saludé levantando una mano.

—¡Ah, hola! Tú eres Sawyer, ¿verdad? —preguntó con un interés que me pareció genuino. Enseguida dejó a un lado las servilletas para darme la mano—. Yo soy Alice.

—Hola —respondí intentando controlarme para no estrujársela.

—Mi tío ya me ha dicho que has venido a sustituir a Isaac. Le ha ocurrido algo, ¿verdad? Al me ha dicho que era un tema familiar —parloteó sin dejarse impresionar por la mirada de escepticismo que se había instalado en mi rostro—. Ay, espero que al final todo acabe bien.

—Teniendo en cuenta las circunstancias... —murmuré con vaguedad. El alivio se apoderó de mí. No sabía lo que había sucedido ni por qué motivo Isaac no había podido acudir a trabajar. No le había contado nada.

—Bueno, salvaremos el turno aunque nos falte Isaac —comentó Alice con un guiño—. Y gracias a Roger, claro, que está ahí atrás asando un bistec. Pero, oye, no le digas nada a mi tío, por favor. Quiero decir que..., bueno, claro que se lo puedes decir, pero tampoco es necesario, por lo que... Ya sabes lo que quiero decir. En cualquier caso, Isaac me contó que estudias fotografía. Me parece muy interesante. Yo hice de modelo para un fotógrafo, aunque no fue nada serio ni mucho menos. Quiero decir que teníamos todo el tiempo del mundo y...

Sus palabras eran como una cascada de agua. Fluían de su boca sin control, y tuve serias dificultades para seguirla, porque hablaba muy deprisa y cambiaba de tema bruscamente.

Y no paró de hablar de ese modo en toda la noche. Ni cuando entraban los clientes, ni cuando servía mesas, ni cuando me veía preparando bebidas o limpiando vasos.

No. Paraba. Ni. Un. Segundo.

Me pregunté cómo había podido soportarla Isaac. Nunca se me había hecho tan largo un turno en el Steakhouse. Cuando por fin se despidió de mí, me quité el delantal y lo guardé en la taquilla de Isaac, estaba completamente agotada.

Ya me imaginaba dejándome caer sobre mi cama en la residencia, disfrutando sólo del silencio. Sin embargo, eché un vistazo al móvil y me asusté.

Tenía tres mensajes por leer. Y una llamada perdida. Todo de Isaac.

El corazón me salía por la boca cuando abrí los mensajes con dedos temblorosos.

¿Por qué no me coges el teléfono?
Vaya, eso ha sonado alarmista, como
si tuviera malas noticias. ¡Pero no!
¡Son buenas!

Y luego el tercer mensaje:

De acuerdo, no puedo más: mamá
se ha despertado y está bien.

Lo leí otra vez. Y otra. El corazón me latía con fuerza, y de repente sólo me sobrevino un deseo: ver a Isaac.
Tecleé una respuesta tan deprisa como fui capaz.

¿Dónde estás?

Su respuesta llegó al cabo de medio minuto.

En el piso. Acabo de regresar
del hospital.

No te muevas, voy.

Fuera hacía tanto frío que llegué a su piso completamente helada. Tuve que llamar a la puerta dos veces, pero cuando la abrió me recibió con una amplia sonrisa y de inmediato me envolvió entre sus brazos y me levantó en volandas.
—Los médicos han dicho que va por buen camino. Y que dentro de una semana y media podrá volver a casa. ¡Puede volver a casa, Sawyer! —exclamó con entusiasmo. Tanta vivacidad fue un verdadero alivio, después de haberlo visto tan abatido los últimos días. Hundí la cara en su cuello y su aroma me resultó increíblemente familiar.
—Es fantástico, Isaac. Genial —murmuré disfrutando de sus brazos alrededor de mi cuerpo.
—¿Verdad?

Me dejó en el suelo de nuevo. Luego arrugó la frente. Al cabo de un momento se inclinó hacia mí y me olisqueó el pelo.

—Hueles a bistec.

Asentí.

—Hoy te he sustituido en el restaurante.

Cerró la puerta.

—¿Que has trabajado por mí? ¿Después de todo lo que ya has hecho por mí?

Asentí y me froté los ojos con las manos heladas.

Isaac se me quedó mirando como si acabara de darse cuenta de quién estaba delante de él.

—¿Y por qué lo has hecho?

—Pues porque te...

«Oh, mierda.»

No era un buen momento.

No era ni mucho menos un buen momento para airear mis sentimientos. De hecho, seguramente era el peor momento que podría haber encontrado para decirlo. Había estado a punto de escapárseme, en medio del pasillo, vestida de invierno, con la nariz goteando y las manos entumecidas por el frío.

A Isaac se le ensombreció la mirada.

—¿Porque... qué?

—Nada. Estoy cansada. ¿Tenéis algo para comer? ¿Gian está en casa? —me apresuré a preguntar mientras me quitaba primero la chaqueta y luego las botas.

Antes de que pudiera desprenderme de la segunda, Isaac me agarró por un brazo y me sostuvo muy cerca de él. Nuestras caras quedaron separadas por pocos centímetros. Me fijé en el centelleo inseguro de sus ojos cuando me puso una mano en la espalda.

—¿Porque me... qué, Sawyer Dixon? —preguntó con insistencia.

Solté el aire poco a poco.

—Porque podía ayudarte y quería hacerlo.

—Pero ¿por qué? —siguió preguntando, como si la respuesta que esperaba oír fuera otra.

—Para atormentarme. Ahora en serio, no se me ocurre ninguna otra palabra para definir lo que se siente trabajando con Alice.

Evité su mirada, aunque luego vi que se reía y una sensación de calidez se apoderó de mi corazón de inmediato.

—¿Cómo pudiste salir con ella? —pregunté.

—Ya te dije que no salíamos juntos. Es nueva en la ciudad y me dio pena porque no tenía amigos. Además, me cayó bastante bien y pensaba intentar emparejarla con Gian. ¿Realmente creías que podía dar lo nuestro por terminado tan de repente y que enseguida saldría a buscar a otra chica como si nada hubiera ocurrido?

Me encogí de hombros.

—Os vi flirtear.

—¿Qué? —preguntó con incredulidad—. ¿Se puede saber cuándo he flirteado yo con alguien?

—La última vez que estuve en el Steakhouse, cuando le ataste el delantal —respondí.

Isaac levantó una de las comisuras de los labios.

—Tú también te ponías el delantal de Roger a veces.

—Sí, pero luego la ayudaste a bajar de la escalera.

De repente me di cuenta de lo descabellados que eran mis argumentos, pero por algún motivo no podía parar. Probablemente porque estaba tan enamorada de él que me estaba volviendo loca.

—Te juro que no hay nada. Ni lo hubo. Jamás podría...

Se quedó callado y negó con la cabeza.

—Realmente creía que... Quiero decir que... Alguien como

ella sería mucho mejor para ti —expliqué con toda la torpeza de la que fui capaz.

La mano que tenía puesta en mi espalda me agarró con más fuerza.

—Para mí no hay ni habrá nadie mejor que tú, Sawyer. Nadie.

Me costaba creer que lo dijera en serio, que lo creyera realmente. Y que lo dijera a pesar del caos que reinaba a nuestro alrededor. Pero entretanto había cambiado algo. Entretanto, yo quería creerlo. Quería ser la persona adecuada para él. Y si algo me habían enseñado las últimas semanas era que me sentía incapaz de imaginar la vida sin él.

—Te quiero —confesé.

Todavía llevaba puesta una bota mojada, apestaba a bistec grasiento y me chorreaba la nariz, pero todo eso me daba igual.

—¿Qué? —graznó Isaac.

—Ya sé que éste seguramente no es el mejor momento para decírtelo. Estoy horrible, y vuestro pasillo no es que sea el lugar más romántico del mundo, ni siquiera para alguien como yo, pero...

Me encogí de hombros.

—Te quiero, Isaac. Y mucho, además.

Y entonces me besó.

Abrió la boca para que nuestras lenguas se encontraran y justo cuando eso sucedió solté un gemido desesperado. Lo había echado tanto de menos... Hundió una mano en mi pelo y me besó con tanta pasión que casi no me dejó ni respirar. Pero igual que mis botas o mi nariz, respirar me pareció algo secundario, siempre y cuando siguiera besándome de ese modo.

—Yo también te quiero. Y mucho —confesó casi sin aliento antes de continuar con el beso.

Isaac me amaba.

Me amaba.

Y yo lo amaba a él.

Menuda locura, ¿no?

—Tenemos que hablar —le advertí entre beso y beso. Sin embargo, él negó con la cabeza y me frotó la nariz con la suya.

—Mañana. O pasado. En otro momento —murmuró repartiéndome besos por el mentón. Me mordisqueó la base del cuello y me lo succionó mientras yo me quitaba la otra bota.

Al cabo de un instante me levantó en volandas y yo me aferré a su cuerpo con las piernas. Nos besamos con tantas ganas que chocamos diente con diente y a Isaac se le torcieron las gafas. Se las quitó y las dejó caer al suelo de cualquier manera.

—Tengo que ponerme lentillas urgentemente —murmuró antes de presionar los labios contra mi garganta.

—Ni hablar —respondí acariciando su pelo rebelde. Cuánto había echado de menos tener aquellos rizos entre los dedos... Eso y todo lo demás.

Mientras cargaba conmigo por todo el piso, enarcó las cejas con interés.

—O sea que te gusto con gafas.

Le besé la comisura de los labios y continué a lo largo del mentón.

—Ahora no intentes hacerme creer que no lo sabías.

—Claro, por eso me besaste la primera vez —bromeó con una sonrisa mientras cerraba la puerta de la habitación con el pie a nuestra espalda.

Me lo quedé mirando fijamente a los ojos. Con un dedo recorrí las líneas de su hermoso rostro y me pregunté si mi subconsciente tal vez sabía desde el principio que Isaac y yo estábamos hechos el uno para el otro.

El siguiente beso que nos dimos fue lento y lleno de sentimiento. Fue como una buena canción, de esas que me ponían la carne de gallina y despertaban en mí el deseo de volver a escucharla una y otra vez. Con Isaac me sucedía lo mismo, aunque hubiera tardado un tiempo en aceptarlo.

Pero en esos instantes, entre sus brazos, mientras escuchaba las palabras que me susurraba al oído asegurándome que yo no sólo era suficiente, sino que lo era todo para él, igual que él para mí, me pregunté cómo había podido llegar a dudarlo en algún momento.

Quería pulsar el botón de *Repeat*, para revivir ese maravilloso instante y que siguiera sonando hasta que en mi cabeza sólo hubiera sitio para él. Porque lo sentía todo. Y no temía nada.

EPÍLOGO

Tres semanas después

La galería estaba llena hasta los topes, pero de todos modos pude ver cómo Levi serpenteaba entre la multitud y le pegaba una patada en la espinilla a Kaden. Oculté una sonrisa tras la copa de champán.

—¿Lo he oído bien? —me susurró Isaac al oído—. ¿Has sobornado a mi hermano con chocolate para que le dé una patada a Kaden?

Sonriendo, me volví hacia él.

—Los niños son geniales.

Isaac sacudió la cabeza sonriendo y me rodeó la cintura con un brazo.

—Eres imposible.

—Me quieres.

Su mirada se volvió más tierna.

—Pues sí. Y mucho —añadió, y acto seguido me besó en la boca.

—Puaaaj —se quejó Ariel, fingiendo unas arcadas espectaculares.

De acuerdo. Quizá no eran tan geniales. Justo en ese instante, Levi regresó y extendió una mano para reclamar el pago prometido. Pesqué la chocolatina del bolso y, antes de que se la pudiera dar, Levi me la arrancó de las manos y salió pitando con una sonrisa de satisfacción en dirección a su padre, que se había alejado un poco del gentío y en esos momentos charlaba con Robyn.

Ese día se inauguraba oficialmente la exposición navideña, y Robyn y Pat habían decidido incorporar algunas de mis fotografías. Las habían impreso en grandes lienzos y estaban colgadas en mi rincón preferido de la galería, sobre una pared de ladrillos de color claro. Todavía me costaba creer que realmente hubiera hecho una aportación a una exposición de arte y que la gente estuviera dispuesta a pagar dinero para poder contemplar, entre otras, mis fotografías. Me parecía surrealista. Y absolutamente emocionante.

—¿Dónde está mi foto? —preguntó Ariel por tercera vez.

—Ven, yo te la enseño —dije.

Ariel me cogió de la mano y dejó que la guiara por la galería pasando frente a Angel Whittaker, que me saludó mientras, gesticulando mucho, le explicaba a alguien que sus esculturas habían quedado muy bien representadas en las fotografías que yo había hecho y que podían contemplarse en la pared que quedaba a su espalda. Parecía realmente orgullosa, y de un modo automático me sentí partícipe de esa sensación.

Cuando llegamos al fondo de la galería, vi a Dawn, Spencer, Allie y Scott frente a mis fotografías. Titubeé unos instantes, pero luego me acerqué a ellos.

—Mira. Ahí estás —le indiqué a Ariel en voz baja, señalando hacia la imagen en blanco y negro en la que aparecía con gafas de sol y posando como una modelo.

—¡Qué guay, Sawyer! —exclamó soltándome la mano. Se colocó muy cerca de la fotografía y la tocó con mucho cuidado. Luego se dio la vuelta e imitó su propia pose.

Todos los que estábamos a su alrededor nos reímos.

—Quédate así —me apresuré a pedirle mientras me sacaba el móvil del bolsillo. Abrí la aplicación de la cámara y le hice una foto con la imagen impresa de fondo—. ¿Qué te parece si ésta se la enviamos a tu madre?

Ariel recibió mi propuesta con una sonrisa radiante, y me puse en cuclillas para que pudiera ver cómo le escribía el mensaje.

El resto de la familia Grant había venido a la exposición, pero Debbie se había quedado guardando cama por precaución. Para ella, que como Isaac siempre tenía algo que hacer en la granja, las últimas tres semanas debían de haber sido un auténtico calvario. Sin embargo, se estaba recuperando y ya podía incluso levantarse sola, aunque tendrían que pasar meses para que las secuelas desaparecieran por completo.

—Las fotografías son completamente distintas de como me las había imaginado —constató Dawn.

Eran cinco piezas. Una de Ariel, otra de Mary y Theodore... y tres de Isaac. En una aparecía en la pista de baile junto a su abuela, en otra frente al piano con Ivy, y luego estaba mi fotografía preferida. La imagen en la que miraba hacia el cielo riendo.

—Me encantan. Si algún día necesito que me hagan fotos, te lo pienso pedir a ti sin dudarlo ni un instante, Sawyer —comentó Allie.

Parpadeé perpleja mientras Dawn contemplaba mi reacción con gran expectación.

—Claro, con mucho gusto —respondí al fin, y habría dicho lo mismo aunque Dawn no me hubiera estado observando de cerca. No tenía ningún problema con Allie, ni tampoco con Kaden, con quien me había acostumbrado a compartir mis entrenamientos. De hecho, casi nos habíamos hecho amigos y todo. A esas alturas, Dawn ya no necesitaba obligarme para que los acompañara los fines de semana.

—¡Yo también quiero fotos! —intervino Scott—. Si puede ser, desnudo. Necesito unas cuantas para el perfil de la aplicación de citas.

—¿De verdad? —pregunté—. Pues yo necesito a alguien dispuesto a posar desnudo el semestre que viene.

Scott sonrió. Él también estaba bastante mejor. A veces, cuando creía que nadie reparaba en él, y sólo si te fijabas mucho, todavía detectabas restos de ese dolor que tanto lo había afligido. Pero en todas las ocasiones en que habíamos charlado me había asegurado que cada vez llevaba mejor lo de estar solo.

Scott tendió una mano hacia mí y yo se la estreché antes de que Dawn pudiera evitarlo. Oí cómo mi amiga soltaba un gemido de frustración.

—Oh, no, ¿por qué tuve que presentaros?

—¿A qué venía ese apretón de manos? —preguntó la voz de Isaac a mi lado. Me volví hacia él de forma automática y me colgué enseguida de su cuello.

—Ya no tendrás que posar desnudo, Isaac Theodore. Scott acaba de ofrecerse como modelo.

Isaac resopló aliviado.

—Gracias —le dijo a Scott por encima de mi hombro—. De verdad, te debo una.

—Pues mira que tú podrías posar desnudo sin ningún problema —comentó Scott a modo de elogio.

—Eso dice Sawyer también. Parece ser que soy el único que lo encuentra una idea descabellada.

—Si me lo propusiera, conseguiría convencerte. Lo sabes, ¿verdad? —pregunté en voz baja, echándome un poco hacia atrás para poder mirarlo fijamente a los ojos.

Me contempló con aire divertido.

—Podrías conseguir cualquier cosa de mí. Y lo peor de todo

es que lo sabes perfectamente, lo que significa que juegas con ventaja.

Sonreí y me puse de puntillas para darle un beso.

—Parad un momento de ser tan cariñosos para que os pueda hacer una foto —nos interrumpió Dawn levantando su móvil.

No me gustaba la idea de sonreír mirando el objetivo de una cámara, por lo que decidí fijar la vista en mi novio. Todavía estaba fascinada por la seguridad que demostraba en sí mismo.

Posó con la espalda erguida y con una sonrisa segura y honesta. Se notaba que era feliz. Estaba muy orgullosa de él.

No pensaba volver a intentar cambiarlo de ningún modo. Y, sobre todo, no pensaba hacer nada con esa manera que tenía de sonrojarse cada vez que le susurraba guarradas al oído. Ese día se lo había hecho ya seis veces y estaba a punto de intentarlo por séptima vez cuando se nos acercaron su padre y su abuelo.

De inmediato me separé un poco de él.

—Hemos visto que os hacíais una foto —dijo Theodore levantando su cámara, un modelo bastante viejo—. A nosotros también nos gustaría un retrato de familia, si no te importa.

—Claro —exclamé extendiendo el brazo para que me la pasara.

Theodore negó con la cabeza.

—De eso nada. Tú tienes que salir en la foto, Sawyer. Es tu exposición. Y, además, formas parte de la familia.

Esas palabras me cogieron tan desprevenida que me tensé de repente. Me quedé inmóvil, observando cómo Theodore le tendía la cámara a Dawn.

El padre de Isaac colocó a Levi y a Ariel junto a nosotros mientras Mary sostenía a Ivy entre sus brazos. Me situé justo en medio, con Isaac pasándome un brazo por la cintura a un lado y su padre en el otro.

—¡Patataaa! —gritó Dawn.

El corazón no me cabía en el pecho.

A pesar de estar rodeada de gente, siempre me había sentido sola, y había llegado a creer que jamás me sentiría tan aceptada. Pero en ese preciso instante... ahí estaba yo. Con un montón de gente que significaba mucho para mí y para quienes yo también significaba mucho.

Noté los labios de Isaac en la sien y el corazón se me apaciguó de repente.

Había encontrado mi hogar.

AGRADECIMIENTOS

Again. Sentir me ha vuelto realmente loca. Sawyer e Isaac no me lo pusieron precisamente fácil para que pudiera contar su historia, pero ahora que la tengo entre mis manos no podría ser más feliz.

Mil gracias a Stephanie Bubley, que en esta ocasión no se limitó a ser sólo una heroica lectora beta, sino que fue también la primera persona que leyó el borrador. Gracias por haber desgranado *Again. Sentir* en pequeñas piezas y haberlas vuelto a unir para armar la historia que quería contar. Eres mi Yoda personal. Tengo unas ganas terribles de volver a trabajar contigo en otro proyecto.

Un enorme agradecimiento a Gesa Weiß y Kristina Langenbuch Gerez, el mejor dúo de argentinas del mundo entero.

Gracias a Kim, Laura, Bianca, Caro e Yvo por sus amables palabras y por los ánimos que me dieron durante el proceso de escritura.

Un agradecimiento gigantesco a todas las personas que hay entre bastidores, sobre todo a Sandra Krings, por hacer posible que cumpliera todos los plazos. Además, quiero dar también las gracias a todo el equipo de LYX, capaces de hacer cualquier cosa para que mi libro acabe llegando a los lectores. Me alegro mucho de colaborar con vosotros.

En este punto quiero dar un gran abrazo a mis chicas de la

universidad: Jenny, Jasmin, Elisa, Theresa, Ilka, Maddy y Xiaoyu (así como al resto del grupo C). Gracias por las cacerías de libros. Sois las mejores compañeras que una pueda tener. Además, quiero dar las gracias también a mis amigas Wiebke, Eda y Derya por estar siempre ahí.

Por supuesto, gracias a mi familia, que tanto me apoya y está a mi lado a las duras y a las maduras. A mi marido, Christian: eres el mejor. A mis gatos: sois lo más adorable que hay.

Y, para terminar, a todos quienes han leído el libro: sois maravillosos. Da igual lo que estéis soportando o a quién tengáis que aguantar, no hagáis caso de lo que digan de vosotros.

Gracias por habernos acompañado, a mí y a la pandilla Again, hasta Woodshill de nuevo. Da igual adónde nos lleve el viaje: ¡lo importante es lo feliz que me hace teneros a mi lado!

Engánchate a la #SERIEAGAIN

Febrero 2020

«No te la puedes perder, te hará reír,
llorar y enamorarte locamente.»

ANNA TODD, autora de la serie AFTER

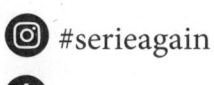

#serieagain
@serieagain